NACHTAUGE

THOMAS GÖRDEN

nachtauge

ROMAN

Weltbild

Besuchen Sie uns im Internet:
www.weltbild.de

Genehmigte Lizenzausgabe für Verlagsgruppe Weltbild GmbH,
Steinerne Furt, 86167 Augsburg

Umschlaggestaltung: Johannes Frick, Augsburg
Umschlagmotiv: mauritius-images, Mittenwald
Gesamtherstellung: Clausen & Bosse GmbH,
Birkstraße 10, 25917 Leck
Printed in Germany
ISBN 3-8289-7639-5

2007 2006 2005 2004
Die letzte Jahreszahl gibt die aktuelle Lizenzausgabe an.

1. KAPITEL

In der Nacht mochte Krupka die Raffinerie besonders. Dann ging im matten Schein der vielen Lampen von dem gewaltigen menschengemachten Dschungel aus Kesseln, Rohren und Schloten eine Faszination aus, der Krupka sich nicht entziehen konnte, trotz seiner eher nüchternen Veranlagung. Schon als Kind war er vernarrt gewesen in alle Arten von technischen Konstruktionen. Als sein Vater ihm zu Weihnachten eine dieser messingfarbenen Spielzeugdampfmaschinen geschenkt hatte, war das wie ein Stück vom Himmel gewesen. Später hatte es nicht für ein Ingenieurstudium gereicht. Stattdessen war Krupka zur Bundeswehr gegangen, wo er sich bis zum Hauptfeldwebel hinaufgebrüllt hatte. Danach verlegte er sich darauf, jene Industrieanlagen zu bewachen, die ihn so faszinierten. Er besaß eine natürliche Gabe für Sicherheit und Ordnung zu sorgen, und diese Gabe hatte ihm zu seinem jetzigen Job verholfen.

Auf diesen Job war er stolz. Mit neununddreißig Leiter des Werkschutzes einer der größten und modernsten Raffinerien Europas. Das konnte sich doch sehen lassen! Was Sicherheitsfragen anging, war die Raffinerie sein Reich. Und Krupka legte

Wert darauf, sein Geld durch gute, gewissenhafte Arbeit zu verdienen. Diese Haltung war vermutlich das Beste, das sein Vater ihm mit auf den Weg gegeben hatte.

Leider wurde es immer schwerer, für den Werkschutz Leute zu finden, die dieses Pflichtbewusstsein verinnerlicht hatten oder die zumindest die Hoffnung weckten, dass es sich ihnen mit der Zeit einbläuen ließ. Am schlimmsten waren Personen, die sich nicht selbst bewarben, sondern vom Arbeitsamt hergeschickt wurden. Solche Gestalten wie Sempold, der jetzt neben Krupka herschlurfte wie ein Schlafwandler. Vor ein paar Minuten hatte Krupka ihn angeschnauzt: »Sie würden einen Einbrecher nicht mal bemerken, wenn er sich vor Sie hinstellt und Ihnen die Zunge rausstreckt!« Doch dieser Anschiss hatte die erwünschte aufrüttelnde Wirkung verfehlt. Er hatte überhaupt keine erkennbare Wirkung auf Sempold, der weiterhin mit halb geschlossenen Augen vor sich hin schlich, sodass es aussah, als würde Rigoletto ihn hinter sich herziehen. Krupka hatte keine Ahnung, wer dem Schäferhund diesen dämlichen Namen verpasst hatte. Rigoletto gehörte zum Inventar, das Krupka in der Raffinerie vorgefunden hatte. Die Schäferhunde zu führen zählte zu den Aufgaben, mit denen Sempold sich vertraut zu machen hatte, doch dem schien jedwedes Führungstalent vollkommen abzugehen. Krupka überlegte, wann er Sempold rausschmeißen sollte. Noch heute Nacht? Morgen? Nächste Woche? Es kam überhaupt nicht infrage, ihn über die Probezeit hinaus zu behalten.

Aber er *konnte* Sempold jetzt nicht hinauswerfen. Jürgens und Riemenschneider hatten sich krankgemeldet – diese jungen Kerle waren wie die Mimosen, eine Erkältung, und sie rannten zum Doktor. Krupka fand es ungeheuerlich, dass die Ärzte diese Schwächlinge auch noch unterstützten und sie immer wieder krankschrieben. Das war der Grund, warum Krupka, der als Leiter des Werkschutzes nachts normalerweise nur Rufbereitschaft hatte, in dieser Nacht selbst einspringen musste.

Ihr Kontrollgang führte sie an der Claus-Anlage mit ihren senkrecht stehenden Kesseln und dicken, sich wie mächtige Riesenschlangen windenden Rohren vorbei, wo der giftige Schwefelwasserstoff in Schwefel und Wasserdampf umgewandelt wurde.

Für einen Moment dachte Krupka an den Streit, den er gestern, wieder einmal, mit seinem Sohn gehabt hatte. Der hielt Krupka immer wieder vor, wie er denn angesichts ständiger Tankerunglücke und der Klimakatastrophe überhaupt noch in einer Ölraffinerie arbeiten könne. Krupka interessierte sich nicht für Politik. Aber fest stand, dass alle verdammt gut von und mit dem Öl lebten, das durch die Pipelines von Rotterdam und Wilhelmshaven hierher nach Köln gepumpt wurde. Und keiner von den jungen Leuten wollte doch ernsthaft auf die Annehmlichkeiten verzichten, die das Öl brachte: Mopeds und Autos und die vielen netten Spielzeuge aus Kunststoff – Computer, Playstations und Handys.

Na, immerhin brachte der Junge gute Noten nach Hause, stand kurz vor dem Abitur. Wenn er nur etwas Ordentliches studierte, einen anständigen Beruf erlernte. Dieses Rebellentum war gewiss nur eine vorübergehende Phase. Krupka musste grinsen. Er selbst war früher zeitweise auch verdammt aufsässig gegen seinen Vater gewesen. Das gehörte zum Erwachsenwerden dazu. Wer weiß, vielleicht ist der Junge stärker aus meinem Holz geschnitzt, als es den Anschein hat, dachte er.

Plötzlich fing Rigoletto zu knurren an und zog heftig an der Leine. Sempold hatte erkennbar Mühe ihn festzuhalten. Im selben Moment sah Krupka aus den Augenwinkeln eine Bewegung – einen Schatten, etwas Großes, Huschendes, das nicht hierher gehörte. Arbeiter waren um diese Zeit, eine halbe Stunde nach Mitternacht, nicht in der Claus-Anlage unterwegs und im Falle einer technischen Störung hätte man ihn unverzüglich informiert. Teile der riesigen Claus-Anlage waren hell erleuchtet, doch dazwischen gab es schwarze Pfützen aus Dunkelheit, die eine gute Deckung boten. Die Raffinerie war nicht gerade ein Lebensraum für Tiere. Aber der Rhein war nicht fern und von dort kamen Ratten herauf. Ratten lebten eigentlich überall. Selbst hier. Und wo Ratten existierten, mochte es auch Katzen geben. Der Schatten war zu groß für eine Ratte gewesen, auch zu groß für eine Katze. Nicht so hoch wie ein Mensch allerdings, wenn Krupka darüber nachdachte. Ein gebückter Mensch vielleicht. Der jetzt womöglich durch die Dunkelheit zwischen den Kesseln schlich, um sich auf der anderen Seite der Claus-Anlage aus dem Staub zu machen.

Rigoletto riss sich los und raste, die Leine hinter sich herziehend, auf das Rohrgewirr zu. »Sind Sie wahnsinnig?«, herrschte Krupka Sempold an. »Wie können Sie den Hund einfach loslassen, Sie Penner?!«

»Er … hat so stark gezogen. Ich … konnte ihn nicht mehr halten.« Sempold stand mit hängenden Armen da.

»Niete!«, zischte Krupka und sprintete hinter dem Hund her. Rigoletto war scharf. Wenn sich hier wirklich ein Einbrecher herumtrieb, war der Hund imstande und machte Hackfleisch aus ihm. In diesem Moment entschied er endgültig, dass er Sempold feuern würde, sobald Jürgens und Riemenschneider wieder im Dienst waren.

Krupka zog seine Pistole, entsicherte sie und ging dort, wo Rigoletto in der Dunkelheit verschwunden war, in die Anlage hinein. Er bewegte sich vorsichtig durch eine dunkle, enge Gasse zwischen dicken Rohrleitungen und knipste seine Taschenlampe an. Ein guter Platz, um sich zu verstecken oder jemanden von hinten anzugreifen.

Vorne in der Dunkelheit hörte er über das leise Gurgeln und Brummen der Aggregate hinweg Rigoletto ein paar Mal laut anschlagen. Dann verstummte der Hund. Krupka blieb unwillkürlich stehen. Jetzt knurrte Rigoletto. Er schien nur wenige Meter entfernt zu sein. Krupka leuchtete die Gasse entlang, konnte den Hund dort jedoch nirgendwo entdecken. Offenbar war er seitwärts zwischen die mächtigen Rohrschlangen gelaufen. Plötzlich war da ein anderer Laut. Ein Fauchen. Eine Katze. Aber das Fauchen war sehr laut, ging in eine Art Knurren über. Das musste eine … sehr große Katze sein.

Und jetzt jaulte Rigoletto plötzlich laut auf. Dann war es still.

Krupka hielt für einen Moment den Atem an. Als er nichts mehr hörte, ging er vorsichtig weiter, mit schussbereiter Pistole. Schweiß trat ihm auf die Stirn.

Er richtete den Lichtkegel der Taschenlampe nach links in einen unbeleuchteten Arbeitsgang zwischen den riesigen Reaktorbehältern und sah den Hund. Rigoletto lag reglos auf der Seite, in einer dunklen Pfütze.

Krupka näherte sich vorsichtig. Von dem anderen Tier, das er gehört hatte, war nichts zu sehen. Dieses laute Fauchen. Ihm lief ein Schauder über den Rücken. Der Hund war tot, lag in seinem Blut. Sein Hals war völlig zerfleischt. »Sempold!«, schrie Krupka und seine Stimme, die fremd und schrill klang, hallte von den Reaktorwänden und Rohrleitungen wider.

Sempold antwortete nicht. Krupka hatte es plötzlich wahnsinnig eilig, aus dieser engen, dunklen, nach Schwefel riechenden Gasse in offenes, gut beleuchtetes Gelände zu kommen. Er rannte zurück und sah Sempold seltsam starr auf der Fahrstraße stehen, an einer schwächer beleuchteten Stelle, ungefähr zehn Meter rechts von Krupka. Sempold schien Krupka nicht zu bemerken. Sein Blick war auf etwas gerichtet, das sich irgendwo in der Dunkelheit unter den dicken Leitungsrohren befinden musste. Etwas, das vielleicht einen anderen Weg zwischen den Rohren und Kesseln genommen hatte als Krupka.

»Sempold?«, sagte Krupka laut. »Haben Sie was entdeckt?«

Sempold schwieg und rührte sich nicht, starrte nur mit seltsam versteiftem Körper in die Dunkelheit.

In diesem Moment hörte Krupka es wieder. Das Fauchen. Laut, viel zu laut für eine Katze. Eine gewöhnliche Hauskatze wäre niemals in der Lage gewesen einen ausgewachsenen Schäferhund zu töten.

Dann flog aus der Dunkelheit etwas auf Sempold zu, etwas Großes, Schwarzes. Sempold schrie auf. Krupka sah schimmerndes schwarzes Fell, einen im Sprung lang gestreckten Körper. Eine große schwarze Raubkatze. Sempolds Schrei erstarb in einem erstickten Gurgeln, während das Raubtier ihn nach hinten umwarf. Sein Körper zuckte einen Moment, lag dann reglos. Die Raubkatze mit dem nachtschwarzen Fell hob den Kopf und schaute Krupka an, der wie angewurzelt dastand, ohne auch nur an seine Pistole zu denken. Sogar aus zehn Metern Entfernung wirkte sie groß, geradezu riesig. Krupka bemerkte ihre Katzenaugen, die von innen heraus gelblich zu leuchten schienen. Sie fauchte wieder und Krupka sah ein Raubtiergebiss aufblitzen, von dem Blut herabtropfte. Dann sprang sie mit langen Sätzen davon und verschmolz mit der Dunkelheit. Krupka sah sie nicht mehr und vermochte auch nicht mit Sicherheit zu sagen, in welche Richtung sie verschwunden war. Jetzt fiel ihm seine Pistole wieder ein. Vorsichtig, die Pistole hoch erhoben, näherte er sich Sempold. Sein Herz schlug bis zum Hals. Nun erst hatte der Schreck richtig Gelegenheit ihm in die Glieder zu fahren. Sempold war tot. Seine Augen starrten leer in den Nachthimmel. Um seinen Kopf breitete sich eine Blutlache aus und seine Kehle war eine einzige klaffende Wunde. Mit zitternder Hand zog Krupka sein Telefon aus der Tasche. Der Chef, dachte er, zuallererst muss ich den Chef informieren.

Chris Adrian träumte. Es war einer dieser seltenen, unglaublich intensiven schamanischen Träume, von dem sie, schlafend und wachend zugleich, wusste, dass sie ihn nach dem Aufwachen nicht wieder vergessen würde. Über ihr wölbte sich ein Sternenhimmel, der fremde Konstellationen zeigte. In ihren schamanischen Träumen hatte sie schon öfter unter diesem Himmel voller fremder Sterne gestanden, der nicht der irdische Himmel sein konnte. Sie sah einen alten Mann, der langsam auf sie zukam. Das Gespenst eines alten Mannes, nur ein silbriger, schwankender Schemen. Das halb im Schatten verborgene, tief gefurchte Gesicht kam ihr vertraut vor. Silver Bear, ihr alter Lehrer, der vor über zwei Jahren gestorben war.

Sie wich dem Blick seiner toten Augen aus und starrte hinauf in den fremden Himmel. Dort oben gab es nicht nur Fixsterne. Da waren Lichtpunkte, die einen Feuerschweif hinter sich herzogen und nicht die starre Bahn von Kometen beschrieben, sondern sich in eleganten Kurven über den Himmel schwangen.

Dann hörte Chris Silver Bears Stimme. Anfangs verstand sie die Worte nicht. Die Stimme schien so weit entfernt zu sein wie der fremde Himmel mit den seltsamen Flugobjekten. Ihr wurde klar, dass Silver Bear in seiner indianischen Muttersprache redete. Mühsam kramte sie ihre bruchstückhafte Erinnerung an diese Sprache zusammen. »Ich habe mich geirrt ... mich in vielem geirrt, Schwester Wolfsträumerin.« Sein Gesicht faltete sich zu dem müden, spöttischen und zugleich wehmütigen Grinsen, das sie immer so geliebt hatte, und sie spürte eine Woge der Zuneigung. »Was ich dich gelehrt habe, war sehr unvollständig. Aber sowieso ist das Streben nach Vollkommenheit ein großer Irrtum ...« Seine Worte wurden zu einem unverständlichen Gemurmel. Er zeigte hinauf in den Himmel. »Siehst du die Reisenden zwischen den Welten?«, fragte er, plötzlich in klar verständlichem Englisch. »Dieser Himmel, den du hier siehst, ist ein Fenster in die Vergangenheit.«

Er machte einen Schritt auf Chris zu. Und jetzt sah sie sein Gesicht so deutlich, als sei er nie gestorben. »Ich habe dir versprochen, dass wir uns wieder sehen. Der Tod ist keine Grenze, an der die gemeinsame Verantwortung aufhört.« Er lächelte. »Vielleicht füge ich der langen Reihe meiner Fehler und Irrtümer ja nur einen weiteren hinzu, indem ich mich bemühe dir auch künftig gelegentlich zur Seite zu stehen. Aber der Mut zu kosmischen Irrtümern sollte uns angesichts unserer irrwitzigen Vergangenheit niemals verlassen.«

Sie hatte keine Ahnung, wovon er redete, aber seine Neigung in Rätseln zu sprechen, war schon, als er noch unter den Lebenden weilte, ziemlich ausgeprägt gewesen. Jetzt legte er ihr seine Geisterhand auf die Schulter und sie fühlte sich warm an, als existierte sein Körper noch immer, wenigstens in dieser Traumwelt.

Er betrachtete Chris prüfend, mit schmalen, sich im Netzwerk der vielen Furchen und Falten seines Gesichts fast auflösenden Augen. »Meine ewig neugierige Chris«, flüsterte er. »Meine Lieblingsschülerin. Du erinnerst dich noch nicht, doch die Erinnerung wird kommen. Ich will dir helfen diese Last zu tragen. Und da sind noch andere Geisthelfer, die dir ebenfalls bei der Erfüllung deiner Bestimmung beistehen können. Aber es ist erforderlich, dass du deinen Stolz ablegst, der dich glauben lässt, alles allein schaffen zu müssen. Du kennst das Gesetz, unter dem die Geisthelfer stehen: Sie dürfen dir nur zur Hilfe kommen, wenn du sie darum bittest. Schon bald wirst du einen heiligen Gegenstand in deinen Händen halten, der vor langer, langer Zeit geschaffen wurde. Er wird wie ein Katalysator für deine Erinnerungen sein.«

»Ich verstehe nicht, wovon du redest, Silver Bear«, sagte Chris oder hörte sie sich sagen, ihr Traum-Ich. Obwohl ihr Körper schlief, war der größte Teil ihres Geistes hellwach. Sie spürte, dass ihr Herz aufgeregt klopfte. Und sie wusste, dass Silver Bears Gegenwart so wirklich war, als wäre er im hellen Morgensonnenschein in die Küche spaziert und hätte sich zu ihr und Jonas an den Frühstückstisch gesetzt. »Woran soll ich mich erinnern?«

»Die Zukunft liegt hinter uns. Das habe ich zu

Lebzeiten nur geahnt, aber nicht wirklich begriffen. Du bist als Schamanin ein Abendstern, meine Chris, kein Morgenstern.« Sie spürte, wie er ihr sanft mit den Fingern über die Wange strich, dann war er verschwunden und der fremde Sternenhimmel ebenfalls. Sie sah einen modernen Raum. Ein großes Büro. Sie sah einen Mann, dessen Körperhaltung und Gesichtsausdruck Macht ausstrahlten. Der Mann öffnete einen Wandtresor und nahm etwas heraus. Sie konnte nicht erkennen, was es war. Es glitzerte in seinen Händen und dann traf sie ein greller, kalter Lichtblitz, der ihre Augen blendete und einen stechenden Kopfschmerz verursachte.

Einen Moment schwebte sie in völliger Dunkelheit, froh, dem kalten, grellen Licht entkommen zu sein. Dann fand sie sich in einer anderen Umgebung wieder. Die Luft war von chemischen Aromen erfüllt, Schwefel war der einzige Geruch, den sie klar identifizieren konnte. Da waren Kessel und dicke Rohrleitungen, in der Dunkelheit nur schwach erleuchtet. Für sie, die mitten im Wald lebte, hätte diese Umgebung fremder und unvertrauter nicht sein können. Sie hörte ein lautes Fauchen. Schimmerndes, nachtschwarzes Fell. Eine Raubkatze mit leuchtenden gelben Augen, die sich zum Sprung duckte. Chris glaubte keinen Muskel rühren zu können. Der geduckte Katzenkörper schnellte in die Länge wie eine große schwarze Sprungfeder und Chris sah ihn auf sich zufliegen, die Krallen an den mächtigen Vorderpranken ausgefahren, die Zähne gebleckt. Jetzt löste sich ihre Starre. Sie schrie und wachte mit einem Ruck auf.

Jonas Faber wurde von Chris' Schrei aus dem Schlaf gerissen. Draußen wurde es bereits hell und er sah sie aufrecht im Bett sitzen. Ihr rundes, volles Gesicht wirkte angespannt. Als könnte sie dort etwas sehen, das Jonas verborgen war, starrte sie in die Morgendämmerung hinter dem Fenster, wo Nebel vor den Bäumen hing. Er ahnte, dass sie einen ihrer hellsichtigen Träume geträumt hatte. Das kam nicht zu oft vor, aber doch oft genug, dass es ihm wohl vertraut war, und er wusste, was er zu tun hatte. Er setzte sich auf, rückte dicht an sie heran und legte den Arm um ihre breiten, gut gepolsterten Schultern, stellte aber keine Fragen. Er spürte, dass sie ein wenig zitterte. Nach einer Weile hörte das Zittern auf, Chris drehte den Kopf und schaute ihn lächelnd an.

»Draußen singen schon die Vögel«, sagte sie.

Er nickte. »Ich muss bald zum Dienst.«

Sie gab ihm einen Kuss. »Ist es okay, wenn du heute Frühstück machst? Ich weiß, eigentlich bin ich diese Woche dran. Aber ich habe im Traum so verrückte Bilder gesehen, über die ich ein bisschen nachdenken muss. Deshalb würde ich gern vor dem Frühstück draußen etwas herumstapfen. Ich übernehm dafür nächste Woche an einem Tag das Frühstückmachen, ja?«

Jonas grinste verschlafen. Konnte er sich weigern? »Okay, schönste Hexe der Welt!«, sagte er und zwickte sie in den weichen Speckring über ihrer Hüfte. Chris quietschte und stieg kichernd aus dem Bett. Er sah zu, wie sie Jeans und Sweatshirt überzog und barfuß nach draußen ging. Sie lebten jetzt seit fast einem Jahr wieder zusammen, aber er wurde es nicht leid sie anzuschauen. Die reine Präsenz ihres stattlichen, vor Lebensfülle schier berstenden Körpers bereitete ihm nach wie vor ein tiefes sinnliches Vergnügen. Konnte das das ganze Leben so bleiben, auch noch in fünfzig Jahren, wenn sie beide alt und schrumpelig sein würden? Gegenwärtig schien es ihm so. Jedenfalls gab es in ihrer Beziehung bislang keinerlei Anzeichen von Langeweile oder Ermüdung. Vielleicht war er einfach innerlich offener geworden für das Naturereignis, das sich ihm in Chris' Körper jeden Tag offenbarte.

Er zog sich an, ging in die Küche, schaltete das Radio ein, in dem gerade ein BAP-Song lief, und deckte, während er die kölschen Verse des Songs leise mitsang, den Frühstückstisch. Er setzte heißes Wasser auf und stellte all die Dinge auf den Tisch, die Chris am Morgen gern aß. Er selbst war kein ausgeprägter Morgenesser, ihm genügten etwas Toast und Kaffee.

Im Grunde hatte er Chris damals verlassen, weil er eifersüchtig gewesen war auf ihren Schamanismus, darauf, dass ihm dieser Teil ihres Wesens verschlossen blieb. Er hatte sie ganz besitzen wollen und als er merkte, dass das nicht funktionierte, war er davongelaufen, schmollend. Aber es hatte ihm gut getan. Er hatte Chris vom ersten Tag an vermisst. Und notgedrungen hatte er damit begonnen, die vielen Schubladen in seinem Kopf zu entrümpeln. Nein, er hatte sich damit nicht begnügt, er hatte gleich die Schubladen mit hinausgeschmissen. Er war erschrocken gewesen, wie viel kleinkariertes, enges Dorfdenken er noch in sich vorgefunden hatte, vermutlich das genetische Erbe einer langen Ahnengalerie einfacher Eifeler Landbevölkerung. Dabei hatte er immer viel gelesen, Literatur regelrecht verschlungen. Von Dostojewski bis Böll. Bevor er sich in die Eifel zurückversetzen ließ, hatte er in Köln bei der Mordkommission gearbeitet und er hatte gehofft in der Weltliteratur Antworten darauf zu finden, warum Menschen sich gegenseitig umbrachten, aber es war ihm nicht gelungen.

Als nun seine Beziehung zu Chris so schmerzlich gescheitert war, mit der er immerhin Momente erlebt hatte, die wie der Himmel auf Erden gewesen waren, hatte er seine Nase wieder intensiv in Bücher gesteckt, um zu verstehen. Diesmal hatte er stapelweise Bücher über Schamanismus und dergleichen verschlungen, das ganze Esoterikregal seiner Kölner Stammbuchhandlung herauf und herunter, bis ihm schließlich der Kopf geschwirrt hatte vor lauter Chakren, Krafttieren, Geisthelfern und Auras. Irgendwann hatte er das letzte dieser Bücher mit einem Seufzer in die Ecke geworfen.

Bei allem Interesse an philosophischen Höhenflügen und aufregend abartigen Spekulationen brauchte er doch eine gewisse Eifeler Bodenständigkeit, um sich wohl zu fühlen: das sichere Gefühl, dass ein Tisch einfach nur ein Tisch war und kein spiritueller Energiewirbel und ein Baum einfach nur ein Baum. Andererseits: Was war an einem so komplexen Gebilde wie einem Baum einfach? Über solche Fragen philosophierte Jonas gerne beim Angeln.

Beim Angeln geschah es eines Nachmittags dann auch, dass Jonas das einzige spirituelle Gesetz entdeckte, das für ihn absolute Gültigkeit besaß: Er liebte Chris wahnsinnig. Vermutlich war das seine spirituelle Herausforderung. Es war nicht immer leicht, mit ihr zu leben, aber es machte ihn glücklich, so weit Menschen in dieser Welt mit sich selbst und miteinander glücklich sein konnten. Noch am selben Abend hatte er diese Erkenntnis in die Tat umgesetzt und war zu ihr zurückgekehrt – mit frischen Forellen als Versöhnungsgeschenk, die sie dann gemeinsam gebraten hatten.

Er steckte das von ihm selbst gebackene Toastbrot, auf das er stolz war, in den Toaster und lauschte dem Arbeitsgeräusch der Kaffeemaschine. Dann goss er dampfendes Wasser auf die Blätter von Chris' Kräuterteemischung.

Seither blieb er bei ihr und liebte sie ganz und gar. Auch das, was ihm an ihr fremd war und was er nicht verstand. Wenn er es nicht verstand, dann konnte er zumindest versuchen daraus zu lernen. Äußerlich hatte die Chris, zu der er nach seinen einsamen Monaten zurückgekehrt war, sich verändert. Auch vor ihrer Trennung war sie schon molliger als zu Beginn ihrer Beziehung gewesen, doch inzwischen war sie ziemlich dick geworden und er musste ihren Körper ganz neu entdecken. Aber er hatte sich dieser Herausforderung mit Entschlossenheit und Hingabe gewidmet. Und nachdem er einmal bewusst entschieden hatte Chris bedingungslos zu lieben, fiel es ihm überraschend leicht. Es bereitete ihm ein nie gekanntes Vergnügen.

Für die dünnen Frauen dieser Welt war er für immer verloren. Die reiche, ausgedehnte, bewegliche Landschaft von Chris' Körper versetzte ihn in immer neues Erstaunen. Er spürte, wie sein Glied steif wurde. Verdammt, dachte er und musste grinsen. Die Brotscheiben hüpften aus dem Toaster. Jonas stellte Tee und Kaffee auf den Tisch, setzte sich, bestrich seinen Toast mit Biobutter und schaute zu, wie sie dahinschmolz. Anfangs hatte er befürchtet, Chris könnte immer weiter zunehmen und irgendwann durch keine Tür mehr passen, doch seit einigen Monaten hielt sie ihr Gewicht. Es hatte sich bei sechsundneunzig Kilo eingependelt. Das war bei Chris' Körperlänge von hundertdreiundsiebzig Zentimetern gewiss eine Menge, aber nach Jonas' Empfinden doch noch angenehm weit von wabbeliger Unförmigkeit entfernt. Chris wabbelte überhaupt nicht. Sie besaß einen kräftigen Knochenbau, wie die Polynesierinnen, die Gauguin gemalt hatte, und war einfach sehr prall und rund. Sie widmete sich dem Essen mit einer sinnlichen Lust und Hingabe, die ihn an die barocken Stillleben denken ließ, wie sie in Köln im Wallraff-Richartz-Museum hingen, Gemälde, auf denen sich eine üppige Fülle an Obst, Käse, Fisch und Wildbret dem Betrachter darbot.

Jonas trank einen Schluck Kaffee. Gleich würde sie in die Küche stapfen, die runden Wangen von der Bewegung an der frischen Luft gerötet, großer Busen und großer Bauch, über das Frühstück herfallen und ihm mit vollem Mund von ihrem Traum erzählen, ohne dass er sie danach fragen musste.

In der Tat befand sich Chris bereits auf dem Rückweg zum Haus, von ihrem Appetit geleitet. Sie liebte es, mit nackten Füßen zu gehen, und das taunasse Gras war angenehm kühl unter ihren Fußsohlen. Das kleine Jagdhaus lag oberhalb eines Baches mitten im Wald, am Rand einer Lichtung, auf der Chris und Jonas einen großen Gemüsegarten angelegt hatten. Der Morgennebel hob sich bereits, bald würde die Sonne herauskommen. Chris hatte sich für einen Moment mit geschlossenen Augen an eine Buche gelehnt, begleitet vom Schimpfen eines Eichelhähers irgendwo oben in den Wipfeln. Aber es war ihr nicht gelungen Klarheit in ihren Traum zu bringen. Silver Bears Geraune aus der Geisterwelt blieb rätselhaft, sosehr sie sich auch über das Wiedersehen mit ihm freute, und was hatte es nur mit der schwarzen Raubkatze auf sich? Chris hatte sich gewaltig erschrocken, als das zähnefletschende Vieh sie plötzlich angesprungen hatte. Oder hatte der Angriff gar nicht ihr gegolten, war sie nur Zeugin des Geschehens gewesen? Die große Katze war trotz allem sehr schön anzuschauen gewesen, geschmeidig, mit schimmerndem schwarzen Fell.

Chris hatte ihr Krafttier, die Bärin, beauftragt, drüben in der Geisterwelt um eine klarere Botschaft zu bitten, aber sie wusste aus leidvoller Erfahrung, dass diese Bitte nur selten Gehör fand. Die Wesen, die jenseits des Vorhangs für schamanische Botschaften zuständig waren, besaßen einen ziemlich bizarren Sinn für Humor. Doch Chris war fest entschlossen, sich dadurch nicht die Vorfreude aufs Frühstück verderben zu lassen.

Bislang kannte Susanne Wendland die Europetrol-Raffinerie in Köln-Rheindorf nur als weithin sichtbare, eindrucksvolle Kulisse neben der Autobahn. Besonders nachts, im Licht tausender von Lampen, hatte diese Kulisse mit ihren dampfenden Schloten und lodernden Abfackelungsflammen etwas Unheimliches. Sie fuhr am Tor vor und hielt dem Pförtner ihren Dienstausweis hin. Tönsdorf auf dem Beifahrersitz befand sich noch im Halbschlaf.

Die ersten Strahlen der Morgensonne schimmerten auf Kesseln und Rohren, aber Susannes ästhetische Begeisterung für Industrieanlagen hielt sich in Grenzen. Außerdem roch es hier stechend wie nach faulen Eiern. Da gefiel es Susanne draußen in der Eifel entschieden besser. Sie freute sich darauf, das kommende freie Wochenende bei Chris im Wald zu verbringen und morgens von den Vögeln geweckt zu werden. Beim Gedanken an Chris musste Susanne unwillkürlich lächeln. Wir sind schon ein witziges Freundinnen-Pärchen, dachte sie. Eine dick gewordene Waldhexe, die mit Vögeln und Eichhörnchen redet, und eine knochige, workaholische, kettenrauchende Großstadt-Kriminalerin!

Langsam lenkte sie den Wagen zwischen dem endlos erscheinenden Gewirr aus Kesseln und Leitungen hindurch und musste daran denken, dass auch das Benzin, das ihren Dienst-Opel befeuerte, vermutlich hier produziert worden war. Mitsamt ihrem Wagen kam sie sich hier etwas ameisenhaft vor. Neben der Claus-Anlage, hatte Torsten Mallmann gesagt. Sie hatte nicht die blasseste Ahnung, was eine Claus-Anlage war, aber Torsten hatte ihr gesagt, wie oft sie abbiegen musste. Schließlich sah sie Torsten am Rand eines Anlagenkomplexes stehen, der sich nach Susannes Empfinden nicht erkennbar von den Raffinerieteilen unterschied, an denen sie bereits vorbeigefahren war.

Sie stellte den Wagen ab und stieg aus. Ob in einer Raffinerie das Rauchen verboten war? Sie beschloss, sich nicht darum zu scheren, und zündete sich die zweite Zigarette des Tages an. Fast fünf Monate hatte sie es seinerzeit ohne Nikotin ausgehalten und schon geglaubt, ein für alle Mal kuriert zu sein, doch dann hatte sie während einer besonders stressigen Phase im Präsidium plötzlich halb unbewusst, wie von einem bösen kleinen Dämon gesteuert, in Tönsdorfs Zigarettenschachtel gefasst. Inzwischen hatte die Sucht sie wieder voll im Griff, ja, sie rauchte mehr denn je.

Torstens Augen wirkten klein und von Müdigkeit verschwollen und er hatte Bartstoppeln im Gesicht. Die Leiche war bereits abtransportiert, die Spurensicherung hatte ihre Arbeit geleistet, aber Susanne legte Wert darauf, den Fundort persönlich in Augenschein zu nehmen. Die Stelle auf dem Asphalt, wo der Tote gelegen hatte, war mit Kreidestrichen markiert.

Tönsdorf, offenbar aus seinem frühmorgendlichen Stupor erwacht, schien nun doch gewillt, aktiv am Dienst teilzunehmen, und gesellte sich zu ihnen. Er kratzte sich an seinem stattlichen Bauch, ließ seinen Blick an den hohen Kesseln der Claus-Anlage entlangwandern und zündete sich ebenfalls eine Zigarette an. Nach den ersten zwei Zügen musste er erst einmal Schleim abhusten, verzog sein immer etwas gerötetes Gesicht und brummte: »Die ganze Kehle aufgerissen? Ist ja ekelhaft!«

»Was haben wir denn?« Susanne musterte die Kreidestriche. Der Tote musste lang ausgestreckt auf dem Boden gelegen haben. Vermutlich rücklings.

Torsten seufzte. »Wenig. Und das wenige erscheint völlig rätselhaft. Mir jedenfalls. Aber vielleicht bin ich auch einfach zu müde ...« Er gähnte demonstrativ und ehe er weitersprechen konnte, rauschte ein silberner Mercedes heran und stoppte neben Susannes Dienst-Opel. Der Mann, der ausstieg, war groß und schlank und näherte sich mit raschen, geschmeidigen Schritten. Ein sehr attraktiver Mann, wie Susanne registrierte. Außerdem registrierte sie, dass noch ein zweiter Mann auf dem Beifahrersitz saß, aber keine Anstalten machte auszusteigen.

Dann wurde ihr Blick auf eigenartige Weise von dem Mann gefesselt, der zielstrebig auf sie zukam. Er hielt sich aufrecht, sein kurzes, dunkles Haar, das gepflegt schimmerte, war von Silberfäden durchzogen. Das gut geschnittene Gesicht war angenehm gebräunt und die Falten darin saßen genau an den richtigen Stellen. Susanne schätzte ihn auf Ende vierzig, aber bestens erhalten. Er streckte die Hand aus. »Guten Morgen. Ich bin Arne Felten. Der Direktor.« Seine Stimme hatte ein wohlklingendes, volles Timbre. Du meine Güte, es war wie Magie. Susanne spürte, wie ihre Knie weich wurden. Das war ihr, wenn überhaupt jemals, schon seit Ewigkeiten nicht mehr passiert. Seine Augen funkelten sie freundlich und, wie es ihr schien, ein wenig spöttisch an. War er sich der Wirkung, die er bei ihr erzielte, bewusst? Seine Hand war warm und fest und sie hatte das Gefühl, dass er ihre Hand etwas länger als nötig festhielt, was sich gar nicht vorteilhaft auf ihre Knie auswirkte. Sie machte den Mund auf. »Ja …«

Tönsdorf sprang in die Bresche, wobei er sich, wie Susanne ärgerlich bemerkte, offenbar nur mühsam ein Grinsen verkneifen konnte. »Das ist Kommissar Mallmann, ich bin Kommissar Tönsdorf, und das ist unsere Chefin, Frau Hauptkommissarin Wendland.« Letzteres sagte er zu Susannes Freude mit deutlich erkennbarem Stolz. Der Bann löste sich. Sie fand ihre Sprache wieder. »Angenehm«, sagte sie etwas kratzig.

Himmel, was war denn los mit ihr? Sie neigte normalerweise wirklich nicht dazu, irgendwelche schönen Männer anzuschmachten wie ein pubertierender Teenager.

»Sind Sie denn schon zu ersten Erkenntnissen gelangt?«, fragte Felten. Für einen Moment verspürte Susanne den ziemlich lächerlichen Wunsch, mit geschlossenen Augen seiner Stimme zu lauschen wie einem guten klassischen Musikstück.

»Die Leiche ist in die Gerichtsmedizin gebracht worden. Den Obduktionsbericht erwarten wir im Lauf des Vormittags«, sagte Torsten.

Felten nickte. »Sehr gut. Muss hart sein, sich auf diese Weise die Nacht um die Ohren zu schlagen. Darf ich Sie alle auf einen Kaffee in mein Büro bitten?«

Dass Felten ihr so gut gefiel, fand Susanne ein bisschen unheimlich, und natürlich regte sich ihr kriminalistisches Misstrauen – war Felten vielleicht eine Spur zu freundlich?

Während sie hinter Feltens Mercedes herfuhren, zündete sich Tönsdorf auf dem Beifahrersitz die nächste Zigarette an. »Soll ich mal für dich checken, ob er Single ist?«

»Wer?«

»Na, Felten natürlich.« Er zwinkerte ihr zu.

Susanne verzog das Gesicht. »Ach, halt bloß die Klappe!«

Das Verwaltungsgebäude der Raffinerie wirkte modern und gesichtslos – viel Glas und Stahl. Diese Gesichtslosigkeit setzte sich in Feltens Büro fort, das doch immerhin das bedeutendste in diesem Gebäude sein musste. Chromschreibtisch, schwarze Ledersessel. Susanne war enttäuscht, die Verzauberung ließ etwas nach. Sie schaute sich nach Persönlichem um, das Feltens Wesen, seine Vorlieben offenbart hätte, fand aber nichts, so, als sei er als Mensch in diesem Büro nicht wirklich anwesend. Die einzige Dekoration, falls jemand dergleichen für dekorativ hielt, war eine auf Posterformat vergrößerte Luftaufnahme der Raffinerie, hinter Glas.

Und doch besaß Felten diese enorme körperliche Ausstrahlung. Sie ertappte sich bei der Vorstellung, mit ihm ins Bett zu gehen, und musste sich sehr zusammenreißen, um sich auf die Arbeit zu konzentrieren. Was ist denn los?, wunderte sie sich. Bin ich sexuell so ausgehungert? Nun ja, was Männer anging, war sie wirklich nicht gerade vom Glück verfolgt.

In dem weitläufigen Büro gab es neben Feltens Chefschreibtisch noch einen großen Konferenztisch, an dem er ihnen Platz anbot. Auch der zweite Mann aus dem Mercedes setzte sich dazu. Während sie hinter Felten hergefahren waren, hatte Torsten sie kurz gebrieft. Der Bursche, kleiner und kompakter als Felten, hieß Krupka und war der Leiter des Werkschutzes. Nahkampfgestählt, viele Muskeln, aber vom Gesichtsausdruck her zu urteilen eher weniger Gehirn.

»Er hat den Toten gefunden«, hatte Torsten im Wagen gesagt. »Sie haben zusammen Wache geschoben. Er behauptet, sie hätten sich getrennt. Als der andere, Sempold, dann an dem verabredeten Treffpunkt nicht wieder auftauchte, will er ihn suchen gegangen sein und ihn dann mit zerfetzter Kehle gefunden haben. Den Mord selbst hat er angeblich nicht beobachtet.«

»Und du glaubst ihm nicht?« Das war an Torstens Gesichtsausdruck deutlich abzulesen gewesen.

»Ich hab den Eindruck, der Typ lügt. Ich glaube, er hat irgendwas gesehen. Aber warum lügt er? Will er jemand decken? Der, der diesen Mord begangen hat, muss ein vollkommen durchgeknallter Perverser sein. Wer würde so jemanden decken wollen?«

Susanne, die sich bewusst den Stuhl Krupka gegenüber ausgesucht hatte, musterte den Werkschutzmann prüfend. »Sie haben also den Toten gefunden?«

Er nickte. »Ein ... schrecklicher Anblick.« Anfangs hatte er der Musterung standgehalten, doch jetzt huschten seine Augen nervös hinüber zu seinem Chef.

In diesem Moment öffnete sich die Tür. Feltens Sekretärin, eine ältere, etwas streng wirkende Frau, kam mit einem Tablett herein, auf dem Kaffeetassen und eine Thermoskanne standen sowie eine Schale mit Keksen. Hinter ihr betrat ein junger Mann von vielleicht achtzehn, neunzehn Jahren das Büro. Er hatte schwarzes Haar und einen dunklen, ehe südländisch wirkenden Teint.

»Ah, da kommt Mario«, sagte Felten. »Er ist der Sohn guter Freunde und absolviert gerade ein Praktikum bei mir in der Raffinerie.« Er lächelte den Jungen freundlich an, ohne die gewisse autoritäre Härte, die sonst im Umgang mit seiner Sekretärin oder Krupka spürbar war. »Mario schaut mir praktisch bei allem über die Schulter, was ich tue. Er will Ingenieurwissenschaften studieren und vielleicht einmal in meine Fußstapfen treten.« Es klang, als ob Mario quasi zu Feltens Familie dazugehörte. »Setz dich ruhig zu uns, mein Junge.«

Mario hatte ein sympathisches, gewinnendes Lächeln. Er setzte sich still an den großen Tisch, in einem gewissen respektvollen Abstand zu den anderen.

»Und, gefällt's Ihnen denn auf der Raffinerie?«, fragte Tönsdorf im Plauderton. »Wenn nicht, dann können Sie ja stattdessen zu uns zur Polizei kommen. Wir suchen immer Nachwuchs.«

»Danke«, sagte Mario, »aber ich finde es hier bei

Onkel Arne sehr interessant und spannend.« Er strahlte eine freundliche Bescheidenheit aus, die rasch für ihn einnahm.

»Werben Sie mir den Jungen nicht ab«, sagte Felten mit spielerisch-mahnend erhobenem Zeigefinger. »Ich setze große Stücke auf ihn.«

Onkel Arne? Offenbar handelte es sich bei Felten um einen sehr nahen Freund von Marios Eltern. Susanne schenkte dem Jungen aber keine weitere Aufmerksamkeit, sondern konzentrierte sich nun auf Krupka, der sich unter ihrem Blick sichtlich unbehaglich fühlte.

»Ist es nicht etwas ungewöhnlich, dass der Leiter des Werkschutzes nachts persönlich Wache schiebt?«, fragte Susanne.

»Das stimmt«, sagte Krupka. Susanne ins Gesicht zu sehen, schien eine ziemliche Anforderung für ihn darzustellen. »Normalerweise habe ich nur Rufbereitschaft. Aber ich musste einspringen, weil zwei meiner Leute krank sind. Und jetzt ... fehlen gleich drei!«

»Herr Krupka ist ein sehr gewissenhafter Mitarbeiter. Er erledigt seine Arbeit ausgezeichnet.« Feltens Lächeln erinnerte Susanne an Robert Redford in seinen besseren Jahren.

»Selbstverständlich. Das bezweifle ich nicht.« Natürlich bezweifle ich es, dachte Susanne. Eine gute Kriminalistin muss alles in Zweifel ziehen. »Aber könnte es nicht doch sein, dass Sie irgendetwas Ungewöhnliches bemerkt haben? Etwas gehört, vielleicht?«

»Nein«, sagte Krupka schnell, ohne nachzudenken. »Tut mir Leid. Ich fürchte, ich kann Ihnen nicht weiterhelfen.«

Susanne setzte ihren bohrendsten Blick ein und auf Krupkas Oberlippe bildeten sich feine Schweißperlen. »Warum trennen Sie sich denn eigentlich bei Ihren Wachgängen? Wäre doch sinnvoller, Sie bleiben die ganze Zeit zusammen. Vier Augen sehen mehr als zwei.«

»Also, das machen wir, um ... Zeit zu sparen. Das Gelände der Raffinerie ist ziemlich groß, wissen Sie.«

Susanne war sicher, dass er log. Das augenscheinliche Unbehagen, das diese Lüge ihm bereitete, machte ihn ihr fast sympathisch. Aber warum log er? Verlangte Felten das von ihm? Das war eine mögliche Erklärung für die nervösen Seitenblicke.

»Ich bitte Sie sehr, bei Ihren Ermittlungen Vertraulichkeit zu wahren«, sagte Felten. »Ich möchte vermeiden, dass der Todesfall allzu große Unruhe unter der Belegschaft auslöst. Wir haben ein starkes Interesse an einer raschen Aufklärung, wie Sie sich denken können. Und Medienrummel können wir überhaupt nicht gebrauchen.«

Besonders, wenn es etwas zu vertuschen gibt, dachte Susanne mit professionellem Misstrauen. Andererseits, welches Unternehmen wünschte sich schon *diese* Art von Publicity? Sie beschloss, erst einmal alle Fakten zu sammeln, sich die Leiche anzuschauen und in Ruhe nachzudenken. Krupka würde sie sich später noch einmal vornehmen, und zwar allein, weit weg von seinem Chef.

Sie trank ihren Kaffee aus und stand auf. »Zunächst vielen Dank«, sagte sie, an Felten gewandt, und gab ihrer Stimme bewusst einen kühlen, distanzierten Klang. »Ich fahre jetzt in die Gerichtsmedizin. Sobald wir neue Erkenntnisse haben, melden wir uns wieder bei Ihnen. Herr Krupka?« Er zuckte beinahe zusammen. »Ich nehme an, Sie möchten sich jetzt ein paar Stunden hinlegen. Kommen Sie heute Nachmittag, wenn Sie ausgeschlafen haben, ins Präsidium. Wir müssen ein Protokoll anfertigen.«

»Aber ich habe Ihrem Kollegen doch schon alles gesagt. Ich … habe viel zu tun.« Er lockerte sich nervös den Hemdkragen. Susanne konnte sich ein Grinsen kaum verkneifen. Halte deine sadistische Ader im Zaum!, mahnte sie sich. »Sie haben den Toten gefunden. Tut mir Leid. Da kommen wir um ein ausführliches Protokoll nicht herum.«

Krupka warf Felten einen Hilfe suchenden Blick zu, doch der Direktor sagte lediglich in kühlem Tonfall: »Sie haben gehört, was die Frau Hauptkommissarin gesagt hat.« Damit war die Angelegenheit für Felten offensichtlich erledigt. Er erhob sich ebenfalls und streckte ihr die Hand hin. Wieder verspürte sie diesen unglaublichen Magnetismus, der ihr bis hinunter in die Beine fuhr. Sie schluckte, ließ seine Hand so schnell wie möglich wieder los und strebte eilig aus dem Büro.

»He!«

Plötzlich merkte sie, dass sie draußen auf dem Flur in die falsche Richtung abgebogen war. Sie drehte sich um und da standen Torsten und Tönsdorf, die beide ein paar Schritte in die richtige Richtung gegangen waren, und grinsten.

Sie spürte, wie ihre Wangen heiß wurden.

»Kannst dich wohl nicht von ihm trennen?« Es gab Momente, da fand sie Tönsdorfs Scherze kolossal nervend.

»Quatsch!« Mit langen, wütenden Schritten ging sie hinter den beiden her. »Los! Auf in die Gerichtsmedizin!«

Krupka eilte in sein eigenes Büro, das sich im dritten Stock befand, gleich neben dem überdachten Gang, der hinüber zur Technikzentrale führte. Er schlug die Tür hinter sich zu, füllte am Waschbecken ein Glas mit kaltem Wasser, registrierte ärgerlich das leichte Zittern seiner Hände und trank das Glas in einem Zug leer. Diese Kommissarin gehörte zu jener Sorte Frauen, die er überhaupt nicht mochte. Frauen, die alles besser wussten und sich von Männern nichts sagen ließen. Es gab Berufe, in denen waren Frauen einfach fehl am Platze und bei der Kripo hatten sie ganz sicher nichts zu suchen. Auch für den Werkschutz wäre er niemals auf die Idee gekommen, eine Frau einzustellen. Solche Jobs waren seiner Ansicht nach Männersache. Diese unangenehme, stechende Art, wie sie ihn angeschaut hatte, und der schroffe Klang ihrer Stimme. Sie war wohl eine dieser ganz hartgesottenen Emanzen.

Was ihm gleichfalls nicht behagte, war, dass der Chef Mario erlaubt hatte bei der Unterredung mit der Polizei dabei zu sein. Wieso durfte der Junge ihn auf Schritt und Tritt begleiten? Natürlich mochte der Chef den Jungen und Mario war ja auch wirklich sympathisch und freundlich, aber für das harte Ölgeschäft fand Krupka ihn zu weich.

Sicher, in gewisser Weise konnte er den Chef verstehen. Felten besaß keine eigene Familie. Soweit Krupka wusste, hatte Felten eine kurze, kinderlose Ehe geführt, die mit einer ziemlich hässlichen Scheidung geendet hatte. Seine späteren Frauenbekanntschaften schienen nie von Dauer zu sein, vermutlich, weil der Chef ganz mit seinem Beruf verheiratet war. Da blieb kaum Zeit für ein Privatleben. Mit den Eberhards, den in München lebenden Eltern Marios, war der Chef offenbar schon seit vielen Jahren gut befreundet, weswegen er jetzt Mario unter seine Fittiche nahm. Aber er übertrieb nach Krupkas Meinung dabei etwas. Solche Sentimentalitäten hätte er dem Chef nicht zugetraut und war darüber doch etwas enttäuscht. Dabei wäre es bestimmt besser für den Jungen gewesen, ihn hart ranzunehmen und richtig malochen zu lassen, mit den Schichtarbeitern, wo es rau zuging. Felten war doch sonst nicht zimperlich!

Das hart wirkende Gesicht der Kommissarin mit dem bohrenden Blick drängte sich ihm wieder auf. Natürlich hatte er schlecht gelogen. Das war einfach nicht sein Ding, er zog es vor, geradeheraus zu sagen, was er dachte. Am meisten ärgerte er sich darüber, dass er behauptet hatte, es sei normal, dass die beiden Wachmänner sich während des Rundgangs trennten. Was für eine Riesendummheit! Eine Nachfrage beim Personal genügte, dann wussten die Polizisten, dass so etwas keineswegs üblich war. Aber ihm war auf die Schnelle keine andere Erklärung eingefallen, warum er sich nicht in Sempolds Nähe aufgehalten hatte, als dieser getötet wurde.

Beim Gedanken daran verzog Krupka das Gesicht. Von der Sache mit Mario abgesehen, der ja erst seit drei Wochen in der Raffinerie war, hielt Krupka große Stücke auf den Chef. Der war eine echte Führungspersönlichkeit. Krupka arbeitete gern für ihn. Er führte die Raffinerie mit fester Hand und der nötigen Härte. Es gab Menschen, die ganz einfach Macht ausstrahlten, doch bei niemandem hatte Krupka das so ausgeprägt erlebt wie bei Direktor Felten. Er musste nie laut werden und mit der Faust auf den Tisch schlagen. Er zog Menschen einfach in seinen Bann und sie folgten ihm. Dabei bewies er immer wieder ein unfehlbares Urteilsvermögen und die Raffinerie gedieh ausgezeichnet. Und er war ja nicht nur für diese hier verantwortlich, sondern als Mitglied des Gesamtvorstands auch noch für alle anderen Raffinerien des Konzerns. Der Chef war aus dem richtigen Holz geschnitzt. Er war ein Mann nach Krupkas Geschmack. Deutschland brauchte Männer wie ihn, sonst würde früher oder später alles den Bach hinuntergehen. Kein Wunder, dass der Chef vor zwei Jahren zum deutschen Manager des Jahres gewählt worden war. Und man munkelte, wenn der jetzige Vorstandschef von Europetrol im kommenden Jahr in den Ruhestand gehe, habe Direktor Felten gute Aussichten dessen Nachfolge in der Londoner Konzernzentrale anzutreten.

Für den Chef war Krupka bereit durchs Feuer zu gehen. Aber die Sache mit der Raubkatze vor der Polizei zu verbergen hielt er dennoch für einen Fehler.

Während der drei Jahre, die Krupka nun in der Raffinerie arbeitete, war dies das erste Mal, dass der Chef eine Entscheidung getroffen hatte, die Krupka nicht einleuchtete. Gewiss, der Chef hatte zu bestimmen und Krupka hatte natürlich gehorcht. Aber würden sie nicht bei der Obduktion ohnehin herausfinden, dass Sempold von einem Raubtier getötet worden war? Andererseits war der Gerichtsmediziner möglicherweise ein Stümper – mit Stümpern hatte man ja heutzutage allerorten zu rechnen – und bemerkte es nicht. Dann würden sie nach einem gemeingefährlichen Irren suchen. Sie würden denken, dass er, Krupka, einen Irren deckte.

Es war merkwürdig, aber Krupka hatte den Eindruck, als wisse der Chef etwas über diese Raubkatze. Als Krupka ihn in der Nacht angerufen hatte, war die erste Reaktion völliges Schweigen gewesen, dann hatte der Chef leise gefragt: »Eine *schwarze* Raubkatze, sagen Sie? Das ist … *eigenartig* …« Er schien um Fassung zu ringen, dann hatte er den gewohnten Chefton wieder gefunden: »Erzählen Sie niemandem davon! Ich will, dass niemand von dieser Raubkatze erfährt! Versprechen Sie mir das, Krupka!«

»Aber, Chef, Sempolds Verletzungen …«

»Interessiert mich nicht. Sagen Sie, dass Sie ihn tot gefunden haben. Sie waren nicht dabei, als es passierte! Haben Sie verstanden, Krupka?«

Krupka stellte das leere Wasserglas langsam zurück auf die Spüle. Vielleicht war ich ja wirklich nicht dabei, dachte er. Das wäre das Angenehmste.

Aber das schwarze Vieh war aus der Dunkelheit

gesprungen, kein Zweifel. Seine Frau hatte ihm, wenn sie gestritten hatten, bisweilen vorgeworfen, er besitze überhaupt keine Phantasie. Er hatte das immer für eine seiner größten Stärken gehalten. Krupka, der sich stets an die klar erkennbaren Realitäten hielt. Das machte ihn zu einem umsichtigen, keine wichtigen Details übersehenden Sicherheitsfachmann.

Ich habe die schwarze Raubkatze gesehen, sagte er sich, und wenn ich sie gesehen habe, dann war sie auch da. Dieser Gedanke führte zu einer weiteren, höchst beunruhigenden Überlegung: Wenn die Raubkatze existierte, wo war sie jetzt? Noch auf dem Gelände der Raffinerie? Und woher stammte sie, um alles in der Welt? War sie aus dem Kölner Zoo entwichen? Nein, das hätte mit Sicherheit an diesem Morgen in der Zeitung gestanden oder wäre in den WDR-Radionachrichten gemeldet worden. Er wusste, dass sich auch Privatleute – unverantwortlicherweise – exotische Raubtiere hielten. Ein Zirkus war ebenfalls eine Möglichkeit.

Was sollte nun geschehen? Bislang hatte Krupka immer geglaubt den Chef gut zu verstehen. Der Erfolg der Raffinerie hatte für den Chef stets höchste Priorität. Damit sicherte er seine eigene Macht und diejenigen, die ihn solidarisch unterstützten und sich seinen Anordnungen fügten, konnten an diesem Erfolg teilhaben. Aller anderen entledigte er sich früher oder später. Er feuerte sie oder sie gingen freiwillig. Nur so konnte man ein Industrieunternehmen führen. Für diese entschlossene Härte genoss der Chef Krupkas uneingeschränkte Bewunderung. Doch die Anweisung, die Raubkatze zu verschweigen, wirkte unvernünftig. Hätten sie der Polizei die Sache mit der Raubkatze berichtet, wäre jetzt längst eine bewaffnete Einsatzhundertschaft damit beschäftigt gewesen, das gesamte Raffineriegelände zu durchkämmen. Unter dem Gesichtspunkt größtmöglicher Sicherheit und um einen reibungslosen Betriebsablauf zu gewährleisten, wäre das die einzig sinnvolle Vorgehensweise gewesen. Trotzdem, Krupka hatte dem Chef sein Wort gegeben, dass er schweigen würde. Und auf Krupkas Wort war Verlass. Nicht einmal seine eigenen Leute konnte er nun anweisen nach der Raubkatze zu suchen. Der bisherigen offiziellen Sprachregelung zufolge, auf die der Chef ihn eingeschworen hatte, war Sempold einem unglücklichen Unfall zum Opfer gefallen. Einem Sturz offenbar. Niemand von der Nachtschicht hatte den Toten zu Gesicht bekommen, sodass sich diese Version zumindest einstweilen aufrechterhalten ließ.

Krupka legte sich auf die Pritsche im Nebenzimmer seines Büros. Er versuchte etwas zu schlafen, doch nach einer knappen halben Stunde setzte er sich wieder auf. Er würde noch einmal mit dem Chef sprechen. Der Chef war ein hochintelligenter Mann. Vielleicht war er längst selbst zu dem Schluss gelangt, dass die Sache mit der Raubkatze nicht geheim gehalten werden konnte, werden durfte. Er griff zum Handy. Frau Reuter, Feltens Sekretärin, meldete sich. Krupka war nervös und besorgt, bemühte sich aber doch, seine Stimme freundlich klingen zu lassen. Frau Reuter war im Umgang nicht ganz einfach und am meisten erreichte man bei ihr mit Freundlichkeit. Krupka vermutete, dass der Chef sie vor allem eingestellt hatte, damit sie ihm lästige Leute abwimmelte. »Sagen Sie, ist Herr Direktor Felten zu sprechen?«

»Tut mir Leid, Herr Krupka, aber der Herr Direktor ist in die Stadt gefahren. Er hat heute einen wichtigen Termin beim Oberbürgermeister. Wegen des geplanten Ausbaus der Raffinerie. Ist es dringend? Dann müsste ich ihn aus der Sitzung rufen lassen …« Der Unterton ihrer Stimme legte nahe, dass sie dazu nur im Falle von Erdbeben und anderen Großkatastrophen bereit war.

»Nein, nicht nötig. Sagen Sie mir bitte Bescheid, wenn er wieder im Haus ist?«

»Rufen Sie doch einfach in zwei Stunden wieder an.« Ihm Bescheid zu geben hielt sie offenkundig für unter ihrer Würde.

Krupka unterbrach die Verbindung und fluchte mit zusammengebissenen Zähnen. Nach allem, was er darüber gehört hatte, verliefen die Verhandlungen mit der Stadt wegen der Erweiterung zäh. Der Termin konnte sich also hinziehen. Krupka musste nun davon ausgehen, dass der Chef seine Meinung bezüglich der Raubkatze nicht geändert hatte, sonst hätte er ihm das gewiss mitgeteilt, ehe er zur Stadtverwaltung fuhr. »Aber warum?«, murmelte Krupka. »Es ergibt einfach keinen Sinn.« Er hoffte inständig, dass er noch Gelegenheit erhielt, mit dem Chef zu sprechen, ehe er am Nachmittag auf dem Polizeipräsidium erscheinen musste. Diese knochenharte Kommissarin würde ihn nach Strich und

Faden in die Mangel nehmen. Er streckte sich wieder auf der Pritsche aus, doch an Schlaf war überhaupt nicht zu denken.

2. KAPITEL

»Da habt ihr mir ja mal wieder eine nette Leiche gebracht!« Dr. Toni Walterscheid gab Susanne die Hand.

»Kann ich nicht beurteilen, Toni. Ich habe diesen Sempold noch gar nicht zu Gesicht bekommen.«

Toni war ein Urkölner, Mitte fünfzig, der mit seiner grauen Tolle und dem großen Schnäuzer etwas an den seligen Willy Millowitsch erinnerte.

»Na, dann wird's aber Zeit! Ein wirklich interessanter Anblick.«

Torsten war nach Hause gefahren, Schlaf nachholen. Und Susanne hatte Tönsdorf am Präsidium abgesetzt, weil er sich im Büro nützlich machen sollte. Damit, dass er ihr den größten Teil des lästigen, von ihr zutiefst gehassten Schreibkrams abnahm, leistete Tönsdorf, wie sie fand, unschätzbare Dienste, die sich kaum in Gold aufwiegen ließen.

Toni zog die Pritsche mit der Leiche scheppernd aus dem Kühlregal. Susanne biss die Zähne zusammen. Ganz zur Routine wurde dieser Teil ihrer Arbeit nie. Früher hatte sie das geglaubt, aber so war es nicht und auch in zehn oder zwanzig Jahren würde es wohl nicht so sein. Aus den Schuhen gekippt war sie bei einer Leichenschau allerdings noch nie. Dazu war sie dann doch ein zu harter Knochen. Aber sie wusste, dass Toni für solche Fälle (bei jungen, unerfahrenen Beamten kam es nicht selten vor) in seinem Büro stets einen starken Schnaps bereithielt.

»Wie ich gesagt hab: wirklich interessant.« Toni fuhr sich mit der Hand durch seine Tolle.

Der vordere Teil von Sempolds Hals war, vom Kinn bis zum Schlüsselbein, vollkommen zerfetzt. Susanne schluckte. Sie fragte sich, wie der Mörder das bewerkstelligt haben mochte, mit welcher Waffe. Das musste die Tat eines Wahnsinnigen sein.

»Ich frage mich, mit was für einem Mörder wir es hier zu tun haben, Toni. Wer tut so was? Und warum?«

»Ich glaube, es handelt sich diesmal nicht um Mord im eigentlichen Sinn.«

Susanne schaute Toni erstaunt an. »Du willst doch wohl nicht behaupten, dieser Typ hier sei eines natürlichen Todes gestorben?«

Toni deutete auf einige tiefe rote Einschnitte auf der Brust des Toten. »Wonach sieht das deiner Meinung nach aus?«

Susanne schaute genauer hin. »Hm. Messerschnitte?« Nein. Diese Verletzungen erinnerten sie an etwas anderes. Kratzwunden. Tiefe, lange Kratzer.

Toni schaute auf die Uhr. »Er müsste gleich da sein.«

»Wer?«

»Harry.«

Toni machte sich gern einen Spaß daraus, Leute auf die Folter zu spannen.

»Nun, sag schon! Wer ist denn dieser Harry?«, fragte Susanne.

»Ein waschechter Kölner, so wie ich.«

»Waschechte Kölnerin bin ich auch. Was ist daran Besonderes?«

»Harry ist für einen Rheinländer ungewöhnlich reiselustig. Er ist eigentlich immer unterwegs. Außer an Karneval. Da zieht's ihn alle Jahre wieder nach Köln zurück.«

Natürlich. Susanne grinste. Die schönsten Klischees über die Rheinländer, und die Kölner im Besonderen, waren keineswegs erfunden.

»Aber die meiste Zeit seines Lebens verbringt er im Busch. In Afrika, Südamerika, Asien. Überall, wo's große wilde Tiere gibt. Er ist Zoologe. Und wenn er sich zwischendurch mal in Köln aufhält, ist er im Zoo anzutreffen.«

Susanne betrachtete den toten Wachmann noch einmal eingehend. »Dann meinst du also, er ist von einem wilden Tier angefallen worden?«

Toni machte ein Gesicht, als sei er ein bisschen enttäuscht, dass sie von alleine darauf gekommen war.

»Kannst du mir dann vielleicht auch verraten, was dieses wilde Tier in einer Ölraffinerie zu suchen hatte?«

Toni zuckte die Achseln. »Bin ich Kriminalist? Ich ermittele nicht. Ich gucke mir nur Leichen an. Komm, überbrücken wir die Zeit, bis Harry eintrifft, mit einem Käffchen.«

Er schob die Leiche wieder ins Kühlfach und sie gingen über einen kurzen, steril riechenden, spiegelblank gebohnerten Flur in sein Büro, dessen Rückwand von einer großen Collage aus lauter Karnevalsfotos dominiert wurde. Toni war Karnevalist mit Leib und Seele und ein sehr gefragter Büttenredner. In einer kleinen Glasvitrine häuften sich Orden und andere karnevalistische Ehrenzeichen in großer Menge.

Während er Kaffee aufsetzte, fragte Susanne: »Warum ist denn dein Harry Anfang Mai noch da? Karneval ist doch schon lange vorbei.«

»Er bereitet eine neue Expedition vor. Wenn ich richtig orientiert bin, geht's nach Borneo. Zu den Orang-Utans. Seit da die ganzen Urwälder abgefackelt wurden, geht's denen wohl ziemlich dreckig. Schade. Das sind wirklich interessante Viecher. Ich würde gerne mal einen obduzieren.«

Susanne verzog das Gesicht. Gerichtsmediziner! Sie mochte Orang-Utans und stattete ihnen im Menschenaffenhaus des Zoos gelegentlich einen Besuch ab. Wie Susanne selbst hatten sie endlos lange, schlaksige Arme und Beine. Und Susanne schaute ihnen wahnsinnig gern in die Augen, ohne genau sagen zu können, was sie darin zu finden hoffte.

Sie zündete sich eine Zigarette an und Toni reichte ihr eine dampfende Kaffeetasse, die – wen wunderte es – mit dem Emblem eines Kölner Traditions-Karnevalskorps verziert war.

»Tach auch!«

Ein kleiner, ziemlich dicker Mann mit Stirnglatze und Brille stand in der Tür, der auf den ersten Blick eher wie ein Schalterbeamter wirkte. Auf den zweiten Blick sah Susanne aber, dass er große, kräftige

Hände hatte und dass diese Hände und sein Gesicht jene tiefe Bräune aufwiesen, wie sie sich bei Leuten entwickelt, die den größten Teil ihres Lebens im Freien zubringen.

»Nett, dass Kaffee für mich bereitsteht!« Er griff sich zielsicher eine der karnevalistisch verzierten Tassen und hielt sie Toni hin, der brav eingoss und sie dann miteinander bekannt machte.

»Sie sind bei der Mordkommission?« Harry pfiff durch die Zähne. »Wie spannend! Krimis sind meine Leidenschaft, wissen Sie? Wenn ich nachts im Dschungel im Zelt liege, lese ich am liebsten Großstadtkrimis. Ich stopfe immer einen Stapel davon in meinen Rucksack. Wahrscheinlich ist es der Kontrast zwischen äußerer Umgebung und literarischer Welt, der mich dabei reizt. Aber der reale Polizeialltag ist vermutlich weit weniger aufregend, nehme ich an?«

Susanne zog die Nase kraus. »Klar. Viel trockene Schreibtischarbeit.«

Sie leerten ihre Kaffeetassen. Toni stellte seine mit einem Ruck ab. »Auf geht's! Bin gespannt auf deine Meinung!«

Sie gingen zurück in die Leichenhalle. Toni zog den Toten wieder aus dem Kühlfach. Wieder pfiff Harry durch die Zähne. Er beugte sich interessiert vor und musterte die Verletzungen gründlich. Dann richtete er sich auf und schaute Susanne mit fachmännischer Miene an. »*Panthera pardus* oder *Panthera onca*, wie mir scheint.«

»Siehst du?«, triumphierte Toni. »Hab ich doch gesagt!«

»Wie wär's mit einer Übersetzung?« Susanne schaute Harry fragend an.

»Ein Leopard oder ein Jaguar. Ja. Ich bin mir praktisch sicher, dass dieser Mann von einem Leoparden oder einem Jaguar getötet wurde. Schaut euch die Krallenspuren auf der Brust an und diese große Bissverletzung am Hals. Ein Löwe oder Tiger war's nicht. Die sind zu riesig. Außerdem setzen sie an der Kehle meist nur einen Würgebiss an und reißen dann große Stücke Fleisch aus dem Körper heraus. Ein Puma wäre eventuell auch denkbar.« Er überlegte einen Moment, schüttelte dann den Kopf. »Nein. Pumas sind nicht stark genug, nicht so furchtlos. Ich tippe am ehesten auf einen Jaguar, weil der etwas kräftiger als ein Leopard ist. Und es muss ein großes und kräftiges Exemplar gewesen sein.«

Susanne versuchte sich vorzustellen, dass draußen in der Ölraffinerie nachts eine Raubkatze herumschlich und Leute anfiel. Das klang nach einem schlechten Horror-Roman. »Haben Sie eine Idee, wo dieser Jaguar oder Leopard herstammen könnte?«

Harry nahm seine Brille ab und putzte sie. »Schwer zu sagen ...«

»Könnte er aus dem Zoo entwichen sein?«

Harry schüttelte nachdrücklich den Kopf. »Ich habe eben noch bei den Raubkatzen nach dem Rechten geschaut. Da fehlt keine. Wäre auch gar nicht möglich. Die Sicherheitsvorkehrungen im Kölner Zoo sind vorbildlich. Vielleicht ist er ja einem Privatmann entlaufen. Oder ausgesetzt worden. Es gibt Verrückte, die es schick finden, sich ein solches Tier zu halten. Aber irgendwann wächst es ihnen über den Kopf. Sie bekommen es mit der Angst zu tun und setzen es einfach aus. Das wäre eine mögliche Erklärung. Dass er einen Menschen angefallen hat, lässt darauf schließen, dass ihm Menschen vertraut sind. Sonst würde er vor ihnen fliehen.«

»Dann besteht also die Gefahr, dass er es wieder tut?«

Harry setzte seine Brille auf. »Unbedingt. Dieses Tier ist gefährlich. Es muss so schnell wie möglich gefunden und eingefangen werden.« Er zeigte auf den Toten. »Wo ist das denn passiert?«

»Draußen in der Europetrol-Ölraffinerie«, sagte Toni.

»Unmöglich! Da *kann* es nicht passiert sein!«, rief Harry.

»Doch, doch«, entgegnete Toni. »Der Tote ist ein Wachmann, der dort nachts seine Runde gemacht hat.«

»Wieso sind Sie so sicher, dass es dort nicht geschehen sein kann?«, fragte Susanne.

Harry schüttelte den Kopf. »Ich kann mir einfach nicht vorstellen, dass ein wildes Tier – und wir haben es mit einem wilden Tier zu tun, auch wenn es lange in Gefangenschaft gelebt haben mag –, dass dieses Tier freiwillig einen solchen Ort aufsucht, eine ihm völlig fremde, beängstigende Umgebung mit vielen Lichtern und ungewohnten Gerüchen und Geräuschen. Es würde eher versuchen eine Umgebung zu finden, die seinem natürlichen Lebensraum ähnelt. Einen Park vielleicht oder ein Waldstück am Stadtrand, wo es sich verstecken und Beute machen kann.«

Das leuchtete Susanne ein. Aber Sempold war nun einmal in der Raffinerie angefallen worden. »Was raten Sie uns? Was sollen wir tun?«

Harry wiegte den Kopf. »Ich glaube nicht, dass tagsüber etwas passiert. Da wird er sich verstecken. Aber ich halte es doch für angebracht, die Leute, die in der Nähe der Raffinerie wohnen, zu warnen. Als Vorsichtsmaßnahme. Kinderspielplätze sollten besser geräumt werden. Ist zwar unwahrscheinlich, dass etwas passiert, aber nicht auszuschließen. Vor allem würde ich alle großen Bäume im Umkreis der Raffinerie inspizieren. Ich denke, dass er sich tagsüber auf einem Baum versteckt, weil er sich dort oben einigermaßen sicher fühlt. Jaguare und Leoparden sind ausgezeichnete Kletterer.«

»Und wodurch unterscheiden die beiden sich?«

»Der Leopard kommt in Afrika und Asien vor, der Jaguar in Mittel- und Südamerika. Der Jaguar ist etwas größer und kräftiger und hat einen kürzeren Schwanz. Ihre Fellzeichnung ist sehr ähnlich, allerdings hat der Jaguar größere, ringförmige Flecken mit einem schwarzen Punkt in der Mitte. Von Leopard und Jaguar gibt es aber auch ganz schwarze Exemplare.«

»Okay«, sagte Susanne, »dann informiere ich die Kollegen von der Schutzpolizei. Wären Sie denn bereit, bei der Suche zu helfen, Harry?«

Er schaute auf die Uhr. »Ich stecke gerade mitten in meinen Expeditionsvorbereitungen, aber ein paar

Stunden kann ich wohl abzweigen. Ich denke, am besten wäre ein Trupp Scharfschützen, die wir mit Betäubungsgewehren ausrüsten. Dann schauen wir uns mal in der Umgebung der Raffinerie um, wo geeignete Verstecke sein könnten.«

Susanne griff zum Handy und wählte die Durchwahl der Einsatzzentrale. Harry wollte noch einmal zurück in den Zoo, um ein paar »nützliche Ausrüstungsgegenstände« zu holen, wie er sagte. Es wurde vereinbart, dass die Schutzpolizei ihn in einer Stunde dort abholen würde.

Als er sich verabschiedet hatte und die Gerichtsmedizin verließ, rief Susanne ihm nach: »Viel Glück für Ihre Expedition! Grüßen Sie mir die Orang-Utans!«

Harry blieb stehen. »Würde ich gerne machen, aber Borneo steht erst im nächsten Jahr auf dem Programm. Dieses Jahr ist es Sumatra. Die Nashörner. Es gibt dort nur noch hundertzwanzig. Wir müssen unbedingt etwas unternehmen, sonst sind sie bald unwiederbringlich ausgestorben.« Damit war er auch schon zur Tür hinaus.

Toni zuckte die Achseln. »Muss ich wohl was verwechselt haben. Aber er ist eben ständig woanders.«

Susanne steckte ihr Handy ein. »So. Nachdem alles Erforderliche in die Wege geleitet ist, kann ich mich meinem freien Wochenende zuwenden.« Dann fiel ihr ein, dass am Nachmittag noch das Protokoll dieses Krupka aufgenommen werden musste, aber das konnte Tönsdorf erledigen. Sicher, da blieb noch die Frage, ob und warum Krupka gelogen hatte. Hielt er sich die Raubkatze vielleicht heimlich als

Haustier? Nein, das wäre in der Raffinerie wohl kaum unbemerkt geblieben. Was soll's?, dachte Susanne, ich kann mich doch auch mal auf Tönsdorfs Fähigkeiten verlassen und mich entspannen, statt immer alle ungelösten Rätsel selbst aufklären zu wollen. Hauptsache, die Schutzpolizei findet mit Harrys Hilfe die Raubkatze, sodass die Gefahr gebannt ist.

»Wann gehn wir denn mal wieder zusammen ein Bierchen trinken?«, fragte Toni beim Abschied.

»Mal sehen. Ich melde mich.«

Wer mit Toni Bier trinken ging, benötigte Stehvermögen. Kölsch wird bekanntlich in kleinen Gläsern serviert, die mit zwei, drei Schlucken geleert sind. Und noch bevor das Glas ganz geleert ist, stellt der kölnische Kellner, der so genannte Köbes, bereits das nächste hin. So ging das bis spät in die Nacht, ohne dass Toni irgendwelche Ermüdungserscheinungen zeigte. Da Toni ein echter Rheinländer war, brach sein Redefluss niemals ab. Er erzählte pausenlos Dönekes und je mehr er trank, desto besser wurden diese Geschichten. Als sie und Torsten das letzte Mal mit Toni versackt waren, hatte es Susanne, nachts um drei, nur noch mit Mühe in ihre Wohnung geschafft und den Dienst am nächsten Tag nur mithilfe größerer Mengen Aspirin überstanden. Torsten, der weniger hart im Nehmen war, hatte sich gleich ganz krankgemeldet. Nein, Bierchen trinken gehen mit Toni mochte Susanne ihrer Leber nur einmal im Quartal zumuten.

Mit einer qualmenden Zigarette im Mundwinkel stieg sie ins Auto und fuhr in Richtung Präsidium, in Richtung Schreibtisch. In Gedanken war sie aber schon draußen bei Chris in der Eifel. Es herrschte wunderbares Frühlingswetter und Susanne hoffte, dass das während des ganzen Wochenendes so blieb.

Als Dienststellenleiter der Buchfelder Polizei hatte Jonas an den Tagen, an denen er nicht für einen seiner Beamten im Schichtdienst einsprang, nachmittags um vier Uhr Dienstschluss und so konnte er sich auch an diesem Nachmittag noch eine Weile dem Garten widmen. Das empfand er als wunderbar entspannenden Ausgleich. Im Schlafzimmer auf der ersten Etage des kleinen Jagdhauses hörte er Chris bei weit geöffnetem Fenster Staub saugen. Sie hatten kürzlich einen Aqua-Sauger angeschafft. Auf dieses Wunderding war Jonas in einer Zeitungsanzeige aufmerksam geworden. Es nutzte Wasser als Filtermedium, sodass die Filterbeutel, die doch eine beträchtliche Müllmenge ausmachten, vollständig entfielen. Jonas konnte sich für solche einfallsreichen technischen Erfindungen begeistern und Chris' ökologisch bewegtes Herz freute sich über den reduzierten Müll. Sie sang über die Arbeitsgeräusche des Supersaugers hinweg lauthals einen Tracy-Chapman-Song. Dabei traf sie zwar nicht jeden Ton, aber Jonas mochte ihre Stimme trotzdem.

Während Jonas schwungvoll den Spaten schwang, näherte sich plötzlich der weiße Lieferwagen eines Paketdienstes auf dem Schotterweg und stoppte vor dem Haus. Die normale Post kam immer vormittags und andere Lieferungen gab es eher selten, weswegen Jonas gespannt beobachtete, was für ein Paket der Fahrer da wohl auslud. Es war sehr lang und schmal. Der Fahrer warf zunächst einen prüfenden Blick hinüber zu Mister Brown, Chris' zotteligem Medizinhund, doch der beließ es bei etwas freundlichem Bellen und Schwanzwedeln. So wagte der Mann sich zu dem hohen Zaun vor, den Chris und Jonas als Schutz vor Rehen und Wildschweinen um den Garten gezogen hatten, und fragte: »Frau Chris Adrian, Diplombiologin. Die Dame wohnt hier?«

Jonas deutete zum Schlafzimmerfenster, aus dem Chris' Gesang hallte. »Das hört man doch, oder nicht? Kommen Sie, ich nehme das Paket für sie an.« Er wischte sich seine erdigen Hände an der Jeans ab.

Absender war die Universität München. Abteilung für Wildbiologie. Mister Brown kam mit einem Stock im Maul und stupste den Fahrer am Bein. Alter Spielhund, dachte Jonas.

»Beißt der?«, fragte der Fahrer misstrauisch.

Jonas grinste. »Bei schönen Wetter will er nur spielen. Meistens.«

»Nein, dafür habe ich nun wirklich keine Zeit!« Er ignorierte den Hund und eilte zu seinem Wagen zurück.

Der Mann hatte eine ausgesprochen ungesund wirkende Hektik ausgestrahlt. »Pech gehabt, alter Junge«, sagte Jonas zu Mister Brown, der sich beleidigt mit dem Stock trollte.

Während der Lieferwagen davonbrauste, brachte Jonas das Paket ins Haus. Chris saugte weder gern noch oft, aber wenn, dann heftig. Sie war barfuß, trug eine über den Knien abgeschnittene Jeans und ein T-Shirt, das hochgerutscht war und den Blick auf sinnliche Speckrollen freigab.

»Post für dich!«, übertönte Jonas den Staubsauger.

Sie hob den Kopf und schaute ihn an, erhitzt und rotwangig vor Eifer. »Ah! Das Betäubungsgewehr!«

»Betäubungsgewehr?«, fragte Jonas erstaunt.

»Na! Für die Luchse!«

»Luchse?«

Chris schaltete den Staubsauger ab. »Hab ich dir etwa gar nichts davon erzählt?«

»Nicht, dass ich wüsste.«

Sie schnaufte, wischte sich mit der Hand den Schweiß von der Stirn. Dann streckte und reckte sie den Rücken.

Was für ein Busen, dachte Jonas liebevoll.

»Entschuldige. Das kommt nur, weil ich immer so viele Sachen gleichzeitig mache! Ich muss total aufpassen, dass ich mich dabei nicht verzettele. Ich dachte wirklich, ich hätte es dir erzählt. Also: Die Münchner starten ein Luchs-Auswilderungsprogramm in den deutschen Mittelgebirgen. Und da haben sie bei uns angefragt, weil dieser Wald hier der größte zusammenhängende Privatwald in der Eifel ist. Ist doch toll, nicht?«

»Und Günter, ist der einverstanden?« Günter Scheeven war Chris' Arbeitgeber, dem sie das Leben hier im Paradies verdankten.

»Ist Feuer und Flamme. Er und Laurenz freuen sich schon darauf, bei ihren Schäferstündchen am Wochenende die Luchse zu beobachten.«

»Und die Luchse, wann kommen die?« Jonas war ein klein wenig beleidigt, dass er davon als Letzter erfuhr, spürte aber, dass es nicht böse gemeint war. Chris' Kopf war einfach übervoll mit allem Möglichen. Luchse? Das klang interessant.

»Nächsten Monat. Erst mal schicken sie mir die Ausrüstung. Sendehalsbänder bekommen wir auch noch. Ist doch aufregend, stimmt's?«

Jonas nickte und zwinkerte ihr zu. »Wenn wir sie mal gar nicht finden, kann ich ja Verstärkung aus der Luft in Gestalt unseres Polizeihubschraubers anfordern.«

Chris kam dicht zu ihm und gab ihm einen Kuss. »Tut mir echt Leid, dass ich dir's erst jetzt erzähle, aber ich werde mich bessern. Jetzt pack ich das Gewehr erst mal aus und stell es in den Waffenschrank, ehe ich weitersauge.« An der Tür drehte sie sich zu ihm um. »Aber dass Susanne morgen kommt, habe ich dir gesagt?«

Jonas nickte.

Chris strahlte. »Ich freu mich auf sie.«

Wenn Chris sich freute, freute ihn das auch. Schon allein deshalb, weil eine schlecht gelaunte oder gar wütende Chris ziemlich heftige Ausschläge auf der nach oben offenen Richter-Skala verursachen konnte. Da fand er es weitaus angenehmer und genussvoller, wenn Chris' mächtige emotionale Ströme in eine freudige Richtung flossen.

Und Jonas mochte Susanne. Er kannte sie noch aus der Zeit, als sie beide ihr kriminalistisches Handwerk beim seligen Kölner Hauptkommissar Moeller erlernt hatten, der inzwischen längst in die ewigen Polizisten-Jagdgründe eingegangen war. Manchmal bedauerte Jonas, dass er hier in der Eifel seine beim alten Moeller erworbenen detektivischen Fähigkeiten nur selten einzusetzen brauchte – was genau besehen natürlich *für* die Eifel sprach und nicht gegen sie. Köln bot da für Susanne ein weitaus spannenderes polizeiliches Betätigungsfeld.

Andererseits war das Zusammenleben mit Chris quasi eine Garantie dafür, immer wieder in wirklich haarsträubende Abenteuer verwickelt zu werden. Chris schien solche Verwicklungen magisch anzuziehen. Da nun schon verdächtig lange Zeit friedvoller Alltag geherrscht hatte, war Jonas sicher, dass das nächste dieser Abenteuer, rein statistisch gesehen, nicht mehr lange auf sich warten lassen konnte. Womöglich bekam er schon bald mehr Abwechslung von seiner Alltagsroutine, als ihm lieb war …

Gegen acht Uhr abends ging Krupka gerade zu seinem Büro, als ihm auf dem Flur Mario begegnete. Ihm fiel auf, dass der Junge seit ein paar Tagen ein wenig blass wirkte. Schatten unter den Augen. Vermutlich war der stressige Arbeitsrhythmus, an dem der Chef ihn teilhaben ließ, etwas zu viel für ihn, was Krupka nicht überraschte. »Na, Mario, jetzt erst Feierabend?«, sagte er.

Mario lächelte. »Ja, Herr Krupka. Sie wissen doch, Direktor Felten arbeitet praktisch rund um die Uhr. Ich musste ihm noch einige Unterlagen heraussuchen, aber jetzt hat er mich für heute nach Hause geschickt und ich glaube, ich gehe gleich ins Bett. Ich bin völlig geschafft.«

Mario wohnte beim Chef, unmittelbar neben der Raffinerie. Obwohl es für einen Junggesellen eigentlich viel zu groß war, hatte Felten das Haus gekauft, das der erste Direktor der Raffinerie dort in den fünfziger Jahren errichtet hatte. Wie Hedwig Schmitz, Feltens Haushälterin, Krupka einmal berichtet hatte, standen die meisten Zimmer des Hauses einfach ungenutzt leer. »Ein Jammer ist das«, hatte sie geklagt. Aber der Chef verbrachte nun einmal die meiste Zeit in seinem Büro oder auf Geschäftsreisen.

Auf diesen Reisen, die meistens in die Konzernzentrale nach London oder zu anderen Europetrol-Dependancen führten, legte Felten großen Wert auf Sicherheit. Dabei musste ihn stets Krupka selbst oder ein anderer für den Personenschutz ausgebildeter Mann des Werkschutzes begleiten. Auch auf das Haus des Chefs hatte der Werkschutz nachts immer ein wachsames Auge zu werfen. Und die Sicherung der Raffinerie, vor allem des Verwaltungsgebäudes, gegen Einbrüche hatte für den Chef hohe Priorität, weswegen er den Werkschutz personell und finanziell gut ausstattete. Manchmal erschien das ein wenig übertrieben. Aber nun gut, Krupka sollte es recht sein. Er führte die entsprechenden Anweisungen pflichtbewusst aus, ohne unnötige Fragen zu stellen. Vermutlich schätzte der Chef gerade das an ihm.

Er schloss die Tür seines Büros auf und kochte sich Kaffee. Natürlich hatten sie herausgefunden, wie Sempold gestorben war. Zu Krupkas Erleichterung hatte dieser ältere, dicke Polizist seine Aussage aufgenommen, nicht die Kommissarin. Nur einmal hatte er Krupka wachsam gemustert und gefragt: »Und Sie sind sicher, dass Sie absolut nichts bemerkt und gehört haben?«

Krupka hatte die Augen zusammengekniffen und genickt. Diesem Burschen gegenüber zu lügen war ihm leichter gefallen als gegenüber der Kommissarin, aber er hasste es trotzdem. Den ganzen Nachmittag hindurch hatte ein Trupp der Bereitschaftspolizei das Gelände der Raffinerie und die Umgebung abgesucht, unterstützt von einem Experten des Kölner Zoos, ohne eine einzige Spur der schwarzen Raubkatze zu finden. Inzwischen waren sie wieder abgezogen, bis auf sechs Männer mit Betäubungsgewehren, die man zur Unterstützung von Krupkas Leuten abgestellt hatte.

Da ihm nun drei Mann fehlten, musste Krupka sich erneut eine Nacht um die Ohren schlagen, aber es war ihm ohnehin wohler dabei, hier in der Raffinerie zu sein. An ihm nagte das unbehagliche Gefühl, dass die Sache noch nicht ausgestanden sei. Immer wieder fragte er sich, wie dieses Vieh in die Raffinerie gekommen sein konnte, was es hier verloren hatte. Eine Raubkatze gehörte in den Dschungel!

Und er machte sich Gedanken über den Chef. Nach seiner Rückkehr aus dem Polizeipräsidium war Krupka sofort zu ihm gegangen und hatte ihm mitgeteilt, dass die Polizei inzwischen von der Raubkatze wusste – wie zu erwarten gewesen war. Darauf hatte der Chef das Versprechen, das er Krupka abverlangt hatte, gar nicht mehr erwähnt und nur mit der gewohnten Entschiedenheit gesagt:

»Gut. Dann informieren Sie Ihre Männer, Krupka. Und halten Sie die Augen offen, damit nicht noch etwas passiert.«

»Glauben Sie denn, dass sich die Raubkatze noch in der Raffinerie aufhält, Chef? Oder … haben Sie eine Ahnung, woher sie stammen könnte?«

Da schien die Autorität, die der Chef sonst stets ausstrahlte, plötzlich zu schwinden. Seine Schultern sanken herab und auf seinem Gesicht erschien ein geradezu gequälter Ausdruck, wie ihn Krupka bei ihm noch nie gesehen hatte. »Wenn ich das wüsste«, hatte er leise, mehr zu sich selbst gesagt, »wenn ich das nur wüsste.« Er schien Krupkas Anwesenheit vergessen zu haben und der war rasch und leise hinausgegangen, peinlich berührt, denn es gefiel ihm nicht den Chef so zu sehen.

Es klopfte. Becker, der Ranghöchste der sechs Polizisten, kam herein, ein hagerer, nicht sonderlich helle wirkender Mann Anfang dreißig. »Ich denke, wir sollten uns so aufteilen, dass immer einer meiner Männer mit einem von Ihnen zusammen Wache geht, einverstanden, Herr Krupka?«

»Ja. Eine gute Idee. Es ist wichtig, Präsenz zu zeigen, damit die Arbeiter von der Nachtschicht sich sicher fühlen.« Krupka bot ihm Kaffee an, doch Becker lehnte ab. Er könne kein Koffein vertragen, wegen seines Magens.

Der Chef hatte die Belegschaft nach wie vor nicht über die Raubkatze informiert, was Krupka für falsch hielt. Der Polizeieinsatz am Nachmittag war schließlich nicht zu verbergen gewesen. Andererseits waren Unfälle trotz aller Vorsichtsmaßnahmen in technischen Anlagen dieser Größe unvermeidlich. Dass eine Raubkatze Sempold getötet hatte, überstieg wohl die Phantasie der meisten Arbeiter. Die Nachtschicht hatte jedenfalls wie gewohnt ihre Arbeit angetreten, ohne dass bislang unangenehme Fragen laut wurden. Jedenfalls war Krupka nichts zu Ohren gekommen.

»Aus Sicherheitsgründen wäre es am vernünftigsten, die Raffinerie für zwei, drei Tage zu schließen und die Arbeiter alle nach Hause zu schicken«, sagte Becker. »Dann könnten wir jeden Winkel absuchen. Irgendwo muss das Vieh schließlich abgeblieben sein! Es kann sich ja nicht in Luft aufgelöst haben.«

Der Mann hatte wirklich keine Ahnung! Krupka schüttelte heftig den Kopf. »Die Raffinerie schließen? Unmöglich! Eine Raffinerie ist in dieser Hinsicht wie ein Hochofen. Man kann sie nicht einfach für ein paar Tage zumachen wie eine Tankstelle! Die Anlagen müssen ständig weiterlaufen. Oder was glauben Sie, warum hier im Schichtbetrieb gearbeitet wird?«

Becker zuckte mit sichtlichem Desinteresse an technischen Einzelheiten die Achseln. »Ich bin nur für die Sicherheit zuständig. Im Übrigen rücken wir morgen früh sowieso wieder ab.«

Krupka seufzte. Beamte! »Ich lege mich jetzt etwas hin. Wir beide übernehmen dann mit Hilgert und Schneider und zweien Ihrer Männer die nächste Wache ab vierundzwanzig Uhr. Einverstanden?«

Als Becker gegangen war, stellte sich Krupka den Wecker und streckte sich auf seiner Pritsche aus. Er fiel in einen unruhigen Schlaf. Als er verschwitzt und etwas zittrig nervös aufwachte, war es dunkel. Da war der beunruhigende Nachhall düsterer Traumbilder – schnelle, schattenhafte Bewegungen, ein Schrei. Rasch schaltete er das Licht ein und den summenden Wecker aus. Er träumte selten oder konnte sich jedenfalls nie daran erinnern. Mit einer ärgerlichen Handbewegung schüttelte er die Traumschatten ab. Er räusperte sich. Seine Kehle fühlte sich rau an, wie Schmirgelpapier. Er schluckte schmerzhaft, musste husten. Während er ein Glas Wasser trank, stand er einen Moment am Fenster und schaute hinaus auf die langen Schatten zwischen den tausend Lichtern der Raffinerie. Dann überprüfte er seine Pistole und ging hinüber zum Mannschaftsraum.

Die erste Wache kam gerade zurück. »Etwas Auffälliges bemerkt?«, fragte Krupka. Seine Stimme hatte den gewohnten Ton, der keinen Zweifel daran aufkommen ließ, dass er der Werkschutzleiter war. Seine Kehle fühlte sich wieder normal an, das merkwürdig kratzende, schmerzhafte Gefühl war verschwunden. Bekam er etwa eine Erkältung? Dazu neigte er normalerweise überhaupt nicht. Er besaß eine Konstitution wie ein Pferd, was sich von seinen Männern leider nicht durchweg behaupten ließ.

Hoppen, den Krupka schätzte, weil er diszipliniert und besonnen war, antwortete: »Nein, Herr Krupka, alles ruhig.« Hoppen arbeitete schon seit sieben Jahren beim Werkschutz hier in der Raffinerie und hatte Krupka doch vom ersten Tag an als neuen Leiter akzeptiert. Hoppen war einer der Aktivposten in der Mannschaft. Der Polizist, der Hoppen begleitet hatte, grinste. »Kein Wunder, dass dieses wilde Kätzchen sich hier wohl fühlt. Das ist ja der reinste Dschungel. Allein hätte ich mich garantiert verlaufen.«

»Dieses Kätzchen hat einen Menschen getötet, vergessen Sie das nicht!«, sagte Becker säuerlich.

Der angesprochene Polizist senkte den Blick, aber Krupka hatte nicht den Eindruck, dass er seinen Vorgesetzten besonders ernst nahm. Überhaupt fand Krupka ihre Art des Umgangs ziemlich flapsig und respektlos. Bei seinen Leuten hätte er ein solches Benehmen niemals geduldet. Becker hatte ganz offensichtlich Mühe sich Respekt zu verschaffen.

Sie gingen in drei Zweiergruppen los, jeweils ein Polizist und ein Werkschutzmann. Wie abgesprochen, wurde Krupka von Becker begleitet.

»Einen ziemlich schlappen Haufen haben Sie da«, brummte Krupka. Ein ganzer Kerl war er eindeutig nicht, dieser Becker. »Ist mir schon heute Nachmittag aufgefallen. Bei der Suchaktion. Sie sollten Ihre Jungs zu mir schicken. Ich würde denen schnell Disziplin beibringen.«

Becker warf ihm einen müden Seitenblick zu. »Disziplin?« Er grinste schief. »Wir sind schon ganz zufrieden, wenn sie pünktlich zum Dienst erscheinen und übers Wochenende nicht vergessen haben, wo bei einem Gewehr vorne und hinten ist. Aber mir ist das alles sowieso egal. Ich habe mich in den Innendienst versetzen lassen. Ab nächstem Monat. Meiner Frau zuliebe. Die vielen Wechseldienste sind schlecht fürs Familienleben.«

Krupka schüttelte ungläubig den Kopf. »Innendienst? In Ihrem Alter? So was!« Sein Respekt für Becker sank in tiefste Tiefen.

Auf der Aussichtsplattform neben der Technikzentrale blieb Krupka wie stets einen Moment stehen und ließ den Blick über sein Reich schweifen.

»Ein imposanter Anblick, das muss ich zugeben«, sagte Becker. »Besonders jetzt mit den vielen Lichtern.«

Krupka nickte. Dafür wenigstens hatte diese Schlafmütze einen Sinn. Die Raffinerie war schön. Ein Wunderwerk der Ingenieurskunst. Die bizarre Störung des Betriebes machte ihn wütend, er empfand sie geradezu als persönliche Beleidigung. Schließlich war er für die Sicherheit verantwortlich. Und nun sah er sich mit einer völlig unkalkulierbaren Bedrohung konfrontiert. *Wenn* die Raubkatze sich noch auf dem Gelände befand. Er machte sich keine Illusionen darüber, dass es hier mehr als genug Versteckmöglichkeiten gab. Um jeden Winkel zu durchkämmen, hätten sie am Nachmittag nicht hundert, sondern tausend Polizisten gebraucht. Zumal diese Hundertschaft ja nicht nur die Raffinerie selbst, sondern auch noch die Umgebung abgesucht hatte.

»Sie hat hier nichts verloren«, sagte er gereizt.

»Bitte? Wer?« Becker schien ganz vom Anblick der riesigen Anlage gefangen zu sein.

»Die Raubkatze. Ich begreife einfach nicht, wie sie sich hierher verirren konnte. Angenommen, sie ist irgendwo abgehauen – wieso taucht sie dann ausgerechnet bei uns in der Raffinerie auf? Das ist nun wirklich kein Ort, den ich aufsuchen würde, wenn ich ein wildes Tier wäre.« Was für eine blöde Bemerkung, dachte er sofort. Er beneidete Menschen wie den Chef, die aus dem Stegreif geschliffen formulieren konnten.

Becker verzog keine Miene. »Sie *ist* aufgetaucht, nicht wahr? Und hat einen Hund und einen Ihrer Männer getötet. Das ist Fakt.« Zu weitergehenden Spekulationen war sein Beamtengehirn offensichtlich nicht bereit.

»Kommen Sie«, sagte Krupka. »Wir fahren mit dem Wagen hinüber zur Claus-Anlage. Ich will mich dort noch mal umsehen.«

Becker macht kein sehr begeistertes Gesicht, erhob aber keine Einwände. »Schießen werden Sie ja wohl können, wenn es brenzlig wird?«, fragte Krupka.

»Beim Schießtraining schneide ich immer ziemlich gut ab«, sagte Becker und fügte dann schroff hinzu: »Keine Sorge, von meinem Job verstehe ich etwas, Herr Krupka!«

Auf dem gut beleuchteten Parkplatz hinter dem Verwaltungsgebäude steuerte eine Gestalt zielstrebig auf sie zu. Voller Unbehagen erkannte Krupka, um wen es sich handelte: Vera Honnefeld, die Betriebsschichtleiterin der Nachtschicht. Die Honnefeld stellte ein Novum dar. Die erste Betriebsschichtleiterin einer deutschen Raffinerie. Krupka missfiel das sehr. Das war kein Job für eine Frau. Die Honnefeld, eine kleine, untersetzte, energische Frau in seinem Alter, schaute ihn, wie er fand, ziemlich herausfordernd an.

»Gut, dass ich Sie treffe, Herr Krupka. Ich habe den Eindruck, dass man mich unzureichend informiert.«

Seine Chefin war die Honnefeld nicht. Sie war ausschließlich für die Produktion zuständig. Der Werkschutz unterstand unmittelbar der Direktion.

Trotzdem musste er sich vorsehen. Er hatte den Eindruck, dass sie ihn nicht mochte und es darauf anlegte, ihm Ärger zu machen. »Das fällt nicht in meine Zuständigkeit. Das wissen Sie.«

»Immerhin war es jemand von Ihren Leuten, der … tödlich verunglückt ist.«

Er mochte ihre ganze Art nicht. Sie machte ihn aggressiv. Aber er bemühte sich seine Stimme ruhig und sachlich klingen zu lassen. »Sie bekommen alle Informationen, die Sie benötigen, von der Direktion. Ich bin nicht befugt Ihnen Auskünfte zu erteilen.«

»Was soll denn diese Geheimniskrämerei? Immerhin bin ich für die Sicherheit von über sechshundert Mitarbeitern verantwortlich. Da sollte man mich doch wohl umfassend informieren.« Sie deutete mit dem Kopf auf Becker. »Warum ist die Polizei noch auf dem Gelände?«

Krupka straffte sich und schob das Kinn vor. »Bedaure. Ich kann Ihnen dazu nichts sagen. Erkundigen Sie sich in der Direktion.«

Einen Moment schaute sie ihn wütend an. »Sehr kollegial!«, erwiderte sie dann schroff, ließ ihn stehen und ging davon.

Becker sagte keinen Ton zu dem Vorfall. Diese Raffinerie-Interna waren ihm erkennbar gleichgültig. Schweigend stiegen sie in Krupkas Dienstwagen und fuhren zur Claus-Anlage. Dort ging Krupka zu der Stelle, an der Sempold gelegen hatte. Mit einem unbehaglichen, frostigen Schaudern, trotz der milden Mailuft, blickte er sich um. Becker, der sein Betäubungsgewehr geschultert hatte, gesellte sich stumm zu ihm.

»Wirklich schwer zu glauben, dass sich ausgerechnet hier ein schwarzer Panther oder dergleichen herumtreiben soll«, durchbrach Becker schließlich das Schweigen.

»Dort zwischen den Rohren ist das Biest herausgesprungen und hat Sempold angefallen.«

»Vielleicht kauert er ja jetzt auch dort und beobachtet uns«, sagte Becker. Er nahm sein Betäubungsgewehr von der Schulter. Langsam ging er ein paar Schritte auf die Stelle zu.

Krupka warf einen Blick hinüber auf die andere Seite der Straße, wo die hohen schlanken Türme der Gaswäsche aufragten. Da bewegte sich ein Schatten und jetzt schälten sich die Konturen eines Körpers aus der Dunkelheit. Schwarzes Fell. Leuchtende Augen, die ihn wachsam anblickten, aus höchstens zehn Metern Entfernung. »Becker!«, zischte Krupka.

Mit langen Sätzen verschwand die große Katze in der Nacht.

»Was ist?«

»Da drüben war sie. Ich hab sie gesehen!«

»Scheiße! Wohin ist sie verschwunden?«

Krupka zeigte in Richtung Gaswäsche.

»Dann los! Worauf warten Sie? Sagen Sie den anderen Bescheid!«

Natürlich. Krupka zog sein Handy aus der Tasche. Ohne auf ihn zu warten, pirschte Becker mit erhobenem Gewehr los. Als Krupka gerade die Nummer eintippen wollte, hörte er die Stimme des Chefs.

»Gute Arbeit, Krupka. Sie leisten ausgezeichnete Arbeit, das wollte ich Ihnen immer schon mal sagen.«

Krupka zuckte unwillkürlich zusammen und drehte sich um. Der Chef stand zwei, drei Meter hinter ihm. Er kam auf ihn zu und klopfte ihm auf die Schulter.

»Chef! Ich habe die Raubkatze gesehen …«

»Ich auch, Krupka, ich auch.«

»Ich wollte gerade meine Leute verständigen. Sie ist hinüber zur Gaswäsche gelaufen.«

Die Haltung des Chefs war verändert. Seine Schultern hingen herab. Im Dämmerlicht glaubte Krupka zu sehen, dass es in Feltens Gesicht seltsam zuckte. Er lachte plötzlich schrill und etwas zittrig.

»Ich habe immer alles gesehen, nicht wahr, Krupka?«

Krupka schluckte. Wie meinte der Chef das? Was hatte er gesehen?

»Ich habe alles gesehen …«

Krupka spürte, dass er etwas sagen musste, wusste aber nicht, was. »Nun, Sie sind … ein weit blickender Mann, Chef.«

Felten lachte wieder. Es klang unangenehm. Er packte Krupkas Schultern. »Ja, nicht wahr? Ich habe alles gesehen und deshalb konnte ich die Raffinerie immer gut führen. Ich habe alles durchschaut, was geschieht. Aber jetzt ist meine Sicht trübe geworden. Es geschehen Dinge, die ich nicht verstehe … Oder vielleicht verstehe ich sie doch. Man muss für alles bezahlen, Krupka … irgendwann. Für alles … Schuld verjährt niemals …« Sein Gesicht kam so dicht heran, dass Krupka seinen Atem spüren konnte. Was war nur mit dem Chef los?

»Suchen Sie Ihren schwarzen Jaguar, Krupka. Sie werden ihn nicht finden. Aber vielleicht findet er Sie.«

Der Chef ließ ihn los und ging davon. Das war nicht der gewohnte, Kraft und Führungsstärke ausstrahlende Gang. Gebeugte Schultern, langsame, beinahe schlurfende Schritte. Krupka wurde von einem eigenartigen Schauder erfasst. Jetzt besann er sich wieder darauf, dass er seine Leute herbeirufen wollte. Er wählte die entsprechenden Nummern und erteilte Anweisungen. Dann zog er seine Pistole und lief hinter Becker her, der sich jedoch bereits außer Sichtweite befand.

Krupka lief auf die hohen Gaswäschetürme zu, die an senkrecht auf der Abschussrampe stehende Raketen erinnerten. Er war allein. Weit und breit sah er keinen Menschen. Auch den Chef hatte die Nacht verschluckt. »Becker?«, rief er. Da gab es so viele Schatten, in denen eine schwarze Raubkatze sich verstecken konnte. Plötzlich war die Raffinerie zu einem gefährlichen Ort geworden. Krupka brach der Schweiß aus. Es würde noch einige Minuten dauern, bis seine Leute eintrafen. Wo war Becker?

Krupka blieb stehen, außer Atem. Er fragte sich, warum er so schnell gerannt war. Weil er sich davor fürchtete, allein zu sein? Er hatte seine Pistole, mit der er umzugehen verstand. Er konnte sich seiner Haut erwehren. Doch sie hatte Sempold so schnell angesprungen, wie ein Blitz war sie auf ihn zugeflogen. Er blickte nervös umher. Überall Schatten. Zwischen Rohren und Kesseln und Wartungsleitern. Überall Schatten, aus denen zwei leuchtende gelbe Augen hervorstarren konnten. Er fing an zu zittern. »Becker!«, rief er. »Wo stecken Sie denn?« Ich könnte in die Luft schießen, dachte er. Damit würde ich sie gewiss verjagen.

Er sah die Augen aus den Schatten auftauchen, gelbe Katzenaugen. Ganz genau so, wie er es befürchtet hatte. Als hätte der Geruch seiner Angst sie angelockt. Dann flog sie auf ihn zu und da war keine Zeit, zu zielen und abzudrücken. Er stolperte einen Schritt zurück, sah lang ausgestreckte Vorderbeine, große Pranken. Die Krallen gruben sich wie Messer in seine Brust. Da war eine sekundenkurze Ahnung heißen Tieratems. Große, scharfe Zähne. Augen, die Blitze abzuschießen schienen. Seine Kehle schmerzte wieder, aber jetzt war es ein unerträglicher Schmerz, der sich in heißen Wellen nach allen Seiten ausbreitete. Dann schlug sein Hinterkopf auf dem Asphalt auf und er verlor das Bewusstsein.

3. KAPITEL

Susanne wollte während ihres freien Wochenendes durch nichts behelligt werden. Ohne Zeitung gelesen oder Radio gehört zu haben, ging sie früh am Morgen von ihrer Dachwohnung nahe dem Chlodwigplatz zu Fuß zum Hauptbahnhof, wo sie rasch einen Kaffee im Stehen trank, ein Croissant aß und danach ihre ersten zwei Zigaretten rauchte. Zu Chris in die Eifel fuhr sie nach Möglichkeit mit dem Zug, eine entspannende Fahrt auf einer ländlich grünen Nebenstrecke. Chris holte sie dann in Buchfeld am Bahnhof ab.

Köln lag unter leuchtend blauem Morgenhimmel und während der Zug durch die Vororte ratterte, fühlte sich Susanne ansatzweise ein ganz klein wenig glücklich. Sie freute sich auf Chris, auf Jonas, auf Chris' zotteligen braunen Medizinhund namens Mister Brown, auf die beiden großen, dicken Rückepferde, die Katzen, den Wald gleich vor Chris' Tür und den Waldsee, dessen Wasser vielleicht schon warm genug war, um darin zu schwimmen. Susanne hatte früher viel Sport getrieben, Leichtathletik – sie war eine exzellente Sprinterin gewesen. Vor allem aber war sie immer schon leidenschaftlich gern geschwommen. Als junge Schwimmerin hatte sie es immerhin bis zu den Deutschen Jugendmeisterschaften gebracht. Später hatte sie dann in der Polizeisportgruppe trainiert und etliche Urkunden und Ehrennadeln eingeheimst. Seit einigen Jahren schwamm sie nur noch für sich, ohne sportlichen Ehrgeiz, zog dreimal in der Woche im Schwimmbad ihre Bahnen. Vermutlich war sie deshalb trotz der vielen Zigaretten noch relativ fit. Doch das Schwimmbad hielt keinem Vergleich mit Chris' Waldsee stand: Dort zu schwimmen war schlichtweg ein Genuss. Das Wasser war herrlich weich und klar. Und es gab Fische zu beobachten! Auf die Dauer in der Eifel zu leben wäre Susanne aber vermutlich zu eintönig geworden, dazu war sie dann doch zu sehr Stadtmensch. Nach einigen Tagen fing sie an die pulsierende Aktivität Kölns zu vermissen. Rastlosigkeit ist sicher einer meiner ausgeprägteren Wesenszüge, dachte sie und betrachtete dabei ihr sich schemenhaft im Zugfenster spiegelndes Gesicht. Immerhin, ein Vorteil des Älterwerdens bestand darin, dass sie inzwischen in der Lage war ihr unruhiges inneres Hin und Her mit einer gewissen Amüsiertheit zu beobachten.

Die eintönig weite Fläche der Kölner Bucht wurde von den hügeligen Wiesen und Wäldern der Eifel abgelöst. Wie immer hatte Susanne ein Buch eingepackt, diesmal »Seide« von Alessandro Baricco, das ihr Torsten Mallmann empfohlen hatte, der seine Nase ständig in Bücher steckte. Und wie immer hatte sie noch keine Seite gelesen, sondern nur aus dem Fenster geschaut. Jetzt stand sie auf, öffnete das Fenster und ließ sich den frühlingswarmen Fahrtwind um die Nase wehen. Ihr letzter Eifelbesuch lag zwei Monate zurück. März. Da hatte es noch Schnee gegeben und am Morgen einen Garten voller Raureif.

Sie atmete tief durch. Hier draußen sank ihr Nikotinverlangen drastisch. Das Rauchen hatte bei ihr eindeutig irgendetwas mit der Großstadt zu tun.

Und dann war sie auch schon in Buchfeld. Der Zug rollte in das beschauliche, wenn auch nicht völlig von Gewerbegebieten, Baumärkten und Autohäusern auf der grünen Wiese verschont gebliebene Kleinstädtchen hinein.

Chris, breit und rund in Jeans und indianisch buntem Shirt, winkte. Susanne hängte ihren Rucksack über die Schulter und sprang auf den Bahnsteig wie eine Eisenbahnräuberin mit ihrer Beute. »Olé!«

»Nicht schießen!«, quietschte Chris und dann warfen sich fast zwei Zentner wilde, sonnengebräunte, nach Wald und Tieren riechende Schamanin auf Susanne.

»He!«, keuchte Susanne. »Wenn du mich gleich hier auf dem Bahnsteig erdrückst, wird das ein kurzes Wochenende!«

Chris ließ locker und schob Susanne auf Armeslänge von sich. »Siehst ein bisschen müde aus. War 'ne harte Woche, hm?«

»Die Zahl der Leichen hielt sich in erträglichen Grenzen. War aber 'ne besonders merkwürdige dabei. Von der erzähl ich dir später. Hier. Hab dir was mitgebracht.« Sie bückte sich und zog eine große Bäckereitüte aus ihrem Rucksack. Bei Susanne um die Ecke gab es die Bäckerei Vossen, deren Teilchen

Chris heiß und innig liebte. Wenn sie bei Susanne zu Besuch war, stürzte sie zuallererst dort hinein.

»Oh! Von Vossen!« Chris strahlte und spähte sofort neugierig in die Tüte. »Gleich vier Teilchen! Pudding, Mohn, Kirschstreusel und 'ne Rosinenschnecke! Danke!«

Chris' offenes, etwas kindliches Gesicht war wie alles andere an ihr rund geworden. Doch Susanne fand es mit seinen leuchtenden, hellwach funkelnden Augen wunderschön. Auch das Doppelkinn. Alles fügte sich irgendwie harmonisch zusammen, sodass es Freude machte, dieses Gesicht anzuschauen. Ihr blondes Haar trug Chris weiterhin kurz, mit dem kleinen geflochtenen Zopf, der lustig in die Stirn baumelte.

Sie gingen zu dem vor dem altertümlichen Minibahnhof parkenden Landcruiser. Susanne musterte die Rundungen ihrer Freundin prüfend. »Eigentlich weiß ich gar nicht, ob ich dir mit dem süßen Zeug einen Gefallen tue.« Immerhin, seit einigen Monaten nahm ihre beste Freundin nicht weiter zu. Allerdings auch kein Gramm ab.

»Pff«, machte Chris. »Mir geht's gut. Ich glaube, ich habe mein persönliches Idealgewicht erreicht.« Es klang trotzig. Sie befühlte ihren gut gepolsterten Bauch. »Na ja, es gibt auch Tage, da fühle ich mich furchtbar fett. Aber es ist wohl Teil meiner Bestimmung, dass ich so rund geworden bin. Und du? Rauchst du immer noch zwei Schachteln am Tag?«

Die Retourkutsche! Na, ich bin selbst schuld, dachte Susanne, schließlich habe ich angefangen. »Der Marder scheint machtlos dagegen zu sein«, sagte sie. Chris hatte vor einiger Zeit eine Krafttier-Zeremonie für Susanne durchgeführt. Dabei hatte sie sich, wie sie es nannte, auf eine schamanische Reise in die Geisterwelt begeben – jenen geheimnisvollen Bereich, von dem Susanne nicht wusste, ob er wirklich existierte oder ob Chris sich das nur einbildete. Dort hatte sie für Susanne einen Marder als Krafttier gefunden. Nun, völlige Einbildung konnte es nicht gewesen sein, denn nach jener Zeremonie war der Marder eine Zeit lang auffallend häufig durch Susannes Träume gehüpft und geklettert und mit seiner Hilfe war es ihr tatsächlich gelungen, fast fünf Monate nicht zu rauchen. Doch damit schienen sich seine Kräfte erschöpft zu haben.

»Vielleicht ist er ganz einfach zu klein«, meinte Chris nachdenklich. »Du brauchst ein größeres Krafttier. Eines, das es mit deinem inneren Nikotin-Dämon wirklich aufnehmen kann.«

»Ich fürchte«, sagte Susanne resigniert, »das müsste schon ein Elefant sein. Oder besser ein Pottwal.«

Chris lachte. Dann breitete sie die Arme aus. »Ach was, reden wir nicht mehr von unseren Süchten! Es ist so ein herrlicher Tag. Strahlend blauer Himmel und das Wasser im Waldsee ist okay. Brrr! Frisch! Aber okay! Hab's gestern getestet.«

Susannes Stimmung hellte sich sofort auf. Chris hielt ihr den Schlüssel des Landcruisers hin. »Fährst du? Dann kann ich unterwegs …« Sie hob die Bäckereitüte.

»Alter Vielfraß!« Susanne musste lachen, nahm den Schlüssel und erklomm den Fahrersitz des urigen, hochbeinigen Gefährts mit den riesigen Rädern. Sie klappte die quietschende Fahrertür zu und thronte erhaben hinter dem Lenkrad. Hier drinnen war alles sehr vorsintflutlich und kantig und verstieß vermutlich gegen sämtliche in den letzten Jahren aufgestellten Crashtest-Normen, aber Chris liebte ihren »Landy«.

Susanne hatte lange Jahre einen alten Käfer am Leben erhalten, ihn immer wieder vor der Schrottpresse gerettet und teilte Chris' Vorliebe für urtümliche Autos. »Mm. Womit fange ich denn an?«, überlegte Chris laut. »Mohn? Ja, ich fange mit Mohn an.« Während Susanne den rumpelnden Diesel zum Leben erweckte, biss Chris mit sichtlichem Genuss in ihr Stück Mohnstreuselkuchen.

Wenigstens verfügte das Monstrum über eine Servolenkung. Susanne steuerte den Landy durch Buchfeld hinaus auf die wohl vertraute Landstraße, die hoch in den Wald führte, und kam sich dabei vor wie am Ruder eines Schlachtschiffs. Nach dem Mohnstreusel ging Chris zum Kirschstreusel über. »Ich hatte übrigens einen verrückten Traum«, berichtete sie mit vollem Mund über das Dieselbrummen hinweg. »Davon habe ich dir am Telefon noch gar nichts erzählt.«

»So?« Chris' Träume waren ein Kapitel für sich. Susanne kannte sonst keinen Menschen, der ähnlich verrückte Träume hatte. Andererseits war Chris aber auch die einzige Schamanin, die sie kannte. Was die Träume von Schamanen anging, besaß sie also keine Vergleichsmöglichkeiten.

»Silver Bear hat mich im Traum besucht.«

Susanne glaubte alles über Silver Bear zu wissen, denn Chris erzählte gerne und viel von ihm. Wenn die Geschichten, die Chris über ihn zu berichten wusste, auch nur zur Hälfte stimmten, war diesem alten Halunken so ziemlich alles zuzutrauen, selbst, dass er als Untoter herumgeisterte und Chris im Traum besuchte. Wissenschaftlich betrachtet war das natürlich blanker Unsinn. Aber wenn man länger mit Chris befreundet war, gerieten schulwissenschaftliche Denkgebäude zunehmend ins Wanken. Was Susanne durchaus erfrischend fand. Auch wenn sie leidenschaftlich an ihrer abgebrühten Skepsis festhielt – allein schon, um Chris ein bisschen zu frotzeln.

Sie grinste. »Klar. Warum auch nicht? Wie lange ist er jetzt tot?«

Chris hielt einen Moment mit dem Kauen inne. »Zwei Jahre. Aber da ist nur ein dünner Schleier zwischen dieser Welt und der anderen. Jedenfalls kommt es mir manchmal so vor.« Sie hob die Schultern. »Wie heißt's so schön? Der Tod ist nur ein Wechsel der Welten.«

Wenn es wirklich so einfach war, wenn der Tod letztlich so wenig bedeutete, wieso gaben sich Susanne und ihre Kollegen dann überhaupt damit ab, Gewaltverbrechen aufzuklären? Aber Susanne hatte keine Lust mit Chris über dieses Thema zu diskutieren. Das führte zu nichts und sie wollte den schönen Tag nicht verderben.

Chris' Gesicht wurde unvermittelt ernst, als zöge eine dunkle Wolke darüber hinweg. Solche raschen Stimmungsumschwünge kamen bei ihr nicht selten vor. Sie schluckte den letzten Bissen des Kirschstreusel-Teilchens hinunter, legte die Bäckereitüte auf die Ablage zwischen den Sitzen und wischte sich mit dem Handrücken die Krümel vom Mund. Ihre Augen wurden schmal und nachdenklich. »Silver Bear hat sonderbare Sachen gesagt, deren Sinn ich noch zu wenig verstehe, um darüber sprechen zu können. Aber in dem Traum war noch etwas Seltsames – eine große schwarze Raubkatze, ein Jaguar. Keine Ahnung, warum ich mir so sicher bin, dass es ein Jaguar war, aber ich weiß es einfach. Ich glaube, dieser schwarze Jaguar hat einen Menschen getötet.«

Susanne trat abrupt aufs Bremspedal und hielt am Straßenrand. Sie starrte Chris an. »Was sagst du da? Aber …«

Chris zwirbelte den kleinen, vor ihrer Stirn baumelnden Zopf. »Na ja … ich glaube, es muss in irgendeiner Industrieanlage passiert sein, wo so ein Jaguar eigentlich gar nichts verloren hat. Ich … habe ihn springen sehen, aber er hatte es nicht auf mich abgesehen, glaube ich. Es war ein anderer Mensch, den er getötet hat.«

Susanne nickte. Sie atmete seufzend aus. »Ich weiß. Einen gewissen Sempold.« Muss ich mich wundern, dachte sie mit einem flirrenden, schwankenden Gefühl im Kopf, muss ich mich überhaupt noch über irgendetwas wundern?

Jetzt war es an Chris erstaunt zu starren. »Was? Du … du meinst, es ist *wirklich passiert?*«

Susanne räusperte sich, tastete etwas fahrig nach den Zigaretten in der Tasche ihrer Jeansjacke, zündete sich eine an und nahm einen tiefen Zug. »Hab gestern Morgen seine Leiche in der Gerichtsmedizin besichtigen dürfen. Der Jaguar hat ein ziemlich großes Stück aus seiner Kehle herausgebissen.«

Chris schluckte. »Glaub mir, es ist nicht immer angenehm das zweite Gesicht zu haben. Wenn ich könnte, würde ich meine Gabe gerne gegen eine andere eintauschen, die mehr Spaß macht – Klavier spielen können, zum Beispiel.«

Susanne musste unwillkürlich lachen. Dabei war ihr gar nicht wirklich nach Lachen zumute. Mit Chris erlebte man immer wieder Dinge, die einem buchstäblich den Boden unter den Füßen wegzogen …

Sie berichtete Chris von den mysteriösen Umständen, unter denen Sempold gestorben war, während sie den Landy wieder beschleunigte, der brummend die kurvenreiche Steigung südlich von Buchfeld erklomm.

Als Susanne fertig war, sagte Chris leise: »Da steckt irgendein tieferer Sinn dahinter. Ein Rätsel, das wir lösen sollten. Ich glaube, es ist wichtig. Was hatte dieser Jaguar in der Ölraffinerie zu suchen, wo er so gar nicht hingehört?« Sie schwieg gedankenversunken.

Susanne schnippte ihren Zigarettenstummel auf den Asphalt, ehe sie von der Landstraße in den schmalen, nur mit Schotter befestigten Waldweg einbog. Bald kam das kleine, ganz aus Holzbohlen gebaute Jagdhaus in Sicht, das gut in die endlosen kanadischen Wälder gepasst hätte, wo Chris vor Jahren bei Silver Bear in die Lehre gegangen war.

Mister Brown sprang ihnen bellend entgegen. Jonas saß auf der Veranda und winkte. Irgendwie wollte sich Sempolds aufgerissene Kehle in das idyllische Bild schieben. Susannes Magen krampfte sich schmerzhaft zusammen. Zu viel Nikotin, dachte sie, die ganze Woche hindurch zu viel Nikotin.

Der Landy verstummte. Susanne sah, dass Jonas draußen in der Frühlingssonne den Tisch gedeckt hatte, und aus der Küche drangen erfreuliche Gerüche. Mister Brown sprang an Susanne hoch und wollte erst einmal kräftig im zotteligen braunen Fell gekrault werden. »Na! Nicht hochspringen!«, rief Chris.

Dann wurde Susanne von Jonas freundschaftlich lächelnd umarmt.

»Und, was macht eure ländliche Kriminalstatistik?«, erkundigte sie sich. Jonas war Hauptkommissar wie sie und leitete, seit er sich in seine Heimat hatte zurückversetzen lassen, die Buchfelder Polizeidienststelle.

Er grinste. »Wenn wir nicht gerade Disco-Raser von Bäumen und Leitplanken kratzen, beschäftigen wir uns hauptsächlich damit, Kreuzworträtsel zu lösen.« Das Grinsen wurde breiter. »Ich habe also viel Zeit Chris im Garten zu helfen.«

Susanne warf einen Blick auf den Gemüsegarten, der in der Tat sehr groß und üppig wirkte. Die beiden hatten offenkundig kräftig darin gearbeitet. Eine der zwei Katzen sonnte sich auf dem Verandageländer und die Hühner glucksten leise vor sich hin. Die Hektik und der Lärm Kölns schienen Lichtjahre entfernt zu sein.

Als Jonas, der Kochwoche hatte, das Essen brachte (die beiden wechselten sich von Woche zu Woche ab, eine gute Lösung, wie Susanne fand), hatte sich Susannes Magen zum Glück wieder beruhigt. Es gab Pfannkuchen, gefüllt mit Gehacktem, Pilzen und Zwiebeln, dazu eine riesige Schüssel herrlich frischen und knackigen Salat. Während sie aß, ließ Susanne den Blick schweifen und genoss die Sonne. Unterhalb der Lichtung murmelte der Bach leise vor sich hin, sanft rauschte das Blättermeer des Waldes im Wind und da war eine Vielzahl von Vogelstimmen. »Auf die Gefahr hin mich zu wiederholen: Ihr habt's wirklich schön hier«, sagte Susanne.

Chris nickte. »Wenn ich morgens aus dem Fenster gucke, kommt's mir manchmal immer noch wie ein Traum vor. Dabei lebe ich jetzt schon anderthalb Jahre hier. Es ist ein Ort, wie ich ihn mir immer als Zuhause gewünscht habe. Manchmal denke ich: Womit verdiene ich das eigentlich?«

Susanne spürte, wie aller Stress von ihr abfiel. So ging es ihr jedes Mal, wenn sie bei Chris zu Besuch war. Schon nach ein paar Minuten hatte sie das Gefühl frei durchatmen zu können. Sie lächelte. »Jeder Mensch verdient es, glücklich zu sein.«

Wegen der zwei im Auto gewissermaßen als Vorspeise verputzten Teilchen verkniff sich Chris den Nachtisch, der aus einer mit viel frischer Sahne angerichteten Quarkspeise und Früchten bestand. Sie schaute aber mit ziemlich langer Nase zu, wie Jonas und Susanne ihre Portionen weglöffelten. »Lasst mir ein bisschen was übrig für heute Nachmittag«, grummelte sie. Jonas und Susanne zwinkerten sich grinsend zu.

Chris tauchte prustend aus den Fluten auf und schüttelte Wassertropfen ab, eine in der Nachmittagssonne funkelnde Fontäne. Sie winkte Susanne zu, die quer durch den See gekrault war. Der Waldsee war nicht sehr groß, maß an seiner breitesten Stelle ungefähr sechzig Meter im Durchmesser. In der Mitte war er aber gut zehn Meter tief und er wurde von einer Quelle gespeist, sodass sein Wasser sehr klar und frisch war. Wenn man von einem der Hügel auf ihn herabschaute, leuchtete er wie ein riesiges Juwel. Und auch er gehörte zu dem Reich, dessen Hüterin Chris geworden war – der beste Job in ihrem bisherigen Leben!

Das Wasser war noch kalt, doch die Sonne hatte es immerhin so weit erwärmt, dass man es eine Weile darin aushalten konnte. Mister Brown paddelte ein paar Meter von Chris entfernt. Susanne kraulte in die Mitte des Sees zurück. Dort verschwand sie einen Moment, um dann lachend wieder aufzutauchen. »Hey!«, rief sie begeistert. »Die Fische glitzern, als wären sie aus Silber!«

Chris lachte. »Vielleicht sind sie's ja! Das ist ein Zaubersee, vergiss das nicht!«

Chris schwamm einen Moment auf dem Rücken, schaute hinauf in den Himmel, in den hoch oben ein Jet einen Kondensstreifen zeichnete. Schließlich wurde es ihr zu kalt. Sie kehrte ans Ufer zurück, balancierte über Kieselsteine und erreichte das weiche Gras. Wenn sie schwerelos im Wasser geschwommen war, spürte sie unmittelbar danach an Land ihr Gewicht besonders stark, es schien sie dann regelrecht hinunter auf die Erde zu ziehen. Vielleicht wachsen mir ja irgendwann Schwimmhäute, dachte sie, und ich kann immer im Wasser schweben.

Mister Brown kam in gewissem Abstand aus dem Wasser und schüttelte sich kräftig. Er wusste, dass er das nicht direkt neben Chris tun durfte, weil er sonst Ärger bekam. Er war ein wirklich gelehriger Hund. Sie rubbelte sich mit dem Handtuch ab und ließ die restlichen Tropfen auf ihrem nackten Körper dann von der Sonne trocknen. Susanne kam aus dem Wasser. Chris fand, dass Susanne einen schönen Körper hatte, auch wenn sie öfter darüber jammerte, dass sie viel zu lang und knochig geraten sei. Sicher, Susanne war sehr groß, mit endlosen Armen und Beinen, aber man sah ihr an, dass sie viel Sport getrieben hatte. Sie hatte geschmeidige Muskeln, das breite Kreuz einer Schwimmerin und schmale Hüften. Ihr Bauch war flach und fest und ihre Brüste waren zwar klein, aber straff und wohlgeformt.

Susanne bückte sich, nahm ihr Handtuch und trocknete sich ab. »Puh! Wirklich noch ganz schön frisch, das Wasser! Aber wunderbar …« Ihre sonst oft etwas raue, gestresst klingende Stimme wirkte offen und frei. Susanne hielt sich zwar für nicht besonders attraktiv, aber Chris war sicher, dass sie mit ihrem etwas herb wirkenden Gesicht, dem geheimnisvollen Lächeln und dem rauchigen Timbre ihrer Stimme einer Menge Männern den Kopf verdrehen konnte. Die feinen Falten um Mund und Augen trugen nur zusätzlich zu dieser Attraktivität bei, ebenso wie die ersten Silberfäden in Susannes kurzem, schwarzen, strubbeligen Haar. Ach je, dachte Chris, ich wünsche ihr, dass sie endlich mal den Richtigen findet. Einen, der bei ihr bleibt. Sie hat's verdient, nach all dem Pech, das sie diesbezüglich hatte.

Aus einem Baum auf der anderen Seite des Sees erhob sich ein Reiher und glitt auf riesigen, nebelgrauen Schwingen majestätisch über den See. Mister Brown gab keinen Ton von sich. Chris hatte ihm beigebracht die wilden Tiere in Ruhe zu lassen. »Mann, ist der groß!«, sagte Susanne fasziniert. Sie rieb ihren noch winterlich weißen Körper mit Sonnenmilch ein, dann zündete sie sich eine Zigarette an und schaute lächelnd aufs Wasser. »Jetzt im Moment geht's mir gerade richtig gut«, sagte sie.

Chris beschäftigte etwas. Sie schob die Unterlippe vor, zögerte einen Moment, dann fragte sie. »Susanne? Findest du mich eigentlich fett … ich meine – *extrem* fett?«

Susanne betrachtete Chris' nackten Körper und Chris hatte das wohltuende Gefühl, dass dies auf eine liebevolle, fast zärtliche Weise geschah. »Nein«, sagte Susanne. »Du bist nicht fett. Fett finde ich Frauen, die unförmig sind und sich kaum bewegen können. Entschuldige, dass ich vorhin am Bahnhof gestichelt habe. Du bist dick. Auf eine schöne, harmonische Weise dick. Und du bist dabei beweglich, dynamisch sozusagen. Du *tanzt* irgendwie immer. Verstehst du, was ich meine? Wie eine Gospel- oder Blues-Sängerin vielleicht oder diese in leuchtend bunte Tücher gehüllten Afrikanerinnen.«

Chris seufzte. »Schön! Red weiter!«

Susanne lachte. »Nimm zum Beispiel die Eifelhügel – die sind auch groß und rund, aber sind sie deshalb vielleicht hässlich?«

»Klasse!«, sagte Chris zufrieden. »Mein Körper ist eine runde, wunderschöne Hügellandschaft. Ah, der Nachmittag ist gerettet. Und du hast mich auf eine tolle Idee gebracht: Wenn's mir hier als Waldschamanin mal zu langweilig wird, gehe ich nach Amerika und trete in die Fußstapfen von Mahalia Jackson und Ella Fitzgerald!«

Sie wollte gerade zu einer herzzerreißenden Version von »Nobody Knows the Trouble I've Seen« ansetzen, als Jonas den Pfad vom Jagdhaus herunterkam, mit einem Rucksack.

»Hi, ihr zwei Grazien«, sagte er. Chris untersuchte neugierig den Rucksack. »Ich wette, du hast schon eine Weile im Gebüsch gehockt und uns beobachtet«, stichelte sie dabei und zwinkerte Susanne gleichzeitig zu.

»Klar«, sagte Jonas ungerührt und setzte das wölfische Grinsen auf, das Chris besonders gern mochte, »alle Männer sind Spanner. Die meisten geben's nur nicht zu.«

»Wow!« Der Rucksack enthielt zwei Flaschen Apfel-Mango-Saft aus dem Bioladen, den Chris besonders gern mochte, ihre beiden übrig gebliebenen Vossen-Teilchen, Äpfel und frische Weintrauben. Sie gab Jonas einen Kuss.

Er zog sich aus und sagte dabei, fast beiläufig: »Susanne – Chris hat mir vorhin von dem Toten in der Raffinerie erzählt. Letzte Nacht hat's dort wieder jemanden erwischt. Diesmal den Leiter des

Werkschutzes, einen gewissen Krupka. Kam eben im WDR-Radio.«

Chris merkte, wie Susanne sich sofort anspannte. Männer, dachte Chris – lieb, aber manchmal furchtbar unsensibel! Hätte er Susanne damit nicht noch bis zum Abend verschonen können?

»Krupka? Scheiße! Kenne ich. Den hab ich selbst vernommen. Haben sie was darüber gesagt, wie er gestorben ist?«

Jonas schüttelte den Kopf. »Der Reporter mutmaßte, dass er wie der erste Tote von einem Raubtier angefallen worden sein könnte. Von diesem geheimnisvollen Raubtier fehlt aber, wie er sagte, nach wie vor jede Spur. Sehr merkwürdig, das Ganze – nicht wahr?«

Er ging ins Wasser, wobei Chris ihn ziemlich lustvoll musterte, und schwamm mit kräftigen Zügen hinaus in den See.

»Es geht mich nichts an«, sagte Susanne. »Jedenfalls nicht jetzt. Ich habe frei.«

»Genau! Denk einfach nicht mehr dran.« Chris bot ihr Weintrauben an. Aber sie spürte, dass Susannes Freizeitstimmung verflogen war. Man sah ihr an, wie es hinter ihrer Stirn arbeitete, sie über die beiden mysteriösen Todesfälle nachgrübelte.

Auch Jonas entstieg dem kalten Wasser wieder und Mister Brown, der ihm nachgesprungen war, schüttelte sich einen ganzen Gartenteich aus dem Fell. Chris bot Susanne und Jonas von den Teilchen an. Zu ihrer Erleichterung lehnten sie beide ab, sodass sie sie allein aufessen konnte. Bald danach wurde sie unruhig. Der Wald rief. Sie zog sich an. »Ich verschwinde mal für zwei Stunden«, sagte sie. »Eine Runde drehen. Zum Abendessen bin ich zurück. Okay?«

»Klar.« Susanne lächelte.

Chris kraulte Mister Brown den Hals. »Du bleibst hier und passt auf Susanne auf. Dass die Kobolde sie nicht klauen!«

Daraufhin blieb er brav sitzen, wie es sich für einen gut erzogenen Medizinhund gehörte. Zufrieden stapfte Chris davon. Eine angenehme Eigenschaft von Susanne und von Jonas war, dass sie nicht beleidigt reagierten, wenn Chris sich zwischendurch in jene Einsamkeit absetzte, die für eine Schamanin unverzichtbar war. Früher, vor ihrer Trennung, hatte Jonas damit Probleme gehabt, doch seit seiner Rückkehr nicht mehr. Er hatte dazugelernt.

Wie gut der Wald roch! Zwei Rehe standen dicht neben dem Weg, blickten sie aus träumerischen Augen an, ohne zu fliehen. Tiere flohen nur selten vor ihr, das war schon in ihrer Kindheit so gewesen. Chris ging in gemächlichem Tempo, aber doch energischen Schrittes bergauf. Okay, wochenlang durch die kanadische Wildnis wandern könnte ich wahrscheinlich nicht mehr, dachte sie, aber eigentlich bin ich noch ganz gut bei Puste, auch wenn ich schneller ins Schwitzen komme und ziemlich langsam geworden bin. Aber für die ausgedehnten, oft zwei- bis dreistündigen täglichen Rundgänge in ihrem Wald reichte es allemal und sie kletterte sogar auf Hochsitze – natürlich nur auf neue und stabile.

Dass sie damals bei den Vandenbergs in Köln

Günter Scheeven kennen gelernt hatte, erschien ihr immer noch als ein Wunder, und zwar ein wirklich erstaunliches, selbst für ihr an wundersamen Ereignissen nicht gerade armes Leben. Nach dem Rausschmiss beim Eifelwildpark und nachdem sie von Jonas schnöde verlassen worden war, hatte sie bei Heike und Roland Vandenberg in deren riesiger Villa gehockt. Zwar waren die Vandenbergs sehr nett zu ihr gewesen, aber Chris hatte sich trotzdem heimatlos gefühlt und war sicher gewesen, es in der lauten, hektischen Großstadt nicht mehr lange aushalten zu können.

Zudem war Chris der Rummel um ihre Person peinlich, der in Köln zwangsläufig entstanden war: Immerhin hatte sie mit ihren schamanischen Fähigkeiten den Dom vor dem Einsturz bewahrt, was sich unter den stets kommunikativen Kölnern natürlich schnell herumgesprochen hatte. Die Ehrenbürgerschaft, die die Kölner ihr angeboten hatten, hatte sie aber dennoch angenommen, weil sie die Leute nicht vor den Kopf stoßen wollte. Gaia sei Dank war es ihr aber gelungen, Roland Vandenberg die Idee auszureden, das neue geomantische Institut draußen am ehemaligen Kloster Bischofsweiler nach ihr zu benennen. Ruhm für die Nachwelt anzuhäufen – daran lag Chris wenig. Sie fand, dass sie schon genug damit zu tun hatte, die Gegenwart halbwegs zu meistern.

Wenn ich Günter nicht getroffen hätte, würde ich womöglich immer noch bei Heike und Roland in Köln herumhängen oder wer weiß, wohin es mich verschlagen hätte, dachte sie. Günter Scheeven hatte offenbar genau sie gesucht. Wieder einmal schienen jene geheimnisvollen Kräfte ihre Finger im Spiel gehabt zu haben, die Chris bei der Erfüllung ihrer schamanischen Bestimmung führten (manchmal auch ein wenig anschubsten): Alles fügte sich geradezu magisch zusammen.

Den riesigen Landbesitz der Scheevens hatten im neunzehnten Jahrhundert Günters Vorfahren erworben, die es als aus der Eifel stammende Fabrikanten in Köln zu großem Reichtum gebracht hatten. Günter hatte Chris als Verwalterin eingestellt. Sie erhielt das Jagdhaus als kostenlose Bleibe und außerdem zahlte er ihr ein ordentliches Gehalt. Von Anfang an war klar, dass Günter mehr suchte als lediglich eine Forstverwalterin. »Du bist Schamanin«, hatte er zu ihr gesagt, »und ich möchte, dass du die Hüterin meines Landes wirst, die spirituelle Hüterin. Mein Land dort soll eine friedliche Zone der Liebe sein – in einer immer chaotischer werdenden Welt.«

Er erwartete von ihr, dass sie die ganz praktischen Aufgaben einer guten Verwalterin managte, was Chris rasch in den Griff bekommen hatte: Zwei fest angestellte Waldarbeiter standen zu ihrer Verfügung und bewirtschaftet wurde nur ein kleiner Teil des Waldes. Der größte Teil sollte, so wünschte es Günter, sich selbst überlassen bleiben, wieder zu einem richtigen Urwald werden – eine faszinierende Idee, bei der Chris ihn voll unterstützte. Ihrem Vorschlag, im Wirtschaftswald Rückepferde einzusetzen, stimmte Günter begeistert zu. Zwei große, für diese Aufgabe ausgebildete Kaltblutpferde aus der

Normandie wurden angeschafft, stattliche, ruhige und gutmütige Tiere, mit denen Chris und die beiden Arbeiter gerne zusammenarbeiteten. An motorisiertem Gerät gab es einen alten Deutz-Traktor und einen nicht minder betagten Unimog, die sich für manche Aufgaben doch als recht nützlich erwiesen. Und es machte Chris einen Riesenspaß diese urigen Gefährte zu steuern. Dann gab es natürlich noch ihren Dienstwagen – Chris' absolutes Traumauto: den Landcruiser!

Der kleine Forsthof, von dem aus sie den Wald bewirtschafteten, lag noch etwas weiter von der Straße entfernt als das Jagdhaus. Chris hatte im Forsthof einen Seminarraum eingerichtet, den sie ihre »Waldschule« nannte. Ihre Waldführungen und Kurse in schamanischem, ökologischen Denken erfreuten sich inzwischen einer ordentlichen Nachfrage. Auch viele Schulklassen kamen, was Chris ganz besonders freute.

An den riesigen Wald grenzte Acker- und Weideland an, das sich ebenfalls in Günters Besitz befand und somit von Chris mit zu verwalten war. Es war an einen Demeter-Bauernhof verpachtet. Die Leute dort dachten aber zum Glück sehr aufgeschlossen, es handelte sich nicht um zu engstirnige und dogmatische Anthroposophen. Chris' Verhältnis zur Anthroposophie war zwiespältig. Sie hatte einige von Rudolf Steiners Schriften gelesen (sie las überhaupt gern und viel; dafür gab es im Jagdhaus keinen Fernseher). Mit einigen seiner Ideen konnte sie sich anfreunden, aber manches, was er von sich gegeben hatte, hielt sie für ausgemachten Schwachsinn.

Mit den Hofleuten verstand sie sich dennoch gut und Chris und Jonas konnten sich dort täglich mit ausgezeichneten Bio-Lebensmitteln eindecken, was sehr praktisch war. Außerdem hatte Chris die Idee für ein Versuchsprojekt gehabt, das seit diesem Frühjahr in die Tat umgesetzt wurde: Ein Teil des an den Hof angrenzenden Waldes wurde als Schweineweide genutzt – selbstverständlich nur Wirtschaftswald, nicht der Urwald. Damit erweckten sie eine alte landwirtschaftliche Nutzform wieder zum Leben – und der erfreuliche Nebeneffekt: glückliche Schweine! Für Schweine – Wild- und Hausschweine gleichermaßen – hatte Chris sowieso eine Schwäche. Es waren faszinierende Tiere und obendrein schmeckten sie gut.

Dabei fiel ihr der Keiler ein. Zu ihren Aufgaben als Hüterin von Günters Land gehörte auch die Jagd. Im Gegensatz zu seinen Ahnen, die ihren riesigen Grundbesitz vor allem genutzt hatten, um ihrer Jagdleidenschaft zu frönen, war Günter dem alten familiären Brauch als junger Mann nur widerwillig gefolgt und hatte ihn schließlich ganz aufgegeben. Er war ein zart besaiteter, sehr romantisch veranlagter Schöngeist, dessen ausgeprägte Abneigung gegen das Töten ihn inzwischen zum Vegetarier hatte werden lassen. Andererseits sah er aber ein, dass die Reh-, Hirsch- und Wildschweinbestände in seinem Wald reguliert werden mussten, und da es in der Eifel keine Luchse, Wölfe und Bären gab, die natürlicherweise für diese Aufgabe zuständig gewesen wären, musste es ein Mensch tun.

»Ich will nicht, dass in meinem Wald irgendwelche Halali blasenden Freizeitjäger herumtrampeln«, hatte Günter zu Chris zu gesagt. »Ich will, dass du das machst. Auf indianische Art. Wie du's in Kanada gelernt hast. Soweit ich gehört und gelesen habe, verstehen die Indianer es, auf spirituell anständige Weise zu jagen. In Würde, sodass der Seele des getöteten Tieres Achtung gezollt wird.«

Chris hatte sich tief geehrt gefühlt, dass er ihr auch diese Aufgabe anvertraute, und seit diesem Tag waren sie gute, enge Freunde. Chris wusste, dass sie eine versierte Jägerin war. Sie hatte von Silver Bear und seinen Leuten alles gelernt, was es über die indianische Art des Jagens zu wissen gab, bei der Jäger und Jagdbeute als Teil ein und desselben Kreislaufs des Lebens gesehen wurden. Und sie war eine ausgezeichnete Schützin. Sie hatte Elche und Wapitis erlegt und sogar einen Bären. (Bei dem Bären hatte es auf Messers Schneide gestanden – fast wäre die Sache anders herum ausgegangen; hinterher war es ihr vorgekommen, als sei ihr ein neues Leben geschenkt worden; vielleicht war deshalb heute eine Bärin ihr Krafttier.)

Als Silver Bears Tochter mit ihrem Mann und den beiden Enkeln im vorigen Jahr bei Chris zu Besuch gewesen war, hatte sie ihr das Gewehr des alten Medizinmannes mitgebracht, in dessen Schaft Silver Bears Vater vor vielen Jahrzehnten schamanische Symbole eingraviert hatte. Mit diesem Gewehr übte Chris seither nach indianischer Art auf Günters Land die Jagd aus. Sie schoss so wenig wie möglich. Sie beobachtete die Tierbestände genau, wusste, wie viele Rehe, Hirsche und Wildschweine es gab. Wenn sie jagte, war das ein heiliges Ritual. Immer ließ sie einen Teil der Beute im Wald zurück, als Gabe für die wilden Tiere, und niemals wurde das Fleisch der erlegten Tiere verkauft. Was sie nicht für den Eigenbedarf nutzte, verschenkte sie an Freunde und an bedürftige Familien in Buchfeld. So wurde dem Tier, das sein Leben gegeben hatte, Achtung erwiesen.

Ja, dieser Keiler. Er war reif, das spürte sie deutlich. Er rief sie schon seit einigen Tagen. Sie blieb stehen und schaute sich um. Ein Eichelhäher flog dicht an ihrem Kopf vorbei, setzte sich auf einen Ast, beäugte sie neugierig, ehe er sich wieder davonmachte. Sie mochte diese großen Vögel mit ihrem geradezu tropisch prachtvollen Gefieder – auch wenn sie keine sehr melodischen Stimmen besaßen und manchmal einen schrecklichen Lärm veranstalteten. »Mal sehen, ob du eine Botschaft für mich hast«, flüsterte sie und ging langsam zu dem Baum, wo der Häher sich einen Moment niedergelassen hatte. Aufmerksam betrachtete sie dort den Boden. Da sah sie die Spuren des Keilers. Er war ein riesiges Tier, das tiefe Eindrücke im feuchten Waldboden hinterließ. Und es handelte sich bei ihm um einen übellaunigen alten Burschen, der vor ein paar Wochen fast einen von Chris' Waldarbeitern massakriert hätte. Der Ärmste hatte sich gerade eben noch auf einen Baum retten können.

Chris schloss die Augen und nahm Kontakt mit ihrer inneren Bärin auf, aktivierte ihre Bären-Sinne, die Witterung vor allem, aber auch andere subtile schamanische Sinne, für die es keinen Namen gab.

Wieder empfing sie den deutlichen Eindruck, dass der Keiler sie rief. Sie glaubte auch einen inneren Blick auf die Stelle zu erhaschen, wo sie einander begegnen würden. Im Morgengrauen.

An diesem Wochenende hielt sich Günter in Köln auf, der Jagd stand also nichts im Weg. Günter verbrachte jedes zweite Wochenende in seinem Wald, in einer liebevoll renovierten Mühle, die zwei Kilometer unterhalb des Jagdhauses am Bach lag, neben alten Fischteichen. Die Teiche hatten die Scheevens im neunzehnten Jahrhundert angelegt und Jonas durfte dort seiner Angelleidenschaft frönen. (Chris zuliebe ließ er aber immer genug Fische für die Graureiher übrig. Für sie waren diese Vögel magisch, wie aus einem Traum.)

Wenn Günter da war, wollte er nicht, dass gejagt wurde, der alte Schöngeist. Denn diese Wochenenden waren ganz der Liebe geweiht. Beim Gedanken daran musste Chris unwillkürlich schmunzeln. Günter war bisexuell veranlagt. Lange hatte er seine Neigung unterdrückt, um der Familienehre keine Schande zu machen. Er hatte vier Kinder gezeugt und jahrelang den treu sorgenden Familienvater und Gatten gegeben. Doch eines Tages kam die Stunde der Wahrheit in Gestalt von Laurenz, auch ein Schöngeist, ein paar Jahre jünger als Günter. Auch wohlhabender Familienvater. Die beiden trafen mit ihren Familien eine Vereinbarung, die man in solchen Kreisen wohl ein »Gentlemen's Agreement« nannte: Sie würden weiterhin treu sorgende Familienväter bleiben, doch jedes zweite Wochenende zogen sie sich zu zweit in die Eifel zurück.

Hier spazierten sie dann glücklich lächelnd Hand in Hand durch Günters grünes Paradies.

Chris hatte die beiden tief ins Herz geschlossen. Sie würde tun, was in ihrer Macht stand, damit dieses Paradies paradiesisch blieb. Und dort, wo zurückliegende ökologische Misshandlungen zu heilen waren, wollte sie dafür sorgen, dass es sogar noch paradiesischer würde.

Sie kehrte in ihren normalen Bewusstseinszustand zurück und öffnete die Augen. »Gut, du alter Keiler. Wir treffen uns also im Morgengrauen.« Dann machte sie sich auf den Rückweg. Ihr Magen knurrte mal wieder. Sie freute sich auf ein gemütliches Abendessen draußen vor dem Jagdhaus, in der Abendsonne.

Chris nahm sich vor, viel Spaß zu machen und Susanne zum Lachen bringen, um sie ein wenig von ihrem Kommissarinnen-Stress abzulenken. Diese mysteriösen Todesfälle; ein schwarzer Jaguar in einer Ölraffinerie! War da wohl Magie im Spiel? Welche Verbindung bestand zwischen dem Dschungel und einer solchen Industrieanlage?

Das jugendliche moralische Ungestüm, mit dem Chris früher die Welt sauber in Schwarz und Weiß eingeteilt hatte, war ihr ein wenig abhanden gekommen. Damals hätten Leute, die in einer Ölraffinerie arbeiteten, sich für sie ganz eindeutig auf der falschen Seite befunden. Solches Moralisieren fiel ihr zunehmend schwerer. Das Dieselöl, das ihren geliebten Landy antrieb, stammte vielleicht aus jener Raffinerie. Inzwischen hatte sie gelernt, dass die Dinge längst nicht so klar und einfach waren, wie sie lange geglaubt hatte. Schließlich war sie ja auch nicht mehr ganz so jung und ungestüm, denn im vorigen Jahr war sie immerhin schon dreißig geworden.

Als Schamane musst du immer beide Seiten der Medaille sehen, sonst taugt deine Arbeit nichts, hatte Silver Bear einmal zu ihr gesagt, der Auto fuhr und das Flugzeug benutzte, wenn er dies für sinnvoll erachtete – und auch wenn es ihm Freude machte. Auf die Freude hatte er ohnehin immer großen Wert gelegt.

Sie hob den Kopf. Zwei Bussarde kreisten über den Wipfeln. Mit ihren weithin hallenden Rufen holten sie Chris in die Gegenwart. Hier und jetzt findet das Leben statt, mahnte sie sich, nicht so viel Grübeln! Chris ging nach Hause.

4. KAPITEL

Das Abendessen verlief fröhlich, sodass Susanne für eine Weile die mysteriösen Toten vergaß. Chris erzählte einige herrlich komische Klatschgeschichten aus Buchfeld und seiner Umgebung, die an schrulligen Originalen nicht eben arm zu sein schien. Dann berichtete sie davon, dass sie im Morgengrauen auf Keilerjagd gehen würde.

»Also ist es jetzt so weit«, sagte Jonas. Susanne hatte den Eindruck, dass er besorgt klang, dies aber möglichst gut zu verbergen versuchte.

Chris nickte. »Er ruft mich. Es muss sein.«

Chris' sonderbare Beziehung zu den Tieren würde für Susanne vermutlich immer rätselhaft bleiben. Und faszinierend. »Du meinst, du *spürst*, dass er abgeschossen werden möchte? Klingt ja echt bizarr.« Susanne schüttelte unwillkürlich den Kopf.

Chris schien einen Moment nach den richtigen Worten zu tasten. »Na ja. Ich weiß nicht, ob er bewusst den Tod sucht. Letztlich haben doch alle Geschöpfe einen starken Überlebenswillen. Es passiert wohl eher unbewusst, nehme ich an. Auf der Ebene seiner Seele. Er sendet Signale aus, dass seine Zeit gekommen ist.«

Über die Jagd hatten sie nie viel gesprochen. Susanne wusste, dass Chris jagte – sie hatte schon etliche Male von ihr eine große Portion vorzügliches Wildbret für ihre Tiefkühltruhe erhalten. Auch jetzt lagerte gerade etwas Hirschragout darin. Aber viel darüber gesprochen hatten sie bislang nie. Susannes eigenes Verhältnis zur Jagd war zwiespältig. Sie aß gern Wild, konnte sich aber nur schwer vorstellen, selbst einem Hirsch oder Wildschwein das Fell über die Ohren zu ziehen. Aber sie aß ja auch das Fleisch von Haustieren, ohne sich damit anfreunden zu können, eigenhändig ein Schwein oder eine Kuh zu schlachten. Dass Chris, die doch einerseits Tiere über alles liebte, sie andererseits totzuschießen bereit war, fand Susanne irgendwie widersprüchlich. Daher fragte sie ihre Freundin: »Fällt es dir denn leicht das zu tun?«

Chris dachte einen Moment nach, mit ernstem Gesicht. »Ich versuche mit einer indianischen Einstellung da heranzugehen. So, wie ich es von Silver Bear gelernt habe. Natürlich bleibt da immer ein innerer Zwiespalt. Ein Hirsch ist zum Beispiel ein wunderschönes Tier. Wenn ich ihn abschieße und ausweide, zerstöre ich diese Schönheit, nicht wahr? Andererseits« – sie zwinkerte Susanne zu –, »bist du auch wunderschön ...«

Susanne machte eine wegwerfende Handbewegung. »Ach was, ich bin viel zu groß und knochig – und schon fünfunddreißig!«

»Papperlapapp! Du bist mindestens so schön wie eine Hirschkuh! Na, jedenfalls, wenn ich dir das Fleisch des Hirsches zu essen gebe, nähre ich damit deinen schönen Körper. Solange der Kreislauf aufrechterhalten wird, bleibt auch die Schönheit erhalten. Sie wird immer weitergegeben.«

»Dann müsste ich mich also irgendwann von einem Hirsch aufessen lassen? Aber die sind doch Pflanzenfresser.« Manchmal bereitete es ihr einige Mühe, Chris' Gedankengängen zu folgen.

Chris lachte. »Nein, so meine ich's natürlich nicht. Der Kreislauf ist viel größer und weiter. Eines Tages stirbt dein Körper und wird von Käfern und Würmern verspeist. Die besitzen ebenfalls ihre ganz eigene Schönheit, auch wenn wir dafür vielleicht nicht so empfänglich sind wie für die Schönheit eines Hirsches. Deine körperliche Schönheit nährt dann deren Schönheit, während deine Seele weiterreist. Deine seelische Schönheit ist ewig. Nur die Körper sterben und wandeln sich ständig in etwas anderes um. Irgendwann werden die Käfer und Würmer zu Humus und der Humus nährt das Gras auf der Waldlichtung, von dem dann die Hirsche leben.« Chris breitete die Arme aus und lächelte. »Hey! Manchmal schaff ich's, fast so zu klingen wie Silver Bear! Die Lehrer, die mit ihren Schulklassen in meine Waldschule kommen, sind auch recht zufrieden mit mir.«

»Ja, ich glaube, ich hab's begriffen«, sagte Susanne. Der Gedanke daran, dass ihr Körper eines Tages von Würmern und Käfern weggeknabbert werden würde, bereitete ihr allerdings ein gewisses Unbehagen. Trotz mancher deprimierender Erfahrungen hatte sie die feste Absicht diesen Zeitpunkt noch etliche Jahre hinauszuzögern!

Sie räumten den Tisch ab. Da Jonas das Abendessen hergerichtet hatte, kümmerten sich Susanne und Chris um den Abwasch. Jonas verabschiedete sich, weil er noch nach Buchfeld fahren und sich dort auf ein Bier mit einem Kollegen treffen wollte.

»Wie geht's den Pferden?«, fragte Susanne.

»Oh, bestens«, antwortete Chris. »Sie stehen unten beim Forsthof auf der Weide. Allzu schwer arbeiten müssen sie bei uns ja nicht gerade. Wir können sie morgen besuchen gehen, wenn du magst.«

Während Susanne abtrocknete, musste sie plötzlich an Arne Felten und dessen unglaubliche Ausstrahlung denken. »Mir ist übrigens ein total interessanter Typ über den Weg gelaufen ...«

Chris schrubbte gerade schwungvoll die Salatschüssel. »Echt? Na, dann schieß mal los!«

Susanne berichtete ihr in allen Einzelheiten von Felten. »Ich würde, glaub ich, gern mal mit ihm essen gehen«, schloss sie ihre Schilderung.

»Glaubst du denn, daraus könnte ... Ich meine nur, nicht dass du dir wieder mal falsche Hoffnungen machst. Ach, Quatsch! Warum fange ich an schwarz zu malen!« Sie legte Susanne sanft ihre feuchte Hand auf den Oberarm. »Folg einfach deinem Instinkt, deinem Bauchgefühl, und schau, was passiert.«

Susanne grinste. »Ein sehr ökologischer Lover wär dieser Raffineriedirektor ja nicht gerade ...«

Chris kicherte. »Na ja – solange er keine Ölflecken im Bett hinterlässt.«

Susanne gab ihr einen freundschaftlichen Rippenstoß. Im selben Moment fasste sie einen Entschluss. »Jagst du eigentlich grundsätzlich allein?«

Chris schaute sie erstaunt an. »Du willst mitkommen?«

Warum, wusste Susanne selbst nicht so genau. Es trieb sie dazu gewiss nicht das Interesse für die Jagd an sich. Aber da gab es diese tiefe Verbundenheit zwischen Chris und ihr, obwohl sie doch eigentlich so grundverschieden waren. Sie wollte einfach diesen ihr bislang fremden Aspekt von Chris' Leben kennen lernen. »Wenn ich darf.«

»Du verstehst bestimmt was von der Jagd. Ist schließlich dein Job, Verbrecher zu jagen.« Sie drückte Susanne einen Moment an sich. »Find ich toll, dass du auch das mit mir teilen möchtest, obwohl es sicher nicht gerade der schönste Teil meines Lebens ist.«

Chris versprach Susanne am Morgen rechtzeitig zu wecken. In dem kleinen Haus gab es kein Gästezimmer und so schlief Susanne wie gewohnt im rauchig nach Feuerholz duftenden Wohnzimmer auf dem uralten, aber angenehm festen Ledersofa, das vermutlich schon den Jagdgästen von Günter Scheevens Großvater als Nachtlager gedient hatte.

Als Chris sie behutsam weckte, war es draußen noch fast dunkel. Durch das offene Fenster drang der feuchte Duft des Waldes herein. Sie nahmen nur ein kleines Frühstück zu sich. Susanne trank Kaffee, Chris ihren Kräutertee. (Susanne begriff nicht, wie frau davon wach werden konnte). Dazu gab es außerordentlich gehaltvolle, saftige kleine Haferkuchen mit Rosinen, von Chris selbst gebacken – ein aus Kanada mitgebrachtes Rezept.

Chris stellte eine große Plastikwanne in den Laderaum des Landcruisers. Fasziniert betrachtete Susanne Chris' Gewehr. Von Waffen verstand sie etwas, das gehörte zu ihrem kriminalistischen Fachwissen. Außerdem schoss sie gern, auf der Schießbahn, versteht sich. Es gab im ganzen Präsidium nur einen Beamten, der sie beim Übungsschießen ab und zu besiegte: ihr Chef, Kriminalrat Antweiler. Ein Mensch mit ruhigeren Händen als er war ihr noch nicht begegnet.

»Du gehst mit einer einschüssigen Kipplaufbüchse auf Wildschweinjagd?«, fragte sie erstaunt. »Ist das nicht ein bisschen leichtsinnig? Was ist, wenn der erste Schuss nicht voll ins Schwarze trifft? Mit einem angeschossenen Keiler ist bestimmt nicht zu spaßen! Wenn du dann erst nachladen musst ...«

»Das ist ein indianisches Gewehr«, sagte Chris, während Susanne fasziniert die geheimnisvollen Gravuren auf dem Schaft betrachtete. »Und ich jage auf indianische Art. Ich brauche nur einen Schuss.«

Susanne pfiff durch die Zähne. »Du hast Nerven! Ich hätte meine Dienstpistole mitbringen sollen ...«

Chris trat dicht zu ihr und drückte ihr etwas Kaltes, Metallisches in die Hand. Susanne spürte die vertrauten, harten Formen einer Sig Sauer. »Kleine Leihgabe von Jonas. Na ja, wenn ich auf Wildschweinjagd gehe, macht er sich immer ein bisschen Sorgen um mich. Völlig unbegründet, natürlich!«

Sie schaukelten zunächst ein Stück mit dem Landcruiser auf einem schmalen, äußerst unebenen Weg immer tiefer in den Wald hinein. Chris erzählte von einer neuen CD, die sie sich gerade gekauft hatte. »David Gray, der macht echt interessante Musik. Besonders das erste Stück auf der CD ist richtig Klasse: ›Please forgive me‹. Hast du eigentlich irgendwas gehört, ob Tracy wieder auf Tournee geht? Schade, dass das bei ihr immer so endlos lange dauert, bis sie wieder nach Deutschland kommt!«

Susanne hatte nichts gehört. Tracy Chapman war Chris' absolute Lieblingssängerin. Als Tracy im Mai des vergangenen Jahres in Köln in der Philharmonie aufgetreten war, hatte Susanne Karten besorgt und Chris eingeladen. Sie war völlig aus dem Häuschen gewesen und auch Susanne hatten das Konzert und Tracys neueste CD sehr gut gefallen.

»Bei dem Rhythmus, in dem sie CDs rausbringt und tourt, wirst du dich wohl noch zwei, drei Jahre gedulden müssen.«

»Mist! Vielleicht sollte ich mal in die USA fliegen. Da tritt sie viel öfter auf.«

»Hat denn eine Schamanin und Hüterin des Landes nicht auch mal Urlaub?«, fragte Susanne.

Chris hielt den Landy mit einer Hand in den tiefen Fahrspuren des Waldweges und zwirbelte mit der anderen ihren Zopf. »Hm. Darüber hab ich noch nie nachgedacht. Bisher war ich hier so glücklich, dass ich gar nicht auf die Idee gekommen bin zu verreisen. Aber warum eigentlich nicht? Muss das mal mit Günter besprechen. So vier Wochen Urlaub im Jahr müssten eigentlich drin sein.« Sie strahlte. »Ich wollte immer schon mal nach Kalifornien, mir die Mammutbäume anschauen und Big Sur. Und das Esalen Institute besuchen – eine der Keimzellen des modernen psychologischen Schamanismus. Und dann noch in Florida mit Delphinen schwimmen. Kannst ja mitkommen!«

Susanne gefiel die Idee. Du meine Güte, sie hatte sich wirklich Urlaub verdient, bei all den Überstunden, die sie vor sich herschob! Und neue CDs hatte sie sich auch schon lange nicht mehr gekauft, weil sie einfach nicht dazu kam, in den Kölner Musikgeschäften zu stöbern.

Chris schob eine ihrer Tracy-Kassetten ins Radio und sang leise mit: »... across the lines, who would dare to go ...«

Inzwischen hatte sich erste dunstig-matte Helligkeit über die Bäume geschlichen. Chris schaltete die Scheinwerfer aus und stoppte den Landy. Sie ließ noch die letzten Takte des Tracy-Songs verklingen, dann stiegen sie aus.

Chris hängte sich einen großen, leeren Rucksack um und gab Susanne einen zweiten. Dann legte sie den Finger auf die Lippen. »Ab jetzt: Pst!« Sie schulterte ihr Gewehr. »Bleib einfach dicht hinter mir und mach dir keine Sorgen.«

Eine Weile trotteten sie in gemächlichem Tempo querfeldein durch den Wald, wobei Chris stets sorgfältig darauf achtete, dass Susanne keine Zweige ins Gesicht schlugen. Susanne war erstaunt, wie leise und trittsicher sich Chris trotz ihres Gewichts fortbewegte. Wie eine runde Bärin auf weichen Tatzen. Ein paar Mal blieb sie stehen und drehte mit geschlossenen Augen den Kopf hin und her, was tatsächlich an eine witternde Bärin erinnerte und fast unheimlich wirkte – als gäbe es da noch ein anderes, tierisches Wesen, das in Chris' Körper wohnte und ab und zu die Kontrolle übernahm. Aber Susanne schob diesen Eindruck beiseite. Gewiss war Chris manchmal ein bisschen sonderbar, aber es war trotzdem ihre Chris, ihre beste Freundin. Als der Tag endgültig anbrach und es richtig hell wurde, kamen sie an den Rand einer Lichtung. Die Luft war erfüllt vom Morgengesang der Vögel. »Okay«, flüsterte Chris. »Hier bin ich.« Sie drehte sich zu Susanne um. »Warte dort.«

Langsam nahm sie ihr Gewehr von der Schulter, spannte es und ging bedächtigen, festen Schrittes hinaus auf die Lichtung. Susanne blieb unter den Bäumen stehen, wie Chris es ihr gesagt hatte. Vorsichtshalber zog sie aber Jonas' Sig Sauer aus dem Hosenbund und entsicherte sie, um Chris notfalls beistehen zu können. Sie hatte keine Ahnung, wie dick die Schwarte eines solchen Keilers war, schätzte jedoch, dass die Feuerkraft der Pistole ausreichen würde, um ihn über den Haufen zu schießen. Nur war es verdammt schwer, mit einer Pistole aus der freien Hand ein bewegliches Ziel zu treffen.

Und dann sah sie den Keiler. Ihr stockte der Atem. Es war ein gewaltiges Vieh. Susanne hatte nicht vermutet, dass Wildschweine so groß werden konnten. Er stand am gegenüberliegenden Rand der Lichtung und starrte Chris finster entgegen.

Jetzt setzte er sich in Bewegung. Ohne einen Laut von sich zu geben, stürmte er wie ein Panzer auf Chris los. Mein Gott, wie wollte sie ihn jetzt noch treffen? Susanne nahm die Pistole in beide Hände. Aber Chris stand genau in der Schusslinie. Susanne sprang ein Stück seitwärts und ging in die Hocke, um besser zielen zu können. Chris legte mit geradezu lebensmüder Langsamkeit an. »Schieß doch!«, schrie Susanne, deren Handflächen schweißnass geworden waren. Sie selbst konnte nicht abdrücken. Aus dieser Position war die Gefahr, Chris zu treffen, einfach zu groß.

Susanne bekam keine Luft. Sie sah die Hauer des Keilers. Nur noch Sekunden, bis er Chris niederrannte.

Wumm! Chris' stattlichem Oberkörper, ihren dicken Armen schien der Rückstoß des alten Gewehres kaum etwas auszumachen. Der Keiler stolperte, überschlug sich und blieb mit zuckenden Läufen keine drei Meter vor Chris liegen. Dann rührte er sich nicht mehr.

Chris senkte das Gewehr und drehte sich zu Susanne um. »Ganz guter Schuss, nicht?«, sagte sie zufrieden. »Genau zwischen die Augen. Wichtig ist, dass man sich genug Zeit lässt und sorgfältig zielt.«

Susanne sog keuchend die Luft ein. Schweißperlen standen ihr auf der Stirn. »Ja, bist du denn komplett wahnsinnig?!«, schrie sie. »Ich dachte, du … du …« Sie schaffte es kaum, die Pistole zu sichern, so sehr zitterten ihre Hände.

Chris legte das Gewehr hin und lief erstaunlich behände zu ihr. Sie nahm Susanne in den Arm. »Hey! Ist ja schon gut. Ich hab dir doch gesagt, dass du dir keine Sorgen machen musst.« Sie drückte sie fest an sich und Susannes Knie festigten sich wieder. »Das nächste Mal nehm ich dich besser mit, wenn ich Rehe oder Hirsche jage. Das ist für Zuschauer weniger stressig.«

Sie blickte zu dem toten Keiler hinüber. »Jetzt kommt der unappetitlichste Teil. Du musst nicht dabei sein, wenn du nicht willst. Geh ein bisschen spazieren und komm wieder, wenn ich fertig bin.«

Susanne schüttelte den Kopf. »Ich hab mir aus dienstlichen Gründen schon genug Obduktionen antun müssen. Schlimmer kann das hier auch nicht sein. Außerdem hab ich mir nur Sorgen gemacht, dass dir was passieren könnte. Das ist jetzt ausgestanden.«

»Gut. Dann an die Arbeit. Kannst mir helfen ihn umzudrehen.« Sie stapfte ruhig und entspannt durchs hohe Gras. Susanne folgte ihr, mit einem gewissen Widerwillen, den sie aber nicht zugeben mochte.

»Fass mal dort am Hinterlauf an.«

Er war noch warm. Natürlich. Das Leben hatte ihn schließlich eben erst verlassen. Und er war schwer. Mit vereinten Kräften drehten sie ihn auf den Rücken. Susanne musste ihn in dieser Position festhalten, während Chris ein paar starke Äste heranschaffte, um ihn abzustützen, damit er nicht wieder auf die Seite fiel.

Dann streifte sie Gummihandschuhe über, nahm eine Plastikschürze aus ihrem Rucksack und band sie sich um. Sie zog ein langes Messer aus ihrem Gürtel, setzte unterhalb des Schwanzes an und führte einen ersten Schnitt aus. Anschließend drückte sie am Unterleib des Keilers herum.

»Was machst du jetzt?«, fragte Susanne.

»Die Blase ausdrücken, damit der Urin nicht in die Bauchhöhle läuft, wenn ich weiterschneide.«

Danach führte Chris mit einem Gesicht, dem deutlich anzusehen war, dass ihr diese Arbeit wenig Freude machte, einen langen Schnitt bis hinauf zur Schnauze aus.

»Wichtig ist, die Eingeweide nicht zu beschädigen. Wenn deren Inhalt nämlich ausläuft, ist es total schwierig, das Fleisch zu reinigen«, erklärte sie. Susanne musste einige Male kräftig schlucken, aber es gelang ihr den Ekel zu überwinden. Was soll's, dachte sie? Hinterher esse ich ja doch von dem Fleisch.

Chris trennte nun die Eingeweide ab. Beinahe übel wurde Susanne, als sie die Gurgel des Keilers durchtrennte und einen Knoten in die abgetrennte Speiseröhre schlang. »Wozu denn das?«, fragte Susanne mit einem bitteren Geschmack im Mund.

»Damit auch da nichts rausläuft. So. Willst du mit anfassen?« Chris grinste. Susanne verzog das Gesicht. »Schon gut. Musst du nicht.« Chris griff tief in den Keiler hinein und nahm die abgetrennten Eingeweide heraus. »Hilf mir jetzt bitte, ihn umzudrehen, damit das Blut aus der Bauchhöhle auslaufen kann.«

Sie wuchteten ihn herum, hielten ihn einen Moment in dieser Position und legten ihn dann wieder auf die Seite. Chris rupfte einige große Grasbüschel aus und wischte die Leibeshöhle damit sauber. Währenddessen sagte sie unvermittelt: »Dieser Jaguar hat den Spieß umgedreht, gewissermaßen.«

Susanne brauchte einen Moment, um Chris' Gedankensprung zu folgen.

»Er macht Jagd auf Menschen, während doch

normalerweise die Menschen die großen Raubtiere jagen und ausrotten und ihnen keine Chance und keinen Lebensraum mehr lassen.«

Susanne sehnte sich plötzlich nach einer Zigarette, fand es aber unpassend, sich hier draußen im Wald, in Chris' Wildnis, eine anzuzünden. »Mich beschäftigt vor allem die Frage, was er in der Ölraffinerie verloren hat. Wie ist er dorthin gekommen, verdammt noch mal?« Sie schüttelte den Kopf.

Chris hatte inzwischen begonnen, dem Keiler das Fell abzuziehen. »Vermutlich *gibt* es eine rationale Erklärung dafür. Ein entlaufener, illegal als Haustier gehaltener Jaguar oder dergleichen. Aber gestern Abend im Bett habe ich noch eine Weile wachgelegen und über die Sache nachgedacht. Dabei ist mir die Legende von den Leopardenmännern eingefallen.«

»Leopardenmänner?«, fragte Susanne erstaunt.

Chris hielt einen Moment in ihrer blutigen Arbeit inne, hob den Kopf und schaute mit nachdenklichen, schmalen Augen in die Ferne. »Angeblich gibt es in Afrika Medizinmänner, die in der Lage sind die Gestalt von Leoparden anzunehmen, wenn sie in der Nacht an Termitenhügeln, die in Afrika als besondere Kraftorte gelten, ein bestimmtes Ritual ausführen. Als Leoparden nehmen sie dann Rache an ihren Feinden.« Nach kurzem Schweigen fügte sie hinzu: »Wenn du mich als die Diplombiologin fragst, die ich ja auch bin, würde ich natürlich sagen, so was ist unmöglich und schwärzester Aberglaube. Aber das schulwissenschaftliche Zeug, dass sie uns im Studium eingetrichtert haben, erscheint mir immer mehr wie eine winzige Insel in einem riesigen Ozean voller ungelöster Rätsel und Geheimnisse. Wir bilden uns auf unsere Wissenschaftlichkeit so viel ein, aber in Wahrheit wissen wir doch lächerlich wenig.«

Während ihres Studiums hatte Chris an mehreren Forschungsprojekten über Wölfe mitgearbeitet und zu diesem Thema auch ihre Diplomarbeit geschrieben. Darüber sprach sie aber fast nie. Susanne hatte den Eindruck, dass Chris mit ihrer wissenschaftlichen Karriere, in die sie ja einmal viel Energie investiert hatte, innerlich vollkommen gebrochen hatte.

Chris breitete das abgetrennte Fell mit der Haut nach oben auf dem Boden aus. »Öffne mal deinen Rucksack und nimm die Plastikbeutel heraus, die du darin findest.« Sie machte sich daran, das Fleisch des Keilers zu zerlegen, wobei sie seine Haut als Arbeitsunterlage benutzte. »Gut. Da packen wir das Fleisch rein.«

»Rache«, sagte Susanne leise. »Rache als Motiv – mit einem Jaguar als Waffe? Klingt verrückt.«

Chris hielt ein großes Stück Wildschweinfleisch in ihren Gummihandschuh-Händen und grinste. »Was ist in dieser Welt schon normal? So, halt mal 'nen Beutel auf.«

Susanne konnte sich noch nicht recht vorstellen, wie aus dem blutigen Gebilde in dem Beutel ein leckerer Schweinebraten werden sollte. »Fragt sich nur, wer sich an wem rächen will und wofür.«

»Rache ist ein dummes Motiv, aber leider kein seltenes«, meinte Chris. Inzwischen hatte die Sonne längst den Morgendunst vertrieben und es war warm geworden. Chris hatte von der anstrengenden Arbeit rote Backen bekommen und war schweißüberströmt.

Schließlich war alles Fleisch zerteilt und in Beutel verpackt. »Wir werden zweimal zum Landy gehen müssen, bei dieser Menge«, sagte sie. Sie packten ihre Rucksäcke voll und legten die übrigen Beutel in den Schatten. Dann schleppte Chris die knochigen Überreste und die Innereien an den Rand der Lichtung. »Als Gabe für die wilden Tiere«, sagte sie lächelnd. »In der Natur wird alles verwertet. Da gibt's keinen Sondermüll, der in irgendwelchen Deponien einbetoniert werden muss.«

»Was wird mit dem Fell?«, fragte Susanne.

Chris, die ihre Gummihandschuhe ausgezogen und die blutige Schürze abgenommen hatte, wischte sich mit dem Handrücken den Schweiß von der Stirn. Sie zwinkerte Susanne zu. »Kannst dir ja einen Mantel daraus machen. Damit würdest du im Präsidium garantiert mächtig auffallen.«

Susanne lachte. »Womöglich noch mit dem Schwanz und den Ohren dran? Wahrscheinlich darf ich ihn dann gleich wieder ausziehen und sie stecken mich stattdessen in eine Zwangsjacke!«

»Die haben eben kein Traditionsbewusstsein. Bei den alten Germaninnen war so was ultraschick. Besonders elegant mit Keule und Kurzschwert.«

Susanne überlegte, dass Chris sicherlich eine eindrucksvolle Walküre abgegeben hätte, verkniff sich aber diesbezügliche Anspielungen.

»Nein. Ich hab's den Leuten vom Demeterhof

versprochen. Die möchten es sich vor den Kamin legen. Aber ansonsten könnte man die Haut natürlich auch weiterverarbeiten. Sie ergibt ein ausgezeichnetes Leder.«

Sie mussten tatsächlich zweimal zum Landcruiser laufen und es war eine ziemliche Schlepperei. Als sie endlich die gesamte Ausbeute im Geländewagen verstaut hatten, klopfte Chris sich zufrieden auf den runden Bauch. »So! Jetzt können wir's aufessen. Natürlich nicht alles. Einen Teil bringe ich den Asylbewerberfamilien in Buchfeld mit ihren vielen Kindern. Die freuen sich immer riesig.« Sie legte Susanne den Arm auf die Schulter. »Und dir geb ich natürlich auch eine gute Portion mit. Ich denke, die hast du dir verdient, nachdem du so um mich gezittert hast.«

Ein bislang recht zäher Montagmorgen, fand Tönsdorf und schaute dem einsamen Baum auf dem grauen Parkplatz des Kölner Polizeipräsidiums beim Wachsen zu. Früher hatte eine Whiskyflasche im unteren Schreibtischschubfach gestanden, mit der er sich über solche zähen Momente hinweggeholfen hatte, aber seit seiner Entziehungskur war dieser Fluchtweg tabu. Die einzigen Süchte, die ihm geblieben waren, das Rauchen und das Essen, vermochten den Alkohol nicht wirklich zu ersetzen. Wäre Susanne nicht gewesen, hätte er vermutlich längst die Segel gestrichen und wäre rettungslos im Kölner Kneipennebel versunken.

Aber Susanne war sein Schutzengel. Oder jedenfalls hatte er das so beschlossen, auch wenn sie natürlich nichts davon wusste. Als Kriminalrat Antweiler ihn damals kurz vor dem Domprobstmord Susanne zugeteilt hatte, war er sich bewusst gewesen, dass das seine letzte Chance war noch einmal die Kurve zu kriegen. Und er schaffte es tatsächlich, trocken zu bleiben. Er war stolz für Susanne arbeiten zu dürfen. Sie war ganz einfach gut. Es gab im ganzen Präsidium keinen einzigen Kriminaler, der besser war als sie. Es kam für ihn überhaupt nicht infrage sie zu enttäuschen.

Heimlich himmelte er sie an. Sie hielt sich selbst für unattraktiv, aber das war völliger Blödsinn. Tönsdorf liebte ihren herben Charme. Und als Chefin war sie absolut kollegial und fair. Natürlich war er klug genug seine Schwärmerei im platonischen Bereich zu halten. Susanne hatte etwas Besseres verdient als einen glatzköpfigen, kurzatmigen Mittfünfziger mit dicker Wampe und angeknackster Leber. So verbarg er seine tiefe Zuneigung hinter kollegial-rauem Humor und gab sich alle Mühe Susanne im Büro den Rücken freizuhalten, denn bei wilden Außeneinsätzen konnte er körperlich einfach nicht mehr mittun.

Und Torsten Mallmann hatte sich unter Susannes fester Hand gut herausgemacht. Er hatte viel von ihr gelernt, an Format gewonnen. Seinen alten Spitznamen »das Mallmännchen« bekam er nur noch selten zu hören, obwohl er mit einunddreißig natürlich immer noch ein richtig junger Spund war. Oder ich bin inzwischen richtig alt, dachte Tönsdorf und verzog schmerzlich das Gesicht. Jedenfalls bildeten sie ein gutes Dreier-Team. Es machte ihm nach wie vor

Spaß mit den beiden. Die paar Jahre, die seine morsche sterbliche Hülle noch durchhalten würde, wollte Tönsdorf gern mit Susanne und Torsten möglichst viele Mörder vor den Staatsanwalt bringen. Und dann am liebsten im Dienst aus den Schuhen kippen und in Susannes Armen sein Leben aushauchen.

Und ritterlich, wie es sich für einen großherzigen Kölner gehörte, war er fest entschlossen Susanne einen Mann zu besorgen, der gut genug für sie war. Damit ihr ewiges Liebesleid endlich ein Ende hatte. Tatsächlich hatte er auch schon jemanden ausgeguckt, der ihm für diese wichtige Aufgabe geradezu ideal erschien: den Chef höchstpersönlich. Antweiler war zwar auch schon achtundvierzig, aber vortrefflich erhalten. Er war der Einzige, der es auf dem Schießstand mit Susanne aufnehmen konnte. Sie waren beide supercool, wie das auf Neukölnisch hieß. Ungefähr gleich groß, sodass sie einander beim Tanzen in die Augen schauen konnten. Beide Top-Profis. Beide sehr sportlich. Antweiler besaß etwas, das der sich immer sehr ungeschlacht fühlende Tönsdorf, wie er glaubte, niemals besitzen würde, das er anderen aber inzwischen neidlos zugestehen konnte: Stil. Antweiler war stets elegant, aber niemals protzig gekleidet, kochte vorzüglich, liebte klassische Musik und er beschäftigte sich auf sehr philosophische Weise mit asiatischen Kampfsportarten. Außerdem war er ganz bestimmt ein ausgezeichneter Liebhaber. So jemanden hatte Susanne verdient.

Und es gab noch einen ganz entscheidenden Vorteil: Antweiler war seit längerem solo. Es hatte zwar einmal eine Frau Antweiler gegeben, aber das war vor seiner Zeit im Kölner Präsidium gewesen. (Antweiler stammte aus Norddeutschland. Dass er sich im Kölschen Klüngel dennoch behauptete, bewies, über welch außerordentliche Qualitäten er verfügte.) Hier und da hatte man ihn in Köln in Begleitung attraktiver Damen aus der Kulturszene gesichtet, aber etwas von Dauer schien bislang nicht darunter gewesen zu sein. Lediglich vor gut zwei Jahren hatte es mit einer an der Kölner Oper engagierten, höchst ansehnlichen amerikanischen Sängerin eine mehrmonatige heftige Liaison gegeben, die seinerzeit im Präsidium für reichlich Gesprächsstoff gesorgt hatte. Die Dame befand sich aber schon lange wieder in Amerika.

In der großen Ausnahmezeit des Domprobstfalles, der sich so bedrohlich ausgeweitet hatte, dass sogar der Kölner Dom ins Wanken geraten war, hatte Tönsdorf damals vorübergehend eine gewisse Annäherung zwischen Antweiler und Susanne zu beobachten geglaubt. Doch leider war dieser hoffnungsvolle Ansatz anschließend wieder in der üblichen beruflichen Stress-Routine versandet. (Gott sei Dank hatte diese Schamanin, ein Begriff, unter dem sich Tönsdorf bis heute nichts Rechtes vorstellen konnte, Susannes überaus sonderbare, pummelige Freundin aus der Eifel, damals den Dom gerettet. Sonst hätte Tönsdorf auf der Stelle wieder zu saufen angefangen. Köln ohne den Dom – eine apokalyptische Vorstellung!)

Dabei waren die beiden, Susanne und der Chef,

wie geschaffen füreinander. Daran bestand für Tönsdorf nicht der geringste Zweifel. Immerhin hatte er drei gescheiterte Ehen hinter sich und wusste inzwischen aus leidvoller Erfahrung, welche Paare *auf keinen Fall* zusammenpassten! Nur bemerkten die beiden in ihrer üblichen beruflichen Umgebung irgendwie nicht, welches Liebes-Potenzial zwischen ihnen ungenutzt brachlag. Es kam also darauf an, endlich eine Situation herbeizuführen, in der Susanne und Antweiler einander privat entdecken konnten. Und Tönsdorf hatte da eine Idee …

Es klopfte an der Tür. An diesem Morgen hütete Tönsdorf die Abteilung allein, da Susanne und Torsten als Zeugen der Staatsanwaltschaft bei Gericht erscheinen mussten. Ein junger Mann von achtzehn oder neunzehn Jahren steckte den Kopf herein. Er kam Tönsdorf bekannt vor. »Ja, bitte?«

»Wir kennen uns bereits«, sagte der Besucher. »Erinnern Sie sich? Ich bin Mario Eberhard. Ich arbeite zurzeit bei Direktor Felten in der Ölraffinerie.«

Jetzt fiel bei Tönsdorf der Groschen. Natürlich. Der Junge, der den Raffineriedirektor mit »Onkel Arne« angeredet hatte. Ein wenig blass und übernächtigt sah er aus. Dunkle Schatten unter den Augen. Ein schlanker, eher kleinwüchsiger Junge. Schwarzes Haar. Etwas südländischer Typ. Vielleicht stammte ein Elternteil aus Spanien oder Italien, was ja heute nicht selten vorkam. Tönsdorf hegte da keinerlei Vorbehalte. Er liebte die Mittelmeer-Atmosphäre und die dortige Küche. Auf den Wein musste er ja leider inzwischen verzichten.

»Eigentlich hatte ich gehofft, dass die freundliche Kommissarin zu sprechen wäre ... wie heißt sie noch gleich?«

»Hauptkommissarin Wendland. Ja, die ist wirklich nett. Nur hat sie leider gerade einen Gerichtstermin. Aber der gute, alte Tönsdorf frisst auch niemanden, jedenfalls nicht nach dem Frühstück. Wollen Sie nicht Platz nehmen?« Er deutete auf den betagten Stuhl vor seinem Schreibtisch und setzte sein gemütliches, Schüchternheit abbauendes Onkel-Lächeln auf. Im Lauf der Jahre hatten auf diesem Stuhl schon viele arme Sünder gesessen (an denen es Köln ja nicht mangelte).

Mario setzte sich. Seine Beine bewegten sich nervös und er schien nicht zu wissen, wohin mit den Händen.

»Wie wär's mit einem Kaffee? Oder, da's heute recht warm ist, vielleicht ein kühler Sprudel?«

»Nein, danke.«

»Passieren ja wirklich schlimme Sachen da draußen bei euch. Schon der zweite Tote! Trauen sich die Arbeiter denn überhaupt noch zur Schicht?«

»Also – deswegen bin ich gekommen. Da ist etwas, was ich ... worüber ich sprechen möchte.« Mario Eberhard zögerte. »Wird es noch sehr lange dauern, bis die Kommissarin ...«

Tönsdorf schaute auf die Uhr. »So eine halbe Stunde, schätze ich.« Er lächelte aufmunternd. »Wissen Sie, wir arbeiten in dieser Abteilung eng und vertrauensvoll zusammen.« So war es in der Tat, darum fühlte er sich ja auch so wohl hier. »Wollen Sie mir nicht erzählen, was Sie auf dem Herzen haben? Auch wenn ich es natürlich an gewinnendem Charme nicht mit meiner Chefin aufnehmen kann.«

Jetzt huschte zum ersten Mal ein kleines Lächeln über Marios angespanntes Gesicht. »Ich nehme an, Sie halten es für schrecklich unhöflich, dass ich Ihnen gegenüber schweige. Aber ich würde doch sehr gerne mit der Frau Kommissarin sprechen. Sie hat so eine Art, die es einem leichter macht zu reden.«

Die besaß Susanne in der Tat, aber auch Tönsdorf bildete sich einiges auf seine Begabung als vertrauenswürdige Onkel-Figur ein, der junge Leute beiderlei Geschlechts gerne ihre Geheimnisse anvertrauten. In der Regel erzielte er damit bei Vernehmungen ausgezeichnete Resultate. Dass Mario seine diesbezüglichen Qualitäten nicht zur Kenntnis nahm, kränkte ihn ein wenig. Aber möglicherweise besaß der Junge irgendwelche wertvollen Informationen; besser also, man erfüllte ihm seinen Wunsch, als dass er ärgerlich und verstockt wurde. Sollte er halt auf Susanne warten, wenn er unbedingt wollte.

»Schon in Ordnung. Kommen Sie.« Er führte Mario nach nebenan ins Vernehmungszimmer. »Warten Sie bitte hier. Ich sage Frau Wendland Bescheid, sobald sie kommt. Soll unsere Sekretärin Ihnen unterdessen nicht doch etwas zu trinken bringen?«

»Also, dann nehme ich vielleicht doch ein Glas Wasser …«

Tönsdorf leitete die Bestellung an Frau Müller weiter, deren Dienste sie sich zum gegenseitigen

Missvergnügen mit der Betrugskommission IV teilen mussten. Dann zog er sich wieder hinter seinen Schreibtisch zurück. Was Mario Eberhard wohl aussagen wollte? Die Vorgänge draußen in der Raffinerie waren nun wirklich durch und durch bizarr. Und von dem ominösen Jaguar oder Leoparden fehlte immer noch jede Spur, trotz eines weiteren großen Sucheinsatzes.

Dabei ließ auch bei dem zweiten Toten Toni Walterscheids Obduktionsbericht keinen Raum für Zweifel: Der Killer war auf großen Raubkatzenpfoten unterwegs. Also konnte es sich nicht um Mord handeln, sondern nur um fahrlässige Tötung, und es galt, den Besitzer des Tieres ausfindig zu machen, der es hatte entwischen lassen. Zwar behaupteten manche bösen Zungen, Toni Walterscheid sei ein besserer Büttenredner als Gerichtsmediziner, doch Tönsdorf hegte aufgrund langjähriger guter Zusammenarbeit keinerlei Zweifel an Tonis Kompetenz und der Richtigkeit des Obduktionsbefundes.

Früher als erwartet, stürmten Susanne und Torsten sichtlich gut gelaunt das Büro. »Alles prima gelaufen vor Gericht«, berichtete Susanne. »Die Staatsanwaltschaft fordert lebenslänglich für die beiden Scheißkerle und es bestehen gute Aussichten, dass das Gericht dem Antrag folgt.« Susanne hatte in kurzer Zeit und mit der ihr eigenen kriminalistischen Hartnäckigkeit einen besonders brutalen Raubmord an einer Rentnerin aufgeklärt und die Täter gefasst. »Die beiden werden für sehr, sehr lange Zeit in den Bau wandern, falls man sie überhaupt je wieder auf die Menschheit loslässt. Ich bin sehr zufrieden!« Sie sah erholt und entspannt aus. Das Wochenende in der Eifel bei der überaus sonderbaren Chris war ihr offensichtlich gut bekommen. »Hast du mal ’ne Zigarette?«

»Du wolltest doch weniger rauchen«, erwiderte Tönsdorf.

»Musst du gerade sagen!«

»Bei mir ist sowieso nicht mehr viel zu retten. Aber du hast noch das ganze Leben vor dir.«

»Na ja, das halbe vielleicht. Aber gut, ich werde mich bessern. Ab morgen.«

Er kapitulierte und hielt ihr die Packung hin. »Ratet mal, wer nebenan im Vernehmungszimmer sitzt ...«

Mario Eberhard stand höflich auf, als Susanne das Vernehmungszimmer betrat.

»Herr Eberhard? Sie wollten mich sprechen.«

Er gab ihr die Hand und sagte leise: »Sie können mich Mario nennen.«

Susanne bot ihm eine Zigarette an, doch er lehnte ab, nein, er rauche nicht. Tönsdorfs mahnende Worte im Ohr, steckte sie die Packung wieder ein.

Er wartete, bis sie Platz genommen hatte, setzte sich dann wieder auf seinen Stuhl und starrte den grauen Linoleumboden an.

»Also?«, fragte Susanne. »Was gibt’s?«

»Ich weiß gar nicht, ob es richtig ist, dass ich zu Ihnen komme ...« Jetzt schaute er Susanne an. »Also, ich bin ohne Wissen von Onkel Arne ... von Direktor Felten hier. Möglicherweise wird er sehr wütend sein, wenn er davon erfährt.«

»Es hat etwas mit den beiden Todesfällen zu tun, nehme ich an?«

»Nicht direkt. Ich weiß es nicht.«

Susanne fing an ungeduldig zu werden. Es wartete noch eine Menge Arbeit auf ihrem Schreibtisch. »Aber wenn Sie sich extra die Mühe gemacht haben herzukommen und obendrein ein Donnerwetter von Herrn Felten riskieren, muss es ja wohl wichtig sein, oder? Warum nennen Sie ihn eigentlich Onkel?« Vielleicht löste dieser kleine gedankliche Umweg seine Zunge.

»Na ja, verwandt sind wir nicht. Er ist ein guter Freund meiner Eltern und hat uns oft besucht. Er war immer sehr nett zu mir. Vielleicht, weil er selbst keine Kinder hat.« Mario atmete tief durch. »Er bekommt Drohbriefe.«

Susanne hob die Brauen. »So?«

»Er nimmt sie nicht ernst, aber ich glaube, das ist ein Fehler. Er will immer alles ganz allein regeln. Und er hat ja niemanden, mit dem er reden kann. Privat, meine ich. Wohnt ganz allein in dem großen Haus und arbeitet fast nur.«

»Aber Sie mag er.«

»Ich mag ihn auch. Ich nehme an, er hat sich insgeheim vielleicht immer einen Sohn gewünscht.«

»Und das holt er jetzt bei Ihnen ein bisschen nach.«

Mario lächelte. »Er ist als Direktor wirklich ausgezeichnet, glaube ich. Natürlich muss er manchmal ziemlich harte Entscheidungen treffen. Ich weiß nicht, ob ich das später auch könnte.«

»Wie haben Sie denn von den Drohbriefen erfahren?«

Die Antwort kam etwas zögernd. »Ich habe einen davon gelesen. Er gab mir einen Stapel seiner Geschäftspost, damit ich sie öffne und sortiere, und er hat wohl übersehen, dass dieser Brief dazwischengerutscht war. Absender ist eine ›Organisation für eine saubere Erde‹. Natürlich stand keine Adresse darauf. Die Worte waren aus Zeitungsausschnitten aufgeklebt: *Wir sind die Kämpfer für eine neue Erde. Wir kämpfen gegen die Feinde der Natur. Arne Felten, Sie stehen weit oben auf unserer Liste. Tod den Umweltzerstörern.*«

Susanne seufzte. »Na, ich weiß nicht, ob man das ernst nehmen muss. Klingt nach irgendwelchen Spinnern.«

»Das hat Onkel Arne auch gesagt. Er gab zu schon mehrere solcher Briefe erhalten zu haben. Ich habe einfach so eine Ahnung, dass die Leute, die diese Briefe geschrieben haben, wirklich gefährlich sind. Als ich den Brief in der Hand hielt, wurde mir ganz komisch. Mir lief ein richtiger Schauer über den Rücken. Und jetzt die beiden Toten in der Raffinerie. Könnte da nicht ein Zusammenhang bestehen? Eine neue Stufe, sozusagen? Vielleicht planen sie ja ein Attentat.«

Vielleicht hatte der Junge auch einfach eine blühende Phantasie. Andererseits – ein Raubtier aus dem Dschungel, aus der Wildnis, in die Raffinerie zu bringen, besaß durchaus einen gewissen Symbolwert, das musste Susanne zugeben. Aber ließ sich eine Raubkatze zur gezielt einsetzbaren Mordwaffe abrichten? Das wäre in der Tat eine völlig neue Variante des Terrorismus, überlegte sie.

»Haben Sie vielleicht eine Kopie des Briefes?«

Mario schüttelte den Kopf. »Onkel Arne war ärgerlich und hat ihn mir gleich abgenommen und die anderen hat er mir nicht gezeigt.«

»Wenn der Brief aus Zeitungsausschnitten zusammengeklebt ist, können wir ermittlungstechnisch nicht viel damit anfangen. Wenn nicht noch andere Informationen hinzukommen, werden wir die Absender kaum ermitteln können. Wo war der Brief denn abgestempelt?«

»In Nürnberg.«

»Natürlich können wir die Briefe und die Kuverts untersuchen, vorausgesetzt, Herr Felten hat sie aufgehoben. Auch die Poststempel können Anhaltspunkte sein. Aber weit bringen wird uns das kaum.«

Mario schaute sie eindringlich an. »Aber es ist doch einen Versuch wert, oder nicht? Vielleicht lassen sich die Täter aufspüren, ehe sie … Onkel Arne etwas antun. Werden Sie der Sache nachgehen?«

Susanne seufzte. »Mario, das müssen wir sogar! Was Sie uns da mitgeteilt haben, ist so gravierend, dass wir dazu von Rechts wegen verpflichtet sind.« So war es in der Tat. Und, dachte Susanne mit einem seltsam schrägen, sich halb gut, halb schlecht anfühlenden Gefühl, es gibt mir Gelegenheit, Arne Felten wieder zu sehen … »Ich werde mit Herrn Felten sprechen. Aber wie ich die Sache sehe, wird er bestimmt nicht begeistert sein, dass Sie eigenmächtig zu uns gekommen sind.«

Mario schluckte. »Das … nehme ich in Kauf. Er ist ganz allein. Ich meine, er hat keine Verwandten.

Und außer meinen Eltern und mir hat er keine echten Freunde. Ich glaube, er braucht Hilfe! Er ist sehr nervös in den letzten Tagen.«

Susanne empfand Respekt für Marios Handeln. Ob Arne Felten allerdings die Zuneigung des Jungen wirklich verdiente, würde sich erst noch zeigen müssen. Sie versprach Felten noch am selben Tag aufzusuchen und ihn auf die Briefe und einen möglichen Zusammenhang mit den Todesfällen anzusprechen.

»Ich habe heute meinen freien Tag«, sagte Mario. »Heute Nachmittag bin ich zu Hause ... in Onkel Arnes Haus in der Straße gleich neben dem Haupttor der Raffinerie. Schaun Sie doch, nachdem Sie bei ihm waren, kurz vorbei. Das wäre nett. Unsere Haushälterin kocht einen guten Kaffee.«

Jetzt musste Susanne grinsen. »Sie nehmen mich ja ganz schön in Beschlag! Also gut, wenn ich es zeitlich einrichten kann, komme ich vorbei, und sonst rufe ich Sie an.«

Sein Lächeln wirkte richtig erleichtert. Er gab ihr noch die Telefonnummer und verabschiedete sich.

Draußen im Büro beauftragte Susanne Tönsdorf einmal nachzuforschen, ob zu einer Gruppe namens »Organisation für eine saubere Erde« etwas vorlag. Dann rief sie in der Raffinerie an. Feltens Sekretärin machte anfangs auf zickig: Nein, in dieser Woche habe der Herr Direktor leider keinen Termin mehr frei. Erst als Susanne knurrte, dass es um die beiden Todesfälle gehe und dass sie Herrn Felten durchaus auch ins Präsidium vorladen und überhaupt noch ganz anders könne, wurde die Dame plötzlich kleinlaut. Da sei wohl doch um vierzehn Uhr dreißig noch etwas frei. »Siehst du«, sagte Susanne zu Torsten. »Mit zart fühlender Höflichkeit kommst du immer ans Ziel!«

In München-Pasing stehen einige hübsche Häuser mit großen, fast parkartigen Gärten. Die Menschen, die dort leben, haben es erkennbar zu einigem Wohlstand gebracht oder zumindest eine beträchtliche Verschuldung aufgehäuft. Die Villa des Ehepaares Eberhard war klein, aber behaglich, und der große Garten mit seinen vielen Rosenstöcken befand sich in einem liebevoll gepflegten Zustand. Herr Eberhard, ein schlanker älterer Herr Mitte sechzig mit sauber gescheiteltem weißen Haar und einem kleinen Schnurrbart, saß am Schreibtisch seines im englischen Stil dunkel eingerichteten Arbeitszimmers im ersten Stock, während seine ein paar Jahre jüngere Frau draußen mit der Gießkanne die Rosen versorgte.

Eberhard hatte für die Schönheit des Gartens momentan jedoch keinen Blick. Die Adern an seinen Schläfen waren angeschwollen, seine rechte Hand krümmte sich klauenartig um den Telefonhörer. »... das heißt genau, was es heißt: Vergiss die ganze Sache! Was ist daran so schwer zu begreifen? Wenn ich sage, wir steigen aus, dann steigen wir eben aus! ... Gründe? Na, wenn diese beiden Todesfälle nicht Grund genug sind? Mario hat uns am Telefon alles darüber erzählt ... ahnt? Natürlich ahnt der Junge nichts! Ja, das Auftauchen des Jaguars macht uns allerdings große Sorgen ... Abmachung hin,

Abmachung her! Die Lage hat sich geändert, also muss neu entschieden werden. Amelie und ich haben heute Nacht lange überlegt und wir *haben* entschieden … Aberglaube? Das musst du gerade sagen! … Also, hör bitte auf mich und rede mit Roger! Blast das Ganze ab. Wenigstens für den Augenblick. Wer weiß, wo die Polizei überall herumschnüffelt. Und wenn das geschieht, was ich befürchte, werden sie garantiert auch bei uns auftauchen und dumme Fragen stellen … Wobei es ja fast noch harmlos wäre, wenn nur die Polizei auftaucht … Fortgehen? Und wohin? Unsere Schuld nehmen wir überall hin mit, nicht wahr? … Schluss jetzt, wir haben uns entschieden und damit basta!«

Eberhard legte auf. »Diese Schwachköpfe«, zischte er vor sich hin. Er blickte aus dem Fenster. »Wohin«, sagte er leise. »Ja, wohin …«

Auf seinem Schreibtisch stand ein Foto von Mario Eberhard, erst vor wenigen Monaten aufgenommen. Er starrte einen Moment darauf, dann legte er es flach hin, sodass Marios Gesicht nicht mehr zu sehen war.

Eine »Organisation für eine saubere Erde« war polizeilich noch nicht aktenkundig geworden und das Verwaltungsgebäude der Raffinerie gefiel Susanne bei ihrem zweiten Besuch dort ebenso wenig wie beim ersten. Zu gläsern kühl. Feltens Sekretärin war Zahnpasta-freundlich. Die Angst, Susanne könne wieder zu knurren oder womöglich gar zu beißen anfangen, stand ihr sichtbar auf die Stirn geschrieben. Und Susanne hatte das – angesichts des Kölner

Straßenverkehrs beachtliche – Kunststück zuwege gebracht, auf die Minute pünktlich zu sein. Dass ihr Herz etwas pochte, wollte nicht so recht zu ihrem ansonsten forschen und überzeugenden staatsmachtlichen Auftreten passen.

Felten lächelte immer noch wie Robert Redford. Und seine Stimme hatte dieses volle Timbre, das in Susannes Knien merkwürdige physikalische Effekte auslöste. Erleichtert sank sie in den dick gepolsterten schwarzen Besuchersessel. Chris würde vermutlich sagen, er habe eine besondere Aura, dachte sie. Aber ich glaube natürlich nicht an so etwas. Nein, auf keinen Fall! Wieder irritierte sie die unpersönliche Leere seines Büros. Der Mann schien nur für seine Direktorentätigkeit zu leben, keinen Sinn für anderes zu haben. Sie fragte sich, ob sich mit ihm Gespräche führen ließen, die nicht um Erdöl kreisten.

»Sind Sie denn zu neuen Erkenntnissen gelangt?«, fragte er. Da war doch eine Veränderung. Kleine Risse in seiner Erfolgsaura. Sie fand ihn nach wie vor geradezu bezwingend erotisch, aber sie registrierte mit ihrem scharfen Blick ein feines Zittern seiner Finger. Und eine unterschwellige Gereiztheit lag in seiner Stimme. Vermutlich gingen ihm die beiden unerklärlichen Todesfälle an die Substanz, was Susanne nachvollziehbar fand.

»Leider konnte die Raubkatze bislang nicht gefunden werden, wie Sie ja wissen.«

»Was führt Sie dann zu mir?« Er schaute auf die Uhr.

Diese kraftvolle Energie seines Körpers … Ob

die Frauen bei ihm reihenweise schwach wurden? Mario hatte gesagt, er lebe ganz allein. Ein Workaholic. »Mario Eberhard hat uns heute aufgesucht.«

Für einen Augenblick verrutschten Feltens Gesichtszüge auf eine Weise, die Robert Redford vermutlich nicht unterlaufen wäre. »Der Junge war … was wollte er denn?«

»Er macht sich Sorgen um Sie.«

»Ah, ich verstehe«, sagte Felten ärgerlich. »Die Briefe!«

Wütend wirkte er eindeutig weniger erotisch, fand Susanne. »Briefe dieser Art sollten Sie nicht auf die leichte Schulter nehmen. Es ist in solchen Fällen immer besser die Polizei einzuschalten.«

»Das ist doch wohl meine eigene Entscheidung! Ich bin überzeugt, dass es sich lediglich um ein paar Spinner handelt. Davon lasse ich mich nicht einschüchtern. Aber dass Mario …«

»Ich glaube, der Junge hat es gut gemeint.«

»Natürlich«, sagte Felten in ruhigerem Ton. »Er macht sich Sorgen um mich. Trotzdem hätte er das nicht eigenmächtig tun dürfen. Ich werde ein ernstes Wort mit ihm reden!«

»Haben Sie die Briefe noch? Ich würde gern einen Blick darauf werfen.«

Felten zögerte. Die ganze Angelegenheit war ihm erkennbar lästig. Aber er kannte die Rechtslage wohl gut genug, um zu wissen, dass es kein Zurück mehr gab. Die Polizei war gezwungen der Sache nachzugehen. Er nickte, griff in seinen Schreibtisch und legte vier Briefe in geöffneten Kuverts vor Susanne hin.

Susanne nahm sie und ließ sie durch die Finger

gleiten. Alle waren in Nürnberg abgestempelt, was nicht unbedingt auf Profis schließen ließ. »Welcher ist der, den Mario entdeckt hat?«

»Der dritte. Er kam in der vorletzten Woche.«

Der vierte Brief war am vergangenen Mittwoch abgestempelt. Susanne faltete ihn auf und las: *Sie entkommen uns nicht, Arne Felten! Sie sind ein Vorkämpfer der Umweltvernichtung. Dafür werden Sie Ihre gerechte Strafe erhalten. Zittern Sie, Felten! Denken Sie nach über die Schuld, die Sie auf sich geladen haben. Der Tag der Abrechnung ist nah!*

Auch hier stand »Organisation für eine saubere Erde« als Absender auf dem Kuvert. Das Dumme bei dieser Art Briefen war, dass man nie wusste, ob der Absender ein harmloser Verrückter war, der sich wichtig machen wollte, oder ein durchaus nicht harmloser Verrückter, einer, der in seinem Keller Bomben bastelte. Die Zuspitzung in der Wortwahl gegenüber dem dritten Brief war deutlich.

»Ich glaube, Mario hat Recht«, sagte Susanne langsam. »Ich bin ebenfalls der Ansicht, dass Sie diese Briefe nicht auf die leichte Schulter nehmen sollten. Wie gut ist es denn um Ihre persönliche Sicherheit bestellt?«

»Wir haben hier dreiunddreißig Mann Werkschutz, die nun leider ihres Leiters beraubt sind. Fünf dieser Leute – Krupka war der sechste – sind speziell für den Personenschutz ausgebildet, um die Sicherheit des Direktoriums und unserer Gäste zu gewährleisten. Ich denke also, dass ausreichend für meinen Schutz gesorgt ist. Auch die Einbruchsicherheit der Raffinerie ist gut gewährleistet.«

»Wer hat von diesen fünf das Sagen?«

»Nach Krupkas Tod hat das Hoppen übernommen, er ist der Erfahrenste von ihnen.«

»Gut.« Susanne überlegte. »Ich schicke Ihnen Kommissar Wester. Das ist einer unserer Sicherheitsfachleute im Präsidium. Er wird die Zusammenarbeit mit Hoppen koordinieren. Und er wird alle Personen, die Ihre Post bearbeiten, aufklären, worauf sie in Sachen Briefbomben zu achten haben. Wer ist das?«

Felten verzog das Gesicht. »Hören Sie, ich will das alles gar nicht! Ich will nicht, dass wegen der Briefe irgendeines armen Irren hier der ganze Betriebsablauf durcheinander gebracht wird. Wissen Sie, wie viel Arbeit wir haben?«

»Die Idee, dass zwischen den Briefen und den beiden Todesfällen ein Zusammenhang bestehen könnte, ist Ihnen wohl noch nicht gekommen?« Susanne begann selbst erst jetzt damit, dies ernsthaft in Erwägung zu ziehen. Allerdings sprach dagegen, dass sie in den Briefen nicht angekündigt worden waren. Aber vielleicht folgte ja ein neuer Brief, in dem die Organisation sich dazu bekannte.

Der Gedanke an die mysteriöse Natur der beiden Todesfälle schien in Felten eine Veränderung zu bewirken. Seine Schultern sanken herab und ein müder, erschöpfter Ausdruck erschien auf seinem Gesicht. Seine Robert-Redford-Magie schwand deutlich. Er schüttelte den Kopf, starrte an Susanne vorbei ins Leere und sagte leise: »Das halte ich für … unwahrscheinlich.«

»Warum?«

Er starrte sie an, als habe er ihre Anwesenheit vorübergehend vergessen. »Bitte? … Nun …« Er schwieg einen Moment und sie merkte, wie er sich wieder unter Kontrolle bekam. Seine Schultern strafften sich. »Wie sollte das denn wohl möglich sein? Können Sie sich ernsthaft vorstellen, dass jemand einen Jaguar als Mordwaffe abrichtet?«

»Bislang vermuten wir nur, dass es ein Jaguar ist. Das Tier wurde ja nicht gesichtet.« Sie musterte Felten durchdringend. »Oder haben Sie es vielleicht gesehen?«

»Natürlich nicht«, sagte er – etwas zu rasch, wie es ihr schien. Sie erinnerte sich an Krupkas sonderbares Verhalten, ihren Eindruck, dass Krupka von Felten zum Stillschweigen verpflichtet worden war. Jetzt war Krupka tot und konnte niemandem mehr sagen, was er gesehen hatte. Dass Krupka gelogen hatte, stand für Susanne fest, und auch Tönsdorf, der am Freitagnachmittag Krupkas Aussage protokolliert hatte, teilte diese Auffassung. Was verbarg Felten?

»Also, gehen wir doch pragmatisch vor und kommen zur Post zurück«, sagte er. Er schaute erneut auf die Uhr. »Ich habe gleich noch einen wichtigen Termin. Meine Sekretärin und momentan auch Mario bearbeiten meine Post. Einen Teil der Briefe öffnen sie selbst und die persönlich an mich gerichteten legen sie mir auf den Schreibtisch.«

Dass er sie nun schnell loswerden wollte, passte ins Bild. Und seine plötzliche Kooperationsbereitschaft bei den Briefen sollte Susanne offenbar von weiteren unangenehmen Fragen abhalten. »Gut«, sagte sie und beschloss es einstweilen dabei bewenden zu lassen. »Ich schicke Herrn Wester heute noch zu Ihnen. Er wird sich mit Herrn Hoppen abstimmen und Ihnen oder Ihrer Sekretärin erläutern, worauf bei der Post zu achten ist. Briefe, deren Absender Ihnen unbekannt ist, sollten Sie auf keinen Fall öffnen.«

Er nickte. »Das ist alles sehr ärgerlich. Aber ich sehe ein, dass Sie nur Ihre Pflicht tun. Wenn Sie mich jetzt entschuldigen ...« Er stand auf und hielt ihr die Hand hin. »Sagen Sie Herrn Wester, dass er sich an meine Sekretärin wenden soll. Sie wird alles Weitere veranlassen.«

Susanne nahm die Briefe. »Für unser Labor«, sagte sie.

»Selbstverständlich.« Er lächelte schief. »Wenn Sie mit ihnen fertig sind, können Sie sie entsorgen. Ich will sie nicht zurückhaben!«

Er ist schön, dachte sie auf dem Weg zum Parkplatz, ein wirklich attraktiver Mann. Wenn diese Sache ausgestanden ist und sich herausstellen sollte, dass er keinen Dreck am Stecken hat ... Allerdings, auch wenn das ein dummes Vorurteil sein mochte: Sie konnte sich nur schwer vorstellen, dass ein Mann in seiner Position *keinen* Dreck am Stecken hatte. Und da gab es noch ein klitzekleines Problem: Wie groß war die Wahrscheinlichkeit, dass ein Top-Manager eines der größten Ölkonzerne der Welt mit einer kleinen Kölner Kripokommissarin essen ging?

Vergiss es, Mädchen, sagte sie sich kopfschüttelnd.

Feltens Haus in einer Nebenstraße gleich beim Haupttor der Raffinerie war groß, aber nicht sonderlich schön – ein kantiger Bau aus den späten fünfziger Jahren, der damaligen Vorstellung von Modernität entsprechend mit Flachdach und großen Fensterflächen. Der Garten bestand aus vermutlich von einer Gartenbaufirma kurz gehaltenem Gebrauchsgrün. Das ganze Ambiente wirkte ähnlich unpersönlich wie Feltens Büro. Es gab keine Zierpflanzen auf dem großen Betonbalkon, keine Sitzmöbel draußen im Garten.

Sie klingelte an der schweren eisernen Gartenpforte.

»Ja, bitte?« Sie erkannte Marios Stimme und schon öffnete er die Haustür. »Klasse, dass Sie doch vorbeikommen.«

Drinnen herrschte nüchterne Kühle. Große, helle, aber weitgehend leere Räume, die den Eindruck vermittelten, das Haus sei gar nicht wirklich bewohnt.

»Onkel Arne nutzt fast nur sein Arbeitszimmer«, sagte Mario. »Die Villa ist eigentlich viel zu groß. Sie ist vom früheren Direktor gebaut worden, der verheiratet war und eine große Familie hatte. Ich nehme an, Onkel Arne hat sie nur gekauft, weil er hier von seinem Arbeitszimmer aus die Raffinerie sehen kann.«

»Als wäre er mit ihr verheiratet«, bemerkte Susanne trocken.

»Möchten Sie Kaffee?« Als Susanne nickte, rief Mario: »Hedwig!«

Aus einer der vielen Türen tauchte eine rundliche

Frau um die sechzig auf. »Das ist die Kommissarin Wendland. Wir hätten gerne Kaffee.«

»Vielleicht mag die Frau Kommissarin ja auch von dem Marmorkuchen probieren, den ich für dich gebacken habe?« Dass Hedwig Kölnerin war, ließ sich nicht überhören.

Susanne lächelte. »Gern.«

»Hedwig ist eine echte Nervensäge«, raunte Mario, als Hedwig in der Küche verschwunden war. »Ihre ständige Fürsorge geht mir ziemlich auf den Geist.«

»Ist sie schon lange bei Herrn Felten?«

»Sie hat schon für den alten Direktor gearbeitet. Onkel Arne hat sie übernommen, als er vor zwölf Jahren hier eingezogen ist. Kommen Sie, wir gehen in mein Zimmer. Hier unten ist es so leer und ungemütlich. Außerdem braucht Hedwig nicht alles mitzuhören.«

Eine breite offene Treppe erhob sich zu einer Galerie im ersten Stock, wo sich mehrere Zimmertüren aneinander reihten. Mario führte Susanne in eines der Zimmer, die alle auf den langen Betonbalkon hinausgingen. »Wie gefällt es Ihnen?«, fragte er. »Ich wohne erst seit drei Wochen hier.«

Es lagen viele Bücher herum. Torsten Mallmann hätte sich hier vermutlich auf Anhieb wohl gefühlt. In der Ecke stand eine kleine Stereoanlage, vor der sich CDs und Kassetten in sympathischem Chaos stapelten. Über dem Bett hing ein Poster von Albert Camus. Jedenfalls war der Beschriftung des Posters zu entnehmen, dass es sich um Camus handelte.

»An meiner Schule gab es eine Theater-AG. Wir

haben *Die Pest* von Camus aufgeführt. Es hat Spaß gemacht, dabei mitzuspielen. Ansonsten …« Er senkte den Kopf. »… war ich eher ein Außenseiter. Dafür hab ich viel gelesen. Kafka, Frisch und eben Camus.«

Susannes literarische Bildung wies beträchtliche Lücken auf. Camus kannte sie nur dem Namen nach, die beiden anderen waren immerhin einst im Deutschunterricht behandelt worden.

Mario machte ein unglückliches Gesicht. »Ich glaube, das Ölgeschäft ist nicht das Richtige für mich, auch wenn Onkel Arne meint, dass ich Betriebswirtschaft studieren oder Ingenieur werden soll wie er. Ich möchte lieber Germanistik studieren und später mal in einem Verlag arbeiten.«

Hedwig brachte ein Tablett mit duftendem Kaffee und Kaffeetassen sowie zwei Tellern, auf denen sich je drei große Stücke Marmorkuchen stapelten. Dazu gab es Butter und ein Glas Erdbeermarmelade. Susanne bedankte sich freundlich. Hedwigs Lächeln gefiel ihr. Mario beschränkte sich dagegen auf ein knappes, stummes Kopfnicken.

Als Hedwig das Zimmer verlassen hatte, goss Mario Susanne mit höflicher Gewandtheit Kaffee ein und fragte: »Wie hat Onkel Arne es denn aufgenommen?«

»Begeistert war er nicht, Mario. Er findet, Sie hätten nicht eigenmächtig handeln sollen. Aber er erkennt offenbar an, dass Sie sich Sorgen um ihn machen.« Sie lächelte aufmunternd. »Ich glaube, er mag Sie und das Donnerwetter wird nicht allzu schlimm ausfallen.«

»Ach, wegen des Donnerwetters mache ich mir keine großen Sorgen. Das stehe ich schon durch. Nein, ich meine, ob er bereit ist sich von der Polizei helfen zu lassen?«

»Ja«, antwortete Susanne, »ich habe eben mit dem Präsidium telefoniert. Wir schicken ihm noch heute einen unserer besten Sicherheitsspezialisten.«

Mario wirkte erleichtert. »Da bin ich froh! Danke, dass Sie das für mich getan haben! Wollen Sie Ihren Kuchen gar nicht probieren?« Er selbst hatte sein oberstes Stück dick mit Butter und Marmelade bestrichen und biss nun herzhaft hinein.

Susanne tat es ihm gleich. Chris' leidenschaftliche Liebe zu Süßem teilte sie zwar nicht, musste aber zugeben, dass der Marmorkuchen prima schmeckte, schön saftig.

»Hedwig bäckt und kocht wirklich gut«, sagte Mario. »Trotzdem geht sie mir auf die Nerven. Aber Onkel Arne ist immer freundlich zu Hedwig. Er ist überhaupt zu fast allen freundlich. Natürlich muss er manchmal auch hart sein, aber anders lässt sich so ein Riesenunternehmen wie eine Raffinerie wohl nicht führen.«

Während sie kaute, ließ Susanne ihren Blick durchs Zimmer schweifen. In einem Regal stand ein Foto, das ein älteres Paar zeigte. »Sind das da Ihre Eltern?«

Mario nickte.

»Haben Sie ein gutes Verhältnis zu ihnen?«

Er zögerte einen Moment, dann sagte er: »Sie waren immer sehr nett zu mir.«

Während sie über diese eher neutrale Formulierung nachdachte, fragte sie: »Sie haben vorhin erzählt, Sie seien in der Schule ein Außenseiter gewesen. Wie kam's?«

Er zuckte die Achseln. »Na ja, als ich hier in Deutschland in die Schule kam, war ich schon zwölf. In Belize war ich zuvor zwar sieben Jahre in einem Kinderheim gewesen, das von deutschen Nonnen geleitet wurde, aber mein Deutsch war längst nicht so gut wie heute. Vielleicht lag's daran. Aber auch später, als ich akzentfrei Deutsch sprechen konnte, haben sie mich nicht akzeptiert. Irgendwie haben sie mir immer zu verstehen gegeben, dass ich anders war und nicht dazugehörte. Keine Ahnung, wieso. Vielleicht haben sie mich für einen Streber gehalten, weil ich immer gute Noten mit nach Hause brachte. Dabei war ich gar nicht übertrieben fleißig. Ich bin bei dem, was die Lehrer uns erzählten, einfach gut mitgekommen. Ich fand es nie besonders schwierig.«

»Und deshalb glaubt Herr Felten, Sie hätten das Zeug dazu, mal ein toller Ölmanager zu werden.«

Mario nickte.

Susanne sortierte die Informationen über seine Kindheit. Er stammte also aus Lateinamerika. Auch sein relativ dunkler Teint fand dadurch eine Erklärung. »Die Eberhards sind also gar nicht Ihre leiblichen Eltern, richtig?«

»Sie haben mich adoptiert, als ich zwölf war, und mit nach Deutschland genommen. Damit haben sie mir die Chance meines Lebens gegeben. Das Kinderheim dort war die Hölle. Nie haben wir genug zu essen bekommen und diese Nonnen waren widerlich. Sie haben immer von Gott und Jesus geredet, aber ständig haben sie uns verprügelt und uns ins Klo eingesperrt, wenn wir ihrer Ansicht nach nicht gehorchten. Ich werde meinen Adoptiveltern ewig dankbar sein.«

»Haben Sie denn eine Ahnung, wer Ihre leiblichen Eltern waren?«, fragte Susanne.

Seine Stimme klang traurig, als er antwortete. »Ich bin zu den Nonnen ins Kinderheim gesteckt worden, als ich fünf war. Meine ganze Kindheit davor liegt wie hinter einer schwarzen Wand verborgen. Ich habe daran überhaupt keine Erinnerung. Ich bin mal zu einem Schulpsychologen geschickt worden und der meinte, es müsse irgendwas Traumatisches passiert sein. Mein Bewusstsein würde sich gegen etwas sperren. Er hat mir geraten zu einem richtigen Seelenklempner zu gehen – so nennt mein Vater diese Typen. Aber das wollte ich nicht. Und mein Vater meinte, dass es besser ist, solche Sachen mit sich selbst auszumachen.«

Susanne betrachtete das Foto erneut. Der Mann darauf musste über sechzig sein. Da verwunderte eine solche Einstellung nicht. Für jene Generation waren Psychotherapeuten noch etwas sehr Anrüchiges. Leute, die sich zu ihnen in Behandlung begaben, wurden für nicht ganz richtig im Kopf gehalten.

Mario schob seinen Teller weg, ohne den Kuchen aufzuessen. Er erhob sich, ging zur Balkontür, öffnete sie und schaute hinaus. »Ich habe das Gefühl, dass ich Ihnen vertrauen kann«, sagte er.

»Ich mache nur meine Arbeit.«

»Trotzdem. Ich spüre es. Ich hab so eine Art sechsten Sinn. Manchmal weiß ich Dinge, die ich eigentlich gar nicht wissen kann. Wahrscheinlich bin ich deswegen anders. Und die Leute mögen mich nicht besonders.«

»Bilden Sie sich das nicht nur ein? Ich finde Sie keineswegs unsympathisch.«

Er drehte den Kopf und lächelte. »Nett von Ihnen, das zu sagen. Ich möchte Sie um Rat fragen. Da ist etwas, worüber ich noch nicht mal mit Onkel Arne oder den Eberhards sprechen würde. Aus Angst, dass sie mich für verrückt halten.«

Zum ersten Mal nannte er sie nicht seine Eltern, sondern einfach nur die Eberhards.

»Es ist überhaupt nicht meine Art, Leute gleich für verrückt zu erklären, nur weil sie Ungewöhnliches zu berichten haben. Also, schießen Sie los!«

»Ich habe es gesehen«, sagte Mario leise, mit gesenktem Blick.

»Was?«

»Wie sie gestorben sind.«

»Wer?«

»Sempold und Krupka.«

Susanne musterte ihn aufmerksam. »Langsam. Sie haben gesehen, wie die beiden Männer in der Raffinerie getötet wurden?«

Mario nickte.

»Was haben Sie denn in den beiden Nächten dort in der Raffinerie gemacht?«

»Ich war nicht dort.«

»Aber Sie haben doch gerade gesagt ...«

»Ich war hier. In meinem Zimmer.«

Susanne stand auf, stellte sich neben ihn und schaute hinaus. Man konnte über den Garten hinweg die Straße sehen und den hohen Zaun der Raffinerie. Doch die Claus-Anlage befand sich am anderen Ende des Geländes, mehrere hundert Meter entfernt. »Wie wollen Sie es dann gesehen haben?«

»Ich habe es geträumt.«

Sie starrte ihn irritiert an. »Geträumt?«

»In beiden Nächten habe ich von einem schwarzen Jaguar geträumt, der ... getötet hat. In der einen Nacht habe ich gesehen, wie er Sempold anfiel, in der anderen Nacht, wie er Krupka tötete. Ich habe die beiden dabei genau sehen können und auch den Ort, wo es passiert ist.«

Es im Traum gesehen wie Chris. Was ging hier nur vor?

»Beide Male bin ich schweißgebadet aufgewacht. Und beim zweiten Mal war das Entsetzen noch größer, denn da wusste ich ja bereits, dass der Traum real war.«

»Wissen Sie denn noch, wann Sie etwa aufgewacht sind?«

»Beim ersten Mal kann ich es nur schätzen. Als es wieder passierte, habe ich aber auf die Uhr geschaut. Es war kurz nach Mitternacht. Als Onkel Arne mir erzählte, dass Krupka wirklich um diese Zeit gestorben ist, war ich völlig fertig, habe aber versucht mir nichts anmerken zu lassen.«

»Verrückt sind Sie jedenfalls nicht«, sagte Susanne. »Ich habe eine Freundin, die gelegentlich auch solche Träume hat. Hellsichtig nennt man das wohl.«

Mario seufzte erleichtert. »Dann ist es also nicht … nicht total abartig …«

»Keineswegs.« So lange ist es noch gar nicht her, dachte Susanne, drei Jahre vielleicht, da hätte ich solche Geschichten wirklich für abartig gehalten und die Aussage des Jungen nicht ernst genommen. Aber man lernt im Leben ja nie aus. »Es ist gut, dass Sie mir davon erzählt haben. Wissen Sie, vielleicht sollten Sie mal mit meiner Freundin reden. Sie kennt sich mit solchen … Phänomenen besser aus als ich. Was ist, soll ich sie anrufen?«

Dass er und Chris beide fast die gleichen Träume gehabt hatten, mochte Susanne ihm noch nicht erzählen. Sie hatte keine Ahnung, wie der Junge das verkraftet hätte.

»Ist sie auch Polizistin?«, fragte er unsicher.

»Nein. Wir sind privat befreundet. Sie ist … na ja, eine moderne Schamanin.«

»Oh. Ich habe mal ein Buch über Schamanismus gelesen. Da habe ich einiges wieder gefunden, das ich aus meinem eigenen Leben kenne. Sonderbare Träume zum Beispiel.«

Susanne klopfte ihm aufmunternd auf die Schulter. »Na, dann wird es ja Zeit, dass Sie mal die Bekanntschaft einer leibhaftigen Schamanin machen!«

Mario schien einen Moment mit sich zu ringen, dann sagte er mit erkennbarer Überwindung: »Es ist ja nicht nur der schwarze Jaguar, der mir Angst macht. Da sind auch noch diese Leute …«

»Welche Leute?«

»Ehrlich gesagt weiß ich nicht, ob sie wirklich da waren, oder ob ich sie nur im Traum gesehen habe.

Aber andererseits sind die beiden Männer ja auch wirklich gestorben. Das mit den Leuten war in der zweiten Nacht, nachdem ich von Krupkas Tod geträumt hatte. Ich bin plötzlich aufgewacht, schweißgebadet. Aber je mehr ich darüber nachdenke, desto mehr frage ich mich, ob ich vielleicht doch nicht wirklich aufgewacht bin. Jedenfalls habe ich sie dann rufen hören …«

Susanne bemühte sich ihre Ungeduld im Zaum zu halten. »Wer hat gerufen?«

»Die junge Frau und die alte Frau. Nein, gerufen hat eigentlich nur die junge Frau. Die alte hat etwas gemurmelt, nein, eigentlich mehr gesungen, in einer fremden Sprache. Ich hab nichts verstanden. Aber es hat mich an irgendwas erinnert.«

»Und die junge Frau – was hat sie gerufen?«

»Das habe ich klar und deutlich verstanden: Nachtauge!«

»Wie bitte?«

»Sie hat gerufen: ›Nachtauge! Nachtauge! Du musst aufwachen! Es ist Zeit!‹« Tickte er womöglich doch nicht ganz richtig? Susanne kamen Zweifel. »Und wo waren sie, diese beiden Frauen?«

»Sie glauben mir nicht, stimmt's? Aber das kann ich verstehen. Es klingt ja auch wirklich total verrückt. Kommen Sie!« Er ging hinaus auf den Balkon. »Dort.« Er zeigte hinunter auf den Rasen. »Da haben sie gestanden. Und ich glaube, dass da hinten bei den Sträuchern noch zwei Leute waren. Die konnte ich aber nur schattenhaft erkennen.«

»Wie haben die beiden Frauen denn ausgesehen?«

»So viel hab ich nicht erkennen können. Es war ja

dunkel und von der Straßenlaterne hinter den Bäumen dringt nur wenig Licht in den Garten. Die alte Frau war dick und etwas gebeugt. Die junge Frau habe ich besser gesehen, weil sie zu mir hochgeschaut hat, sodass das Mondlicht auf ihr Gesicht fiel. Ich glaube, sie war sehr schön. Und ich glaube sie war ... Indianerin.«

»Eine Indianerin?« Das Ganze wurde immer sonderbarer. »Hattest du denn den Eindruck, dass sie gefährlich waren? Ich meine, dass sie dir etwas antun wollten?«

Mario starrte nachdenklich hinunter in den Garten. »Ich glaub nicht. Die Stimme der jungen Frau klang eher ... ruhig. Und dieser Singsang der alten Frau ... er hat etwas in mir berührt.« Er legte die Hand auf die Brust. »Da ganz tief drinnen.« Dann schüttelt er den Kopf. »Wenn ich nur wüsste, was das alles zu bedeuten hat!«

»Das weiß ich auch noch nicht, Mario. Aber vielleicht können wir es gemeinsam herausfinden. Sind Sie bereit mit meiner Freundin zu sprechen?«

Mario nickte ohne langes Überlegen. »Klar. Hauptsache, wir schaffen es, irgendwie Licht ins Dunkel zu bringen. Es wäre doch schrecklich, wenn noch mehr Menschen sterben müssen!«

So, wie er es sagte, klang es eigenartig vorausdeutend und Susanne überlief unwillkürlich ein Schauer. Sie blickte hinüber zur Raffinerie. Verbarg sich jetzt im Moment der schwarze Jaguar irgendwo dort und wartete auf die Nacht?

Mario begleitete sie zur Tür, sichtlich bemüht locker zu wirken und sich gegenüber Hedwig, die aus der Küche gekommen war, nichts anmerken zu lassen.

»Danke, dass Sie mir helfen«, sagte er.

Susanne nickte ihm aufmunternd zu und ging. Draußen auf der Straße steuerte sie nicht sofort auf ihren Wagen zu, sondern bog nach rechts in die Seitenstraße ein. Feltens Grundstück wurde von einer Mauer mit aufgesetztem schmiedeeisernen Zaun begrenzt. Für eine junge, bewegliche Frau stellte dies kein großes Hindernis dar. Bei einer alten, dicken kamen Susanne da schon eher Zweifel. Sie schaute kurz nach links und nach rechts. Als sie keine neugierigen Passanten entdeckte, stieg sie auf die Mauer und schwang sich über den Zaun. Die hohen Haselnusssträucher dahinter boten zum Haus hin eine gute Deckung. Susanne schob die Zweige zur Seite und betrat den Rasen. Sie ging in die Hocke und untersuchte den Boden. Doch in dem dichten, weichen Gras blieben keine Fußspuren zurück. Sie richtete sich wieder auf und ließ einen Moment wachsam den Blick schweifen.

Dann entdeckte sie etwas. Der große Balkon des Hauses wurde von schwarz lackierten T-Trägern abgestützt, was seinerzeit offenbar der letzte architektonische Schrei gewesen war. An dem Träger, der sich fast genau unter Marios Balkontür befand, gab es einen großen Haken, an dem zur Zeit der früheren, möglicherweise etwas gartenliebenderen Bewohner vielleicht einmal eine Blumenampel gehangen hatte. Jetzt baumelte dort etwas Kleines, Schimmerndes.

Susanne ging rasch über den Rasen, um es aus der

Nähe zu betrachten. Es handelte sich um einen kleinen, klaren, rund geschliffenen Bergkristall, eingelassen in eine Fassung aus silbernem Metall, an der eine braune Lederschnur befestigt war. Sie drehte das Schmuckstück herum. Auf der Rückseite des Metalls waren kleine, wie Piktogramme aussehende Schriftzeichen eingraviert.

Susanne starrte einen Moment verwundert darauf, dann nahm sie den Anhänger von dem Haken ab und ließ ihn in ihre Jackentasche gleiten. Mit großen Schritten ging sie zum Zaun und schwang sich geschmeidig wie eine langbeinige Gepardin hinunter auf die Straße. Auf dem Weg zum Auto zog sie das Handy aus der Tasche und tippte Chris' Nummer ein.

5. KAPITEL

Chris hantierte in der Küche herum, wobei in ihrem Gettoblaster auf der Anrichte die David-Gray-CD in ziemlicher Lautstärke orgelte. Auf dem Küchentisch lag ein aufgeschlagenes Wild-Kochbuch. Chris betrachtete die Vorschläge auf den Wildschweinseiten, während sie gleichzeitig Möhren für einen Gemüseauflauf schabte, der als Abendessen vorgesehen war. Chris aß gern Fleisch und Fisch, konnte aber auch lange Zeit ausschließlich von Gemüse und Getreide existieren. Gemüse liebte sie in fast allen Variationen und beim Getreide hatte es ihr neben Vollreis und Buchweizen (der ja eigentlich gar kein Getreide war) in letzter Zeit besonders die Hirse angetan, sodass sie mit allen möglichen Hirsebreien, -aufläufen und Hirsottos herumexperimentierte. Sie fand, dass Hirse ein wunderbar wohliges, zufriedenes Bauchgefühl erzeugte.

Jonas, der soeben vom Dienst zurückgekommen war, steckte den Kopf in die Küche. Er bewegte die Lippen, aber Chris konnte über die laute Musik hinweg nicht sofort verstehen, was er sagte. Sie griff hinter sich und schaltete den Blaster ab.

»... Susanne. Sie will dich dringend sprechen.« Er hielt ihr das Telefon hin. Ärgerlich an diesem neuen schnurlosen Gerät war, dass Chris nie wusste, wo im Haus sie es abgelegt hatte. Aber diesmal hätte sie es ohnehin nicht gehört, selbst wenn es in der Küche gelegen hätte.

»Was hältst du von Wildschwein süß, mit Hirsebrei und Pflaumen?«, fragte Chris. »Wär mal was anderes.«

Jonas hob die Brauen. »Du mit deiner Hirse! Aber – okay, warum nicht?«

Chris wandte ihre Aufmerksamkeit Susanne am Telefon zu, deren Bericht etwas verworren und aufgeregt klang.

»Na, dann wird der Junge wohl das zweite Gesicht haben, so wie ich«, meinte Chris, nachdem sie Susannes Ausführungen eine Weile gelauscht hatte. »Das Ganze hört sich ja wirklich spannend an. Kristalle? … Die können zu ganz unterschiedlichen Zwecken eingesetzt werden. Ich persönlich halte nicht so viel davon, Kraftobjekte zu benutzen. Ich finde es besser, mit den Kräften zu arbeiten, die im Menschen und überall in der Natur frei vorhanden sind. Nach Silver Bears Vorstellung sind Kraftobjekte etwas Archaisches, wovon wie uns emanzipieren sollten. Ja … will ich dir doch gerade erklären! Man kann sie als Spiegel benutzen, um Dämonen abzuwehren, wenn man an so was glaubt. Oder man kann Energien in ihnen bündeln. Da der Kristall draußen am Haus aufgehängt wurde, tippe ich eher auf eine Abwehrfunktion. Fragt sich nur, von wem er da hingehängt wurde. Da hat Mario das mit den Indianern wohl nicht nur geträumt.«

»Sieht ganz so aus«, erwiderte Susanne. »Ich glaube, er könnte Hilfe gebrauchen. Schamanische Hilfe, mein ich.«

»Aus alledem höre ich heraus, dass es dir lieb wäre, wenn ich heute noch nach Köln komme und mit ihm rede …«

»Also, taktvollerweise hätte ich gesagt, morgen wäre auch noch okay, aber wenn du so direkt fragst: Jaa!« Susanne klang erleichtert.

Chris schaute auf die Uhr. Kurz nach fünf. »Okay, ich schnippele gerade noch das Gemüse für meinen Auflauf fertig und schiebe ihn in den Ofen. Damit Jonas nicht hungern muss. Dann düse ich los. Die Sache klingt ja ganz kribbelnd aufregend!« Sie ließ sich noch den Weg zu Feltens Haus erklären.

Kurze Zeit später war die Auflaufform gefüllt. Chris stellte sie in den Backofen und schaltete ihn ein. Sie freute sich schon auf das, was Jonas ihr zum Aufwärmen übrig lassen würde. So, dachte sie, jetzt bekommt er einen dicken Kuss und ich bringe ihm schonend bei, dass er allein essen muss. In diesem Moment kam Jonas in die Küche. »Schamanischer Feuerwehreinsatz?«, fragte er.

Chris schaute ihn etwas erstaunt an.

»Na, wenn Susanne am Telefon so klingt, kommt sie meistens bei einem Fall nicht weiter und braucht deine Hilfe.«

»Stimmt.«

»Soll ich mitkommen? Ich stecke vorsichtshalber meine Knarre ein, dann kann ich meine Herzallerliebste gegen bissige schwarze Jaguare und andere Gefahren des Großstadt-Dschungels verteidigen.«

Chris lachte. »Aber was wird aus dem Auflauf?«

»Du hast ihn doch grad erst reingeschoben. Nimm ihn wieder raus und stell ihn in den Kühlschrank. Für später. Oder morgen.«

»Dann nehmen wir Mister Brown aber auch mit. Ich glaube, er hat einen dieser Tage, wo er melancholisch würde, wenn wir ihn allein zurückließen.«

Heute freute sie sich, dass Jonas mitkam. Falls nicht, falls sie lieber allein losgezogen wäre, hätte sie ihm das gesagt und er hätte es akzeptiert. Das war etwas, was sich zwischen ihnen im Vergleich zu früher, vor ihrer Trennung, positiv verändert hatte: Jonas klammerte nicht mehr. Er ließ ihr Raum allein zu sein, pflegte in dieser Zeit eigene Freundschaften und Hobbys: Gärtnern, Holzwerkeleien, mit Freunden angeln gehen, lesen. Aber gerade weil sie beide stärker als früher auch ihr eigenes Leben lebten, waren die Zeiten, die sie miteinander verbrachten, intensiver – auf eine leichtere, freiere Weise, ohne so viel Einengung. Eine wohltuende Entwicklung.

Und irgendwie schienen ihre Bedürfnisse sich immer besser zu synchronisieren: Früher war es häufig vorgekommen, dass Jonas gerade dann Zeit und Aufmerksamkeit forderte, wenn sie lieber allein gewesen wäre, oder dass, wie sie zugeben musste, umgekehrt sie ihn genervt hatte. Jetzt aber hatten sie immer öfter dann Zeit füreinander, wenn sie auch beide Lust aufeinander hatten. Vielleicht liegt's einfach daran, überlegte sie, dass wir beide heute positiver denken und mehr in Harmonie mit der Welt um uns leben. Das ist doch was!

Sie wählten Jonas' Kombi, weil der sich auf der

Straße flotter und sparsamer bewegen ließ als der Landy. Mister Brown nahm hechelnd den Kofferraum in Beschlag. Chris lehnte sich im Beifahrersitz zurück. Jonas fuhr sehr souverän, zügig, aber ohne zu rasen. Und bei ihm hatte sie das beruhigende Gefühl, dass er ein Auto auch in Grenzsituationen beherrschte: Er absolvierte regelmäßig Fahrsicherheitstrainings, um es bei polizeilichen Autoverfolgungsjagden mit flüchtenden Ganoven aufnehmen zu können. So etwas kam in der Eifel zwar selten vor, aber man konnte ja nie wissen.

»Bin heute in Philosophierstimmung«, sagte Jonas nach ein paar Kilometern.

Das Philosophieren gehörte zu seinen mit Leidenschaft betriebenen Hobbys. Auch das Angeln diente im Grunde dieser Leidenschaft: Dabei traf er sich mit einem Klübchen anderer Männer, die so wie er gern laut über Gott und die Welt nachdachten. Dass sie dabei auch noch Fische fingen, die hinterher aufgegessen werden konnten, war ein angenehmer Nebeneffekt.

Von diesen Angeltouren kehrte Jonas stets entspannt und bester Laune zurück. Wenn eine Frau Probleme mit ihrem Lebensabschnittsgefährten hatte, gab Chris gern den Tipp: Schick ihn Angeln!

Chris hatte nicht immer Lust mitzuphilosophieren. War das der Fall, merkte Jonas es glücklicherweise rasch und ließ sie in Ruhe. Heute war sie aber in Stimmung, ihr Kopf ganz voll mit den Rätseln, die Susanne am Telefon vor ihr ausgebreitet hatte.

»Das Leben ist ein großes Geheimnis, stimmt's?«, sagte sie ins Blaue hinein. »Rätsel reiht sich an Rätsel.« Dann erzählte sie Jonas von Mario und dessen Träumen.

»Vielleicht muss man gar nicht immer nach Antworten suchen«, meinte Jonas versonnen. »Vielleicht kommt es einfach auf die Erfahrung an, auf das, was geschieht, so, wie es eben geschieht.«

»Und zu dem, was geschieht, gehört es auch dazu, dass Leute verrückte Träume haben, so wie ich oder dieser Mario.« Chris seufzte. »Und doch suchen wir immer nach Gesetzmäßigkeiten, nach Antworten, die uns das Gefühl geben, dass die Dinge klar und geordnet, auf berechenbare Weise geschehen. Die ganze Biologie, so, wie ich sie an der Uni studiert habe, beruht letztlich darauf, dass wir uns bemühen in der Natur Gesetze zu entdecken, die immer und überall gelten und für den Verstand klar erfassbar sind. Aber welche Gesetze liegen hellsichtigen Träumen oder dem Phänomen der Synchronizität zugrunde?«

»Der Begriff Synchronizität ist in den Esoterikbüchern häufig aufgetaucht, die ich damals gewälzt habe, als ich dachte, es sei für immer aus zwischen uns«, sagte Jonas. »Für mich ist er daher etwas sentimental und melancholisch eingefärbt, einfach wegen der Stimmung, in der ich mich damals befunden habe. Was dich betraf, schien ich aus dieser großen allumfassenden Synchronizität herausgefallen zu sein. Bis ich begriff, dass sie nichts ist, was zu mir kommt, wenn ich darum bitte, sondern etwas, das immer da ist, sodass es allein von mir selbst abhängt, ob ich mich für sie öffne. Gesendet wird immer und es liegt bei mir, mein Radio richtig auf Empfang zu justieren, beziehungsweise zunächst einmal, es überhaupt einzuschalten.«

»Aber meine Träume schalte ich doch gar nicht bewusst ein«, wandte Chris ein. »Sie kommen einfach, wenn ich nachts schlafe. Und sie kommen ungebeten. Ich *möchte* nicht träumen, wie Leute von wilden Tieren massakriert werden. Und doch hatte ich diesen Traum.«

Jonas schwieg einen Moment nachdenklich, dann sagte er: »Vielleicht gibt es einen Bereich, wo der Empfang klar und eindeutig, die Botschaften unmissverständlich sind. Und eine ... Grauzone, wo Botschaften verzerrt oder unvollständig durchkommen, von starkem Rauschen überlagert. Vielleicht ist alles, was du tun kannst, deinen Empfänger möglichst gut zu justieren.«

Chris zog die Nase kraus. »Auweia. Da ist bei mir aber noch eine Menge Justierarbeit nötig.«

Jonas klopfte ihr aufmunternd auf den Unterarm. »Du bist aber doch noch jung. Wie alt war Silver Bear, als du ihn kennen gelernt hast?«

»Fast achtzig.«

»Siehst du? Soweit ich das als Laie beurteilen kann, leistest du auf dem Gebiet des Schamanismus doch jetzt schon Erstaunliches. Ich wette, mit dreißig war Silver Bear noch nicht so weit wie du heute! Dass du dich noch steigern und weiter dazulernen kannst, ist doch toll. Stell dir vor, du wüsstest bereits alles, was es als Schamanin zu lernen und zu wissen gibt – wäre das nicht furchtbar langweilig?«

Chris warf ihm einen zärtlichen Blick zu. »Tut gut, so was ab und zu gesagt zu bekommen.«

»Vielleicht ändern sich die Regeln ja auch.« Jonas sprach mit seiner leichten, lustvollen Philosophenstimme. »Während meines esoterischen Lesetrips habe ich, ganz grob gesagt, zwei Richtungen festgestellt: Die eine Richtung behauptet, dass alles von Anfang an genau festgelegt war und also vorherbestimmt ist – vom lieben Gott oder von wem auch immer. Demnach passiert einfach das, was passieren muss. Alles, was wir tun können, ist, möglichst elegant die uns vorherbestimmte Bahn zu ziehen. Wenn Probleme auftauchen, ist das ein Zeichen dafür, dass wir von der Bahn abkommen und sich deshalb der Reibungswiderstand erhöht, sozusagen. Dann fliegen eben die Funken oder die Fetzen, bis wir wieder brav in die vorgesehene Bahn zurückkehren – mit demütig gebeugter Birne.« Er deutete hinter dem Lenkrad eine fromme Verneigung an.

»Dieses Universum finde ich eigentlich ziemlich langweilig«, fuhr er fort. »Es lässt wenig Raum für Spaß und Spiel. Der Gott, der es erschaffen hat, muss ein reichlich dröger Verwaltungsbeamter sein. Außerdem stellt sich natürlich die Frage, warum in diesem wohlgeordneten Uhrwerksuniversum so viel chaotischer Schwachsinn passiert, wie wir Polizisten ihn ja tagtäglich zu Gesicht bekommen. Das hat mich schon damals bei der Mordkommission beschäftigt. Ich meine, wenn alles einen Sinn hat im Sinne von Vorherbestimmung und Ursache und Wirkung, wieso sind die meisten Gewaltverbrechen dann so offenkundig schwachsinnig? Warum gibt es da so viel Absurdes, bei dem sich beim besten Willen nicht erkennen lässt, dass die göttliche Vorsehung in weiser Ausgewogenheit tätig war?«

Ähnliches hatte Chris von Jonas schon öfters gehört, aber irgendwie gelang es ihm immer wieder, bei seinen philosophischen Exkursen neue Akzente zu setzen und die Dinge auf neue Weise zu beleuchten, sodass es nicht langweilig wurde. Vielleicht schenke ich ihm mal eine Tonne zum Geburtstag, dachte sie. Die kann er sich dann bei uns im Wald aufstellen und darin wohnen wie Diogenes und die Leute reisen von weit her an, um ihm zu lauschen.

»Die andere Richtung geht die Sache spielerischer an.« Chris mochte seinen Gesichtsausdruck, wenn er philosophierte. »Sie geht eher davon aus, dass das Universum sich ständig aus sich selbst heraus erschafft, in einem nie endenden Prozess. So gesehen ist es natürlich unvollkommen, was erklärt, wieso oft so ein erstaunlicher Schlamassel passiert. Alles befindet sich im Grunde in einer ständigen Experimentierphase – mit der Chance, dass die Dinge mit der Zeit immer ein bisschen schöner und harmonischer werden. Wie aus einer Laienspielschar irgendwann ein richtig gutes Orchester werden kann, wenn sie nur lange genug übt. Offenbar besitzt das Universum einen ausgeprägten Spieltrieb und ist bestrebt sich selbst immer wieder mit seinen Schöpfungen zu überraschen. So ähnlich hätte es Alan Watts wohl ausgedrückt.«

Alan Watts war Jonas' Lieblingsphilosoph. Er hatte ihn irgendwann in einem Secondhand-Buchladen entdeckt und inzwischen alle Bücher von ihm angeschleppt, von denen ein großer Teil nur noch auf Flohmärkten und in modernen Antiquariaten zu ergattern gewesen war. Chris hatte in ein paar der Bücher hineingeschaut und mochte Watts' feinen englischen Humor und seine tiefe Liebe zur Natur, zur alltäglichen, greifbaren Natur, die in jedem seiner Sätze durchschimmerte.

»Und worauf philosophierst du heute hin?«, fragte sie. »Was ist die Botschaft?« Damit, auf den Punkt zu kommen, tat sich Jonas bei seinen geistigen Exkursen oft etwas schwer. Aber dafür hatte Chris Verständnis: In diesem sonderbaren Universum einen klar bestimmbaren Punkt zu finden, das war letztlich nicht einmal Silver Bear in seinem langen, suchenden Leben gelungen. Und selbst nach dem Tod schien der alte Vagabund diesen Punkt immer noch nicht gefunden zu haben – darauf ließen jedenfalls seine doch sehr vagen Äußerungen schließen, als er Chris vor ein paar Tagen im Traum besucht hatte.

»Positives Denken«, sagte Jonas. »Mir wird immer klarer, dass positives Denken eigentlich die einzig brauchbare Antwort darstellt. Intellektuell erfassen können wir das Universum sowieso nicht. Trotz all unserer technischen Errungenschaften können wir der Erkenntnis von Sokrates, ›Ich weiß, dass ich nichts weiß‹, im Grunde nicht viel hinzufügen.«

Chris war der Ansicht, dass Jonas all das, was ihm so im Kopf herumging, unbedingt aufschreiben sollte und inzwischen hatte sie ihn tatsächlich dazu überreden können, sich ab und zu ein paar Notizen zu machen. Die musste er ihr dann vorlesen und sie hörte mit geschlossenen Augen zu. Geistig war Jonas in der Buchfelder Polizeiwache eigentlich ziemlich unterfordert, fand sie.

»Jemand, der positiv denkt«, sagte Chris langsam, »wäre das, was Silver Bear und andere fortschrittliche Schamanen als Abenteuerschamane bezeichnet haben. Als Abenteuerschamane oder -schamanin gehst du davon aus, dass es DIE Wirklichkeit an sich nicht gibt. Alles ist relativ. Und eigentlich bleibt dir nur eines übrig: neugierig zu sein, deinen kindlichen Spieltrieb und deine Abenteuerlust nicht zu verlieren und aus jeder Situation das Beste zu machen. Denn ganz egal, wie wenig oder wie viel wir über das Universum wissen, eines ist auf jeden Fall immer richtig: Glück und Freude tun gut. Also versuchen Abenteuerschamanen nicht, das Böse zu bekämpfen, wie es die grimmigen Kriegerschamanen traditionell immer versucht haben, sondern sie streben danach, möglichst viel Glück und Freude zu erzeugen – für sich selbst und für andere. Und so helfen sie mit, dass aus dem Gedudel der Laienspielschar irgendwann vielleicht mal eine wunderschöne Symphonie werden kann. Hey – klingt doch toll, nicht? Ich finde, ich formuliere heute richtig gut. Nicht so einer von den Tagen, an denen ich nur vernuschelte Halbsätze zustande bringe!«

Jonas streichelte zärtlich ihren Oberschenkel. »Du solltest deine Gedanken auch mal aufschreiben.«

»Dann ist da noch diese Idee, die mich in letzter Zeit oft beschäftigt«, fuhr Chris fort, »dass Energie der Aufmerksamkeit folgt, wie ich's in einem Buch über den hawaiianischen Huna-Schamanismus gelesen hab. Das spricht ganz entschieden fürs positive Denken. Es ist ganz einfach gut, sich mit Glück und Freude zu beschäftigen und sich auf Wünschenswertes zu konzentrieren, weil dann die Energie in diese Richtung fließt. Je mehr Menschen das tun, desto mehr Glück und Freude entstehen. Und das kann doch nicht falsch sein. Oder, was meinst du?«

Sie hatten inzwischen die Autobahn erreicht und draußen flog die Landschaft vorbei. Motor und Reifen sangen ihr Lied. Chris fühlte sich geborgen und sanft gewiegt, lehnte entspannt im Sitz und schaute hinaus. Dafür, dass ich so eine ausgeprägte Tiefenökologin bin, fahre ich verdammt gerne Auto, dachte sie etwas schuldbewusst.

»Es ist überhaupt das einzig Richtige!«, antwortete Jonas. »Und es erlöst dich von der quälenden Frage nach dem Warum, finde ich. Diese vielen Warums, auf die wir nie eine befriedigende Antwort finden: Warum bringen Menschen sich gegenseitig um? Warum machen sie sich gegenseitig das Leben zur Hölle, statt es gemeinsam zu genießen?«

»Warum ist die Banane krumm?«

»Genau! Statt Antworten zu suchen, die dir doch niemand gibt, selbst der liebe Gott nicht, falls er existiert, erzeugst du Glück und Freude und versuchst die Welt so schön zu machen, wie es eben geht. Wenn das keine Klasse-Lebensphilosophie ist, weiß ich's auch nicht!«

»Stark! Buddha hat sich jahrelang unter den Bodhibaum gesetzt und gefastet – ein schrecklicher Gedanke – und meinem Jonas kommt die Erleuchtung ganz nebenbei beim Angeln!« Chris hob die Arme und reckte und streckte sich ein wenig auf ihrem Sitz. »Vielleicht sollten wir zusammen Bücher schreiben – über schamanische Alltagsphilosophie –, die dann die Bestsellerlisten erstürmen und in hundert Sprachen übersetzt werden. Dann werden wir überallhin eingeladen, nach Japan, Australien und China, und reisen in der Welt herum, um Vorträge und Seminare zu halten. Wär doch irre …«

»Aber was wird dann aus Mister Brown, den Katzen, den Rückepferden und Günters Wald?«, gab Jonas mit dem ihm trotz aller philosophischen Neigungen eigenen Pragmatismus zu bedenken.

»Hm. Dann werden wir eben sooo berühmt, dass alle Welt zu uns in die Eifel pilgert.«

Jonas winkte ab. »Ohne mich! Ich hab lieber Schwielen an den Fingern von meiner Gartenarbeit als davon, dämliche Autogrammkarten voll zu kritzeln.«

Eine Weile hingen sie schweigend ihren Gedanken nach. Zunächst fand Chris die Idee faszinierend, dass Japaner, Australier und Chinesen in Scharen kamen, um die berühmteste Schamanin und den berühmtesten Philosophen des frühen einundzwanzigsten Jahrhunderts persönlich kennen zu lernen. Aber dann malte sie sich aus, wie diese Besuchermassen im Gemüsegarten herumtrampelten, am Waldsee Müll hinterließen und überhaupt die ganze Idylle von Chris' Wald durcheinander brachten. Nein, entschied sie, zur Weltberühmtheit war sie eindeutig nicht geschaffen. Es war wohl doch besser, nur so im Stillen ein bisschen mit Jonas herumzuphilosophieren. Außerdem hatte sie ja ihre Waldschule. Und Jonas seinen Angel-Debattierklub. Mehr Publicity musste nicht sein.

Glück und Freude erzeugen ... Eine gute Nachricht fiel ihr ein, die sie Jonas noch gar nicht verkündet hatte. »Heute Morgen kam das neue Greenpeace-Nachrichtenblatt mit der Post. Und stell dir vor – sie haben endlich erreicht, dass ein großer Teil des Great-Bear-Regenwaldes unter Schutz gestellt wird! Eine Million Hektar. Das ist eine Fläche halb so groß wie Hessen! Und dazu ist für weitere achtundsechzig Waldtäler ein ein- bis zweijähriger Baumfällstopp verhängt worden. Außerdem hoffen sie, dass viele dieser Täler auch langfristig geschützt werden. Da hat der Kampf sich wirklich ausgezahlt! Silver Bears Leute haben bestimmt eine Riesenfete gefeiert. Ich muss unbedingt morgen seiner Tochter 'ne E-Mail schicken, um zu gratulieren! Jetzt hat der geheimnisvolle weiße Bär doch noch eine Überlebenschance. Und die vielen anderen Tiere dort.«

Für einen Moment packten sie die Erinnerungen an ihre Zeit in den riesigen westkanadischen Wäldern. »Ein einziges Mal hab ich einen weißen Bären gesehen, als ich mit Silver Bear und seinen beiden Enkeln herumgepirscht bin«, sagte sie leise. »Ein ganz magischer Augenblick war das.«

Jonas lächelte sie an. »Ich möchte gern mal mit dir nach Kanada reisen, damit du mir dort alles zeigen kannst. Und wir können Silver Bears Familie besuchen.« Bei deren Besuch in der Eifel hatte Jonas sie ins Herz geschlossen, sehr zu Chris' Freude. Manche Europäer hatten mit Indianern so ihre Probleme, doch Jonas, der über einen ziemlich schrägen Sinn für Humor verfügte, kam bestens mit ihnen klar.

»Und wenn ich mit dir in der Wildnis unterwegs bin«, fuhr er fort, »wüsste ich, dass ich keine Angst vor Bären zu haben brauche.«

»Vor Bären muss man immer ein bisschen Angst haben«, widersprach Chris. »In der Wildnis geht man ihnen möglichst aus dem Weg. Alles andere wäre purer Leichtsinn. Bären sind eben Bären. Sie sind mit Vorsicht zu genießen und haben ihre Launen.«

Jonas machte ein schalkhaftes Gesicht. »Bärinnen lassen sich aber zähmen – vorausgesetzt, es findet sich ein tollkühner und zärtlicher Dompteur!«

»Ach! Alter Macho!«, schnaubte Chris und zwickte ihn in die Seite.

Vor ihnen tauchte rechts der Autobahn weithin sichtbar das Industrieanlagengewirr der Europetrol-Ölraffinerie auf. Chris drehte sich zu Mister Brown um, der leidenschaftlich gern Auto fuhr und die ganze Zeit fasziniert aus dem Fenster starrte. »Schau!«, rief sie ihm zu. »Da bekommt unser Landy sein Futter her!« Was Mister Brown mit lautem Gebell zur Kenntnis nahm.

Jonas setzte den Blinker. »Dann beschreib mir mal, wie wir zu dem Haus von diesem Raffineriedirektor kommen, in den Susanne sich verknallt hat«, sagte er, während er sich in die Autobahnausfahrt Köln-Rheindorf einordnete.

Als Jonas den Wagen schwungvoll vor Feltens Haus zum Stehen brachte, warf Susanne ihren Zigarettenstummel in den Rinnstein, löste sich vom Kotflügel ihres Dienst-Opels, an dem sie lässig gelehnt hatte, und ging ihnen entgegen.

Chris hatte also ihre ganze Bagage mitgebracht. Jonas stieg flott aus, Chris etwas gemächlicher. Als Erstes ging sie zur Heckklappe und befreite Mister Brown, der sofort auf Susanne losstürmte und an ihr hochsprang. »Na! Nicht hochspringen!«, rief Chris.

Chris knuddelte Susanne kurz und schaute dann neugierig zum Haus. »Ziemlich hässlicher Kasten«, meinte sie. »Darin muss ja jeder normale Mensch Albträume kriegen.«

Mario trat aus dem Haus und kam ihnen entgegen. Als er das Gartentor öffnete, sprang Mister Brown auch an ihm schwanzwedelnd und bellend hoch. »Na! Nicht hochspringen!«, rief Chris.

»Nicht schlimm«, sagte Mario.

Chris drückte ihm die Hand. »Ich bin Chris. Wir können uns ruhig duzen.«

Auf dem Weg ins Haus sagte Mario: »Du bist aber dick. Isst du so viel oder hast du was mit den Drüsen?«

Oh, shit, dachte Susanne. Hätte ihn warnen müssen, dass Chris' Gewicht ein Tabuthema ist. Die Einzigen, die sie darauf ansprechen dürfen, und auch das nur gelegentlich, sind Jonas und ich.

Chris' Gesicht verfinsterte sich. »Essen ist eines meiner Hobbys«, sagte sie, gefährlich spitz, »und meine Drüsen sind vollkommen in Ordnung.«

»Abnehmen ist gar nicht schwer«, fuhr Mario in

jugendlicher Unbekümmertheit fort. »Sandy Eberhard, die Tochter meines Adoptivonkels, war früher auch viel zu dick, aber dann hat sie angefangen, Sport zu treiben und sich gesund zu ernähren, und heute ist sie superschlank. Echt kaum wieder zu erkennen. Sport ist dafür überhaupt das Beste: Joggen, Tennis, Mountainbiken, das verbrennt total viele Kalorien.«

»Ich will aber nicht abnehmen«, knurrte Chris. »Ich finde mich okay so, wie ich bin. Und ich bewege mich gern, wenn auch vielleicht etwas langsamer als andere Leute.«

Sie gelangten in die riesige Eingangshalle. Mario, dem offenbar allmählich dämmerte, dass er in einen gefährlichen Fettnapf getreten war, versuchte die Situation zu retten. »Na ja, das ist eigentlich ja echt cool, dass du zu dir stehst, obwohl du so dick bist. Ich meine, so was ist heutzutage eine echte Rarität, wo doch alle Frauen superschlank und fit sein wollen.«

»Ich stehe nicht zu mir, *obwohl* ich dick bin!« Chris sah jetzt aus, wie sie immer aussah, wenn ihr gleich der Kragen platzte. Jonas dagegen schien große Mühe zu haben ernst zu bleiben. »Hör zu, am besten du quasselst nicht so viel, wenn ich dir schamanisch helfen soll«, sagte Chris. »Leute, die zu viel quasseln, kann ich überhaupt nicht leiden!«

»Entschuldigung«, sagte Mario. Er verschwand in der Küche.

»Hey«, Susanne legte Chris beschwichtigend die Hand auf den Arm, »er hat's sicher nicht so gemeint.«

»Warum muss ich mich immer dafür rechtfertigen, dass ich rund bin? Die meisten Leute scheinen das für eine Art Krankheit zu halten, wie Lepra oder so! Aber ich steh trotzdem dazu!«

»Warum regst du dich dann so auf, mein Bärchen?«, fragte Jonas. »Wenn du innerlich dazu stehst, kann's dir doch egal sein, was die anderen reden.«

Chris bewegte wütend aufbrausend den Kopf, sodass der kleine Zopf wild baumelte. »Ach! Jetzt fang du auch noch an!«

Mario kam mit einem Tablett zurück – Teller mit je zwei großen Stücken von Hedwigs Marmorkuchen darauf, Butter und Marmelade. »Limo und Cola hab ich oben auf dem Zimmer.«

Sie gingen hinauf. »Oh, ein Camus-Fan«, sagte der belesene Jonas anerkennend.

Chris aß nur ein Stück Marmorkuchen. Ohne Butter und Marmelade. Dann schob sie ihren Teller demonstrativ weg und grummelte: »Soll nur jemand behaupten, ich wäre verfressen.«

Mario unternahm einige verkrampfte Versuche mit ihr ein Gespräch anzuknüpfen, doch Chris schmollte erkennbar. Als Susanne und Jonas gerade den letzten Bissen ihres Kuchens im Mund hatten, sagte Chris: »So, dann fangen wir wohl besser mal an. Leg dich aufs Bett, mein Junge, halt den Mund und mach die Augen zu!«

Jetzt reagierte Mario empfindlich. »Ich mag es nicht, wenn man mich herumkommandiert«, sagte er ärgerlich

Chris verdrehte die Augen. »Na gut, würdest du

dich *bitte* hinlegen!« Dann wandte sie sich mit gereizt funkelndem Blick Jonas und Susanne zu. »Und ihr beiden zieht am besten Leine. Wenn ihr die ganze Zeit hier rumsitzt und zuguckt, macht mich das nervös!«

Jonas, nach wie vor bester Laune, gab Susanne einen Wink.

Draußen auf dem Flur sagte er grinsend: »Die beiden verstehen sich ja prächtig.«

»Chris ist aber auch wirklich überempfindlich, was ihre Figur angeht«, meinte Susanne. »Ein falsches Wort und …«

»Zeig mir doch mal die Stelle draußen im Garten, wo der Junge diese merkwürdigen Indianer gesehen haben will. Vielleicht finden wir ja gemeinsam eine Spur. Vier Kommissar-Moeller-geschulte Augen sehen mehr als zwei. Darf ich mir diesen Kristall mal anschauen?«

Susanne schüttelte den Kopf. »Hab ihn ins Labor gegeben. Mal sehen, ob die was Interessantes daran entdecken.«

»Vielleicht solltest du ihn besser wieder an den Balkon hängen. Schließlich wissen wir nicht, welche Funktion er hat – der Schulwissenschaft zum Trotz einmal unterstellt, dass solche Kristalle überhaupt irgendeine Funktion haben können.«

Susanne winkte ab, während sie hinaus in den Garten gingen. »Ich glaube, so wichtig ist das Ding auch wieder nicht.«

Während Jonas sich auf dem Rasen und bei den Sträuchern umschaute, kam Susanne erneut auf Chris' Pfunde zu sprechen. »Vielleicht sollte sie wirklich abnehmen. Ich meine, wir leben nun mal in einer Zeit, in der Dünnsein als schön gilt. Wenn die Meinung der anderen ihr so zusetzt ...«

Jonas, der in die Hocke gegangen war, um unter die Sträucher zu spähen, richtete sich wieder auf. »Hier ist nichts zu sehen. Glaub mir, Chris will nicht wirklich abnehmen. Sie ist gern rund. Im Grunde mag sie sich so wie sie jetzt ist – und isst, mit Doppel-S. Und sie weiß, dass ich sie schön und erotisch finde. Dass es für sie okay ist, sieht man ja auch daran, dass sie rund und dabei gesund ist. Sie hat sich gerade noch routinemäßig vom Arzt durchchecken lassen: Blutdruck, Blutfettwerte und so weiter – alles topp! Aber es fällt ihr noch ein bisschen schwer, dazu zu stehen. Das ist ja auch kein Wunder, bei dem Schlankeitsterror in den Medien. Die Frauenzeitungen sind voll mit Diäten und Fitness-Tipps und die Filmschauspielerinnen und Fotomodelle sind doch heute alle magersüchtig.«

Susanne merkte, wie er sich in Fahrt redete.

»Dabei wäre es in unserer Wohlstandsgesellschaft eigentlich viel realistischer und stimmte uns überdies lebensfroher, wenn wir runde, zufriedene, sinnlich-lustvolle Wohlgenährtheit zum Schönheitsideal erheben würden. Barocke Sinnesfreude, gewissermaßen. Stattdessen hungern sich bei uns junge Frauen vor bestens gefülltem Kühlschrank zu Tode. Menschen aus Ländern, wo es echten Hunger aus bitterer Armut gibt, muss das doch pervers erscheinen!« Dann fügte er hinzu: »Außerdem hätten Renoir oder Tizian Chris sicher gerne als Modell gehabt.«

Susanne seufzte. »Mir könnte sie jedenfalls gern ein paar von ihren Pfunden abgeben Ich fühle mich oft so unweiblich mit meiner Figur.«

Jonas war einer der ganz wenigen Männer, bei dem sie sich traute über diese Dinge zu sprechen.

»Aber ist das denn nicht in umgekehrter Hinsicht auch Körper-Terror, den du da betreibst?«, fragte Jonas. »Ich glaube, es ist einfach natürlich für dich, so zu sein, wie du bist. Auf deine Art bist du nämlich eine richtig schöne Frau.«

»Na, ich weiß nicht ...«

»Doch, doch! Warum findet ihr Frauen euch selbst immer hässlich? Du hast einen langen, festen, athletischen Körper, der vollkommen in Ordnung ist.« Er grinste. »Das heißt jetzt natürlich nicht, dass du mich Chris ausspannen könntest. Mein Typ bist du halt nicht. Aber ich wette, es gibt 'ne Menge Männer, die total auf dich abfahren würden, wenn du dich nur selbst ein bisschen lieber hättest. Verstehst du? Du musst dich selbst in deinen Körper verlieben. Dann bekommst du ganz von selbst die magnetische Ausstrahlung.«

Susanne zwinkerte ihm zu. »Schön, einen Philosophen im näheren Freundeskreis zu haben. Ich gehe mal schauen, was meine Jungs machen. Ich habe zwei im Streifenwagen hier vor dem Haus postiert und einen vor Feltens Büro. Man weiß ja nie.«

Chris glitt durch den Tunnel, den glitzernden, schimmernden Kristalltunnel, durch den sie immer reiste, wenn sie in der Geisterwelt nach Heilung für sich selbst oder andere suchte. Sie strebte danach, eine fortschrittliche, kreative Schamanin zu sein und ihre eigenen, der heutigen Zeit angemessenen Methoden zu finden, so wie Silver Bear es ihr geraten hatte. Daher verzichtete sie inzwischen auf die Trommel und die Rasseln und andere Insignien traditioneller Schamanen, die sie anfangs noch benutzt hatte. Silver Bear hatte sie seinerzeit in diesem traditionellen Weg unterwiesen, wenn auch immer mit einem gewissen ironischen Funkeln in den Augen. Er selbst behauptete sich über die alten »Krücken«, wie er es nannte, hinausentwickelt zu haben, hielt es aber für sinnvoll, dass eine angehende Schamanin zunächst einmal auf diesem Wege lernte, wie ja auch ein Maler zunächst die alten Meister studiert, ehe er sich moderneren malerischen Formen zuwendet.

Wenn sie heute für jemanden, der sie um Hilfe bat, in die Geisterwelt reiste, forderte sie die betreffende Person auf sich hinzulegen, die Augen zu schließen und sich zu entspannen, ohne sich auf etwas Bestimmtes zu konzentrieren. Sie selbst setzte sich daneben auf einen Stuhl und reiste durch den Kristalltunnel, den sie sich als geistigen Einstiegspunkt in die andere, schamanische Wirklichkeit geschaffen hatte. Das genügte ihr, um in eine ausreichende Halbtrance zu gelangen. Dabei blieb sie aber wach genug, um zu registrieren, was um sie herum vorging. Sie konnte sogar die Augen öffnen und sich mit anderen anwesenden Personen unterhalten, auch wenn das natürlich die Konzentration beeinträchtigte. Eine Trance, bei der das eigene Wachbewusstsein völlig ausgeschaltet wurde und der

Schamane nur noch als Medium für irgendein Geistwesen fungierte, ohne bewusste Kontrolle, hatte Silver Bear stets strikt abgelehnt.

»Das menschliche Bewusstsein ist schließlich eine der erstaunlichsten evolutionären Errungenschaften«, pflegte er zu sagen. »Das wollen wir doch nicht am Zelteingang ablegen. Schamanen, die in Volltrance gehen, regredieren in ein steinzeitliches Stadium, in dem der Mensch sich als Spielball der Elemente fühlte. So was sollten moderne, aufgeklärte Individuen nicht mehr nötig haben.«

Die Wände des Kristalltunnels glitten vorbei. Sie schienen ein eigenes Leben zu haben. Manchmal wurden schemenhafte Bilder auf diesen Kristallen sichtbar, aber Chris hatte gelernt, sich davon nicht gefangen nehmen zu lassen. Es konnte sehr verführerisch sein, sich von den Kristallbildern in die Irre führen zu lassen. Doch sie spiegelten einem letztlich nur die eigenen Bewusstseinsinhalte, die eigenen Ängste und Sehnsüchte in sich statisch wiederholenden Phantasien. Chris reiste weiter.

Da war das Ende des Tunnels. Das milde Licht eines scheinbar ewigen Sommermorgens. Die samtige Wiese mit den großen Bäumen, die sich sanft im Wind wiegten. Die Bärin kam, Chris' Krafttier, und Chris streichelte ihr den Kopf. Chris hatte ein schlechtes Gewissen. Sie wusste, was für eine dumme Brummbärin sie selbst sein konnte. Mario hatte sich bei ihr entschuldigt und im Grunde fand sie ihn sympathisch. Er wirkte ernsthaft und reif für sein Alter, wie es häufig bei Menschen der Fall war, die sich als Außenseiter empfanden. Das kannte Chris aus ihrer eigenen Jugend nur zu gut, als sie die sonderbare Hexe mit dem zweiten Gesicht gewesen war, mit der die anderen nichts zu tun haben wollten.

Und natürlich hatte Jonas Recht. Sie war sich ihrer selbst noch nicht sicher genug, sonst hätte sie über solchen Bemerkungen gestanden, wie Mario sie gemacht hatte. Und sie war oft so jähzornig und schnell beleidigt. Ein Glück, dass Jonas es trotzdem mit ihr aushielt und Susanne sie trotzdem mochte. Wenigstens war sie nicht nachtragend. Ihr heftig aufbrausender Zorn verrauchte so schnell, wie er über sie kam, und hinterher tat es ihr Leid, wenn sie wieder einmal jemanden vor den Kopf gestoßen hatte. Das ist wohl der unberechenbare Zorn der Bärin, der mich zuweilen überkommt, dachte sie.

Nun gut, sie war höchst unvollkommen. Was blieb ihr übrig, als das Beste daraus zu machen? »Schaun wir mal, wie wir Mario helfen können«, sagte sie zu der Bärin. Sofort spürte sie den Impuls, auf den Rücken des stattlichen Tieres zu klettern. Sie hielt sich am Nackenfell fest und die Bärin trabte los. Chris sah eine Bergkette am Horizont, die rasch näher kam. Die Berge waren Chris fremd, woraus sie folgerte, dass sie aus Marios Seelenlandschaft stammen mussten. Es war immer wieder faszinierend, wie bei diesen Heilungstrancereisen ihre eigene »Arbeitsplattform«, wie sie es nannte – der Kristalltunnel und die Wiese mit den alten Bäumen, auf der sie die Bärin und andere Geisthelfer traf –, mit der Innenwelt des oder der Ratsuchenden verschmolz.

Als hätte jemand sie herangezoomt, befanden sich die Berge jetzt am Rand von Chris' Wiese. Es waren keine besonders hohen Berge. Dichter Dschungel wuchs auf ihnen. Vielleicht handelte es sich um Erinnerungen an Marios Heimat Belize – üppiger Dschungel, erfüllt von geheimnisvollen Tierstimmen. Sie klangen Chris, die noch nie in Mittel- oder Südamerika gewesen war, fremd in den Ohren.

Ein schmales Tal öffnete sich zwischen den mit hohen Urwaldbäumen bewachsenen Hängen. Die Bärin trabte ohne zu zögern in dieses Tal hinein. Und dann sah Chris vor sich etwas sehr Ärgerliches: eine schwarze Wand. »Oh, nein!«, stöhnte sie.

Eine Wand aus dichter, undurchdringlicher Schwärze, die aussah, als hätte sie jemand mit einem dicken Filzstift mitten in den Dschungel gemalt. Die Bärin bremste nicht ab, sondern legte noch einen Zahn zu. Chris wusste, was kam, duckte sich unwillkürlich und klammerte sich, so gut es ging, im dichten Pelz ihrer Geisthelferin fest.

Buff! Ein dumpfer Aufprall, der nicht wirklich schmerzhaft war. Ein Sprung wie gegen dicken, weichen Schaumstoff. Chris und die Bärin purzelten übereinander und blieben im Gras sitzen, während der Gesang der fremden Vögel oben in den Urwaldbäumen ein wenig spöttisch klang. Chris umfasste ihre Knie mit den Armen, starrte auf die schwarze Wand und überlegte.

Schamanische Kreativität war gefordert. Fette schwarze Filzstiftwand … war der Filzstift wasserfest? Chris rief den Roten Milan, der ihr in letzter Zeit häufig gute Dienste leistete, und ließ sich von ihm einen nassen Schwamm bringen. Unverzüglich tauchte der Milan über den Urwaldwipfeln auf. Er trug einen Schwamm in den Fängen und ließ ihn in Chris' ausgestreckte Hand fallen.

Gut. Chris trat an die Wand. Es reichte aus, wenn sie ein Loch hineinwischte, das groß genug für sie und die Bärin war. Eine energetische Blockade. Wer hatte sie errichtet? Und warum? Sie rieb, scheuerte – ohne Erfolg. Das Schwarz ließ sich von dem nassen Schwamm in keiner Weise beeindrucken. Es blieb undurchdringlich.

Ein Teil von Marios Bewusstsein verweigerte die Mitarbeit. Oder irgendein Schamane hatte... »Okay«, sagte Chris zur Bärin. »Einmal versuchen wir noch durchzubrechen. Wenn's wieder nicht klappt, muss ich mit Mario daheim im Paradies ein Wörtchen reden!« Das Diesseits bezeichnete Chris immer als das Paradies. Das hielt sie für außerordentlich wichtig. Das Diesseits, die Welt der lebendigen Menschen, Tiere und Pflanzen, war der Bereich, in dem sie sich zu Hause fühlte. Nur dort konnte sie glücklich sein.

Manche Menschen, die mit schamanischen Techniken experimentierten, neigten dazu, dem Jenseits, der Geisterwelt, zu verfallen, sie für das wahre Paradies zu halten, aber das war eine Illusion. Das Paradies war immer dort, wo der Körper sich befand. Erst wenn der Körper starb, wurde das Jenseits zum Diesseits. Und man erwachte dort mit einem neuen Körper, bereit für neue Abenteuer. Aber eben erst nach dem Tod. Wenn Leute diesen Schritt vorzeitig zu tun versuchten, entstand nicht selten ein heilloses Durcheinander, das im Diesseits in der Psychiatrie enden und drüben in der Geisterwelt große Verwirrung und viel Ärger verursachen konnte.

Leider gab es mehr als genug Menschen, die das Diesseits gering achteten. Besonders wenn sie Drogen nahmen, was Chris strikt ablehnte. Wer Drogen nahm, lud die Dämonen ein, Schabernack mit ihm zu treiben. Schon die, mit denen man es beim noch recht harmlosen Kiffen zu tun bekommen konnte, waren ziemlich fiese Gesellen. Wer sich aber auf harte Drogen einließ, bekam es mit der richtig üblen Brut zu tun. Etwas Dümmeres konnten Menschen im Diesseits kaum anstellen. Leider kam da manchmal jede schamanische Heilkunst zu spät.

Die Bärin nahm Anlauf.

Buff! Dicker, schwarzer, undurchdringlicher Schaumstoff. Wieder kullerten sie und die Bärin übereinander. Chris rappelte sich auf und stemmte wütend die Hände in die Hüften. »Jetzt reicht's! Rückzug zum Kristalltunnel!«, ordnete sie an. Die Bärin duckte sich folgsam, um Chris das Aufsitzen zu erleichtern. Doch dann hielt Chris noch einmal inne. »Moment, das hätte ich fast vergessen.« Sie richtete sich auf, streckte mutig die Brust heraus, wie es in der Geisterwelt von einer unerschrockenen Abenteuerschamanin erwartet wurde, und fragte mit lauter Stimme: »Gibt es hier irgendjemanden, der eine Botschaft für mich hat, die Mario Eberhard betrifft?«

Chris wartete, dass irgendein Wesen zwischen den Bäumen hervortrat, doch der Dschungel antwortete mit völliger Stille. Selbst der Gesang der vielen Vögel verstummte. Auch kam es ihr vor, als ob das Licht weniger wurde, düsterer. Und dann erhoben sich die Vögel plötzlich aus den Urwaldbäumen, formten einen Schwarm. Sie flogen alle auf die schwarze Barriere zu – und verschwanden!

Es war nicht so, dass die Barriere sich geteilt hätte, um sie durchzulassen. Eher schien es, als würde die Schwärze sie aufsaugen, sie regelrecht verschlucken.

Als alle Vögel verschwunden waren, wirkte der Urwald verlassen und leer. Ohne das Leben im Geäst strahlten die Bäume etwas Bleiernes, Unwirtliches aus. »Brr!«, sagte Chris leise. »Kein gutes Zeichen, fürchte ich. Lass uns von hier verschwinden.« Auch die Bärin schien es plötzlich sehr eilig zu haben und mit jenem erstaunlichen Tempo, das Bären ihrer plumpen Gestalt zum Trotz an den Tag legen können – Geisterbären ganz besonders –, trug sie Chris zu ihrer heimeligen Wiese und dem Anfang (oder dem Ende, je nach diesseitiger oder jenseitiger Perspektive) des Kristalltunnels zurück.

Chris kraulte ihr zum Dank kräftig das Fell, was die Bärin mit zufriedenem Gebrumm quittierte. Dann kehrte Chris durch den Tunnel in Marios Zimmer zurück, wo ihr Körper und der größte Teil ihres Bewusstseins die ganze Zeit über auf dem Stuhl gesessen hatten. Sie schaute auf die Uhr. Wie gewohnt war weit weniger Zeit vergangen, als es in der Geisterwelt den Anschein gehabt hatte: kaum fünf Minuten.

Mario öffnete die Augen, hob den Kopf und schaute sie an. »Und?«, fragte er. »Hast du was herausgefunden? Ich selbst habe gar nichts gesehen oder gespürt. Es fing an ziemlich langweilig zu werden.«

»Kann ich mir denken«, sagte Chris ärgerlich. »Du hast mich nicht hereingelassen. Warum nicht? Wie soll ich dir dann helfen?«

Er schaute sie verwundert an. »Was meinst du denn damit? Verstehe ich nicht! Natürlich will ich, dass du mir hilfst! Sonst hätten wir uns das Ganze doch sparen können! Ist doch nicht meine Schuld, wenn es nicht funktioniert. Du hast gesagt, ich soll die Augen zumachen und mich entspannen. Genau das hab ich versucht.«

Chris wollte zu einer heftigen Erwiderung ansetzen, biss sich aber rechtzeitig auf die Lippe. Du weißt doch gar nicht, ob der Junge es absichtlich tut, mahnte sie sich. Eines stand jedenfalls fest: Mario musste irgendwann einmal mit Schamanismus in Berührung gekommen sein. Diese schwarze Wand, die dort so unüberwindlich im Dschungel gestanden hatte, musste mithilfe schamanischer Kraft errichtet worden sein, sonst wäre es Chris gelungen, sie zu durchdringen. Entweder hatte Mario sie selbst errichtet. Dann verstellte sich der Junge glänzend und spielte ihnen irgendein sonderbares Theater vor. Oder ein Schamane von Silver Bears Kaliber war hier am Werk gewesen – nur ein wirklicher Meisterschamane vermochte im Bewusstsein eines anderen Menschen eine derartige Manipulation vorzunehmen.

Chris entspannte sich und seufzte. »Okay, belassen wir's einstweilen dabei. Komm, wir machen eine

Pause und versuchen es später noch mal. Einverstanden?«

Mario zuckte die Achseln. »Ich weiß zwar nicht, was das bringen soll, wenn es jetzt nicht geklappt hat. Aber meinetwegen.«

Sie gingen nach unten, wo Jonas in der Küche saß und einer rundlichen älteren Frau Geschichten aus seiner Zeit bei der Kölner Kripo erzählte. Jonas konnte höchst unterhaltsam erzählen. Die Frau stellte sich Chris als Hedwig vor, die Haushälterin. Mister Brown lag auf dem Fliesenboden und kaute auf einem Knochen herum und auf dem Tisch stand ein Tablett mit belegten Broten. »Ihr Freund meinte, schamanische Arbeit mache hungrig, Frau Adrian, und da dachte ich …«

So war es in der Tat und Mario und Chris fielen unverzüglich über die Brote her. Zugleich wurde Chris aber ein unbehagliches Gefühl nicht los. Diese merkwürdige Reaktion, die ihre Frage in Marios Seelenlandschaft ausgelöst hatte. Die fliehenden Vögel, die bleierne Stille … Es war, als braue sich etwas zusammen.

»Bei uns Kölnern hat Ihr Name einen guten Klang, Frau Adrian«, sagte Hedwig lächelnd. »Dass Sie damals den Dom vor dem Einsturz bewahrt haben, wird man Ihnen in der Stadt bestimmt nie vergessen. Ich bin sicher nicht die einzige Kölnerin, die sich seither für Schamanismus interessiert. Ich habe inzwischen ein paar Bücher gelesen und finde es wirklich interessant. Ich glaube, die guten, einfachen Leute haben diese Dinge nie ganz vergessen, auch in den Jahrhunderten, als es kirchlicherseits verboten war, sich damit zu beschäftigen. Bei uns in der Familie war es zum Beispiel immer schon so, dass mit den Pflanzen geredet wurde – und was soll ich sagen, wir hatten immer prachtvolle Küchengärten.«

»Fein«, erwiderte Chris höflich. Wenn Susanne nicht gewesen wäre, hätte sie Besuche in Köln möglichst vermieden. Immer traf sie dort irgendwelche Leute, die sie wegen des Doms in ein Gespräch verwickelten. Das konnte ganz schön nerven!

»Dann bist du also in Mittelamerika geboren, Mario«, sagte Jonas, hilfreich das Thema wechselnd. »Susanne hat erzählt, dass du deine leiblichen Eltern nie kennen gelernt hast.«

»Das stimmt leider«, erwiderte Mario. »In letzter Zeit denke ich öfter darüber nach. Ich wüsste gern, was in meiner Kindheit geschehen ist. Ich meine, es ist seltsam, sich an die ersten fünf Jahre seines Lebens überhaupt nicht erinnern zu können.«

Die schwarze Wand. Was verbarg sich nur dahinter? Chris hatte das Gefühl, möglichst schnell mit Mario eine zweite Sitzung machen zu müssen. Ihr Unbehagen wuchs. Sie schob das Tablett weg, obwohl sie erst vier Brote gegessen hatte.

Hedwig verabschiedete sich. Sie habe ihrer Tochter versprochen am Abend auf die Enkelkinder aufzupassen. »Toi, toi, toi für ihren Schamanismus, Frau Adrian!«, sagte sie noch. »Wenn unser Dom wieder mal wackelt, ruft der Oberbürgermeister Schramma Sie bestimmt zu Hilfe. Dem Kardinal Meisner sind Sie zu heidnisch, deswegen würde der garantiert den Schramma vorschicken. Alles Gute!«

Chris lächelte gequält.

Mario schaute Hedwig hinterher, erkennbar darauf wartend, dass die Haustür ins Schloss fiel, dann sagte er etwas zögernd: »Zwar raten mir die ach so vernünftigen Erwachsenen alle, dass es viel besser für mich wäre, wenn ich nach vorn schaue und die Vergangenheit ruhen lasse …«

Chris merkte an Jonas' Gesichtsausdruck, dass dessen kriminalistischer Verstand aktiv wurde. »Welche Erwachsenen? Arne Felten und deine Adoptiveltern?«, fragte er und beugte sich interessiert vor.

Mario nickte. »Ja. Sie und Roger.«

»Roger?«

»Das ist ein Freund meiner Adoptiveltern. Ein Amerikaner. Ich habe ihn vorigen Sommer kennen gelernt. Da war er für drei Wochen bei ihnen in München zu Besuch. Er war richtig nett zu mir.« Mario zuckte die Achseln. »Eigentlich fast noch ein bisschen netter als Onkel Arne. Er und die Eberhards kennen sich von früher, aus Belize. Seither hat Roger mir ein paar Mal Postkarten geschickt. Nette, witzige Postkarten. Er ist Geschäftsmann und plant mit einem Freund zusammen in Belize ein großes Hotel zu bauen. Es soll zugleich ein spirituelles Zentrum werden, das von der Form her einer Maya-Pyramide ähneln soll. Er hat mir voriges Jahr die Pläne gezeigt. Echt interessant.«

Chris fand, dass Jonas jetzt ein bisschen wirkte wie ein Jagdhund, der Witterung aufnahm. Sie musste unwillkürlich lächeln.

Freundlich, im Plauderton, sagte Jonas: »Hotel

und spirituelles Zentrum. Aha? Bemerkenswerte Kombination.«

»Ja, finde ich auch. Roger hat mir angeboten an dem Projekt mitzuarbeiten. Darüber denke ich ernsthaft nach. So könnte ich meine Heimat wieder sehen.«

»Spiritueller Tourismus, sozusagen.«

Mario nickte. »Ist doch keine schlechte Idee. Roger hat mir erzählt, dass im Jahr 2012 ein Zyklus des Maya-Kalenders endet. Angeblich soll dann ein neues Zeitalter beginnen und in den Jahren vorher sollen im Land der Maya alle möglichen spirituellen Offenbarungen stattfinden. Da werden dann viele Eso-Freaks aus aller Welt in den Dschungel von Belize reisen.«

Jonas grinste. »Clever, dein Freund Roger. Glaubt er denn selber auch an diese Prophezeiungen?«

Mario erwiderte das Grinsen. »Ich denke, er glaubt vor allem an das Geld, das sich dort verdienen lässt. Er ist eben Geschäftsmann. Komisch finde ich allerdings ...« Er zögerte. »Na ja, sie wollten nicht, dass ich Onkel Arne von Roger erzähle. Ich musste es meinem Adoptivvater versprechen.«

»Tatsächlich? Warum denn das?«

»So ganz genau haben sie's mir nicht erklärt. Sie kennen sich alle aus Belize. Aber ich habe nie so recht herausbekommen, was sie dort getrieben haben. Es muss viele Jahre her sein. Jedenfalls hat Onkel Arne seit damals offenbar einen Hass auf Roger, was ich nicht verstehe, weil der doch eigentlich ein prima Kerl ist. Mein Adoptivvater ist nun in der schwierigen Situation, dass er mit beiden gut befreundet ist. Vermutlich würde Onkel Arne ziemlich wütend werden, wenn er erfährt, dass Roger bei den Eberhards gewohnt hat und ich mich mit ihm angefreundet habe.«

Chris lauschte mit zunehmender Faszination. Wenn die rätselhafte göttliche Vorsehung es mir nicht bestimmt hätte, Schamanin zu sein, wäre ich bestimmt Detektivin geworden, dachte sie. Vielleicht habe ich ja deshalb auch einen Kriminalisten als Allerliebsten und eine Kriminalistin als beste Freundin. Weil das so kribbelnd faszinierend und spannend ist! Ihr schamanisches Unbehagen war vorübergehend vergessen. Die Sonne war untergegangen. Draußen wurde es allmählich dunkel. Chris stand auf und schaltete das Licht in der Küche ein.

»Was soll ich machen?«, sagte Jonas und klopfte Mario jovial auf die Schulter. »Ich bin nun mal Kripokommissar. Ein alter Schnüffler eben. Ist meine zweite Natur. Das ist hier natürlich kein Verhör. Du musst mir nichts erzählen, das du lieber für dich behalten möchtest, aber für mich sieht's stark danach aus, als würden da ein paar Leute einiges vor dir verheimlichen. Nicht, dass ich Herrn Felten oder deine Adoptiveltern schlecht machen will. Bestimmt sind das ehrenwerte Leute. Zumal sie bestimmt immer nett zu dir waren. Aber etwas sonderbar ist das Ganze schon, oder nicht?«

Chris war zufrieden mit ihrem Jonas. Columbo hätte es nicht besser machen können.

»Na ja, jetzt wo ich erwachsen bin, denke ich viel mehr über all das nach. Dass sie mir nie etwas erzählen wollten, ist schon komisch, das stimmt. Natürlich mag ich sie und ich bin ihnen dankbar für alles. Aber ich *weiß* nichts über sie – und nichts über mich.« Plötzlich wurde Marios Gesicht traurig. »Irgendwie stelle ich mir vor, dass das mit leiblichen Eltern und Verwandten anders ist. Ich meine, dass es da offener zugeht.«

Jonas nickte. »Leibliche Eltern *hat* man einfach. Da gibt es nicht so ein krampfiges Gefühl von Dankbarkeit, das dich daran hindert, unangenehme Fragen zu stellen. Ist es das, was du meinst?«

Mario seufzte. »Ja, so ungefähr.«

»Kann ich gut nachvollziehen. Eins verstehe ich aber nicht. Du hast vorhin gesagt, dass dein Adoptivvater sich quasi von Arne Felten vorschreiben lässt, mit wem du Umgang pflegen darfst. Oder warum hätte er das mit Roger sonst verheimlichen sollen? Er ist aber doch schließlich für deine Erziehung zuständig oder war es jedenfalls bis zu deiner Volljährigkeit. Wieso lässt er sich da von Onkel Arne reinreden? So was würde ich mir verbitten, wenn ich Erziehungsberechtigter wäre.«

Mario verzog das Gesicht. Chris sah ihm an, dass Jonas ganz offensichtlich einen wunden Punkt getroffen hatte. Vielleicht war es ein Fehler, den Jungen so zu löchern. Aber Jonas schien genau zu wissen, was er tat.

Mario schaute unsicher zwischen Chris und Jonas hin und her. »Ich weiß gar nicht, ob ich mit euch darüber sprechen soll. Ob euch das überhaupt etwas angeht.«

Jonas lächelte aufmunternd. »Das musst du natürlich nicht, wenn du nicht willst. Vergiss die Frage einfach.«

Natürlich *konnte* Mario die Frage nicht vergessen, jetzt wo sie im Raum stand. »Geld, glaube ich«, sagte er leise, stockend. »Darüber wurde nie offen gesprochen, aber ich habe doch das ein oder andere mitbekommen.«

»Arne Felten hat deinen Adoptiveltern Geld gegeben?«

Mario nickte. Chris sah, dass seine Lippen zu zittern begannen. »Er hat es ermöglicht, dass ich in München auf ein teures Privatgymnasium gehen konnte. Aber ... nicht nur das. Da ist das schöne Haus in Pasing. Die Eberhards hatten mit ihren Geschäften keine besonders glückliche Hand. Ich glaube, dieses Leben konnten sie sich nur leisten, weil ...«

Jetzt standen ihm Tränen in den Augen. »... Onkel Arne hat sie dafür bezahlt, dass sie meine Eltern waren. Ja, ich glaube, so war es!«

Jonas nickte und warf Chris einen vielsagenden Blick zu.

Sie fand, dass er Mario erst einmal nicht weiter zusetzen solle, und wollte das gerade laut aussprechen, als zweierlei geschah: Das Unbehagen, das sie für eine Weile verdrängt hatte, meldete sich plötzlich mit geradezu schmerzhafter Wucht zurück. Ihr Bauch krampfte sich zusammen, als wollte ihr Körper sie an ihre schamanischen Pflichten erinnern. Sie musste eine weitere Trancereise mit Mario machen, und zwar schnell. Sie spürte etwas Dunkles, eine Gefahr, ohne sie klar benennen zu können. Und

Mister Brown winselte leise, stand auf und rieb seinen Kopf an Jonas' Hosenbein.

»Ah, ich glaube, er muss mal«, sagte Jonas.

Chris zwang sich zur Ruhe. »Mario«, sagte sie mit freundlicher Stimme. »Das war sicher gerade nicht leicht für dich. Trotzdem würde ich gern einen zweiten Versuch machen. Noch mal in die Geisterwelt reisen. Jetzt gleich. Ich glaube, es ist wichtig.«

Mario schluckte und wischte die Tränen weg. »Ich will ja selbst die Wahrheit herausfinden. Irgendwie hab ich geahnt, dass das nicht angenehm wird. Zumal ich immer noch nicht weiß, was das alles mit meinen Träumen zu tun hat. Mit dem schwarzen Jaguar. Also gut, versuchen wir's noch mal.«

»Was ist, wenn Onkel Arne nach Hause kommt?«, fragte Jonas. »Könnte der was dagegen haben?«

Mario schaute auf die Uhr. »Er arbeitet fast immer bis elf, halb zwölf drüben in der Raffinerie im Büro. Und nachher trinkt er oft noch mit den Technikern der Nachtschicht Kaffee.«

»Gut. Ich mach derweil mit dem Hund einen Spaziergang«, sagte Jonas. Er zeichnete mit dem rechten Zeigefinger einen Kreis über seiner Schläfe. »Ein bisschen philosophieren.«

Jonas ging mit Mister Brown an der Leine zur Straße vor und schaute sich dort einen Moment um. Stellen, wo ein Hund diskret etwas fallen lassen konnte, gab es entlang der Straße nur wenige und Feltens Garten wollte Jonas dazu nicht zweckentfremden. Schließlich beschloss er, sich nach rechts zu wenden. Es war inzwischen dunkel. Im Licht der Straßenlaterne sah Jonas einen silbernen Opel Vectra mit zwei Männern darin am Bürgersteig parken, die er fachkundig als die Zivilstreife identifizierte, die Susanne angefordert hatte. Jonas bog in die am feltenschen Grundstück entlangführende Seitenstraße ein.

Entweder hatte Felten dem Jungen gegenüber eine ganze Wagenladung voll schlechtem Gewissen, oder es ging darum, Mario unter Kontrolle zu behalten, damit er nicht in Dingen herumwühlte, die Felten und vermutlich auch die Eberhards nicht gerne ans Tageslicht kommen lassen wollten. Jonas erschien erstere Möglichkeit erheblich wahrscheinlicher. Es gab gewiss genug Möglichkeiten, einen kleinen Waisenjungen in Belize daran zu hindern, unangenehme Dinge auszuplaudern. Da hätte kein Geld in ein teures Privatgymnasium investiert werden müssen.

Nein, Felten versuchte offenbar an Mario etwas gutzumachen. Eine Schuld abzutragen vielleicht. Oder handelte es sich um reine Menschenfreundlichkeit? Hatte er einfach irgendein armes Waisenkind aus Lateinamerika ausgewählt, für das er den barmherzigen Samariter spielen konnte? Wozu dann die Heimlichtuerei bezüglich Belize? Und was hatten Felten, die Eberhards und dieser Roger früher dort getrieben? Krumme Geschäfte? Jonas nahm sich vor, Susanne eine gründliche Durchleuchtung von Feltens Vergangenheit zu empfehlen.

Weiter vorn hatte Mister Brown ein geeignetes

Gebüsch erspäht und zog an der Leine. Er wusste, was sich gehörte, Bürgersteige waren fürs Geschäft tabu. Bis zum heutigen Tag hatte Jonas keine Ahnung, wozu ein Medizinhund eigentlich gut war oder was ihn von einem ganz normalen Hund unterschied. Nicht, dass er etwas gegen Mister Brown gehabt hätte, im Gegenteil, er mochte das dicke Zottelvieh.

Aber was machte ihn zum Medizinhund? Er fraß viel, schlief viel, planschte mit Vergnügen im Waldsee herum und spielte gern Stöckchen holen, legte dabei allerdings keine besondere Gewandtheit und Schnelligkeit an den Tag (nicht selten fand er den Stock schlichtweg nicht wieder). Als Wachhund taugte er auch nicht besonders, dafür war er Fremden gegenüber viel zu verspielt und neugierig. Von der Jagd ganz zu schweigen: Jonas konnte sich nicht vorstellen, dass Mister Brown jemals in der Lage sein würde ein Reh oder einen Hirsch einzuholen.

Mister Brown hatte seine Notdurft verrichtet und tauchte wieder aus dem Gebüsch auf. Er schaute Jonas an und ließ ein leises Wuffen hören. Ob er spürte, dass sich Jonas gerade Gedanken über ihn machte? Jonas hielt Telepathie für nicht unmöglich. Es gab physikalisch und erkenntnistheoretisch einige gute Argumente, die dafür sprachen, dass dergleichen funktionieren konnte. »Komm«, sagte Jonas. »Rückmarsch.«

Mister Brown trottete los. Er war jedenfalls kein Hund, bei dem man Mühe hatte, Schritt zu halten. Normalerweise. Allerdings konnte er unversehens eine unglaubliche Zugkraft entwickeln, wenn er etwas entdeckte, das ihn neugierig machte. Wobei oft nicht klar festzustellen war, was eigentlich seine Neugierde weckte. Kaninchen oder Katzen nicht. Die waren ihm zu schnell. Menschen machten ihn fast immer neugierig. Manchmal trabte er aber auch einfach bellend und schwanzwedelnd los, bis er irgendwann verwundert stehen blieb, als habe er vergessen, wonach er eigentlich suchte.

»Verstehe einer diesen Hund!«, stöhnte Jonas dann gern, worauf Chris lachend zu antworten pflegte: »Hauptsache, du magst ihn und er dich. Du musst ihn ja nicht verstehen.«

Sie näherten sich wieder Feltens Grundstück. Dort vorn standen die Haselnusssträucher, durch die diese angeblichen Indianer sich auf den Rasen geschlichen haben sollten.

Was machte Mister Brown nun also zum Medizinhund? Chris' einzige Antwort lautete: »Ehrlich gesagt, ich weiß selbst nicht so genau, was ein Medizinhund eigentlich tut. Silver Bear hat zu mir gesagt: ›Es ist gut,wenn ein Schamane einen eigenen Medizinhund hat.‹ ›Aber wie finde ich einen und wie bilde ich ihn aus?‹, habe ich gefragt. ›Schließlich haben *alle* Indianer Hunde. Wo ist der Unterschied?‹ Nun funktioniert die indianische Schamanenausbildung aber nicht so, dass du Fragen stellst und darauf präzise Antworten bekommst. Silver Bear hat nur gegrinst und gesagt: ›Finde es heraus. Lass dich finden. Ein Medizinhund kommt zu dir, wenn der Zeitpunkt günstig ist und du bereit.‹ Er selbst besaß einen herrlichen großen weißen Hund. Das war der klügste Hund, den ich je gesehen habe.

›Er hilft mir‹, sagte Silver Bear. Aber wie, habe ich nie so recht herausgefunden.«

Chris hatte Mister Brown in Köln aus dem Tierheim geholt. »Ich bin dort herumgelaufen und plötzlich stand er schwanzwedelnd vor mir, hat mich angeschaut und ich wusste, das isser!« Und seither fragte sich Jonas manchmal, ob nun Chris den Hund ausbildete oder der Hund sie. Eines hatten die beiden auf jeden Fall gemeinsam: einen beachtlichen Appetit …

Sie hatten die Haselnusssträucher erreicht, als der rätselhafte Medizinhund abrupt stehen blieb. Er schaute Jonas an, und dann – schwupp! – stand er mit den Vorderbeinen plötzlich auf der Grundstücksmauer und spähte durch die schmiedeeisernen Zaunstreben in Feltens Garten, ohne einen Laut von sich zu geben. Doch. Jetzt knurrte er. Aber nur ganz kurz und ganz leise.

Jonas folgte dem Hundeblick. Da war jemand auf Feltens Grundstück. Zwei Gestalten standen dicht bei den Sträuchern und zwei weitere Gestalten gingen gerade hinaus auf den Rasen. Jonas hielt für einen Moment den Atem an. Waren Marios nächtliche Besucher zurückgekehrt? Er zögerte. Seine Dienstwaffe trug er im Schulterhalfter. Vermutlich war es ratsam, vorsichtshalber die Kollegen von der Zivilstreife hinzuzuziehen. Doch deren Wagen stand vorne vor dem Haus. Wenn Jonas sie erst holen ging, waren die Eindringlinge möglicherweise inzwischen wieder verschwunden. Einen Wagen, der zuvor nicht dort gestanden hatte, sah Jonas in der Straße nicht parken. Merkwürdig.

Verdammt, er war Polizist, gut bewaffnet und nahkampferfahren. Er schwang das Bein über den Zaun. »Mach du hier Sitz«, flüsterte er dem Hund zu, der seine Pfoten wieder von der Mauer genommen hatte, und band ihn leise am Zaun fest.

Einen Moment blieb Jonas im Schutz der Sträucher stehen. Was trieben diese Leute? Die beiden Gestalten am Rand des Rasen waren Männer, groß und kräftig, in eigenartigen Mänteln oder Umhängen. Sie rührten sich nicht, standen einfach schweigend dort, ihre Gesichter den beiden anderen Gestalten zugewandt, die im schwachen, von der Straße durch die Bäume dringenden Lichtschein hinaus auf den Rasen gegangen waren.

Zwei Frauen. Eine dicke, stark gebeugte ältere Frau, und eine junge, schlanke Frau. Auch sie trugen die merkwürdigen umhangähnlichen Mäntel. Jonas fragte sich, wie die Alte es geschafft hatte, über den Zaun zu klettern.

Plötzlich begann die alte Frau zu singen. Ein leiser, monotoner Singsang in einer Sprache, die Jonas noch nie gehört hatte. Die junge Frau stand still daneben und breitete ihre Arme aus, als wollte sie Regen herbeiflehen. Irgendein Ritual. Eine Beschwörung? Was es auch war, Jonas hatte dabei kein gutes Gefühl und dem Medizinhund ging es offenbar ebenso, denn Mister Brown ließ erneut ein leises Knurren vernehmen. »Ssch«, zischte Jonas ihm zu.

Immerhin hatten diese Personen unerlaubt ein fremdes Grundstück betreten. Jonas beschloss daher einzuschreiten. Er bahnte sich rasch einen Weg durch die Sträucher und betrat den Rasen einige

Meter seitlich von den beiden Männern, sodass er sie im Auge behalten konnte. »Was tun Sie hier?«, sagte er laut. »Ich bin Polizist. Dieses Haus wird überwacht. Was haben Sie auf dem Grundstück zu suchen?«

Die alte Frau verstummte und die junge Frau ließ die Arme sinken und drehte sich zu Jonas um. Sie hatte langes schwarzes Haar und wirkte, so weit Jonas das in dem spärlichen Licht erkennen konnte, tatsächlich indianisch. »Wer hat den Kristall entfernt?«, sagte sie anstelle einer Antwort. Sie sprach Deutsch, jedoch langsam und mit fremdem Akzent. Einen Augenblick hatte Jonas sich ganz auf sie konzentriert. Als er die beiden Männer wieder mit ins Blickfeld nehmen wollte, waren sie verschwunden.

Er ging rasch ein Stück weiter auf den Rasen und stellte sich mit dem Rücken schräg zum Haus, um die Sträucher im Blick behalten zu können, falls die beiden versuchten sich von hinten anzuschleichen. Demonstrativ öffnete er seine Jacke, sodass seine Waffe sichtbar wurde. »Wer sind Sie?«, fragte er in drohendem, einschüchternden Tonfall. Dabei dachte er: Ich habe kein Handy. Die Leute von der Zivilstreife könnte ich höchstens durch lautes Rufen alarmieren.

Die junge Frau ging langsam ein paar Schritte auf ihn zu.

»Stehen bleiben!« Jetzt zog er seine Waffe.

Wohin waren die beiden Männer verschwunden? Wären sie über den Zaun geklettert, auf den Bürgersteig, hätte Mister Brown vermutlich angeschlagen.

»Es geht auch ohne den Stein. Er war nur als zusätzliche energetische Hilfe gedacht, um Nachtauges Erwachen zu erleichtern, seine Erinnerung zu fördern.«

»Nachtauge?« Susanne hatte gesagt, Mario habe die Fremden nachts diesen Namen rufen hören.

»Der junge Mann, den Sie vorhin in der Küche ausgehorcht haben. Das ist sein wirklicher Name.«

Jonas schluckte.

Die alte Frau begann plötzlich wieder mit ihrem merkwürdigen Singsang. »Sagen Sie ihr, sie soll damit aufhören. Ich weiß nicht, wohin Ihre Begleiter verschwunden sind, aber Sie beide kommen jetzt mit mir. Vorne vor dem Haus steht ein Streifenwagen. Dort werden meine Kollegen Ihre Personalien aufnehmen.«

»Wir nehmen von Ihnen keine Anweisungen entgegen«, sagte die junge Frau unbeeindruckt. »Wir sind ...« Jetzt folgten zwei fremde Worte. Das erste klang wie *Balam*, das zweite phonetisch völlig fremd. Balam? Oder hatte sie Balsam gesagt?

»Und was haben Sie mit Mario zu schaffen?«, fragte Jonas.

»Darauf sind wir Ihnen keine Antwort schuldig.« Ihr Auftreten wirkte kühl und arrogant und der Situation – schließlich hatte er sie als Eindringlinge auf einem Privatgrundstück gestellt und richtete eine Pistole auf sie – völlig unangemessen. Hinter ihr sagte die alte Frau, die ihren Singsang wiederum unterbrochen hatte, ein paar Worte, die noch fremdartiger klangen als *Balam*.

Offenbar agierte die junge Frau als Dolmetscherin. »Da Sie keine böse Absicht verfolgen und Sympathie für Nachtauge empfinden, werden wir Ihnen nichts tun.«

In diesem Moment tauchte einer der beiden Männer ganz unvermittelt in Jonas' Gesichtsfeld auf. Dicht neben ihm. Wie war das möglich? Jonas hatte aus den Augenwinkeln die ganze Zeit die Sträucher beobachtet und ihn dennoch nicht kommen sehen.

Mitten auf der Stirn trug der Mann an einem breiten Band eine Art Brosche, in der ein großer, heller Edelstein oder Kristall funkelte. Er grinste, wobei er ein Gebiss entblößte, in dem etliche Goldzähne schimmerten. »Dream, my friend«, sagte er in gebrochenem, schleppenden Englisch.

Jonas wollte herumwirbeln, die Pistole auf ihn richten, doch seine Reflexe schienen viel zu langsam abzulaufen, wie in Zeitlupe. Der Fremde streckte die Hand aus und berührte mit Daumen und Zeigefinger Jonas' Stirn. Etwas wie ein elektrischer Schlag zuckte ihm durch den Kopf.

Die Umgebung verschwand.

Da war der Waldsee, ein wunderschöner warmer Sommertag. Chris tauchte aus dem Wasser auf, rund und üppig und wunderschön. Sie winkte lachend. »Nun, komm schon!«, rief sie.

Wie aus tiefem Wasser kämpfte sich Jonas an die Oberfläche seines Bewusstseins zurück. Er schlug die Augen auf und merkte, dass er im matten Straßenlaternenlicht auf dem Rasen lag. Allein. Von den Fremden war nichts mehr zu sehen. Benommen rappelte er sich auf. Seine Pistole lag neben ihm im Gras. Langsam ging er zum Zaun zurück und fühlte sich dabei, als hätte er einiges über den Durst getrunken.

Dort merkte er, dass er sich ein gutes Stück von der Stelle entfernt befand, wo er den Hund angebunden hatte. Er stieg immer noch recht wackelig über den Zaun, ging zum Hund und band ihn los.

Mister Brown begrüßte Jonas schwanzwedelnd und rieb seinen Kopf an seinem Hosenbein. Jonas schaute auf die Uhr. Die ganze Begegnung mit den Fremden, die ihm immer stärker wie ein bizarrer Traum erschien, hatte offenbar nur wenige Minuten gedauert.

Jonas' Gang festigte sich wieder. Vor dem Haus klopfte er den beiden Polizisten, die rauchend in ihrem Vectra saßen, aufs Dach. »Abend, Kollegen.« Den einen der beiden kannte er aus seiner Kölner Zeit vom Sehen.

»Na, so was, der Kommissar Jonas. Wie läuft's denn in der Eifel?«

»Kann nicht klagen.«

»Dienstlich hier?«

Jonas grinste. »Bin jetzt bei der Hundestaffel. Nein, im Ernst: Ich helfe Susanne Wendland ein bisschen.«

»Zusammen mit Ihrer pummeligen Freundin, die damals …«

Jonas seufzte. »Die mit dem Dom, genau. Sagt mal, habt ihr hier eben irgendwelche Leute gesehen? Einen Wagen wegfahren vielleicht?«

»Nee. Alles ruhig.«

»Gut. Weitermachen, Kollegen.« Er klopfte ihnen noch mal aufs Dach und ging verwirrt zum

Haus zurück. Hatte er das alles nur geträumt? Nein, sagte er sich, unmöglich. Der Hund hat die Gestalten ja auch bemerkt. Sein Kopf fühlte sich noch immer an wie mit Watte voll gestopft.

Ich brauche einen Kaffee, dachte Jonas und rieb sich die Stirn. Einen starken Kaffee.

Intuitiv hatte Chris sich dazu entschieden, diesmal einen anderen Weg auszuprobieren. Je entspannter Mario war, desto größere Chancen bestanden, die schwarze Wand in seiner Psyche vielleicht doch zu überwinden und wenigstens einen kurzen Blick in die Welt dahinter zu werfen. Ohnehin mussten seine aufgewühlten Gefühle nach dem Gespräch mit Jonas erst wieder zur Ruhe kommen, ehe an eine Trancereise überhaupt zu denken war.

Daher entschied sie sich, ihm eines der Entspannungslieder vorzusingen, die Silver Bear ihr beigebracht hatte. Wer ihr dabei zuhörte, mochte glauben, dass sie einfach nur bedeutungslose Klangfolgen intonierte, frei improvisierend. Dem war aber keineswegs so. »Den Sinn dieser Lieder kannst du nur intuitiv erspüren. Er lässt sich nicht mit Worten erklären«, hatte Silver Bear dazu gesagt. Es gab einen ganzen Kanon dieser Lieder, von denen jedes einem bestimmten Zweck diente: zur Entspannung, zur Heilung des Körpers oder der Seele, zur Inspiration, zur Linderung von Liebesleid, Trauer oder Wut.

»Es sind keine indianischen Lieder«, hatte Silver Bear erzählt. »Ich habe sie auf einer meiner Himalaya-Reisen in Nepal von einem uralten tibetischen

Lama gelernt. Sie sind viel älter als unsere indianische Kultur, und dabei sind wir ein altes Volk. Sie stammen aus einer Zeit, als diese Welt sehr jung war. Die Grenzen zwischen unserer materiellen Welt und der Welt, die Jenseits oder Geisterwelt genannt wird, waren damals noch nicht so fest wie heute. Die materielle Welt wurde einst aus Tönen, aus Klängen erschaffen. In ihrem tiefsten Wesensgrund ist sie reine Musik. In eurer Bibel heißt es: ›Am Anfang war das Wort‹, und damit sind eher Klänge gemeint als Worte im heutigen Sinn. Diese Lieder wirken auf jener ursprünglichen Ebene. Sie sind eine Musik, die unmittelbar auf die Schwingungen der Atome einwirkt, aus denen die materielle Welt sich zusammensetzt. Sie sind ein sehr heiliges, kostbares Geschenk.«

Wenn Chris die Lieder sang, war das für sie und alle anderen Anwesenden immer sehr wohltuend. Manchmal empfing sie dabei schemenhafte Eindrücke einer seltsamen, golden leuchtenden Sphäre, die gewissermaßen der Grundstoff zu sein schien, aus dem die materielle Welt gewebt wurde. Doch Chris hatte auch das Gefühl, dass die Lieder sehr heilig waren und besonderen Gelegenheiten vorbehalten bleiben sollten. In der augenblicklichen Lage schien es ihr aber angemessen, zu diesem Mittel zu greifen.

Mario lag auf dem Bett und hatte die Augen geschlossen. Zu Beginn des Liedes hatte er gelächelt und leise gesagt: »Das ist schön! Sehr angenehm.« Inzwischen war sein Atem tiefer und langsamer geworden. Lass ihn ruhig einschlafen, sagte sich Chris. Vielleicht finde ich dann etwas über seine Träume heraus, über die Beziehung zwischen ihm und dem geheimnisvollen Jaguar.

Schließlich war sie sicher, dass Mario schlief. Ich will das Lied sanft ausklingen lassen, dachte sie. Dann gehe ich in Trance und schaue, ob ich Verbindung zu Marios Traumbewusstsein aufnehmen kann.

In diesem Moment trat eine Veränderung ein. Chris verlor das Lied. Das war ihr noch nie geschehen. Die Töne klangen plötzlich falsch, als ob irgendetwas ihre Entfaltung hemmte. Chris' Kehle wurde eng. Ein angstvolles körperliches Unbehagen stellte sich ein. Chris verstummte.

Es war, als überlagerte eine schwere, dunkle Energie die leichten, heiteren Schwingungen des Liedes.

Chris wäre am liebsten aufgesprungen und aus dem Zimmer gerannt, so unangenehm hatte die Atmosphäre sich verändert. Sie atmete tief durch und versuchte sich zu beruhigen. Vielleicht war das ja die Gelegenheit, Erklärungen für die unheimlichen Vorgänge in der Raffinerie zu finden. Wenn sie jetzt weglief, hätte sie als Schamanin versagt. Sie zwang sich zur Ruhe, schloss die Augen, ließ den Kristalltunnel vor ihrem inneren Auge erscheinen und machte sich bewusst, dass an dessen anderem Ende die Bärin mit ihren unerschöpflichen Kräften bereitstand.

Diesmal wirkten die flimmernden Bilder und Reflexe auf den Kristallen im Tunnel intensiver als sonst. Es fiel Chris sehr schwer, ihrem Sog zu widerstehen. Sie war bestürzt: Die Kristalle spiegelten Bilder, die nicht aus ihrem eigenem Bewusstsein stammten. Das war noch nie geschehen! Irgendeine starke Energie war in den Tunnel eingedrungen, den Chris bislang immer für ihren ureigenen Zugang in die andere Welt gehalten hatte. Statt leicht wie eine Feder hindurchzuschweben, musste sie sich wie durch zähen Sirup kämpfen. Sie hörte fremde Stimmen in einer Sprache, die sie nicht kannte. Aufgeregte Schreie, das Geräusch rennender Füße. Sie sah schemenhafte Bilder aus einem Dschungel. Da stand ein alter, halb verfallener, von Grün überwucherter Tempel. Dann fielen Schüsse, sie hörte das harte, ratternde Geräusch von Maschinenpistolen. Chris sah dunkelhäutige Menschen in indianisch wirkender Tracht. Einige schossen mit altertümlichen Pistolen und Gewehren. Chris sah die Indianer fallen, im Kugelhagel blutend zusammenbrechen.

Dann war sie durch diese Albtraumbilder hindurch, die auf rätselhafte Weise in den Tunnel eingedrungen waren, stand auf ihrer Wiese und suchte nach der Bärin. Sie war nicht da. Dafür öffnete sich am anderen Ende der Wiese der Blick auf ein unerwartetes Panorama: Chris sah die von tausend Lampen erhellte Silhouette der Raffinerie, so wie sie auch vor Marios Fenster in der normalen Alltagswelt zu sehen war. Und noch ehe sie sich darüber wundern konnte, sauste sie plötzlich darauf zu, als sitze sie mitten in einem riesigen Zoom-Objektiv. Vor ihr erschien ein großes Gebäude, bei dem es sich vermutlich um die Raffinerieverwaltung handelte. Die nur noch spärlich beleuchtete Glasfront der Büros kam blitzschnell näher. Hinter der größten

Fensterfront brannte noch Licht. Und dann befand sich Chris im Inneren des Büros, eines großen Büros, das sie irgendwo schon einmal gesehen hatte.

Der Mann darin musste Felten sein. Der Raum sah aus wie das Chefbüro und Susanne hatte ihr den Direktor gut beschrieben. In einer Wand befand sich ein Tresor. Felten war gerade dabei, ihn zu öffnen, und plötzlich wusste Chris, wo sie ihn und dieses Büro und den Tresor schon gesehen hatte: In ihrem Traum vor einigen Tagen, dem Traum mit Silver Bears Geist und dem schwarzen Jaguar.

Die Tür des Tresors schwang auf. Darin stand ein würfelförmiger Koffer. Felten entnahm ihm ein Objekt, beugte sich darüber, schien sich regelrecht daran zu klammern. Jetzt drehte er sich etwas um und Chris sah, was er in Händen hielt: die naturgetreue Nachbildung eines menschlichen Schädels aus einem farblosen, fast durchsichtigen Material. Glas oder Kristall. Aber diesmal gab es keinen schmerzhaften Lichtblitz wie in ihrem ersten Traum. Der Schädel schimmerte lediglich in einem kalten, unheimlich wirkenden Licht. Chris schauderte. Dann sah sie Feltens Gesicht. Eine abgrundtiefe Verzweiflung hatte sich in dieses Gesicht gegraben, so intensiv, dass sie Chris fast körperliche Schmerzen bereitete. Rasch legte Felten das geheimnisvolle Objekt wieder in den Tresor zurück und schloss die Tür.

Dann setzte er sich hinter seinen Schreibtisch und starrte reglos ins Leere. Plötzlich wurden seine Augen schmal und er nickte wie jemand, der sich in Unvermeidliches fügt. Aus einem Bereich des Büros, den Chris nicht sehen konnte, flog ein Schatten auf Felten zu. Chris stockte der Atem. Es war der schwarze Jaguar. Er landete auf dem Schreibtisch, verdeckte Feltens Körper und Gesicht. Blut schoss hoch wie eine Fontäne. Dann verschwanden alle Bilder, Chris kehrte mit einem Schlag vollständig in Marios Zimmer zurück.

Und zugleich richtete Mario sich auf. Er starrte sie verstört an. »Onkel Arne! Der Jaguar!« Er sprang vom Bett. »Schnell! Wir müssen zu ihm!«

Chris rannte hinter ihm her die Treppe hinunter.

»Was ist los?« Jonas kam mit einer Kaffeetasse in der Hand aus der Küche. Ihr fiel auf, dass er schlecht aussah. Blass.

»Der Jaguar!«, rief Mario. »Ich habe wieder geträumt! Diesmal ist es Onkel Arne! Vielleicht können wir noch …«

Jonas stellte die Kaffeetasse ab, stürzte zum Telefon, wählte.

»Susanne? Hör zu! Mario hat den Jaguar wieder im Traum gesehen. Diesmal hat es das Tier auf Felten abgesehen. Was? Aha …«

Jonas drehte sich zu Chris und Mario um. »Felten kann nichts passieren. Er arbeitet in seinem Büro und draußen vor der Tür ist ein bewaffneter Polizist postiert.«

»Nein!«, riefen Chris und Mario gleichzeitig. »Der Jaguar ist *in* dem Büro!«

Jonas rief das Gleiche noch einmal ins Telefon, dann legte er auf. »Los! Zum Wagen!«

Chris fand, dass sie mit ihrer wogenden Fülle durchaus noch ein ordentliches Tempo vorlegen konnte, wenn es unbedingt sein musste, aber mit den beiden sprintenden Männern kam sie nicht mit. Mister Brown lief neben ihr. (Er bewegte sich selten schneller als Chris).

Als Mister Brown in den Kofferraum gesprungen und Chris mit einem lauten Schnaufer auf den Beifahrersitz geplumpst war, gab Jonas, der längst den Motor gestartet hatte, heftig Gas.

»Vielleicht ist es noch nicht zu spät«, sagte Mario auf dem Rücksitz. Seine Stimme klang dünn und verstört wie die eines kleinen Jungen.

Jonas raste durch das Tor der Raffinerie und nahm die Kurve dahinter mit quietschenden Reifen. Chris schloss die Augen, als dicke, gelblich beleuchtete Rohrleitungen auf sie zu schossen und sofort wieder aus dem Blickfeld verschwanden, während der Wagen wild schaukelte. Wozu die Eile, dachte sie. Ich habe es doch gesehen: Er ist tot.

Susanne war sofort nach Jonas' Anruf zu Feltens Büro gerannt. Als sie sich der Tür näherte, sah sie, wie Hoffmann, der junge Bereitschaftspolizist, von außen an der Tür rüttelte. »Er hat von innen zugesperrt, vor einer halben Stunde etwa!«, rief er aufgeregt. »Ohne mir was zu sagen. Einfach so. Jetzt habe ich drinnen beunruhigende Geräusche gehört!«

Susanne zog ihre Waffe. »Los! Tür eintreten!«

Hoffmann versuchte es zuerst mit einem Tritt, doch davon ließ sich die solide Chefbürotür nicht beeindrucken. Schließlich nahm er von der Wand aus Anlauf und warf sich mit ganzem Gewicht dagegen. Die Tür gab nach und Hoffmann stolperte in den Raum. »Oh Gott!« stieß er hervor.

Die entsicherte Pistole in beiden Händen haltend, folgte Susanne ihm mit ein paar großen, mutigen Schritten. Das Büro schien leer. Vorsichtig näherte sie sich Feltens Schreibtisch. Jetzt sah sie ihn. Sein Ledersessel war nach hinten umgestürzt. Felten lag auf dem Rücken. Er war mit dem Hinterkopf gegen die Heizung geprallt, doch das war nicht die Todesursache. Seine Kehle, aus der die vibrierend erotische Stimme erklungen war, gab es nicht mehr. Sein Hals war eine zerfetzte Fleischmasse. Ringsherum war alles blutüberströmt.

Susanne ließ die Hände langsam sinken. Die Pistole war wie ein unendlich schweres Stück Blei, das ihre Arme in die Tiefe zog. Sie schaffte es nicht, den Blick von Feltens Kehle und all dem Blut zu lösen. Robert Redford.

»Scheiße! Mein Arm ist ganz taub. Ich glaube, ich hab mir die Schulter gebrochen«, stöhnte Hoffmann.

Eilige Schritte. »Onkel Arne!« Marios Stimme, die in diesem Moment jungenhaft schrill wirkte.

Dann stand Jonas neben ihr. Als Moeller-geschulter Profi merkte er sofort, was mit Susanne los war. Er nahm ihr behutsam die Pistole aus der Hand, sicherte sie und steckte sie in Susannes Halfter zurück. Ohne den Blick von Felten lösen zu können, griff Susanne mit der jetzt freien Hand nach den Zigaretten, schaffte es aber nicht, eine aus der Packung zu fingern. Ihre Hände funktionierten irgendwie nicht richtig. Jonas half. Er nahm für sie eine Zigarette aus der Packung, steckte sie ihr zwischen die Lippen und gab ihr Feuer. Susanne nahm einen Zug, hustete, nahm noch einen.

Jonas fasste sie bei den Schultern und drehte sie von Felten weg. »Wär sowieso nicht der Richtige für dich gewesen«, sagte er leise. Dann fügte er lauter, fester hinzu: »Du weißt doch, die gute alte Routine rettet einen immer. Wo ist dein Handy?« Sie nickte, zog es aus der Tasche. »Okay, dann bestell das Aufgebot. Tu, was zu tun ist.«

Das Leben kehrte in Susannes Körper zurück. Ja, die gute alte Routine half wirklich. Sie fand ihre Sprache wieder und schaffte es, die nötigen Anrufe zu tätigen. Spurensicherung. Staatsanwalt vom Dienst. Gerichtsmedizin. Leichenwagen.

Chris kam herein. Dass sie mich jetzt bloß nicht in den Arm nimmt, dachte Susanne. Dann ist's vorbei. Dann werde ich zum heulenden Häufchen Elend. Aber Chris starrte nur einen Moment auf den Toten. »Ich hab's ja gesehen«, murmelte sie. Sie schaute sich um, suchte offenbar etwas.

»Ich glaube, der junge Kollege braucht einen Arzt«, sagte Jonas. »Schulter ausgekugelt, scheint mir.«

Mario wirkte völlig ruhig. Er hatte auf seinen toten Wohltäter gestarrt und ging jetzt ans Fenster, blickte schweigend hinaus.

»Die Tür war zu«, stammelte Hoffmann. »Die ganze Zeit. Dann hat er sie auch noch von innen abgeschlossen. Weiß nicht genau, warum. Ungefähr eine halbe Stunde später habe ich drinnen Geräusche gehört. Eine Art Aufprall. Dann ist etwas Schweres umgefallen. Der Sessel …«

»Seht mal«, sagte Chris, »blutige Tatzenabdrücke!«

Jonas nickte. »Von den Vordertatzen des Jaguars offenbar. Seltsam.« Er bückte sich. »Hier in der Mitte des Raumes hören sie einfach auf.«

Chris bückte sich ebenfalls und irgendwie schaffte es nun auch Susanne, der Spurensuche etwas Aufmerksamkeit zu widmen. Die blutigen Abdrücke führten vom Schreibtisch über den hellen Teppichboden zurück in die Mitte des Büros, als hätte der Jaguar zur verschlossenen Tür laufen wollen. Und dann? War er von seinem Herrchen, das ihn als Mordwaffe abgerichtet hatte, auf den Arm genommen und getragen worden? Absurd.

»Wir haben heute wohl beide nicht unseren professionellsten Tag«, sagte Jonas plötzlich zu Susanne. »Die Tür da … sehe ich erst jetzt.«

Sie war angelehnt. Auf sie hatte Susanne bei ihren bisherigen Besuchen in Feltens Büro nicht geachtet.

Hoffmann, der sich immer noch seine Schulter hielt, sagte mit zusammengebissenen Zähnen: »Die Toilette. Hat kein Fenster nach draußen.«

Jonas zog seine Pistole.

»Hey, sei vorsichtig!«, sagte Chris.

Jonas stieß die Tür auf, knipste mit der freien Hand das Licht an. »Nichts.« Er steckte die Waffe wieder weg. »Aber wo ist das verdammte Vieh dann hin? Es kann sich doch nicht in Luft aufgelöst haben!«

Er sah hinüber zu der großen Fensterfront.

»Lässt sich nicht öffnen«, sagte Hoffmann. »Das Haus ist vollklimatisiert.«

»Da müssen wir wohl auf deine Leopardenmänner-Theorie zurückgreifen«, bemerkte Jonas, Chris zugewandt.

Sie schüttelte den Kopf. »Ich glaube nicht, dass die passt. Erstens gibt's hier weit und breit keine Termitenhügel. Und zweitens denke ich nicht, dass diese Leopardenmänner, wenn es sie denn gäbe, durch Wände gehen oder sich einfach in Luft auflösen können. So, wie ich die Legende kenne, ändern sie auf magische Weise ihre Körperstruktur, bleiben aber körperlich. Nein, ich habe das Gefühl, dass wir es hier mit einem anderen Phänomen zu tun haben.« Sie schaute ratlos zwischen Jonas und Susanne hin und her. »Fragt sich nur, mit welchem.«

Jonas' und Chris' Tonfall klang im Angesicht des Abnormalen erschreckend ruhig und normal in Susannes Ohren. Ihr Blick wurde wieder von Feltens zerfleischtem Hals angesaugt.

»Philosophisch betrachtet, ist das Ganze natürlich hochinteressant …«, begann Jonas.

Chris und Susanne verdrehten praktisch gleichzeitig die Augen. »Nein, bitte! Nicht jetzt!«

6. KAPITEL

Marios Gesicht war bleich und abweisend. Er hatte sich vom Fenster gelöst, aus dem er wohl schon fast eine Viertelstunde stumm gestarrt hatte.

»Ich gehe wieder«, sagte er knapp. »Oder werde ich hier noch gebraucht?«

Susanne reagierte langsam, sie hatte sich noch nicht wieder richtig im Griff. Alles um sie herum schien im Nebel zu schwimmen.

»Allein? Wir lassen auf jeden Fall den Streifenwagen bei dir vor dem Haus. Zur Sicherheit«, sagte sie.

»Nicht nötig. Ich habe keine Angst.«

»Aber du weißt nicht, was mit diesem … Jaguar noch geschehen könnte.«

»Ich will meine Ruhe haben. Ich will nicht, dass irgendwelche superbesorgten Leute um mich rumhängen und ich will auch keine blödsinnigen Trancereisen mehr. Also – kann ich gehen?« Seine Stimme klang jetzt hart, männlich.

»Aber …«

»Lass ihn«, sagte Jonas zu Susanne. »Er muss auf seine Art damit fertig werden.«

Mario nickte ihnen knapp zu und ging.

Jonas schaute auf die Uhr. »Wir müssen auch los,

damit ich wenigstens noch ein paar Stunden Schlaf kriege, ehe mein Dienst beginnt. Deine Kollegen sind ja jetzt da. Alles okay?«

Susanne nickte. Die Stimmen ringsum klangen dumpf und weit entfernt.

Chris streichelte ihre Schulter. »Tschüss. Ich ruf dich morgen an.«

Sie nickte. Alles war sehr weit weg. Jonas und Chris gingen. An der Tür drehte sich Chris noch einmal zu Susanne um und warf ihr einen besorgten Blick zu.

Susanne wechselte ein paar Worte mit dem Staatsanwalt, ohne sich hinterher richtig erinnern zu können, worüber sie eigentlich gesprochen hatten.

Gute alte Routine. Der Kollege von der Spurensicherung fotografierte Robert Redfords zerfetzte Kehle und die Sauerei drum herum. Der Blechsarg stand auch schon bereit.

Schließlich fand sie den Weg zum Parkplatz. Sie würde sich in ihrer leeren Wohnung noch etwas mit dem Fernseher unterhalten. Ihm von Robert Redfords Kehle erzählen und davon, wie sehr sie den Tod hasste. Sich dann in ein kaltes Bett kuscheln. Zwei Scheiben Toast und mindestens zwei Zigaretten zum Frühstück. Dann so schnell wie möglich ins Präsidium. Da waren immerhin Tönsdorf und Torsten, mit denen sie reden konnte.

Chris lehnte an der Fahrertür von Susannes Auto.

Susanne war erleichtert. Die Erleichterung drang aber nicht recht nach außen. Ihr Körper fühlte sich steif an, das Gesicht wie eine Gipsmaske. »Was … machst du denn hier?«

»Ich konnte nicht mitfahren.«

»Warum?«

»Wegen dir. Wollte dich nicht allein lassen.«

»Ist aber alles okay. Kein Grund zur Sorge.« Susanne versuchte zu lächeln, doch die Gipsmaske ließ keine Bewegung zu. Komisches Gesicht, das sich überhaupt nicht bewegen wollte.

Chris streckte die Hand aus. »Komm, gib mir den Schlüssel. Ich fahre.«

Alles so weit weg. Der Schlüssel? Klar. Susanne gab ihn ihr.

Chris schloss auf und stieg ein. »Was ist?«, fragte sie. »Kommst du nicht mit?«

Einsteigen. Klar. Susanne schnallte sich auf dem Beifahrersitz fest. Chris fuhr los. Während sie die Autobahnauffahrt ansteuerte, blitzte kurzzeitig Susannes kriminalistischer Verstand auf. »Wonach hast du gesucht?«

Chris warf ihr einen erstaunten Seitenblick zu. »Hm?«

»Als du das Büro betreten hast. Du hast dich umgeschaut. Wonach hast du gesucht?«

»Ach so. Nach dem Tresor.«

»Was für ein Tresor?«

»Der, den ich in meiner Vision gesehen habe. Felten muss einen Tresor in seinem Büro haben.«

»Sie sind meistens hinter Bildern oder Regalen versteckt.«

»Ach so. Vielleicht hinter dem Bild mit der hässlichen Luftaufnahme der Raffinerie. War ja das Einzige, das in diesem ganzen hässlichen Büro hing. Erstaunlich, dass Menschen in einer solchen Umgebung arbeiten können.«

Normalerweise hätte Susanne jetzt sofort nachgebohrt, hätte in allen Einzelheiten wissen wollen, was es mit dem Tresor auf sich hatte. Doch während Chris vom Beschleunigungsstreifen auf die rechte Spur überwechselte, sah Susanne die Neubausiedlung links der Autobahn. In vielen Häusern war es jetzt nach Mitternacht dunkel, aber hinter einigen Fenstern brannte noch Licht. Paare, die beieinander im Bett lagen und sich davon erzählten, was sie während der vergangenen Stunden erlebt hatten, das Gute und das Schlimme ihres Alltags.

Ich will nicht mehr, dachte sie. Ich will abends nicht mehr in eine leere Wohnung kommen und morgens allein aufwachen. Ich weiß, es gibt wenige glückliche Polizisten-Partnerschaften, besonders im Bereich Schwerkriminalität. Wahrscheinlich gibt es hunderte von Polizisten, die so allein sind wie ich. Viele von ihnen saufen. Heimlich. Wie Tönsdorf früher. Es gibt kaum Partner, die bereit sind den Schichtdienst zu ertragen, die vielen Überstunden. Und die Leichen. Auch wenn du nicht über die Leichen sprichst, bringst du sie trotzdem mit nach Hause. Und dein Partner spürt sie.

»Scheiße«, sagte sie leise. Die Gipsmaske bröselte. Coole, knallharte Susanne. Wie lange hattest du jetzt keine Beziehung mehr? Vier Jahre? Oder schon fünf? Sicher, zwischendurch ein paar Kneipenbekanntschaften, die nichts hinterlassen hatten außer einem schalen Nachgeschmack und einem vollen Aschenbecher. »Er sah wirklich so gut aus wie Robert Redford.«

»Glaubst du denn, es wäre was geworden?«

»Keine Chance mehr, es herauszufinden.« Jetzt flossen ein paar Tränen. Aber es war kein befreiendes Weinen. Das Schluchzen kam kurz und hart und Susannes Brust fühlte sich eng und trocken an. Die Tränen versiegten rasch wieder.

»Hast lange nicht mehr geweint, stimmt's?«, sagte Chris.

»Allerdings«, erwiderte Susanne heiser. »Gehört nicht gerade zu meinem üblichen Repertoire.«

Chris streichelte beruhigend Susannes Arm. Vielleicht wäre es wirklich das Beste, einmal richtig weinen zu können, dachte Susanne. Alles schien besser als diese bleierne, stumme Leere, die sich jetzt in ihr ausbreitete. Und doch war es gut, dass jemand bei ihr war.

Der Rest der Fahrt verlief schweigend. Sie kamen zum Chlodwigplatz. Chris fand sogar schnell eine Parklücke. »Mmm. Da ist Vossen«, sagte sie, als sie an der nächtlich dunklen Bäckerei vorbeigingen.

Susanne wollte irgendeine lockere Bemerkung machen, aber es fiel ihr nichts ein. Dann waren sie endlich oben in ihrer Dachwohnung. Sie hatte sich damals so gefreut, als sie diese Wohnung bekommen hatte. Ideal für Singles: zwei nicht zu große Zimmer, schöner Balkon mit ein bisschen Ausblick auf das Dächermeer.

Susanne setzte sich aufs Sofa und starrte irgendwohin.

»Soll ich uns Tee kochen?«, fragte Chris.

Tee? Oder vielleicht Kaffee. Sich für irgendein Getränk zu entscheiden, schien enorm viel Anstrengung zu erfordern. Sie zuckte die Achseln.

»Na gut. Ich mach uns einen.«

Chris, die sich in der Küche bestens auskannte, begann nebenan zu hantieren. Der Wasserkocher rauschte und verstummte wieder. Susanne hörte, wie sie den Tee aufgoss. Vielleicht bleibe ich den Rest meines Lebens einfach hier auf dem Sofa sitzen, dachte sie. Statt ständig herumzurennen und einen Mord nach dem anderen aufzuklären, ohne dass die Welt davon heiler würde.

Chris stand plötzlich vor ihr, die Hände in die Hüften gestemmt. »So. Ab ins Bett!«

»Der Tee?«, fragte Susanne lahm.

»Wird im Bett getrunken!«

Egal, ob hier oder im Bett. Sie stand vom Sofa auf, als sei sie nicht fünfunddreißig, sondern fünfundsiebzig, zog Jeans und Pullover aus, ließ sie einfach achtlos auf den Boden fallen und legte sich ins ungemachte Bett.

Chris kam mit zwei Tassen Tee. Fenchel mit Anis. »Nix da sonst«, sagte sie. »Ich muss dir mal Nachschub bringen.« Chris stellte ihre diversen Kräutertees selbst her, aus Pflanzen, die sie im Wald sammelte.

Susanne fror, obwohl es eine milde Frühlingsnacht war. Sie zog sich die Decke hoch bis unters Kinn. Plötzlich schossen ihr wieder Tränen in die Augen und sie zitterte, fast als hätte sie Schüttelfrost. »Schluss ist's mit der supercoolen Mörderjägerin. Ab Morgen fange ich an, jede Nacht durch die Kneipen zu ziehen, und saufe mich zu Tode. Oder ich lasse mich in den Innendienst versetzen, hocke nur noch am Computer und esse den ganzen Tag Pralinen.« Sie versuchte ironisch zu grinsen, aber sie spürte, dass es misslang. Sie suchte sich ein Tempotuch und schnäuzte sich die Nase.

»Du brauchst vor allen Dingen jemanden, der dich knuddelt, und zwar auf regelmäßiger Basis, idealerweise täglich«, sagte Chris lächelnd. »Ich knuddel dich ja auch, aber das ist nicht dasselbe. Im Grunde brauchst du so was wie Jonas, nur eben auf deine speziellen Bedürfnisse zugeschnitten.«

»Auf mich *zugeschnitten*? Ist das nicht ziemlich egoistisch?«

»Quatsch! Überhaupt nicht. Das bedeutet, dass ihr euch ergänzt, und dann hat er genauso viel davon wie du.«

Susanne schnäuzte sich wieder. »Aber wo finde ich denn bloß so ein Exemplar? Einen, der was mit einer arbeitssüchtigen, kettenrauchenden Mörderjägerin anfangen kann, die schon die ersten grauen Haare kriegt.«

»Bestimmt nicht, indem du ständig alle deine vermeintlichen Fehler und Nachteile aufzählst. Und außerdem musst du ihn nicht finden, sondern dich von ihm finden lassen.«

»Mich finden lassen? Das klingt so passiv! So was mag ich nicht. Ich will lieber selber was tun.«

Chris schüttelte schmunzelnd den Kopf. »Aber ein Geliebter ist doch kein Mörder, den du jagen und zur Strecke bringen musst. Lass dich von ihm entdecken. Deine Qualitäten und Vorzüge. Davon hast du nämlich eine ganze Menge.«

Susanne dachte nach und trank dabei in kleinen Schlucken von dem Tee, dessen Anisduft ihr angenehm in die Nase stieg. »So was Ähnliches hat Jonas gestern Nachmittag auch zu mir gesagt. Wie hat er sich noch ausgedrückt? Ich soll mich in mich selbst verlieben, dann würde ich ganz automatisch einen Mann anziehen, der sich in mich verliebt.«

Von dem Gespräch mit Jonas glitten ihre Gedanken unwillkürlich weiter zu ihrer späteren Begegnung mit dem Tod. Ihr Körper, der weicher und wärmer geworden war, spannte sich sofort wieder an.

»Ja, genau«, sagte Chris. »Damit ist natürlich keine eitle Selbstverliebtheit gemeint, sondern dass du dich akzeptierst und dich eher auf deine guten Seiten konzentrierst als auf das, was dir an dir negativ erscheint.« Sie gähnte. »War 'n harter und verrückter Tag. Aber trotzdem mach ich jetzt noch was, das ich nur selten tue, nun aber innerhalb weniger Stunden schon zum zweiten Mal. Ich werde singen.«

Susanne machte ein erstauntes Gesicht. »Ein Schlaflied? Was von Tracy?« Chris' Stimme reichte gewiss nicht für einen Schallplattenvertrag, klang aber recht hübsch, auch wenn sie den einen oder anderen Ton verfehlte.

»Nein«, sagte Chris. »Es ist ein heiliger Gesang, den mich Silver Bear gelehrt hat. Diese Gesänge sind besonderen Anlässen vorbehalten. Man darf sie nicht inflationär verwenden. Aber ich glaube, was dein Liebesleben angeht, muss wirklich dringend etwas passieren. So kann es einfach nicht weitergehen, sonst muss ich mir ernsthaft Sorgen um dich machen. Und weil du meine beste Freundin bist, werde ich jetzt für dich singen. Also – Augen zu und psst!«

Als Chris am nächsten Morgen aus der Dusche kam, in Susannes Bademantel gehüllt, der ihr nur sehr knapp über Busen und Bauch reichte, stand Susanne nackt vor dem Schlafzimmerspiegel. »Mein Körper ist eigentlich gar nicht übel«, sagte sie. »Man sieht ihm an, dass ich gern schwimme und früher viel Sport gemacht habe.«

Chris nickte heftig mit dem Kopf. »Sehr gut!«

Susanne beugte sich vor und strich sich durchs kurze, strubbelig-lockige schwarze Haar. »Und die paar Silberfäden sind eben der Preis des Lebens, so wie die Fältchen um die Augen.«

Sie drehte sich lächelnd um und drückte Chris an sich. »Was hast du nur mit mir gemacht? Dieses Lied ... ich hatte das Gefühl, dass es durch meinen ganzen Körper hindurchging. Ich habe mich plötzlich erinnert, dass es eigentlich eine ganze Menge Romantik in meinem Leben gegeben hat. Damals meine erste Liebe. Und die späteren Romanzen waren nicht so schlecht, auch wenn sie nicht gedauert haben. Aber das muss ja nicht bedeuten, dass nicht doch mal ein Mann kommt, der länger bleibt.«

Susanne zog sich etwas über, kochte Kaffee und setzte Teewasser für Chris auf. »Und ich habe richtig gut geschlafen, tief und erholsam.«

Chris zog sich an und verschwand, um bei Vossen

frische Brötchen zu holen. Natürlich tauchte sie mit zwei Tüten wieder auf: Brötchen und Teilchen. »Die sind für später«, sagte sie und hielt dabei die Teilchentüte hoch. »Damit ich auf der Zugfahrt in die Eifel was zu tun habe.«

Beim Frühstück spürte Susanne, dass sie zum ersten Mal seit langem wieder Lust auf ihre Arbeit hatte. Das war eben ihr Beruf, auch wenn er ein geregeltes Privatleben erschwerte, und sie war eine gute Kriminalistin.

Chris' magisches Lied kam ihr immer noch wie ein Wunder vor. Emotional fühlte sie sich von angenehmen Erinnerungen an frühere Liebschaften durchweht wie von einer warmen Frühlingsbrise und zugleich beschäftige sich ihr scharfer Kriminalerverstand mit den Fakten des zu lösenden Falls. Nicht schlecht! Susanne biss in ihren Toast und fragte Chris, die gerade ihr zweites Marmeladenbrötchen verputzte: »Dieser Tresor, den du letzte Nacht erwähnt hast, was war da drin?«

»So 'n komischer Schädel«, sagte Chris mit vollem Mund.

»Ein *Schädel?*«

Chris nickte und leckte Erdbeermarmelade ab, die ihr über die Finger gelaufen war. »Aus durchscheinendem Kristall. Die Nachbildung eines menschlichen Schädels. Ziemlich gruselig, würde ich sagen. Ungefähr in natürlicher Größe. Felten hat ihn umklammert und darauf gestarrt wie ein Junkie auf seine Spritze oder so ähnlich.«

»Ein Schädel aus Kristall«, sagte Susanne nachdenklich. »Ein Kristallschädel. Das erinnert mich an was.« Sie aß eilig ihren Toast auf, nahm die Kaffeetasse und ging hinüber zu ihrem Computer. »Iss in Ruhe fertig«, sagte sie zu Chris, »ich will nur mal eben etwas nachschauen.« Als der Rechner endlich Windows hochgefahren hatte, was Susanne immer viel zu lange dauerte, ging sie ins Internet. Sie besuchte das Archiv des Kölner Anzeigers und tippte »Kristallschädel« in die Artikelsuche ein. Ungeduldig klopfte sie auf dem Gehäuse ihrer Tastatur herum, bis endlich der Artikel angezeigt wurde. »Sieh da«, sagte sie zufrieden, »wusst ich's doch!« Dann las sie den Artikel Chris laut vor:

Kölner Anzeiger, 8. März 2001

Geheimnisvolle Schädel aus Bergkristall

Kölner Privatinstitut erforscht rätselhafte Artefakte

Der Kölner Archäologe und Privatgelehrte Marc Thürmann hat eine ungewöhnliche Leidenschaft: Seit vielen Jahren beschäftigt sich Thürmann, der lange in Mittelamerika lebte, mit Kultgegenständen ganz besonderer Art – Nachbildungen menschlicher Schädel, gefertigt aus Bergkristall. Auf diese Schädel stieß Thürmann, als er in Mexiko, Guatemala und Belize historische Kultstätten der Indianer erforschte. In der Mythologie der Ureinwohner jener Gebiete, der Olmeken, Maya und Azteken, spielten, so Thürmann, diese Kristallschädel eine wichtige Rolle. »Bis heute erfüllen sie bei Festlichkeiten und Kulthandlungen der dortigen indianischen Bevölkerung wichtige Funktionen und werden von den Priesterinnen und Priestern als kostbarer Schatz gehütet«, so Thürmann. Er gibt durchaus zu, dass seine Forschungen im grenzwissenschaftlichen Bereich einzuordnen seien. Von den Schädeln gehe, so behauptet er jedenfalls, eine besondere Energie aus, die heilend und inspirierend wirken könne. Diese Schädel seien uralt, vermutlich noch älter als die berühmten

Tempel und Pyramiden der Maya. Zwar tauchten inzwischen immer mehr von heutigen Handwerkern gefertigte Schädel auf, diese seien aber von minderer Qualität. Thürmann zeigte uns zwei Schädel, die ihm von Maya-Priestern, mit denen ihn eine tiefe Freundschaft verbinde, in einer feierlichen Zeremonie geschenkt worden seien, damit er ihre segensreiche Wirkung in Europa demonstrieren könne. So verwundert es nicht, dass Thürmanns kleines Institut in Köln-Herzogenforst zur Pilgerstätte für Esoteriker geworden ist. In seinen Seminarräumen werden regelmäßig so genannte Heilmeditationen mit den Schädeln durchgeführt und auf grenzwissenschaftlichen Kongressen in aller Welt ist Thürmann, der zurzeit an einem Buch über die Schädel schreibt, inzwischen ein gefragter Vortragsredner. Außerdem organisiert er, wie er es nennt, »spirituelle Erlebnisreisen« nach Belize und Yucatán, bei denen die Teilnehmer Kraftrituale mit den Kristallschädeln an Ort und Stelle erleben können.

Chris war herbeigekommen und schaute Susanne über die Schulter. Das Foto zum Artikel zeigte einen hageren, asketisch wirkenden Mann um die fünfzig, der in jeder Hand einen Schädel aus trübe wirkendem Kristall hielt.

»Sah der Schädel in deiner Vision auch so aus?«, fragte Susanne.

»Nein. Die hier sind deutlich kleiner. Außerdem sind sie viel gröber gearbeitet und ihre Form ist weniger naturgetreu. Feltens Schädel ist, so weit ich sehen konnte, eine anatomisch exakte Nachbildung aus ganz klarem Kristall, fast wie Glas.«

»Der Artikel hat mich damals fasziniert«, erzählte Susanne, »weil ich diesen Schädelkult irgendwie morbid fand. Und meine Arbeit ist ja auch morbid. Ich meine, ich habe andauernd mit Leichen zu tun, manchmal schon in arg fortgeschrittenem Verfallszustand. Und da habe ich mich gefragt, was Menschen dazu treibt, Totenschädel anzubeten und einen richtigen Kult daraus zu machen. Ich habe dann auch ein bisschen was über die Maya und die Azteken nachgelesen und herausgefunden, dass sie ziemlich blutrünstige Leute waren. Haben ständig untereinander Krieg geführt und die Kriegsgefangenen dann bei grausamen Menschenopfern massakriert.«

Chris nickte grimmig. »Ja. Die Indianer sind nicht besser, aber auch nicht schlechter als die Weißen. Amerika war vor der Ankunft der Europäer ganz sicher kein unschuldiges Paradies.«

Susanne schaute auf die Uhr. »Weißt du, was ich jetzt mache? Ich statte diesem selbst ernannten Schädelexperten einen Besuch ab. Kommst du mit?«

»Da fragst du noch? Klar komm ich mit. Bin tierisch gespannt!«

Susanne duftete.

Chris warf ihr vom Beifahrersitz aus einen lächelnden Blick zu. »Wie wär's mit ein bisschen Parfüm und so, einfach zum Spaß?«, hatte Chris gefragt, ehe sie die Wohnung verlassen hatten.

Susanne hatte die Achseln gezuckt. »Hab ich, glaub ich, seit der Französischen Revolution nicht mehr benutzt, oder noch länger. Ist bestimmt alles eingetrocknet und versteinert.«

Sie hatten in Susannes Badezimmerschrank aber doch ein Parfüm entdeckt, das erstaunlich sinnlich roch. »Hätte ich dir gar nicht zugetraut«, bemerkte

Chris augenzwinkernd. »Wie wär's noch mit etwas Lidschatten?«

Dann hatten sie gemeinsam das Durcheinander in Susannes windschiefem, wackligen Kleiderschrank durchwühlt. Susanne meinte: »Hab Lust, mal was anderes anzuziehen als Jeans und T-Shirt und die ewige, verräucherte Ich-habe-in-dir-Nachtdienst-geschoben-Jacke.«

Sie fanden eine feuerrote Hose und ein witziges schwarzes Teil, das Susanne vor Jahren in einem Secondhand-Laden gekauft hatte: eine Art Shirt aus einem leichten, wuscheligen, fellartigen Gewebe, mit weitem Ausschnitt und ganz kurzen Ärmeln. Und dazu band sie sich noch ein Halstuch um, das ihr, wie Chris fand, irre gut stand.

Herzogenforst, draußen Richtung Flughafen, auf der Deutzer Rheinseite, bestand aus vielen Ein- und Mehrfamilienhäuser aus den sechziger und siebziger Jahren. In einer Straße standen einige größere viergeschossige Wohnhäuser. Eines davon beherbergte in der obersten Etage Marc Thürmanns Institut für Kristallschädelforschung.

Susanne hatte bei Thürmann angerufen, sich als WDR-Reporterin vorgestellt und gefragt, ob Herr Thürmann eventuell heute Zeit für ein Interview habe. Selbstverständlich, hatte seine Sekretärin geantwortet. Dafür habe der Herr Thürmann immer Zeit. Somit war er also anwesend.

Chris wollte aussteigen. »Moment«, sagte Susanne und nahm ihr Handy. »Muss noch kurz mit dem Präsidium telefonieren.« Sie tippte eine Nummer ein. »Ja. Wendland. Das Labor, bitte ...«

Hätte vielleicht unterwegs noch schnell ein Vossen-Teilchen essen sollen, überlegte Chris. Nein, es war gut, sie sich für die Zugfahrt aufzuheben.

»Wirklich erstaunlich. Sag den Jungs einen lieben Dank von mir.« Susanne steckte ihr Handy wieder ein. »Ist ja verrückt ...« Ihre Stimme klang verunsichert, nachdenklich. »Ich habe mal nachgefragt, was die Untersuchung dieses Kristalls ergeben hat, der an Feltens Balkon hing.«

»Und?«

Susanne seufzte. »Wir sind mal wieder in ein völlig abgefahrenes Abenteuer hineingeraten! Es handelt sich um einen reinen Quarzkristall unbestimmbaren Alters. Er besitzt eine vollkommen symmetrische Kugelgestalt. Trotzdem weist er keinerlei erkennbare Bearbeitungsspuren auf. Die im Labor sagen, das sei ihnen völlig unerklärlich. In der Natur kommen keine runden Kristalle vor. Der Stein *muss* bearbeitet worden sein. Und das ist noch nicht alles: Wie ich dir schon erzählt habe, besteht die Fassung, in die er eingesetzt ist, aus einem silbernen Metall, auf dessen Rückseite merkwürdige Piktogramme oder Hieroglyphen eingraviert sind. Könnten Maya-Schriftzeichen sein, hab ich mir überlegt. Na, jedenfalls kennen unsere Laborjungs dieses Metall nicht. Begreifst du? Es ist eine völlig unbekannte Legierung! Sie haben keine Ahnung, wo und wann und woraus sie hergestellt worden sein könnte. Momentan diskutieren sie sich deswegen die Köpfe heiß und telefonieren mit anderen Labors herum. Das Ganze ist offenbar eine wissenschaftliche Sensation.«

Chris zuckte die Achseln. »Ich sag ja immer: Diese Welt ist vollkommen verrückt, aber niemals langweilig. Los, komm! Mal sehen, welche Überraschungen dieser Schädelfreak für uns bereithält.«

Es handelte sich um ein normales Wohnhaus mit größeren Wohnungen. Thürmanns Institut befand sich offenbar in seiner Privatwohnung. Als sie am oberen Ende des kühlen, weißen Treppenhauses angelangt waren, drückte Susanne auf die Klingel.

Der Türsummer ertönte. Drinnen, in einem an eine Arztpraxis erinnernden Vorzimmer, empfing sie jene süßliche Pastellton-Aura, über die Chris, deren Spiritualität von eher erdiger, bodenständiger Art war, immer unwillkürlich schmunzeln musste. Im Hintergrund plätscherten leise esoterische Sphärenklänge. Ein Briefbeschwerer in Form einer gläsernen Pyramide stand auf dem Schreibtisch der Sekretärin und an den Wänden hingen bonbonfarbene Gemälde, von denen eine ausgeprägt einschläfernde Wirkung ausging.

Bei der Sekretärin selbst handelte es sich um ein hellblond gefärbtes, ganz in Weiß gekleidetes Häschen mit dünner Piepsstimme. Susanne zeigte ihren Dienstausweis vor und sagte: »Ich ermittle in einem Mordfall, in dem ein etwas sonderbarer Kristall eine Rolle spielt. Dazu würde ich gerne den Rat von Herrn Thürmann einholen.« Chris, die ganz legitimationslos an diesen Ermittlungen teilnahm, erwähnte Susanne gar nicht, was wohl auch besser war, denn wie hätte sie Chris vorstellen sollen: ehrenamtliche Kripohelferin, Expertin für angewandten Schamanismus? Nun gut, in dieser Umgebung hier hätte sich vermutlich niemand darüber gewundert.

»Einen Moment, ich sage Marc Bescheid«, flötete das Häschen und beugte sich über die Sprechanlage. »Marc ... hier sind zwei Damen von der Polizei. Sie brauchen deinen Rat bezüglich eines Kristalls.«

Telepathisch bekommen sie's dann wohl doch noch nicht hin, dachte Chris und zwinkerte Susanne zu, belustigt über die ganze Atmosphäre in diesem Laden. Wenn man das Häschen genauer betrachtete, stellte man fest, dass es schon etwas älter war und einige Falten um Mund und Augen hatte.

Marc Thürmann erschien. Ganz so asketisch wie auf dem Zeitungsfoto wirkte er in Natur nicht. Sein khakifarbenes Tropenhemd spannte unübersehbar über einem kleinen Bäuchlein. Er trug eine ebensolche Hose. Den dazu gehörigen Tropenhut setzte er vermutlich nur im Dschungel auf. Auf seiner Brust baumelte an einer goldenen Kette ein roter Edelstein und an jeder Hand trug er drei goldene Ringe, ebenfalls mit Edelsteinen in unterschiedlichen Farben besetzt, von denen vermutlich jeder auf ein anderes Chakra einwirken sollte. Der Mann war eindeutig tief in jene esoterischen Bereiche abgetaucht, über die Silver Bear gern spöttische Witze gerissen hatte.

»Kommen Sie, wir gehen in mein Arbeitszimmer«, sagte er. Als er die Tür hinter ihnen geschlossen hatte, fügte er hinzu: »Hier drin finde ich die Atmosphäre anregender. Das draußen ist eher eine Konzession an unsere Kundschaft. Das überlasse ich Mary Devananda. Sie hat zu Füßen diverser indischer Gurus gesessen und ein unfehlbares Gespür für die richtigen Zutaten.«

Chris und Susanne grinsten sich an. Einen gewissen Sinn für Humor besaß er immerhin.

Thürmanns Arbeitszimmer hatte das Flair eines Völkerkundemuseums. Es war voll gestopft mit aus ihrem Zusammenhang gerissenen Objekten aus der Welt der Ureinwohner, in diesem Fall die Welt der mittelamerikanischen Indianer, soweit Chris, die sich in Lateinamerika nicht so gut auskannte, dies beurteilen konnte. An den Wänden hingen Lanzen, gefiederte Pfeile und allerlei gespenstisch wirkende Tanzmasken. Auf Regalen und Kommoden stand ein ganzes Heer von Kultfiguren aus Holz oder Stein herum. Chris blieb fasziniert vor einem großen hölzernen Wesen stehen, auf dessen Menschenkörper der Kopf einer mächtigen Raubkatze saß, die ein ziemlich unsympathisches Gebiss entblößte.

»Balam«, sagte Thürmann.

»Bitte?«

»Balam«, wiederholte Thürmann. »Das Maya-Wort für Jaguar. Er nimmt in ihrer Mythologie einen wichtigen Platz ein.«

»Ach so.« *Balam?* Dieses Wort hatte doch die Frau aus Jonas' unheimlicher abendlicher Begegnung benutzt, von der er Chris berichtet hatte, bevor er in die Eifel zurückgefahren war.

»Was kann ich denn nun für Sie tun?«

»Ich ermittle derzeit in einem Fall von Gewaltkriminalität«, antwortete Susanne. »Dabei bin ich auf einen sonderbaren Gegenstand aus Bergkristall gestoßen und dachte, ein Kristallexperte wie Sie könnte mir da vielleicht weiterhelfen.«

»Kann ich den Gegenstand mal sehen?«

Susanne schüttelte den Kopf. »Später lässt sich das sicher machen. Zurzeit befindet er sich noch in unserem Labor.« Dann gab sie Thürmann eine detaillierte Beschreibung, wobei es Chris wieder einmal beeindruckte, was für eine präzise Beobachterin Susanne war. So, wie sie das Ding beschrieb, stand es einem ganz plastisch vor Augen.

Thürmann wühlte in dem Chaos auf seinem Schreibtisch, wo Schriftstücke, Bücher, kleine Figuren und Kultgefäße einen dschungelartigen Wust bildeten. Dann hielt er ihnen einen Bogen Papier hin, auf dem allerlei fremdartige, faszinierende Piktogramme abgebildet waren, jeweils mit englischen Erläuterungen. »Die Hieroglyphen auf der Rückseite – haben sie so ausgesehen?«

»Ja«, sagte Susanne sofort. »Genau so.«

»Das ist die klassische Maya-Schrift. Jedenfalls vermutet man, dass sie von den Maya entwickelt wurde. Sie könnten sie aber auch von einem noch älteren Volk übernommen haben. Zweifellos handelt es sich bei dem fraglichen Gegenstand um einen Artefakt aus Mittelamerika. Wenn sich herausstellt, dass er aus der klassischen Maya-Periode stammt, ist er möglicherweise von beträchtlichem Wert.«

»Leider ist unser Labor nicht in der Lage sein genaues Alter zu bestimmen. Und die Metallfassung des Kristalls besteht aus einer völlig unbekannten Legierung.«

Für einen Moment erinnerte Thürmanns Gesichtsausdruck Chris an ein Raubtier, das Blut geleckt hat. »Tatsächlich? Wirklich bemerkenswert. Zu dumm, dass ich keinen Blick darauf werfen kann.«

Er ging in die hinterste Ecke seines Arbeitszimmers. Erst jetzt bemerkte Chris, dass dort ein kleiner Stahltresor stand, halb verdeckt hinter zwei grimmig dreinschauenden Steingöttern, die aussahen, als würden sie jeden in Stücke reißen, der sich unbefugt dem Tresor zu nähern wagte. Die Tresortür schwang auf und Thürmann nahm die beiden Kristallschädel heraus, mit denen er für die Zeitung posiert hatte. »Sieht der Kristall aus wie diese hier?«

Die beiden Schädel hatten ungefähr die Größe doppelter Männerfäuste. Er trug sie zum Schreibtisch und zeigte sie Chris und Susanne mit spürbarem Besitzerstolz. Es handelte sich um ziemlich plumpe, grob stilisierte Nachbildungen menschlicher Schädel, deren Kristall trüb war, als sei er mit Nebel gefüllt.

»Nein«, sagte Susanne, »so weit ich sehen konnte, ist er fast völlig klar. Das sind die beiden Schädel, die in dem Zeitungsartikel über Sie erwähnt werden, nicht wahr?«

»Ah, freut mich, dass Sie ihn gelesen haben. Das meiste, was hier herumsteht, ist ziemlich wertloser Plunder, den ich hauptsächlich aus Sentimentalität aufbewahre. Wegen der damit verbundenen Reiseerinnerungen an Belize, Guatemala und Yucatán. Aber diese beiden hier sind wirklich wertvoll.«

Dass alles andere in diesem Raum bloße Reiseandenken sein sollten, nahm Chris ihm nicht ab. Dazu waren viele Statuen dann doch zu groß und schwer. Sie glaubte auch nicht, dass es sich um billige, für Touristen gefertigte Nachahmungen handelte. Und sie spürte, dass sie den Raum mit einer dunklen Aura erfüllten – Zeugnisse einer Kultur, in der der blutige, gewaltsame Tod offenbar eine beherrschende Rolle gespielt hatte.

»Hier. Nehmen Sie sie ruhig einmal in die Hand.« Er hielt ihnen die Schädel hin. Chris griff zögernd zu. Der Kristall fühlte sich kühl an, aber ansonsten hatte sie nicht das Gefühl, dass irgendetwas Besonderes von ihm ausging. Waren diese Schädel wirklich so wertvoll, wie Thürmann behauptete?

Chris wog ihn einen Moment in ihren Händen und gab ihn Thürmann zurück. Auch Susanne wirkte nicht sehr beeindruckt, fast etwas enttäuscht.

Thürmann, der wohl merkte, dass sie nicht gerade vor Ehrfurcht zusammenbrachen, sagte: »Die Schädel sprechen selbstverständlich nicht zu jedem. Eine gewisse spirituelle Aufgeschlossenheit braucht es schon. Natürlich, wenn unter Ihnen eine echte, nach alter indianischer Tradition ausgebildete Schamanin wäre, würde sie den Wert dieser heiligen Schädel sofort erkennen.«

Chris bemühte sich nach Kräften ein Grinsen zu unterdrücken. Endlich mal ein Kölner, der mich noch nicht kennt, registrierte sie erfreut. Nun ja, Herzogenforst lag ja auch weit von der Innenstadt entfernt. Und vielleicht war Thürmann ein Zugereister. Rheinisch eingefärbt klang sein Deutsch jedenfalls nicht. »Was sagen sie denn so, die Schädel?«, wollte sie wissen. »Ich meine, zu den Leuten, mit denen sie sprechen.«

»Oh, medial begabte Menschen sehen Dinge in ihnen. Manche sehen Szenen aus früheren Zivilisationen hier auf der Erde, aus dem versunkenen Atlantis etwa, aber auch Ufos und Außerirdische. Es wird vermutet, dass die Kristallschädel Speicher für uraltes Wissen der Menschheit sind, so, wie die Siliziumkristalle in Computern Informationen speichern. Aber auch bei diesen Schädeln gibt es gewisse Hierarchien. Schädel wie diese beiden hier, die mir von meinen Maya-Freunden in Belize geschenkt wurden, sind in den letzten Jahren in größerer Zahl aufgetaucht. Auf ihnen allen sind deutliche Bearbeitungsspuren menschlicher Werkzeuge zu erkennen. Sie wurden im Lauf der Jahrhunderte von schamanischen Kunsthandwerkern in Mittelamerika angefertigt und werden ›sprechende Schädel‹ genannt. Und dann gibt es noch die Dreizehn.«

»Die Dreizehn?«, fragte Chris verwundert.

»Nun, die dreizehn singenden Schädel.« Er sagte es mit einer herablassenden Selbstverständlichkeit, als seien Leute, die noch nie davon schon gehört hatten, hoffnungslos uninformiert. »Sie sind viel älter. Niemand weiß, wie alt. Nur wenige von ihnen sind bislang aufgetaucht, die meisten werden immer noch an geheimen Orten gehütet. In den beiden Amerikas, aber auch, wie es heißt, in Afrika, von den Aborigines in Australien und von heiligen Mönchen in Tibet. Bei den Indianern im Südwesten der USA ebenso wie in Mittelamerika gibt es eine alte Legende, wonach diese dreizehn Schädel angeblich außerirdischen Ursprungs sind.«

Susanne konnte herrlich skeptisch gucken. Das tat sie jetzt und sagte: »Na, das klingt ja reichlich abgefahren. Däniken lässt grüßen, Herr Thürmann?«

»Ich habe in der Tat alle Däniken-Bücher gelesen«, sagte Thürmann ungerührt, »aber die Indianer, die diese Legende erzählen, nicht. Und interessant ist, dass sie von ganz unterschiedlichen Stämmen erzählt wird, die tausende Kilometer voneinander entfernt leben. Jedenfalls heißt es in dieser Legende, dass es in dieser Galaxis vor langer Zeit eine hoch stehende menschliche Zivilisation gab. Diese Außerirdischen wohnten auf zwölf Planeten in den Plejaden, im Orion und beim Hundestern Sirius. Diese Sternenmenschen waren keine Götter, sondern gewöhnliche Menschen mit ihren eigenen Schwächen und Stärken. Irgendwann muss sich eine große galaktische Katastrophe ereignet haben, möglicherweise von diesen Sternenmenschen selbst verursacht – ein unvorstellbar schrecklicher Krieg vielleicht –, bei der ein großer Teil dieser Zivilisation vernichtet wurde. Die Überlebenden schufen dreizehn Kristallschädel, in denen sie das gesamte Wissen, alle Weisheit ihrer untergegangenen Zivilisation speicherten …«

»So!«, ächzte Susanne, »dann wollen Sie wohl am Ende behaupten, auch der Kristall, den ich gefunden habe, sei außerirdischen Ursprungs!«

»Warum nicht? Ich halte das für absolut möglich.«

Sie fingerte nervös in ihrer Jackentasche herum. »Darf man hier rauchen?«

»Natürlich«, sagte Thürmann. »Immerhin stammt der Tabak ja aus Amerika, und dort gilt er als heilige Pflanze.«

Während sich Susanne sichtlich erleichtert eine ansteckte, stieg in Chris ein fröstelndes Unbehagen hoch. Die Bilder aus ihrem Silver-Bear-Traum drangen ungebeten, aber machtvoll in ihr Bewusstsein. Der fremde Himmel, zu dem sie in diesem und anderen Träumen immer wieder aufsah, die fremden Sternbilder – und Sternenschiffe …

Hier in dem mit Todessymbolen, grinsenden Götterschädeln, Speeren und höchstwahrscheinlich gestohlenen Grabbeigaben angefüllten Büro wurde es ihr plötzlich zu eng, als stünde sie tatsächlich mitten im Grab einer rätselhaften, dunklen Vergangenheit. Die Morgensonne drang kaum durch die halb geschlossenen Rollläden vor dem Fenster und der Balkontür und sie sehnte sich jetzt sehr danach, barfuß über weiches, lebendiges Gras zu laufen.

Thürmanns Gelehrtenstimme raunte weiter: »Zwölf Schädel, einer für jeden ihrer Planeten, und ein dreizehnter, eine Art Meisterschädel, in dem sich die Summe ihrer Weisheit vereinte. Sie beschlossen diese Schädel zu einem damals noch jungfräulichen Planeten zu bringen – hierher auf die Erde. Hier lebte damals jene humanoide Spezies, die man als Neandertaler bezeichnet. Die außerirdischen Menschen, in der Bibel werden sie zum Beispiel ›Himmelssöhne‹ genannt, vermischten sich mit den Neandertalern und so entstand der heutige Homo sapiens. In unseren Genen finden sich also beide Erblinien – unser irdisches Erbe, das uns mit dem

Neandertaler und den heutigen Menschenaffen verbindet, und das Erbe der Sternenmenschen. Das, was wir Sciencefiction nennen, die Geschichten über interstellare Raumfahrt und Weltraumschlachten, sind in Wahrheit genetische Erinnerungen.«

Susanne blies gereizt Rauch zur Decke. »Mir scheint, Sie verfügen über eine blühende Phantasie, Herr Thürmann.«

Chris spürte, wie sich auf ihrer Stirn und Oberlippe kalte Schweißperlen bildeten. Ich muss hier raus, dachte sie. Möglichst bald. Etwas regte sich in ihr, rumorte irgendwo in den Tiefen ihres Bewusstseins. Ungebeten.Unangenehm. Was hatte ihr Silver Bear im Traum gesagt? »Du erinnerst dich noch nicht. Doch die Erinnerung wird kommen ...« Ich will nicht, dachte Chris. Ich will keine ungebetenen Träume und Erinnerungen. Ich will ruhig und zufrieden mit Jonas in der Eifel leben und glücklich sein.

»Warum erzählen Sie uns das eigentlich alles?«, fragte Susanne.

»Nun, ich dachte Sie interessieren sich für die mögliche Herkunft dieses Artefakts, auf den Sie gestoßen sind. Wenn Sie ihn mir einmal für einige Tage zur Verfügung stellen, könnte ich versuchen die Schriftzeichen auf seiner Rückseite zu entschlüsseln. Gegen ein angemessenes Honorar, versteht sich.«

Susanne nickte. »Danke für das Angebot. Vielleicht kommen wir darauf zurück. Einstweilen vielen Dank, dass Sie uns Ihre Zeit gewidmet haben.« Zu Chris' Erleichterung streckte sie ihm die Hand zum Abschied hin.

Thürmann schaute Susanne an, lauernd, wie Chris fand, aber vielleicht war ihre Wahrnehmung momentan einfach überreizt. »Was ist das eigentlich für ein Kriminalfall, bei dem sie auf diesen Artefakt gestoßen sind, wenn ich fragen darf?«

»Es handelt sich um den Tod des Direktors der Europetrol-Raffinerie, Arne Felten. Vielleicht haben Sie heute Morgen im Radio davon gehört.«

»Nein«, sagte Thürmann. »Morgens meditiere ich mit Mary Devananda. Dabei möchten wir nicht durch die negativen Schwingungen schlechter Nachrichten gestört werden.«

An der Tür blieb Susanne stehen und drehte sich noch einmal um. »Sie kennen Arne Felten nicht zufällig?«

»Nein. Wie kommen Sie darauf?«

»Felten hat sich vor Jahren in Belize aufgehalten. Da Sie ebenfalls dort gelebt haben, wäre es ja denkbar, dass Sie sich über den Weg gelaufen sind.«

»Belize ist ein kleines Land«, sagte Thürmann, »andererseits aber nicht so klein, dass ich alle anderen Deutschen gekannt hätte, die sich dort aufhielten.«

Als die Tür des Büros sich hinter ihr schloss, seufzte Chris erleichtert auf.

»Was ist?«, fragte Susanne besorgt. »Du siehst ein bisschen blass um die Nase aus.«

»Ich weiß auch nicht. Musste an den komischen Traum denken, den ich neulich hatte. Mit Silver Bear. Lass mal, geht schon wieder.« Chris atmete ein paar Mal tief durch, bis hinunter in den Bauch, um sich zu beruhigen.

»Diese Schädel-Meditationen, die Sie veranstalten«, fragte Susanne die blonde Guru-Schülerin, »haben die eigentlich großen Zulauf?«

»Oh ja«, sagte Mary Devananda. »Inzwischen kommen regelmäßig über dreißig Leute. Wir werden wohl bald größere Räume anmieten müssen. Es spüren eben immer mehr Menschen, wie wichtig die Botschaft der Schädel für die bevorstehende Zeitenwende ist.«

»Zeitenwende?«

»Am 21. Dezember 2012 endet ein wichtiger Zyklus der Langen Zählung des Maya-Kalenders, die so genannte Zeit der Neun Höllen. Dann bricht ein neues Zeitalter heran. Die Zeit der Dreizehn Himmel. Die dreizehn singenden Schädel werden an einem heiligen Ort in Mittelamerika zusammengebracht, so, wie es in alter Zeit der Fall war, und wenn sie wieder vereint sind, wird das in ihnen gespeicherte Wissen der gesamten Menschheit zugänglich werden. Auf diese Energien müssen wir uns in den kommenden Jahren einstimmen. Die Schädel helfen uns dabei, unsere Chakren für die neuen Frequenzen des Lichtes und der Liebe zu öffnen, die nun immer stärker die Erde erreichen.«

Sie drückte Susanne ein Faltblatt in die Hand. »Hier finden Sie weitere Informationen. Und die Termine unserer Meditationsabende und Wochenendseminare mit den Schädeln. Zurzeit bieten wir ein besonderes Einführungspaket für Einsteiger in die Lichtarbeit an: Ein Meditationsabend plus ein Wochenende für zusammen nur siebenhundert Mark. Aber Sie können selbstverständlich auch Einzelsitzungen mit Marc und den Schädeln buchen. Marc ist *der* führende Experte für Scrying.«

»Was ist denn Scrying?«

»Schädellesen. Mithilfe der Schädel sieht er Ihren persönlichen Lebensplan und kann Ihnen genau sagen, welchen Weg Sie einschlagen müssen, um zu Glück und Wohlstand zu gelangen und optimal zur planetaren Evolution beizutragen.«

»Und was kostet so was?«

»Sechshundert Mark für eine neunzigminütige Sitzung.«

Susanne pfiff durch die Zähne.

»Aber es ist wirklich gut angelegtes Geld«, sagte Mary Devananda eifrig. »Immerhin geht es um Ihre persönliche Zukunft und die Zukunft des Planeten!«

Susanne grinste. »Da wird das Zeitalter der Dreizehn Himmel wohl ohne mich stattfinden müssen. Und ohne andere Normalverdiener wie mich. Aber ich pflege meine Zukunft sowieso aus dem Schaum auf Kölschgläsern zu lesen.«

Chris hatte unterdessen den Blick über die Auslage mit Esoterik-Prospekten neben dem Schreibtisch der blonden Mary schweifen lassen. Geführte Meditationen. Channeling. Lichtarbeitsseminare und dergleichen. Plötzlich erregte eine aufwändig gestaltete farbige Broschüre ihre Aufmerksamkeit. Auf dem Umschlag war ein Architektenmodell abgebildet, das unverkennbar einer jener Stufenpyramiden ähnelte, wie sie in Mittelamerika aus dem Dschungel ragten. Das Gebäude hatte aber viele Fenster wie ein Hotel. MAYA CRYSTAL RESORT stand darunter. Chris schlug die erste Seite auf und las:

Das Zukunftsprojekt im Urwald von Belize. Hotel und spirituelles Zentrum, umgeben von der geheimnisvollen Schönheit des Dschungels und dem Zauber alter Maya-Kulturschätze. Ein Ort, um die heilende Energie der Kristallschädel zu erleben und sich mit allem Komfort eines modernen Hotels spirituell auf die Zeitenwende einzustimmen. Investoren gesucht! MAYA CRYSTAL RESORT – die sichere Kapitalanlage für Ihre spirituelle Zukunft. Das Goldene Zeitalter wartet auf Sie.

Elektrisiert hielt Chris die Broschüre hoch. »Wissen Sie Näheres darüber?«

»Aber natürlich«, sagte Mary Devananda. »Marc ist einer der Gesellschafter. Sind Sie interessiert? Es ist eine ausgezeichnete Geldanlage, glauben Sie mir. Ich habe selbst meine Ersparnisse dort investiert. Ich bin ganz begeistert von diesem Projekt!«

Einen Augenblick war Chris versucht sie nach Roger zu fragen, dem geheimnisvollen amerikanischen Freund der Eberhards, von dem Mario erzählt hatte. Aber sie wusste seinen Nachnamen nicht und fand, dass es wohl besser war, Susanne die weiteren Ermittlungen zu überlassen.

»Er hat gelogen«, sagte Susanne auf dem Weg zum Auto. »Ich wette, er kennt Felten! Hast du sein Gesicht gesehen, als ich ihn danach gefragt habe?«

»Nein. Ich wollte bloß so schnell wie möglich aus dem Büro raus.«

»Ich habe gelernt deine Visionen ernst zu nehmen. Wenn du diesen Schädel gesehen hast, wird er tatsächlich in Feltens Büro sein. Und wenn es sich um ein so ungewöhnliches Exemplar handelt, sollte mich's sehr wundern, wenn Thürmann nichts davon weiß. Nein, so, wie er reagiert hat, bin ich mir sicher, dass er Felten kennt. Wenn ich mich irren sollte, höre ich für immer auf zu rauchen, das schwöre ich!« Sie streckte die Hand aus. »Was ist denn das nun für eine Broschüre? Zeig mal her!«

Chris fiel ein, dass sie ihr noch gar nicht von Jonas' Gespräch mit Mario am vergangenen Abend berichtet hatte. Das holte sie nun nach. Und als sie im Auto saßen, griff sie sofort nach der Vossen-Tüte.

»Das brauch ich jetzt einfach«, sagte sie, »um mich zu erden.« Sie schlug ihre Zähne in eine Rosinenschnecke und nach ein paar Bissen fühlte sie sich besser.

In München-Pasing warteten große Reisekoffer, voll gepackt mit eilig zusammengerafften Habseligkeiten, in der Diele einer schmucken kleinen Villa mit gepflegtem Rosengarten. Herr Eberhard stand am Fenster und schaute auf diesen Garten, in den einiges von Arne Feltens Geld geflossen war. »Vorbei«, sagte er leise. Mario hatte ihn in der vergangenen Nacht angerufen und ihm von Feltens Tod erzählt, mit erstaunlich ruhiger, gefasster Stimme. Und Eberhard hatte den Jungen angelogen und gesagt, er müsse heute in München noch einige geschäftliche Dinge erledigen, werde sich dann aber in den Nachtzug nach Köln setzen, um Mario zur Seite zu stehen. Eine weitere von vielen Lügen. Die letzte.

Seine Frau trat neben ihn. »Ich habe Angst«, sagte sie, »schreckliche Angst.«

Er nahm sie in den Arm und küsste sie. »Wir haben immer zusammengehalten. Wir stehen auch das gemeinsam durch. Außerdem wissen wir ja nicht, wie weit die Macht des Jaguars reicht.«

»Wir hätten diese Texte ernst nehmen sollen, die wir damals entziffert haben, statt nur an das Geld zu denken, das sich mit den Artefakten verdienen ließ.«

»Ich glaube, in Neuseeland sind wir sicher. Das ist so weit weg.« Er legte die Hand auf die Brusttasche seines Jacketts, in der die Flugtickets steckten. »Zu dumm, dass heute keine Maschine mehr geht.«

»Ich hoffe, das Schicksal lässt uns noch diese eine Nacht. Ich glaube auch, dass die Gefahr vorbei ist, wenn wir erst einmal im Flugzeug sitzen. Oder jedenfalls klammere ich mich an diese Hoffnung.« Sie schüttelte den Kopf. »Wie oft haben wir über die Schicksalsgläubigkeit der Olmeken und der Maya gelächelt, nicht wahr? Alles ist vorherbestimmt. Alles ist in ihrem verdammten ewigen Kalender aufgezeichnet. Jede Schuld muss ausgeglichen werden. Alle müssen sich dem Gesetz beugen. Mir schien das immer reichlich absurd. Ich fand sie so … beschränkt. Mit ihren immer gleichen Ritualen, die sie seit Jahrhunderten wiederholen, genau so, wie es ihnen von den Ahnen überliefert wurde. Ihrem mittelalterlichen Glauben an göttliche Mächte. Wir haben die Macht des Jaguars herausgefordert und jetzt müssen wir dafür bezahlen …«

Eberhard ballte erregt die Hand zur Faust. »Aber warum erst jetzt, nach so vielen Jahren? Warum nicht damals, als wir alle noch in Belize gelebt haben?«

»Vergiss nicht, dass sie eine andere Vorstellung von Zeit haben. Alles verläuft für sie in ewig währenden Zyklen. Es besteht kein Grund zur Eile. Die Dinge werden dann getan, wenn sie glauben, dass der richtige Zeitpunkt dafür gekommen ist. Sei es nach einem Jahr, nach zehn Jahren oder nach hundert Jahren.«

»Und der Junge ist das Werkzeug ihrer Rache. Wir dürfen ihn nicht wieder sehen«, sagte Eberhard. »Dabei habe ich ihn wirklich gemocht, auch wenn natürlich das Geld im Vordergrund stand. Feltens Gewissensgeld.«

Die Augen seiner Frau füllten sich mit Tränen. »Natürlich war es unser Job. Felten hat uns gut dafür bezahlt, das stimmt. Ohne ihn wären wir niemals aus unseren Schulden herausgekommen. Aber der Junge ist mir trotzdem ans Herz gewachsen wie ein eigener Sohn und es tut weh, ihn für immer zu verlieren. Aber vermutlich werden sie ihn zurückholen in den Dschungel.«

Eberhard schüttelte den Kopf. »Er hätte gar nicht nach Europa gebracht werden dürfen. Wir hätten uns nie darauf einlassen sollen. Auf die gesamte Geschichte damals hätten wir uns nie einlassen dürfen.« Er legte den Arm um sie. »Aber, verdammt, noch sind wir am Leben! Ich bin überzeugt, dass wir es nach Neuseeland schaffen. Und dort fangen wir noch mal ganz von vorn an. Dafür sind wir nicht zu alt.«

»Und wenn er heute Nacht kommt?«

Eberhard zeigte mit finsterem Gesicht auf die große Jagdbüchse, die neben den Koffern an der Wand lehnte. »Dann werde ich kämpfen!«

Susanne hatte Chris am Hauptbahnhof abgesetzt und war dann gleich zum Präsidium gefahren. Sie registrierte Tönsdorfs und Torstens Blicke, als sie das Büro betrat, in dem die beiden ihre Schreibtische stehen hatten.

»Neues Outfit?«, sagte Torsten.

»Nee. Ältere Klamotten. Aber ich dachte, etwas Abwechslung schadet ja nicht, ab und zu.«

Sie legte die Hotelprojekt-Broschüre vor Tönsdorf auf den Schreibtisch. »Hier. Arbeit! Finde mal heraus, wer hinter dieser Firma steckt. Würde mich interessieren, ob die Eberhards etwas damit zu tun haben oder sogar Felten selbst. Und noch was: Ich will alles über Feltens Lebenslauf wissen, was du rauskriegen kannst. Vor allem: Wann war er in Belize und was hat er dort getrieben?«

»Klingt nicht gerade nach einem gemütlichen, geruhsamen Nachtmittag«, stöhnte Tönsdorf.

»Die Leute, von deren Steuergeld du bezahlt wirst, wünschen sich energiegeladene Beamte, die vor lauter Dynamik kaum laufen können«, entgegnete Susanne mit rauer Herzlichkeit.

Tönsdorf faltete die Hände vor seinem stattlichen Bauch. »Diese Definition trifft auf mich ohne Zweifel zu.«

Susanne ging nach nebenan in ihr Büro, dessen Tür immer offen stand, sodass sie zu dritt eigentlich ein großes Doppelbüro hatten, und hängte ihre Jacke über den Schreibtischstuhl. Es war eine andere Jacke als sonst. Weiß, mit Kapuze und ein paar bunten Mustern darauf.

»Schick, die Jacke«, sagte Torsten. »Steht dir gut.«

»Hab sie im Kleiderschrank entdeckt. Wusste gar nicht mehr, dass ich sie habe. Ich gehe mal zum Chef, Bericht erstatten.«

Als sie das Büro verlassen hatte, drehte sich Tönsdorf zu Torsten um und sagte: »Sie ist irgendwie anders als sonst, findest du nicht auch? Und ...« Er schnupperte.

»Parfüm«, sagte Torsten. »Eindeutig. Das ist in den drei Jahren, die ich jetzt hier in der Mordkommission bin, noch nie vorgekommen.«

»Da fällt mir ein«, sagte Tönsdorf, »kennst du die Telefonnummer von ihrer besten Freundin? Ich meine die, die damals ...«

»... den Dom?«

»Genau.«

»Nein. Was willst du denn damit?«

»Erklär ich dir später. Aber es geht um Susannes Lebensglück.«

»Wenn das so ist.« Torsten stand auf und ging zu Susannes Jacke. »Pass mal an der Tür auf.«

Als Tönsdorf Position bezogen hatte, durchsuchte er Susannes Jackentaschen, bis er ihr Notizbuch fand. »Wozu sind wir Kriminalisten?« Hinten drin standen Susannes wichtigste Adressen und die von Chris natürlich an erster Stelle. »Hier. Chris Adrian.« Er schrieb Tönsdorf die Nummer auf einen Zettel und steckte das Notizbuch rasch wieder weg. »Da. Und jetzt erzähl mal ...«

Antweilers Äußeres war wie immer makellos. Perfekter Scheitel, perfekt sitzender Anzug, sauber polierte Schuhe. Keine Anzeichen von Unordnung oder Chaos auf seinem Schreibtisch. »Ah, Susanne.« Er schaute sie an. Seine Brille passte gut zu seinem energischen, kantigen Gesicht. »Ich hoffe, dieser schwarze Jaguar verfolgt Sie nicht bis in den Schlaf.«

Sie setzte sich und spürte zu ihrer Verwunderung, dass ihr Körper sich weiterhin angenehm entspannt anfühlte, als ob Chris' Lied noch in ihm nachklang. »Was halten Sie von der Sache?«

»Mit den Jahren wird man gelassener. Man lernt damit zu leben, dass man manches nicht versteht. Offen gesagt, ich habe keine Ahnung, was ich von der Sache halten soll. Ich habe mir heute Morgen bei Tönsdorf alle Unterlagen über die drei Todesfälle abgeholt, um mir selbst ein Bild zu machen. Hier. Sie können sich's wieder mitnehmen.« Er schob ihr die Akte hin.

Dann betrachtete er Susanne einen Moment nachdenklich. Was hat er denn?, dachte sie, er sieht mich doch fast täglich. Was hatten Tönsdorf und Torsten vorhin? Ein paar andere Klamotten, ein bisschen Lidschatten. Macht das so viel aus?

»Ich hatte erwartet, dass Sie heute noch gestresster und müder aussehen würden als gestern. Immerhin gab es letzte Nacht eine weitere Leiche. Doch Sie wirken auf mich ausgeruht wie schon lange nicht mehr. Ich hatte schon mit dem Gedanken gespielt Ihnen endlich mal ein paar Tage Urlaub zu bewilligen.« Das kühle Chef-Grinsen erschien auf seinem Gesicht. »Aber das ist dann ja wohl nicht mehr nötig. Wäre sowieso schwierig geworden, bei unserer Personalknappheit.«

»War nicht die Rede davon, dass der Innenminister neue Planstellen ...«

»Ach, es ist immer von vielem die Rede! Leider würde es Geld kosten, den Reden Taten folgen zu lassen. Die Sicherheit für die Bürger wird zwar gern im Munde geführt, man verschweigt nur ebenso gern, dass diese Sicherheit aus dem Steuergeld ebendieser Bürger bezahlt werden muss. Zumindest solange Polizeibeamte noch nicht durch Roboter ersetzt werden können, die auf Knopfdruck funktionieren und keine Pensionsansprüche haben.«

Susanne grinste. »Schöne neue Welt.«

Antweiler machte eine wegwerfende Handbewegung. »Scheiß auf die Politik.« In erstaunlichem Kontrast zu seinem stets makellosen Äußeren neigte er verbal zu einer gewissen Derbheit. »Kommen Sie, gehen wir einen Kaffee trinken.«

Das kam völlig überraschend. Von seinen Geburtstagsessen abgesehen, zu denen er einen kleinen Kreis von Kollegen nach Hause in seine asiatisch nüchtern eingerichtete Deutzer Penthousewohnung einlud, um sie zu bekochen (auch Susanne wurde seit drei Jahren diese Ehre zuteil), galt der Chef als völlig *unprivat*. Selbst bei den Geburtstagsessen wahrte er eine gewisse förmliche Distanz.

Den Weg zur Kantine hatte Susanne im Lauf der

Jahre mit vielen Kollegen beschritten, aber noch niemals mit Antweiler. Neben ihm sehe ich in meinen Secondhand-Klamotten furchtbar schlampig aus, dachte sie.

»Ich habe mir in letzter Zeit wirklich etwas Sorgen um Sie gemacht«, sagte er unterwegs. »Dass Sie sich nun von einem Tag zum anderen so gut erholt haben, lässt mich fast vermuten, Ihre außergewöhnliche Freundin hatte die Hände im Spiel.«

So was! Columbo war gar nichts gegen Antweiler. Sie holten sich Kaffee. Er deutete auf einen freien Fensterplatz. »Die Maisonne macht die triste Kantinenatmosphäre etwas erträglicher.«

Sie setzten sich und Susanne blickte auf den über den Blaubach strömenden Verkehr hinunter.

»Ich hatte schon überlegt Ihnen Tai Chi zu empfehlen. Als Hilfsmittel gegen den Stress. Wie Sie wissen, beschäftige ich mich seit längerem mit asiatischen Philosophien und Bewegungslehren.« Sie wusste es nur aus zwei oder drei Nebensätzen bei seinen Geburtstagsessen, bei denen er mehr zuhörte als redete.

Susanne zündete sich eine Zigarette an. »Meinen Sie, Tai Chi könnte mir helfen meinen Tabakkonsum zu reduzieren?«

»Bestimmt. Es beruhigt. Ich verwende zum Beispiel deutlich weniger Kraftausdrücke als früher.«

»Was machen wir eigentlich mit der Presse?«

Antweiler winkte ab. »Überlassen Sie das mir. Konzentrieren Sie sich ganz auf die Ermittlungen. Nach außen werden wir einstweilen die Version ›tragischer Unfall‹ verkünden. Immerhin ist er ja in seinem Büro gestorben und es gab praktisch keine externen Zeugen bis auf Mario Eberhard. Ich denke, Europetrol wird ebenfalls daran gelegen sein, die Unfallversion zu unterstützen. Eventuell müssen wir diesen Mario etwas von der Presse abschirmen. Mal sehen. Dagegen, dass nach all dem Wirbel um den Jaguar bei Sempolds und bei Krupkas Tod nun in den Medien wild spekuliert wird, sind wir sowieso machtlos.«

Er schaute einen Moment schweigend auf die dahinkriechende Blechlawine hinunter. »Es könnte sich um ein quantenphysikalisches Phänomen handeln«, sagte er dann unvermittelt.

»Wie bitte?«

»Der Jaguar. In der Quantenphysik haben Wissenschaftler schon vor Jahrzehnten die Theorie so genannter nichtlokaler Feldeffekte aufgestellt. Es handelt sich dabei um Effekte, die nicht an Raum und Zeit gebunden sind. Demnach könnte etwas, das nicht an einen bestimmten Ort gehört, unter bestimmten Voraussetzungen sehr wohl an diesem Ort auftauchen. Natürlich beschränken sich diese Theorien auf den Bereich der Elementarteilchen. Andererseits setzt sich aber die gesamte Materie aus diesen Teilchen zusammen, also auch Menschen. Und Jaguare.«

Er sollte mal mit Jonas angeln gehen, dachte Susanne. Die beiden hätten wahrscheinlich ihre helle Freude aneinander.

»Ihr skeptischer Blick findet mein vollstes Verständnis, Susanne. Aber ungewöhnliche Geschehnisse zwingen dazu, nach ungewöhnlichen Erklärungen zu suchen. Damit so ein nichtlokaler Feldeffekt den Bereich der Elementarteilchen sprengen und sich auch auf große Materieeinheiten auswirken könnte, müsste vermutlich eine sehr starke Energie im Spiel sein. Wir sollten in Betracht ziehen, dass es sich dabei auch um emotionale Energie handeln könnte. Bei Mord ist wohl fast immer eine starke emotionale Energie im Spiel. Was uns zur Frage des Motivs führt ...«

»Rache«, sagte Susanne spontan.

»Sehr gut. Ich würde sagen, der Junge ist der Schlüssel.«

Susanne nickte. »In Belize muss sich vor Jahren eine ganz üble Geschichte zugetragen haben und wir müssen endlich jemanden finden, der uns diese Geschichte erzählt.«

Antweiler leerte seine Kaffeetasse und schaute auf die Uhr. »Ich habe noch eine Lagebesprechung beim Polizeipräsidenten, wobei sich mir vor lauter gepflegter Langeweile vermutlich die Fußnägel aufrollen werden. War nett, mit Ihnen zu plaudern.« Er nickte ihr zu und ging. Für jemanden, der so viel Zeit am Schreibtisch verbrachte, war sein Gang erstaunlich federnd und elastisch. Und er hielt sich athletisch aufrecht, hatte einen guten Muskeltonus. Dass ihr das nie so recht aufgefallen war, lag vermutlich daran, dass sie einander fast nur in seinem Büro begegneten. Wenn sie an Antweiler dachte, sah sie immer seinen Schreibtisch und ihn dahinter sitzend.

Nachdenklich trank sie noch einen Kaffee, rauchte noch eine Zigarette, ehe sie zu ihrem Büro zurückging.

Tönsdorf machte ein zufriedenes Gesicht, als sie hereinkam. »Hat aber lange gedauert, das Chef-Briefing«, meinte er.

»Stellt euch vor, er war mit mir einen Kaffee trinken!«

»Er ist mit dir in die Kantine gegangen? Erstaunlich. Ich wette, das lag am Parfüm!«

Susanne verzog das Gesicht. »Quatsch, halt die Klappe, Tönsdorf! Oder nein, halt sie nicht und erzähl mir, was du inzwischen herausgefunden hast.«

»Die Möglichkeiten des Internet versetzen mich immer wieder in Erstaunen. Die Maya Crystal Resort Investment Group hat eine Webseite, die genau so aufwändig gemacht ist wie ihre Broschüre. Da hab ich dann mal den About-Us-Button angeklickt – und siehe da, die Gesellschafter sind dein Schädelguru, von dem du mir heute Morgen am Telefon berichtet hast, das Ehepaar Eberhard und ein Amerikaner namens Roger Bishop.«

»Ha!«, sagte Susanne. »Roger! Marios geheimnisvoller amerikanischer Freund. Und Felten taucht nicht auf?«

Tönsdorf schüttelte den Kopf. »Der hat mit dem Laden offenbar nichts zu tun.«

»Kein Wunder«, sagte Susanne. »Mario hat Jonas ja auch erzählt, dass Felten und dieser Roger sich nicht grün sind beziehungsweise waren.« Für einen Moment tauchte Robert Redfords zerrissene Kehle vor ihrem inneren Auge auf, doch sie konnte das Bild anschauen und dabei entspannt bleiben. Der Schock war erstaunlich schnell verheilt.

»Ich war aber auch nicht untätig«, meldete sich

Torsten zu Wort. »Felten ist doch vor zwei Jahren zum deutschen Manager des Jahres gewählt worden. Also hab ich mal im Internet-Archiv des Manager-Fachmagazins gestöbert. Er war nicht nur Direktor dieser Raffinerie, die übrigens die weltweit modernste und leistungsfähigste Europetrol-Raffinerie ist, sondern außerdem Mitglied im Gesamtvorstand des Konzerns. Dort hatte er die ganze Raffinerie-Koordination und -Entwicklung unter sich, weswegen er auch oft zwischen den einzelnen Raffinerien hin und her reiste. Und er wurde als heißer Kandidat für den Job des Vorstandsvorsitzenden gehandelt, der im nächsten Jahr vakant wird. Na, aber da werden sie sich nun jemand anderen suchen müssen.«

»Und seine Vergangenheit? Bevor er nach Köln kam? Hast du darüber auch was herausgefunden?«

»Klar doch. Die hatten seine komplette Vita im Archiv. Die offizielle jedenfalls. Danach hat er seinen Aufstieg bei Europetrol tatsächlich in Belize begonnen, als junger Ingenieur in deren dortiger Niederlassung. Er hat dort und in Mexiko zwei marode Raffinerien saniert und es innerhalb von nur fünf Jahren zum Mittelamerika-Chef von Europetrol gebracht. Da war er erst vierunddreißig. Danach hat er seine Konzernkarriere in Europa fortgesetzt.«

»Das erklärt auch, woher er und die Eberhards sich vermutlich kennen«, sagte Tönsdorf. »Eberhard ist ebenfalls Ingenieur. Aus seinen persönlichen Angaben auf der Crystal-Resort-Webseite geht hervor, dass er in Belize für eine US-amerikanische Firma gearbeitet hat, die auf den Bau von Raffinerie- und Ölförderanlagen spezialisiert war.«

»Lass mich raten – dieser Amerikaner, Roger Bishop, hat auch für diese Firma gearbeitet?« Susanne genoss das wunderbar befriedigende Gefühl, das sich einstellte,wenn sich bei einer Ermittlung die Stücke des Puzzles endlich zu einem schlüssigen Bild fügten. Nun gut, vorerst handelte es sich nur um einen kleinen Teil des Puzzles. Das dickste, unerfreulichste und am schwersten einzusortierende Puzzlestück war und blieb der Jaguar.

»In der Tat. Nur dein Schädelexperte passt noch nicht ins Bild. Er ist Archäologe.«

»Die Verbindung zwischen diesen Leuten muss ja gar nicht unmittelbar mit dem Ölgeschäft zu tun haben«, überlegte Susanne laut. »Vermutlich verbindet sie eine Leidenschaft, die lediglich für Thürmann Hauptberuf, für die anderen aber Hobby war, wenn auch vielleicht ein ziemlich lukratives Hobby.«

»Die Maya und deren Hinterlassenschaften«, kombinierte Torsten.

»Genau. Die Schatzsuche.« Und Feltens schlechtes Gewissen dem Jungen gegenüber speiste sich vielleicht daraus, dass sie bei dieser Schatzsuche zu unsauberen und illegalen Methoden gegriffen hatten. Chris hatte ihr von den beunruhigenden Bildern erzählt, die sie während ihrer Trancereise mit Mario empfangen hatte: Indianer, die von Weißen mit automatischen Waffen beschossen wurden. War Felten so in den Besitz seines Schädels gelangt?

Susanne beschloss mit den Eberhards zu sprechen. Erst wollte sie dort anrufen, entschied dann aber anders: Wegen der zwar unglaublichen, aber dennoch zweifelsfrei feststehenden Todesursache würde die Gerichtsmedizin die Leiche vermutlich schon morgen zur Bestattung freigeben. Es genügte, sich bei Mario zu vergewissern, dass seine Adoptiveltern an der Beerdigung teilnahmen. Dann konnte Susanne persönlich mit ihnen sprechen. Von Vernehmungen am Telefon hielt sie wenig. Und falls die Eberhards nicht kamen, würde sie sich von Antweiler eben einen Flug nach München bewilligen lassen.

Immer noch schien das Lied in Susanne nachzuwirken. Abends rief Chris an und erkundigte sich, wie es ihr ging, und Susanne erzählte ihr von dem unerwarteten Kaffeetrinken mit Antweiler. Anschließend blieb sie zum ersten Mal seit längerem nicht vor dem Fernseher kleben, sondern ging früh ins Bett und schlief tief und friedlich wie ein Murmeltier.

Als sie am nächsten Morgen beim Frühstück saß und sich gerade ihren Toast mit Butter bestrich, hörte sie im Radio in den WDR-Nachrichten eine Meldung, die ihr beinahe das Messer aus der Hand fallen ließ.

In der Nacht hatte es in München-Pasing einen Doppelmord gegeben, dessen Umstände so außergewöhnlich waren, dass sogar überregional in den Nachrichten darüber berichtet wurde. Ein Ehepaar war in seiner Villa bestialisch umgebracht worden. Der Mörder hatte ihnen die Kehle zerfetzt. Es konnte sich aber nicht um einen Raubmord gehandelt haben, da der Täter keine Wertsachen entwendet hatte. Zufall, dachte Susanne im ersten Moment. Das muss gar nichts mit unserem Fall zu tun haben, das müssen nicht die Eberhards sein. Sie spürte ein ängstliches Unbehagen und wusste, dass sie Gewissheit brauchte. Schnell.

Sie griff zum Telefon, ließ sich von der Auskunft mit dem Münchner Polizeipräsidium verbinden und fragte sich zur Mordkommission durch. Der Beamte, der sich dort meldete, verhielt sich erst sehr abweisend, weil er sie wohl für eine neugierige Reporterin hielt. Als sie ihm aber glaubhaft versichern konnte, vom Fach zu sein, und die Todesfälle in der Raffinerie erwähnte, die sie zu untersuchen habe, wurde er gesprächsbereiter.

»Ja, sagen Sie, bei Ihnen oben im Norden ist das auch vorgekommen? Das ist ja unglaublich! Aber viel kann ich Ihnen gar nicht erzählen. Wir stehen vor einem Rätsel ...«

Susanne gab sich einen Ruck und fragte: »Zuerst einmal – der Name dieses Ehepaars: Handelt es sich um die Eberhards?«

»Ja, das wissen's schon?«, kam die erstaunte Antwort.

»Und lassen Sie mich raten, die Opfer sehen aus wie von einer großen Raubkatze angefallen?« Ein eisiges, grausiges Gefühl stieg in Susanne hoch. Was um alles in der Welt war das für ein Jaguar, der nun auch noch sechshundert Kilometer entfernt in München sein Unwesen getrieben hatte?

»Leider sehen sie nicht nur so aus. Sie *sind* von

einer Raubkatze getötet worden, da ist unsere Gerichtsmedizin sich völlig sicher. Sie haben noch in der Nacht einen Experten vom Tierpark Hellabrunn hinzugezogen. Und da war noch etwas Seltsames …«

»Alle Türen waren von innen zugesperrt, sodass völlig unklar ist, wie diese Raubkatze ins Haus gelangen konnte.«

»Stimmt! Sakrament, das ist so verrückt, dass ich mich eigentlich immer noch weigere richtig darüber nachzudenken! Aber das ist noch nicht alles: Die Eberhards saßen auf gepackten Koffern. Es sah aus, als wollten sie sich Hals über Kopf aus dem Staub machen. Er hatte Flugtickets nach Neuseeland in der Tasche – für den Lufthansa-Flug heute Morgen. Und er hat die Raubkatze …«

»Es ist ein Jaguar«, sagte Susanne, »ein schwarzer Jaguar.«

»So? Na, jedenfalls hat der Herr Eberhard sie erwartet, scheint's. Er umklammerte eine große Jagdbüchse, die er aber wohl nicht mehr rechtzeitig abfeuern konnte, ehe das Biest ihm die Kehle zerfleischt hat.«

Sie und der Münchner Kollege, ein Hauptkommissar Tischlinger, versprachen, sich gegenseitig auf dem Laufenden zu halten. Susanne schlang eilig ihren Toast hinunter, zog sich an und stürzte sich in den morgendlichen Berufsverkehr.

Bald darauf klingelte sie an der Tür von Feltens großem Haus in Rheindorf, das nun leerer war denn je. Die riesige Raffinerie gegenüber zischte und dampfte und stank weiter vor sich hin, als sei nichts geschehen. Hedwig öffnete mit bekümmertem Gesicht und verweinten Augen.

»Ist Mario schon informiert … Ich meine darüber, dass nun auch seine Adoptiveltern …?« Susanne sprach mit leiser, behutsamer Stimme. Hedwig tat ihr Leid.

»Ja. Die Polizei aus München hat heute schon ganz früh hier angerufen. Aber …« Sie schüttelte den Kopf. »Er hat gesagt, dass er es schon wusste. Er hat es im Traum gesehen. Oh, es ist alles so furchtbar!« Sie zog ein zerknülltes Taschentuch aus der Schürze und wischte sich die Tränen ab.

Susanne legte ihr beruhigend die Hand auf die Schulter und fragte: »Wie wird er damit fertig?«

»Er … ist sehr ruhig und gefasst. Ich meine … fast zu ruhig. Ich mache mir Sorgen um ihn.«

»Wo ist er denn?«

»Sitzt schon die ganze Zeit oben in seinem Zimmer. Er wollte nichts frühstücken. Gehen Sie nur zu ihm hoch. Vielleicht hilft es, wenn Sie mit ihm reden.«

Susanne stieg die Treppe hinauf und klopfte an Marios Tür. Es kam keine Antwort. »Mario? Ich bin es. Susanne Wendland, die Kommissarin.«

Sie wollte schon einfach die Tür öffnen, als diese plötzlich aufschwang und Mario vor ihr stand. Er wirkte blass hinter seinem dunklen Teint, schwarze Schatten unter den Augen.

»Es tut mir Leid«, sagte Susanne. »Ich habe vom Tod Ihrer Adoptiveltern erfahren.«

»Sie haben mich angelogen.«

»Wer? Die Eberhards?«

Er machte ihr Platz, sodass sie eintreten konnte, ging zu seinem ungemachten Bett und setzte sich.

»Alle. Immer schon. Auch Onkel Arne. So ist es doch, nicht wahr?«

»Das weiß ich nicht«, sagte Susanne zögernd. »Wissen Sie es denn oder vermuten Sie es nur?«

»Gestern hat mein Adoptivvater zum letzten Mal gelogen. Er hat behauptet, dass er heute hierher nach Köln kommen will. Aber da hatte er in Wahrheit längst Flugtickets nach Neuseeland in der Tasche. Die Polizei aus München hat mir das heute Morgen gesagt. Sie wollten abhauen.«

»Haben Sie eine Idee, warum? Wovor wollten sie fliehen?«

»Na, vor dem Jaguar, wovor denn sonst?«, erwiderte er heftig, sprang auf, ging zur offenen Balkontür und starrte hinaus. Nach einem Moment des Schweigens sagte er leise: »Vielleicht ist es gut, dass sie tot sind.«

»Gut? Haben Sie denn wirklich Grund dazu, Ihre Adoptiveltern zu hassen? »

»Weiß ich denn, was sie getan haben, damals in Belize?«

Susannes Augen wurden schmal. »Dann glauben Sie also, dass der schwarze Jaguar Rache nimmt für etwas, das damals geschehen ist?«

Mario schlug mit der flachen Hand gegen den Türrahmen. »Verdammt, was fragen Sie mich das? Ich weiß doch überhaupt nichts! Ich weiß nichts über meine wirklichen Eltern, ich weiß nicht, warum ich den Jaguar im Traum sehe, ich weiß nicht, warum alle diese Leute gestorben sind!« Leiser fügte er hinzu: »Ich merke nur, dass ihr Tod mich … irgendwie kalt lässt. Obwohl ich sie doch eigentlich gemocht habe. Aber ich habe im Moment das Gefühl, dass ich sie nicht vermissen werde, weder die Eberhards noch Onkel Arne. Und das erschreckt mich. Irgendwie fühlt es sich an, als ob es richtig wäre, dass sie nicht mehr da sind.«

Er starrte eine Weile schweigend hinunter auf den Rasen, dorthin, wo er die seltsamen Fremden gesehen haben musste und wo auch Jonas ihnen begegnet war.

Susanne ließ ihm Zeit. Wenn es irgendwie gelang, diese Wand zu durchbrechen, die ihn von seinen Kindheitserinnerungen trennte … Die schwarze Wand, von der Chris gesprochen hatte.

Jetzt drehte er sich um und schaute Susanne an: »Ich möchte Sie um einen Gefallen bitten. Eben rief ein Notar an, ein Bekannter Onkel Arnes. Er hat mir mitgeteilt, dass Onkel Arne mich in seinem Testament als alleinigen Erben eingesetzt hat. Die Testamentseröffnung ist schon morgen. Und zwar in Onkel Arnes Büro in der Raffinerie.«

»In der Raffinerie – warum denn das?« An dem Ort, wo Felten gestorben war. Das erschien Susanne ungewöhnlich.

»Der Notar sagte, dass ein wertvoller Gegenstand Teil des Erbes ist. Onkel Arne hat ihn in einem Safe in seinem Büro aufbewahrt. Dieser Safe soll morgen im Beisein des Notars geöffnet werden.« Mario zögerte, druckste einen Moment herum. »Ich möchte Sie um einen Gefallen bitten.«

»Ja?« Susannes Gedanken überschlugen sich. Der

Kristallschädel. Ein Teil von ihr wusste, dass Chris das zweite Gesicht hatte und Unsichtbares sehen konnte, aber wenn die Realität dann diese Visionen bestätigte, empfand Susannes gesunder Menschenverstand das immer noch wie einen elektrischen Schlag.

»Ich fühle mich … so allein. Ich hatte noch nie mit Testamenten und solchen Sachen zu tun. Würden Sie mich morgen zu diesem Termin begleiten? Und vielleicht könnte auch Ihre Freundin mitkommen, Chris Adrian. Ich habe irgendwie das Gefühl, dass es gut wäre, wenn sie dabei ist. Sie wissen ja, manchmal spüre ich einfach etwas, ohne es genau erklären zu können.«

Susanne nickte. »Gut. Ich komme auf jeden Fall mit. Und ich werde Chris anrufen und sie fragen.«

Chris bugsierte ihren Landcruiser in eine freie Lücke. Mit den schmalen, grobstolligen Geländereifen und den Schlammspritzern an der hohen, forstgrünen Karosserie wirkte er zwischen den gepflegten Pkws auf dem Raffinerieparkplatz wie ein Fremdkörper. Sie öffnete die Hecktür. Mister Brown sprang aus dem Laderaum und sie legte ihn an die Leine. Eigentlich hasste sie Hundeleinen, aber bei bestimmten Gelegenheiten waren sie unumgänglich. Die Sonne schien sehr kräftig, sodass der Hund nicht im Wagen bleiben konnte. Immerhin ließ sich Mister Brown gut an der Leine führen.

Der Pförtner am Eingang des Verwaltungsgebäudes schoss hinter seinem Tresen hervor, als sie mit dem Hund in die Halle stapfte und zielstrebig den

Lift ansteuerte, da sie den Weg ja bereits kannte. »Halt! Hunde haben hier keinen Zutritt!«

Chris blieb stehen. Mister Brown blickte dem kleinen, dürren Mann hechelnd und schwanzwedelnd entgegen. »Ach so. Aber das ist nicht einfach nur ein Hund. Es ist ein Medizinhund.«

»Ein ... Medizinhund?«

»Ja. Er ist mein ...« – Chris suchte nach einer guten Umschreibung – »... mein *Assistent.*«

Der Mann warf ihr einen verständnislosen Blick zu. »Wohin wollen Sie überhaupt?«

»Chris Adrian. Zu der Testamentseröffnung im Büro des Direktors.«

»Verstehe. Aber den Hund können Sie nicht mitnehmen.«

Chris hielt ihm die Leine hin. »Na gut. Dann passen Sie eben solange auf Mister Brown auf. Aber seien Sie nett zu ihm, sonst wird er knurrig.«

Der kleine Mann schaute einen Moment unsicher zwischen Chris und dem braunen Zottelvieh hin und her, wobei er offenbar seine eigene Größe in Relation zu der des Hundes brachte. Er seufzte. »Also, dann nehmen Sie ihn in Gottes Namen mit! Aber halten Sie ihn an der Leine!«

Feltens Sekretärin, deren strenges Gesicht von dem herben Verlust gezeichnet war, reagierte deutlich positiver auf Mister Brown. »Der ist aber lieb. Wären Sie bereit ihn mir hier im Vorzimmer anzuvertrauen? Ich weiß nicht, ob der neue kommissarische Direktor Tiere im Büro duldet. Er bekommt auch eine Schüssel Wasser.«

Das war ein Wort. Die Sekretärin tätschelte Mister Brown den Kopf und er blieb brav neben der Tür sitzen.

Drinnen im Büro traf Chris auf Susanne, Mario und zwei unbekannte ältere Herren. Der eine stellte sich als Dr. Jachzig vor, der Notar. Bei dem anderen handelte es sich um einen Engländer, Peter Williams. Er war aus der Londoner Zentrale des Europetrol-Konzerns als kommissarischer Nachfolger für Felten eingeflogen worden. Sie setzten sich an den Konferenztisch.

»Gut«, sagte Dr. Jachzig, »dann schreiten wir jetzt zur Testamentsverlesung. Es geht um das Privatvermögen des verstorbenen Arne Felten. Dieses Vermögen umfasst das Wohnhaus des Verstorbenen mitsamt Grundstück, geschätzter Wert circa eins Komma zwei Millionen, Kapitalanteile des Europetrol-Konzerns und anderer Firmen im Wert von zwölf Komma acht Millionen ...«

Für Chris' Verhältnisse waren das geradezu Schwindel erregende Summen. Mario nahm es mit starrem, beherrschten Gesicht auf.

»... sowie ein besonderer Gegenstand, der hier in diesem Büro in einem Safe aufbewahrt wird, den Herr Williams gleich in unserem Beisein öffnen wird. Alleiniger Erbe sind, so wurde es vom Verstorbenen testamentarisch verfügt, Sie, Herr Mario Eberhard. Ich komme nun zur Verlesung des Testaments, das von Herrn Felten am vierzehnten Mai des vergangenen Jahres aufgesetzt wurde:

›*Mein lieber Mario, dieses Testament ist allein für dich bestimmt und darum spreche ich dich unmittelbar an. All die Jahre hindurch bin ich für dich On-*

kel Arne gewesen, ein guter Freund der Familie. Kürzlich hatte ich ein intensives Gespräch mit deinen Adoptiveltern, die ich seit Jahren zu meinen nächsten und besten Freunden zähle. Darin bestärkten sie mich nachdrücklich in meinem Entschluss ein Testament aufzusetzen, in dem ich verfüge, was im Falle meines Ablebens mit meinem Vermögen geschehen soll. Zwar bin ich gesund und im Vollbesitz meiner Kräfte, doch zwingt mein Beruf mich zu häufigen Flugreisen, bei denen immer ein gewisses Unfallrisiko besteht. Zugleich möchte ich dieses Testament nutzen, um einige Dinge klarzustellen, die dich und mich und die Vergangenheit betreffen.

Im Sommer 1980 bereiste ich mit Freunden, zu denen auch deine Adoptiveltern gehörten, den Dschungel von Belize, um alte Maya-Tempelstätten zu besichtigen. Dabei lernten wir eine Sippe des so genannten Balam- oder Jaguar-Volkes kennen. Sie sind Indianer, behaupten jedoch von sich, dass ihr Volk älteren Ursprungs ist als die Kultur der Maya, deren Nachfahren ebenfalls diese Region bewohnen. Die Balam-Menschen leben nomadisch im Dschungel und mit fortschreitender Ausbreitung der modernen Zivilisation ist ihre Lebensweise wohl zum Aussterben verurteilt. Sie führen einige alte Kultgegenstände mit sich, als deren Hüter sie sich bezeichnen. Nach ihrer Aussage stammen diese Kultgegenstände aus einer viel älteren Epoche als die Kunstwerke der Maya. Sie sollen von einer überlegenen Kultur geschaffen worden sein und die Balam-Leute betrachten sich sozusagen als deren Nachlassverwalter …‹«

Chris musste an Jonas' unheimliche Begegnung denken. Die Balam-Menschen. Das Jaguarvolk ... Gespannt hörte sie zu.

»... Wir wurden von diesen Menschen sehr gastfreundlich aufgenommen und während dieses Aufenthaltes verliebte ich mich in Tula, die schöne Tochter des spirituellen Führers der Sippe, Votan. Sie erwiderte meine Liebe und wir gingen eine intime Beziehung ein. Als dies bekannt wurde, erwartete Votan von mir, dass ich Tula zur Frau nahm und nach dem Ritual seines Volkes heiratete. Anderenfalls wäre sie verstoßen worden. Ich willigte ein und Tula, die eine Zeit lang eine Missionsschule besucht hatte und sich danach sehnte, die Welt außerhalb des Dschungels kennen zu lernen, ging mit mir nach Belize City. Zur Hochzeit schenkte mir Votan, der mich als seinen Schwiegersohn akzeptierte hatte, einen wunderschönen Artefakt aus Bergkristall, die Nachbildung eines menschlichen Schädels. Er sagte, dieses Objekt gelte in seiner Sippe als außerordentlich heilig und solle mich und seine Tochter in unserem weiteren Leben beschützen.«

Chris horchte auf. Da war er also, der Schädel!

»Als wir in Belize City eintrafen, war Tula bereits schwanger. Leider stellte sich rasch heraus, dass unsere Liebe im Wesentlichen auf Illusionen gegründet war. Die kulturellen Unterschiede zwischen uns erwiesen sich als unüberbrückbar groß. Schon nach kurzer Zeit sehnte sie sich in den Urwald zurück. Ihre einzige Verwandte in Belize City, eine Kusine, die mit ihrem Mann wenige Jahre zuvor in die Stadt gezogen war, fristete dort ein trauriges, ärmliches Da-

sein. Auch wollte Tula ihr Kind nach traditioneller Art bei ihrem Volk zur Welt bringen und nicht in einem Krankenhaus. Ich andererseits wollte in der Ölindustrie Karriere machen und hatte eine viel versprechende Stellung bei der mittelamerikanischen Europetrol-Niederlassung in Belize City angenommen.

Kurz gesagt: Wir trennten uns rasch wieder. Allerdings fiel uns beiden der Abschied dann doch schwer. Ich schenkte ihr eine kleine Pocketkamera und nahm ihr das Versprechen ab mir Bilder unseres Kindes zu schicken. Dann kehrte sie zu ihrem Vater Votan in den Dschungel zurück. Tula brachte dort einen Sohn zur Welt und dieser Sohn, mein lieber Mario, bist du …«

Dr. Jachzig blickte auf und machte eine bedeutungsvolle Pause, dann fuhr er fort:

»Ich, Arne Felten, bin dein Vater, Mario.«

Der Notar schwieg, offenbar um Mario erst einmal Gelegenheit zu geben diese Nachricht zu verarbeiten. Chris konnte sehen, wie es in Marios Gesicht heftig arbeitete. Der junge Mann nahm die Neuigkeit, wie es schien, mit sehr gemischten Gefühlen auf. Was für eine Ironie des Schicksals, endlich den leiblichen Vater gefunden, ihn aber doch schon wieder verloren zu haben!

Mario räusperte sich und sagte mit gepresster Stimme: »Lesen Sie bitte weiter.«

»Wie Sie wünschen: ›*Ich möchte meine Rolle nicht besser darstellen, als sie war, Mario. Kurz nach dem Weggang deiner Mutter ging ich eine Affäre mit einer anderen Frau ein, einer Weißen, und dach-*

te kaum noch an Tula und unser gemeinsames Kind. Eines Tages, fast zwei Jahre nach Tulas Weggang, kam mit der Post ein Umschlag, der einen Brief Tulas – sie hatte in der Missionsschule lesen und schreiben gelernt – und einen belichteten Film enthielt. Ich brachte ihn sofort zum Entwickeln. Es waren Bilder von Tula, von Votan und seiner Sippe und von dir, Mario. Tula und Votan wirkten auf den Bildern erschöpft und abgezehrt. Man sah ihnen an, wie schwer das Leben im Dschungel geworden sein musste. Ihr traditionelles Stammesgebiet war von Erschließungsmaßnahmen und Rodungen bedroht und immer wieder kam es zu gewaltsamen Übergriffen auf die Indianer. Sie taten mir sehr Leid und glaube mir, Mario, ich hatte ganz ernsthaft vor, damals in den Dschungel zu reisen und nach euch zu suchen, um Tula und dich zurück nach Belize City zu holen und mit euch als richtige Familie zusammenzuleben. Doch Tula schrieb mir in ihrem Brief unmissverständlich, dass sie keinen weiteren Kontakt zu mir wünschte. Sie habe ihr Versprechen eingelöst und mir die Fotos meines Sohnes geschickt. Aber ich solle euch in Ruhe lassen. Sie wolle kein Geld von mir und du solltest bei ihnen im Dschungel auf traditionelle Weise aufwachsen. ›Eure Welt, die ich in der Stadt gesehen habe, ist krank und verrückt. Das will ich dem Jungen ersparen‹. Danach habe ich von Tula nie wieder etwas gehört oder gesehen.

Etwa ein Jahr später suchte mich ihre Kusine auf und erzählte mir, dass sich im Dschungel etwas Schreckliches ereignet hätte: Votans Balam-Sippe sei von weißen Söldnern überfallen worden, die die Indianer offenbar im Auftrag skrupelloser Geschäftsleute beseitigen sollten. Diese Geschäftemacher wollten sich das Gebiet der Indianer aneignen, um es für den Holzeinschlag und die Erdölförderung zu erschließen. Tulas Kusine berichtete weinend, dass außer deiner Mutter und dir keiner der Sippe dieses schreckliche Massaker überlebt habe. Ich glaube, dass dein Gedächtnisverlust bezüglich deiner Kindheit, den wir später bei dir feststellten, auf dieses traumatische Erlebnis zurückzuführen ist. Die Kusine sagte, Tula habe mit dir Zuflucht bei der Sippe ihres Onkels gefunden, doch ihre Gesundheit sei von dem Schrecken und den Entbehrungen sehr angegriffen. Ich gab Tulas Kusine Geld, denn ich merkte, dass sie auch deshalb gekommen war. Ihr Mann war Alkoholiker und sie wusste nicht, wie sie ihre fünf Kinder durchbringen sollte. Ich glaube, es hat sie sehr beschämt, und ich sah sie nicht wieder. Erneut spielte ich mit dem Gedanken, im Dschungel nach Tula und dir zu suchen, doch wieder unternahm ich nichts. Ich hatte mich gerade wieder einmal in eine neue Liebesaffäre gestürzt und meine Karriere entwickelte sich glänzend. Warum also sollte ich mir unnötig Schwierigkeiten einhandeln? Leider dachte ich damals so.

Bis eines Tages ein Indianer, ein unsympathischer Bursche mit einem schiefen Grinsen und einem Mund voller Goldzähne, bei mir in der Europetrol-Niederlassung auftauchte. Er hatte einen Jungen von fünf Jahren bei sich, dich, Mario, und ließ sich von meiner Sekretärin nicht abwimmeln. Schließ-

lich führte sie euch zu mir. Der Indianer erklärte mir, er sei dein Onkel. Dein indianischer Name laute übersetzt Nachtauge …«

»Ist ja total irre!«, platzte Chris heraus. »Die Balam-Leute haben zu Jonas gesagt, dass du so heißt! Und dieser Indianer, der Jonas außer Gefecht gesetzt hat, wie auch immer er das geschafft haben mag, denn mein Jonas ist nicht so leicht außer Gefecht zu setzen – jedenfalls hat er komisch gegrinst und hatte viele Goldzähne!«

Sie hielt sich entschuldigend die Hand vor den Mund. Dr. Jachzig blickte etwas vorwurfsvoll drein.

Mario sprang erregt auf. »Dann war er der Mann! Ich erinnere mich überhaupt nicht an meine Zeit im Dschungel. Das liegt alles hinter dieser verdammten schwarzen Wand. Meine erste Erinnerung ist, dass ich von einem Mann, der eine dunklere Haut hatte als ich – meine Haut ist dunkler als eure, aber nicht so dunkel wie die eines richtigen Indianers – auf den Schultern getragen wurde. Ich weiß, dass er mir irgendwas ins Ohr gezischt hat, und es war, als hätte er mich damit … aufgeweckt. Er hat mich auf seinen Schultern durch eine große Stadt getragen, in der mich alles erschreckte, die vielen Menschen, der Lärm, die Autos, die großen Häuser. Er sprach die ganze Zeit kein Wort mit mir, trug mich bis zu einem großen Haus mit vielen Fenstern. Wir sind hineingegangen, und da war dieser andere Mann. Sie unterhielten sich in einer Sprache, die ich damals noch nicht verstand. Es war wohl Englisch. Der andere Mann war wütend, aber schließlich ließ der Indianer mich einfach dort zurück, ohne ein Wort.

Dann war der andere Mann Onkel Arne ... mein Vater. Aber er wollte nichts von mir wissen! Er hat mich gar nicht angesehen. Wahrscheinlich erinnere ich mich deshalb nicht an sein Gesicht. Er ragte nur groß und wütend über mir auf. Dann hat eine Frau sich um mich gekümmert. Das war wohl die Sekretärin. Und nach ein paar Stunden, die mir wie eine Ewigkeit vorkamen, wurde ich von einer Nonne abgeholt, die mich in dieses scheußliche Heim brachte ...«

Der Notar wirkte ungeduldig. »Gestatten Sie, dass ich weiterlese?«

Mario setzte sich wieder und schwieg.

»Tula sei vor zwei Jahren an Tuberkulose gestorben. Seitdem habe er, dein Onkel, sich um dich gekümmert, doch das Leben draußen im Dschungel werde immer härter und schwieriger. Er habe genug andere Probleme und jetzt solle ich als dein Vater mich gefälligst deiner annehmen, wie es meine verdammte Pflicht sei. Ich war wütend. Ich bereitete gerade meinen nächsten Karrieresprung vor – von Mittelamerika zurück nach Europa – und ein Kind war nun wirklich das Letzte, was ich gebrauchen konnte. Instinktiv spürte ich, dass du mein Sohn bist. Irgendwie erkannte ich es am Gesicht und an den Augen, auch wenn wir uns heute ja äußerlich kaum ähneln. Trotzdem forderte ich von ihm einen Beweis, den er auch sofort erbrachte: Er hob dich hoch, entblößte dein Hinterteil und zeigte mir den großen Leberfleck auf deiner rechten Pobacke ...«

»Ja!«, sagte Mario. »Den habe ich heute noch!«

»... den ich von den Fotos her kannte. Dann ließ

er dich einfach ohne ein weiteres Wort in meinem Büro sitzen und ging. Und, Mario, das Einzige, woran ich damals dachte, war, wie ich dich so schnell wie möglich wieder loswerden konnte. Das Kinderheim der Barmherzigen Schwestern fiel mir ein, das von unserer Niederlassung gelegentlich mit einer Geldspende unterstützt wurde. Ich rief dort an und noch am selben Tag holte eine Nonne dich ab. Ich war froh dich los zu sein. So war es leider. Ich glaube, ich habe dich noch nicht einmal richtig angesehen. In den folgenden Jahren überwies ich regelmäßig für dich die Heimkosten, ohne auch nur ein einziges Mal nach dir zu schauen, obwohl ich mehrfach von Europa aus geschäftlich nach Mittelamerika reisen musste …«

»Dann hat er mir das also eingebrockt!«, rief Mario erregt. »Er hat mich sieben Jahre lang bei diesen widerlichen Nonnen versauern lassen!«

»… Ich hatte nur meine sich prächtig entwickelnde Karriere im Kopf und was die Frauen anging, stand mir nicht der Sinn danach, eine Familie zu gründen, die dir ein Heim hätte bieten können. Ich bevorzugte kurze, folgenlose Affären. Und wenn ich ehrlich bin, ist dies mein ganzes bisheriges Leben hindurch so geblieben.« Dr. Jachzig pausierte einen Moment, räusperte sich und trank etwas Wasser.

Chris warf Susanne einen Seitenblick zu. Ihre Freundin wirkte ruhig und aufmerksam, zeigte ihren Falkenblick, dem nichts entging. Wenn Feltens Eingeständnis sie betroffen machte, merkte man ihr das jedenfalls nicht an. Was ein Glück, dass sie sich nicht mit ihm eingelassen hat, dachte Chris.

Der Notar las weiter: ›*Kurz vor deinem zwölften Geburtstag erhielt ich von der Oberin des Heimes einen bösen Brief, in dem sie mich aufforderte dich unverzüglich von dort wegzuholen. Du seiest ein sehr renitenter Junge, der nicht gehorche und nichts als Ärger mache. Und du hättest einen schlechten Einfluss auf die anderen Heimkinder …*«

»Daran waren diese Nonnen doch selbst schuld!«, stieß Mario hervor. »So, wie sie uns behandelt haben!«

»Daraufhin«, las der Notar weiter vor, *»beschloss ich dich nach Deutschland zu holen. Ich wollte dir die Möglichkeit einer ausgezeichneten Ausbildung bieten, um wenigstens etwas Wiedergutmachung zu leisten für deine tristen Jahre davor. Die Eberhards genießen seit jeher mein volles Vertrauen und ich entschied, dass sie deine weitere Erziehung übernehmen sollten, wofür ich ihnen ein, wie ich fand, sehr angemessenes Honorar zahlte.«* Dr. Jachzig trank noch einen Schluck Wasser. »Glauben Sie mir, es fällt mir nicht leicht, das vorzulesen. Es ist … Ich bin Familienvater, wissen Sie …«

»Es ist … disgusting, scheußlich«, sagte Williams, der Engländer. »So etwas hätte ich von Mister Felten nicht gedacht. Man kann doch nicht alles mit Geld regeln!«

»Nun lesen Sie schon weiter!«, forderte Mario ungeduldig.

»Du wirst sicher zugeben, dass die Eberhards dich immer sehr anständig behandelt haben. Und wir schickten dich auf eine der besten und teuersten Privatschulen Deutschlands. Vermutlich wirst du dich

fragen, warum ich mich auch weiterhin nicht zu meiner Vaterschaft bekannte und mich hinter der Rolle des netten Onkel Arne versteckte. Ich gebe zu, dass dies vor allem berufliche Gründe hatte. Ich habe in den letzten Jahren mit aller Kraft darauf hingearbeitet, Vorstandsvorsitzender von Europetrol zu werden, und in zwei Jahren, wenn der jetzige Vorstandsvorsitzende in den Aufsichtsrat wechselt, werde ich dieses Ziel erreichen. Ich hätte einfach keine Zeit gehabt mich um deine Erziehung zu kümmern. Und würde diese Geschichte zum gegenwärtigen Zeitpunkt bekannt werden, könnte mir das sehr schaden. Meine Gegner im Konzern könnten sie benutzen, um meinen Durchmarsch an die Spitze aufzuhalten. Du wirst gewiss verstehen, dass ich dieses Risiko nicht eingehen kann …«

Was für ein Riesenarschloch, dachte Chris.

Mario starrte mit versteinertem Gesicht vor sich hin.

Susanne seufzte und zündete sich eine Zigarette an.

»Wenn ich erst einmal Konzernchef bin, werden die Dinge ganz anders aussehen. Ohnehin gehe ich davon aus, dass du dieses Testament in seiner jetzigen Form nie zu Gesicht bekommen wirst, sondern dass ich in zwei oder drei Jahren mit dir offen von Mann zu Mann über all das sprechen kann. Ich bin überzeugt, da du ein reifer, einsichtiger Mensch bist, wirst du mir zwar vielleicht nicht verzeihen, aber meine Handlungsweise doch verstehen können.

In diesem Testament verfüge ich, dass du mein gesamtes Vermögen erbst, meine beträchtlichen Kapi-

talanteile ebenso wie mein Haus und jenen wunderschönen Artefakt, den dein Großvater Votan mir einst zum Geschenk machte. Einschränkend hierzu verfüge ich, aber ich denke, dies ist auch in deinem Sinne, dass deine Adoptiveltern bis zum Lebensende aus meinem Vermögen eine monatliche Leibrente in Höhe des bisher für deine Erziehung und deinen Unterhalt gezahlten Honorars erhalten sollen. Wie der Notar dir mitteilen wird, schmälert dies mein beträchtliches Vermögen aber nur unerheblich. Du wirst auf jeden Fall ab dem heutigen Tag ein reicher Mann sein und ich wünsche dir für deinen weiteren Lebensweg Glück und Erfolg. Dein Vater Arne Felten.‹

Im Anhang folgt eine Aufstellung der Vermögenswerte Ihres Herrn Vaters, die er selbst vor seinem Tod noch aktualisiert hat …«

Mario unterbrach ihn: »Ich will sein Geld nicht! Und außerdem spüre ich, dass diese Geschichte … stinkt. Sie ist nicht wahr. Jedenfalls ist es nicht die ganze Wahrheit. Das spüre ich einfach.«

»Langsam, langsam, junger Mann«, sagte Dr. Jachzig. Er blätterte in seiner Mappe ein Stück weiter.

Chris fand Feltens Geschichte zumindest in einem Punkt unglaubwürdig: Nach allem, was sie bislang über diese Schädel erfahren hatte, musste es sich bei dem von Felten um ein besonderes Exemplar handeln. Es schien ihr doch reichlich unwahrscheinlich, dass Indianer einfach ihre besonders wertvollen und heiligen Kultgegenstände herschenkten, die für sie von großer religiöser Bedeutung sein mussten. Die Kölner würden ja auch nicht mir nichts, dir nichts das Inventar des Doms verschenken. Die Indianer, die sie kannte, machten gern großzügige Geschenke, aber niemals hätten sie die heiligen Objekte ihres Volkes hergegeben. Ich wette, er hat ihn geklaut, dachte sie, und noch nicht mal in seinem Testament bringt er den Mumm auf das zuzugeben.

»Das Testament wurde von Herrn Direktor Felten um ein Zusatzdokument ergänzt. Dieses Dokument wurde am vergangenen Sonntag aufgesetzt, also unmittelbar, nachdem sich in der Raffinerie der zweite Todesfall ereignet hatte.«

Susanne und Chris tauschten erstaunte Blicke.

»Darin heißt es: ›*Mario, mein Sohn. Alles ist jetzt anders. Die beiden Todesfälle hier in der Raffinerie haben die Lage völlig verändert. Der schwarze Jaguar geht auf die Jagd. Und ich glaube zu wissen, warum er gekommen ist. Er wird auch zu mir kommen. Ich fühle es. Und darum will ich die Wahrheit aufschreiben, meine Wahrheit, das, was damals wirklich geschah. In meinem ersten Testament habe ich gelogen, Mario. Der Kristallschädel wurde mir nicht von deinem Großvater zur Hochzeit geschenkt …*«

Aha, dachte Chris, jetzt kommt's!

»… Niemals hätte das Volk des Jaguars seinen heiligsten Kultgegenstand freiwillig hergegeben. Seit alters her, so lange, dass sie selbst die Jahre nicht zählen können, sind die Balam-Leute die Bewahrer dieses Schädels gewesen. Das betrachteten sie als ihre heiligste Aufgabe. Und das Amt des Schädelhü-

ters lag traditionell in den Händen von Votans Familie. Es gibt die so genannten singenden Schädel, Kristallschädel von unglaublicher Fertigungsqualität. Niemand weiß, wann, wo und auf welche Weise sie geschaffen wurden. Manche Gerüchte besagen, sie stammten nicht von dieser Welt. Einige dieser Schädel werden in Amerika gehütet, andere, wie es heißt, in Afrika, Asien und von den Aborigines in Australien. Nur wenige von ihnen befinden sich im Besitz von Weißen, die sie sich immer auf unrechtmäßigem Weg angeeignet haben. In diesen Schädeln soll das Wissen einer uralten Kultur gespeichert sein wie in den Speicherkristallen eines riesigen Computers. Mario, als ich damals im Jahre 1980 diesen Schädel zum ersten Mal sah, wusste ich, dass ich ihn besitzen musste. Ich hatte das Gefühl, dass ich gewissermaßen ein Anrecht auf ihn hätte. Das war verrückt, aber ich konnte an nichts anderes mehr denken. Und darum habe ich ihn gestohlen. Damit habe ich schwere Schuld auf mich geladen. Ich habe Tulas und Votans Volk die Seele gestohlen, den Mittelpunkt ihres spirituellen Lebens. Und ich habe es aus rein egoistischen Motiven getan.

Seither habe ich den Schädel gehütet wie meinen Augapfel. Ich weiß, ich verdanke ihm alles, was ich heute bin. Als ich den Schädel damals stahl, war ich ein schwacher Mensch, ein geborener Versager, wie es schien. Meine gesamte Karriere ist auf der Energie des Schädels aufgebaut. Diese Energie hat mich zum Erfolgsmenschen werden lassen und mir die Erotik der Macht verliehen …«

Chris sah Susanne an, die plötzlich ein etwas betretenes Gesicht machte. Das war also Feltens magische Ausstrahlung gewesen, von der Susanne sich so angezogen gefühlt hatte.

»... *Und ich habe gelernt, in dem Schädel zu lesen. Er zeigte mir Bilder, Wissen. Ich habe dieses Wissen genutzt, um Geschäftserfolge zu erzielen und Konkurrenten aus dem Feld zu schlagen. Doch seit einiger Zeit wächst auch meine Angst, mein Misstrauen. Ich bin ständig auf der Hut vor Leuten, die mein Geheimnis erfahren und mir den Schädel stehlen könnten. Mario, du wirst auch noch lernen, dass es keine Menschen gibt, denen du wirklich vertrauen kannst.*

Auch die Eberhards haben mich enttäuscht. Sie haben hinter meinem Rücken Geschäfte mit meinen Feinden gemacht und darum verfüge ich in diesem geänderten Testament, dass sie keinerlei Zahlungen mehr erhalten sollen – für den Fall, dass der Jaguar sie verschonen sollte. Ich habe den Balam-Menschen ihre Seele gestohlen und jetzt kommt die Stunde der Abrechnung. Ich weiß, es gibt keinen Ort, zu dem ich fliehen könnte. Sie werden mich finden.

Mario, der Schädel geht in deinen Besitz über, wenn ich tot bin. Ich kann dir nicht vorschreiben, was du mit ihm anfangen sollst. Aber sei vorsichtig. Er verfügt über große Macht. Ich glaube nicht, dass du den Jaguar zu fürchten hast, denn du bist eng mit ihm verwandt. Scheue dich nicht den Schädel zu deinem eigenen Vorteil einzusetzen. Die Indianer haben es nicht verstanden, die Macht des Schädels zu nutzen, um in dieser Welt Macht und Einfluss zu erlangen. Sei du nicht so dumm. In unserer Welt zäh-

len nur Sieger. Nutze den Schädel, um dich ganz nach oben an die Spitze vorzukämpfen. Welchen anderen Sinn könnte das Leben in dieser gewalttätigen, verrückten Welt haben? Lebe wohl. Dein Vater.«

»Er hat es gewusst«, sagte Susanne leise. »Er hat seinen Tod vorausgesehen.«

»Sein Gesichtsausdruck war völlig verzweifelt, als ich ihn in meiner Vision sah«, sagte Chris. »Er hat den Jaguar erwartet.« Sie schauderte.

Williams und Dr. Jachzig blickten die beiden Frauen verwundert an. Dann räusperte sich der Notar und hielt Mario ein versiegeltes Kuvert hin. »In diesem Kuvert befindet sich die Zahlenkombination für den Safe. Wenn Sie es bitte öffnen.«

Mit zitternden Fingern riss Mario das Kuvert auf. Den Zettel reichte er an Williams weiter. »Los!«, sagte er ungeduldig. »Machen Sie ihn auf! Ich will dieses Ding sehen. Jetzt gleich.«

Williams nickte, stand auf und hängte das große Foto der Raffinerie ab. Dahinter kam tatsächlich ein Wandsafe zum Vorschein.

»Wer wusste eigentlich von diesem Safe?«, fragte Susanne.

Williams antwortete: »Direktor Felten hat einen Abschiedsbrief an uns verfasst, in dem er uns über den Safe informiert hat, den er vor Jahren einbauen ließ, offenbar unter strenger Geheimhaltung. Wenn Sie glauben, dass es für Ihre Ermittlungen von Wert ist, können Sie den Brief selbstverständlich einsehen. Ich muss sagen, alle diese Dinge sind überaus mysteriös. Und wie Sie sich denken können, haben wir ein starkes Interesse, dass endlich wieder Ruhe einkehrt und der Betrieb hier in der Raffinerie geordnet weiterläuft.«

»Nun machen Sie schon!« Marios Stimme klang gereizt, nervös und etwas unverschämt, fand Chris.

Williams gab den Zahlencode ein und öffnete den Tresor. Ein würfelförmiger Holzkoffer stand darin, in den ein menschlicher Schädel in natürlicher Größe gut hineinpasste. Williams nahm den Koffer heraus und stellte ihn auf den Konferenztisch. »Wollen Sie ihn selbst öffnen, Herr Eberhard?«, fragte er. »Immerhin gehört er jetzt Ihnen.«

Alle erhoben sich und starrten gebannt auf den Koffer.

»Okay.« Mario zögerte einen Augenblick, dann klappte er die beiden Verschlüsse des Koffers hoch und öffnete den Deckel. Chris spürte, wie ihr Herz plötzlich heftig zu klopfen begann. Sie beugte sich vorsichtig vor, um besser sehen zu können.

Da lag der Schädel, kühl schimmernd. Da war … eine Kraft wie ein Elektroschock.

»Ooooh!« Chris wurde abrupt schwarz vor Augen, ihre Beine sackten weg. Sie fiel und fiel …

Dann spürte sie etwas Warmes, Feuchtes, Schlabberndes in ihrem Gesicht. Sie schlug die Augen auf und sah Mister Browns riesige weiche Schnauze. »Oh!«

Sie lag auf dem Boden. »Hey, ist ja gut.« Sie schob Mister Browns Schnauze weg und streichelte ihm den Kopf. Susanne kniete neben ihr und machte ein sehr besorgtes Gesicht.

»Was ist denn überhaupt passiert?«, fragte Chris verwirrt.

»Keine Ahnung«, sagte Susanne. »Du hast den Schädel gesehen und bist plötzlich aus den Latschen gekippt. Ich habe deinen Fall gerade noch etwas abfangen können, damit du dir nicht den Kopf anschlägst. War ein ziemlicher Kraftakt. Gleichzeitig hat Mister Brown draußen laut zu jaulen angefangen und wie verrückt an der Tür gekratzt. Da hat die Sekretärin die Tür aufgemacht und er kam hereingeschossen und hat dich buchstäblich wachgeleckt.«

Chris setzte sich auf und kraulte Mister Brown den Hals. »Guter Hund!«

»Wie fühlst du dich denn? Bist du wieder okay?«

Chris spürte einen Moment in ihrem Körper herum, konnte aber keinerlei Schäden feststellen. »Ich glaube ja.«

Dr. Jachzig beugte sich zu ihr herunter und reichte ihr ein Glas Wasser. »Trinken Sie erst mal einen Schluck. Das hilft. Ich habe da meine Erfahrungen. Wissen Sie, es kommt gar nicht so selten vor, dass bei Testamentseröffnungen Leute in Ohnmacht fallen.«

Chris trank, fühlte aber, dass das eigentlich gar nicht nötig war. Sie war tatsächlich wieder ganz in Ordnung. Vorsichtig schaute sie zum Tisch hoch.

»Keine Angst«, sagte Mario. »Ich habe den Koffer wieder zugeklappt.«

Chris stand auf. Nichts. Kein Wackeln oder Schwanken. »'tschuldigung«, sagte sie. »Jetzt ist der Hund doch im Büro.«

Williams winkte lächelnd ab. »Kein Problem. Schließlich handelte es sich um einen Notfall. Er hat ja erste Hilfe geleistet.«

7. KAPITEL

Chris, Susanne und Mario saßen in der Werkskantine der Raffinerie, etwas abseits in einer ruhigen Ecke. Die Sekretärin hatte Mario einen großen Projektorenkoffer aus Kunststoff gegeben, in den der Schädelkoffer hineinpasste. So ließ er sich besser transportieren und war weniger auffällig. Der Koffer stand neben Mario. Daneben saß Mister Brown, den Chris kurzerhand mit in die Kantine genommen hatte. Niemand hatte lautstark dagegen protestiert, auch wenn das Personal etwas seltsam guckte.

Chris vertilgte ein großes Stück Apfelkuchen mit Schlagsahne, um sich zu erden. Für Kantinenessen war der Kuchen sogar recht gut. Mario und Susanne tranken nur Kaffee. Susannes Hand spielte nervös mit dem Feuerzeug. Geraucht werden durfte aber erst, wenn Chris aufgegessen hatte. Grundsätzlich war sie gegenüber Nikotinsüchtigen tolerant, mit zwei Ausnahmen: beim Autofahren und beim Essen. Wenn sie dabei jemand voll qualmte, weckte das ihren Bärenzorn.

Zwar mochte es den Anschein haben, dass Chris ihre ganze Aufmerksamkeit dem Essen widmete, doch sie sondierte gleichzeitig Marios Aura und versuchte zu erspüren, was in ihm vorging. Chris konnte die Aura nicht sehen. Manchen Sensitiven war es möglich, die Aura als farbigen Lichtkranz um den Körper von Menschen, Tieren oder Pflanzen wahrzunehmen und aus Farben und Form der Aura Rückschlüsse zu ziehen. Bei Chris war es eher ein »Spüren«, eine Erweiterung ihres körperlichen Tastsinnes.

Bei Mario spürte sie allerdings kaum etwas. Seine Energie schien ganz klein und eng in seinem Körper zusammengerollt zu sein. Kaum etwas drang nach außen. Das hatte sie bislang nur bei Schwerkranken erlebt und fragte sich, wie es bei einem zumindest äußerlich gesunden und vitalen Menschen überhaupt möglich war. Eine körperliche Erkrankung, irgendein Schwächezustand, schien nicht vorzuliegen. Mario verfügte körperlich offenkundig über ausreichend Energie – wenn er auch etwas nervös und übernächtigt wirkte. Bei allem, was in den letzten Tagen auf ihn eingestürmt war, schien das ja auch nicht weiter verwunderlich.

Irgendwie schien er zu spüren, dass sie ihn energetisch »abtastete«. Er hatte stumm und etwas finster auf seinen Kaffee gestarrt. Jetzt hob er plötzlich den Kopf, schaute sie an und sagte: »Ich möchte dich engagieren, Chris.«

Sie schluckte einen Bissen Kuchen herunter. »Mich engagieren?«, fragte sie erstaunt.

»Ja. Als Schamanin. Damit du mir hilfst hinter das Geheimnis des Schädels zu kommen, und hinter mein eigenes. Ich meine, das Rätsel meiner Herkunft. Ich würde dir ein gutes Honorar zahlen. Schließlich bin ich ja jetzt reich.«

Chris schüttelte den Kopf. »Schamanen nehmen für ihre Arbeit kein Geld.« Darauf legte sie großen Wert. Es gehörte einfach zum schamanischen Ehrenkodex. Schamanische Arbeit diente der Heilung der Erde und ihrer Geschöpfe. Silver Bear und die anderen indianischen Medizinmänner und -frauen, die sie kannte, hätten niemals auch nur einen Dollar für ihre Dienste angenommen. Das Gehalt, das Günter ihr zahlte, erhielt sie für die konkrete, praktische Arbeit, die sie als Landverwalterin leistete. Auf diese strikte Trennung legte sie großen Wert. »Aber ich helfe dir auch so. Ich brenne ja selbst vor Neugier mehr über all das herauszufinden. Wenn du glaubst, dem Universum oder der Mutter Erde Geld dafür geben zu müssen, kannst du's ja für einen guten Zweck spenden. Da besteht immer reichlich Bedarf.«

»Ich will nicht mehr in dieses riesige, leere Haus zurück«, sagte Mario. »Und nach München will ich auch nicht. Was soll ich in der Villa, in der meine Adoptiveltern gestorben sind?«

»Ich könnte mich mal unter den Kollegen umhören. Vielleicht gibt's da jemanden, der ein Zimmer unterzuvermieten hat, wo du erst mal unterschlüpfen kannst«, sagte Susanne. Sie hatte inzwischen auch aufgegeben, ihn zu siezen. Mit sichtlicher Erleichterung registrierte sie, wie Chris den letzten Kuchenbissen in den Mund schob, holte die Zigaretten aus der Tasche und fügte grinsend hinzu: »Außerdem hättest du dann gleich Polizeischutz. Wie wär's?«

»Ich glaube«, sagte Mario zögernd und heftete

seinen Blick auf Chris, »ich möchte gern weg aus der Stadt. Könnte ich vielleicht mit zu dir kommen, Chris? Nur für ein paar Tage, bis ich was anderes gefunden habe. Und natürlich nur, wenn dein Freund auch einverstanden ist. Vielleicht wirken deine schamanischen Techniken draußen in der Natur besser, sodass wir mehr erreichen. Immerhin wären wir dort im Wald, auch wenn es nicht der Dschungel von Belize ist. Als ich am Abend nach Arnes Tod gesagt habe, dass ich Trancereisen blödsinnig finde, war das nicht so gemeint, glaub mir. Ich war einfach total durcheinander.«

Chris zögerte. Dass die schamanische Arbeit in der Natur besser funktionierte, war nicht abwegig. Diese Erfahrung hatte sie in der Tat schon öfter gemacht. Dennoch sträubte sich irgendetwas in ihr dagegen, Mario mit in die Eifel zu nehmen. Da war ein Unbehagen, das Gefühl, dass Mario ihren Frieden stören könnte, dass er dort nicht hingehörte. Verdammt, rief sie sich zur Ordnung, ich bin Schamanin und ich werde meiner Bestimmung wohl kaum gerecht, wenn ich den bequemen Weg gehe. »Okay«, sagte sie schließlich. »Meinetwegen. Aber ich muss vorher mit Jonas telefonieren, damit er sich nicht übergangen fühlt.«

Chris erreichte Jonas in der Buchfelder Polizeiwache und er hatte keine Einwände. »Bin sehr gespannt auf den Schädel«, sagte er. »Das Ganze ist etwas unheimlich, zugegeben. Aber doch auch wahnsinnig interessant. Also, bring Mario ruhig mit.«

Draußen auf dem Parkplatz kamen sie zuerst an

Susannes Wagen vorbei. Susanne blieb stehen und sagte: »Chris. Warte mal.«

»Okay.« Chris drückte Mario die Hundeleine in die Hand. »Mein Wagen ist das grüne Ungetüm dort drüben. Folg einfach Mister Brown. Er kennt den Weg.« Mario nickte und ging weiter.

Mit ihrem Große-Schwester-Blick nahm Susanne Chris in den Arm. »Bist du auch wirklich wieder ganz in Ordnung? Bis in die Eifel ist es doch ein ganz schönes Stück zu fahren.«

Chris lächelte. »Klar. Keine Sorge.«

»Sei vorsichtig, ja?«, sagte Susanne leise. »Mario und der Jaguar. Ich bin sicher, dass da eine ganz enge Verbindung besteht.« Sie klopfte Chris zum Abschied auf die Schulter und stieg in ihren Wagen.

Chris fuhr mit Mario hinüber zum Felten-Haus, wo er schnell ein paar Sachen zusammenpacken wollte. Als sie eintraten, kam ihnen Hedwig in der Halle entgegen. »Oh, Frau Adrian«, sagte sie, sichtlich erleichtert. »Das ist gut, dass Sie dem Jungen zur Seite stehen. Mit ihren schamanischen Fähigkeiten können Sie bestimmt Licht in diese schlimmen Ereignisse bringen. Dann wird vielleicht für Mario noch alles gut werden ...«

In Marios Augen blitzte es wütend. »Gut werden?«, herrschte er Hedwig an. »Was reden Sie denn für einen Unsinn? Was soll noch gut werden, nach allem, was passiert ist?« Er ließ sie stehen und stürmte die Treppe hinauf.

Die Ärmste war richtig zusammengezuckt. »Ich habe es doch nicht bös gemeint«, stammelte sie und kämpfte mit den Tränen. »Aber ich kann ja verstehen, wie er sich fühlen muss.« Sie zog einen Zettel aus der Schürze. »Hier. Das hätte ich fast vergessen. Vorhin hat jemand für Mario angerufen. Ein gewisser Roger Bishop. Vom Akzent her ein Amerikaner, würde ich sagen.«

Sieh da, dachte Chris. Der amerikanische Freund. »Hat er gesagt, was er wollte?«

»Nur, dass er ein guter Freund Marios ist. Er sagte, er wollte ihm sein Beileid aussprechen und seine Hilfe anbieten. Dann gab er mir seine Telefonnummer.«

Chris nahm den Zettel und folgte Mario auf sein Zimmer. Er war dabei, eilig ein paar Anziehsachen und Bücher in eine große Sporttasche zu stopfen. »Hedwig hat es sicher nicht böse gemeint«, sagte Chris.

»Ja ja. Niemand meint je irgendwas böse.« Er hielt inne und fuhr sich mit der Hand über die Augen. »Ach, ich bin einfach im Moment furchtbar durcheinander. Und ich will dieses Haus und die verdammte Raffinerie nicht mehr sehen.«

»Das kann ich verstehen.« Chris reichte ihm den Zettel. »Hier. Dein Freund Roger hat angerufen.«

Sehr über diese Nachricht zu freuen schien sich Mario nicht. Vermutlich war er dazu momentan einfach nicht in der Lage. »So? Aber ich glaube, ich rufe ihn jetzt nicht zurück. Lass uns erst in die Eifel fahren, ja?« Er hängte sich die Tasche über die Schulter. »Nichts wie weg!«

»Was ist, wenn der Notar noch was will?«, fragte Chris. »Sollen wir Hedwig nicht besser meine Adresse hinterlassen?«

Mario zögerte und nickte dann. »Stimmt. Ist wohl vernünftiger.«

Chris zog eine ihrer Waldschulen-Visitenkarten aus dem Portmonee und drückte sie unten der immer noch sehr weinerlichen Hedwig in die Hand. Dann fuhren sie los.

Susanne überlegte gerade, welchen Schleichweg zum Präsidium sie benutzen sollte, um das nachmittägliche Verkehrschaos zu umgehen, als sie einen Anruf Tönsdorfs erhielt.

»Hör mal, hier hat eben eine Frau mit einem ziemlich exotischen Namen angerufen. D-e-v-a-n-a-n-d-a, Mary. Sie wollte dich unbedingt sprechen.«

Die blonde Guru-Jüngerin.

»Es geht um diesen Schädelexperten, Thürmann. Offenbar ist er dabei, völlig auszurasten. Hat sich in seinem Büro eingeschlossen. Sie sagt, sie hätte nicht gewusst, an wen sie sich sonst wenden soll. Vielleicht könntest du ihn zur Vernunft bringen. Sie fürchtet, dass er sich was antut, will aber nicht, dass ich die uniformierten Kollegen schicke. Die würden ihn nur noch mehr aufregen, meint sie.«

»Verstanden. Ruf sie an und sag ihr, ich bin in 'ner Viertelstunde da.« Das war knapp kalkuliert. Sie pappte das Blaulicht aufs Dach, schaltete das Martinshorn ein, scherte aus dem kriechenden Verkehr auf die Überholspur aus und trat das Gaspedal durch.

Sie grinste. Für sie war das immer noch die schönste Art Auto zu fahren. Höchstwahrscheinlich hatte Thürmann inzwischen vom Tod der Eberhards erfahren, vermutlich wie Susanne die Meldung in den Radionachrichten gehört. Auch wenn der Name der Eberhards nicht genannt worden war, hatte er sich gewiss seinen Teil denken können. Sie alle waren damals in Belize zusammen im Dschungel gewesen, überlegte Susanne. Haben sie alle gemeinsam den Schädel gestohlen und Felten hat sie dann ausgebootet und den Schatz für sich allein behalten?

Susanne schaffte es in siebzehn Minuten und fand, dass weder Michael Schumacher noch Walter Röhrl ihr das so schnell nachgemacht hätten. Kommt gar nicht infrage, dass Thürmann sich einfach umbringt, ohne vorher eine ordentliche Aussage abgeliefert zu haben, dachte sie und stürmte, zwei Stufen auf einmal nehmend, hinauf in die dritte Etage.

Mary Devananda wirkte ausgesprochen aufgelöst. »Gott sei Dank, Frau Kommissarin! Ich dachte mir, wenn jemand Marc zur Vernunft bringen kann, dann Sie. Sie haben so eine beruhigende Aura. Man spürt einfach, dass Sie jeder Lage gewachsen sind.«

»Danke«, sagte Susanne etwas außer Atem. »Das kommt vom Nikotin.« Sie deutete auf Thürmanns Bürotür. »Wie lange ist er schon da drin?«

»Eine knappe Stunde. Er fürchtet die Dunkelheit, wissen Sie?«

»Der Jaguar?«, fragte Susanne.

Mary nickte.

»Was wissen Sie darüber?«

»Nicht sehr viel. Ich bin Marc in diesem Leben

erst vor gut einem Jahr begegnet. Ich habe eines seiner Schädelseminare besucht und gespürt, dass uns eine tiefe Seelenverwandtschaft verbindet. Ich glaube, wir kennen uns schon seit vielen Inkarnationen …«

Susanne zündete sich eine Zigarette an. »Aber in dieser jetzigen Inkarnation haben Sie keine Ahnung, was er in Belize getrieben hat, zusammen mit seinen Gesellschaftern Bishop und Eberhard, und von einem gewissen Arne Felten haben Sie wohl auch noch nie gehört?«

Mary Devananda kämpfte mit den Tränen. »Er hat darüber nie viel gesprochen. Eigentlich haben wir uns immer nur über spirituelle Dinge unterhalten und über dieses wunderbare Projekt …«

»Das Pyramiden-Hotel?«

»Ja.«

»Und wieso wissen Sie dann von dem Jaguar?«

Mit ihren großen, verwirrten Augen erinnerte Mary an ein furchtsames Kaninchen. »Davon hat er mir erst heute erzählt. Er sagte: Ich habe etwas sehr Schlimmes getan, vor langer Zeit. Und jetzt schickt das Karma mir die gerechte Strafe. *Balam*. Der Jaguar hat die Eberhards getötet und er wird auch mich töten und Roger Bishop. Wenn es Nacht wird. Aber ich will nicht tatenlos auf die Dunkelheit warten. Ich werde ihm zuvorkommen.«

Mary fasste Susanne flehend am Ärmel. »Bitte sprechen Sie mit ihm! Eine Zeit lang habe ich ihn leise mit sich selbst reden hören. Aber jetzt ist es so still da drin …«

»Hat er eine Waffe?«

»Es gibt all diese Lanzen und Speere und Messer in seinem Büro.«

Susanne horchte an der Tür. Stille. Hatte er es schon getan? »Herr Thürmann«, sagte sie sanft und freundlich mit routinierter Anti-Selbstmord-Stimme. Nach fünfzehn Jahren Polizeidienst gehörte diese Stimme bei ihr zum festen Repertoire. »Hier ist Susanne Wendland. Erinnern Sie sich? Die Kommissarin, die sich bei Ihnen fachlichen Rat geholt hat.« Mist, dass ich den Kristall von Feltens Balkon nicht dabeihabe, dachte sie. Vielleicht hätte der ihn neugierig gemacht.

»Gehen Sie! Ich will niemanden sehen!«

Immerhin lebte er noch. Susanne drückte behutsam die Klinke herunter. Natürlich war die Tür abgeschlossen. »Wollen Sie mir nicht erzählen, wovor Sie solche Angst haben?«

»Das wissen Sie doch, Sie sind doch nicht auf den Kopf gefallen.«

Sie schaute auf die Uhr. Kurz nach fünf am Nachmittag. Bis zum Einbruch der Dunkelheit blieben noch etliche Stunden. »Wenn Sie mit uns zusammenarbeiten und mir sagen, was Sie wissen, werden wir für Ihre Sicherheit garantieren.« Das war eine dieser Phrasen, die ebenfalls aus dem Routine-Repertoire stammte, und Susanne ärgerte sich sofort, als sie sie ausgesprochen hatte.

»So?«, entgegnete Thürmann dann auch prompt, »Und wie, wenn ich fragen darf? Glauben Sie, die Eberhards hatten nicht alle Türen und Fenster verrammelt? Glauben Sie, Felten hatte nicht seine Bürotür zugesperrt?«

Das stimmte natürlich. Wie sollte die Polizei ihn schützen, und wo? Ein schmerzhaftes Gefühl des Schreckens drückte Susanne auf den Magen, ließ ihn ganz klein und eng werden. »Warum öffnen Sie nicht einfach die Tür? Ich komme zu Ihnen und wir reden.«

»Nein, verdammt! Hören Sie gut zu: Ich halte einen Jagdspeer der Balam-Leute in den Händen. Die Spitze ist auf mein Herz gerichtet. Ich überlege noch, ob ich jetzt gleich zustoßen oder noch etwas warten soll. Wenn Sie nicht auf der Stelle verschwinden, stoße ich sofort zu! JETZT! Haben Sie verstanden?«

»Oh, mein Gott, mein Gott!«, wimmerte Mary Devananda.

Susanne unterdrückte einen Fluch. Sie schob Mary von der Tür weg und zischte: »Gibt es noch eine andere Möglichkeit auf den Balkon zu kommen?«

Mary blickte vollkommen ratlos drein. Ihre Zeit bei den indischen Gurus hatte eindeutig nicht zu einer asiatisch gelassenen Haltung gegenüber dem alltäglichen Leben und Sterben geführt. »Nein ... nein ... da müssen Sie schon von unten ... klettern.«

Susanne drückte Mary ihr Kärtchen in die Hand. »Hier. Ich sehe mir das mal von draußen an. Wenn sich die Lage verändert, rufen Sie mich übers Handy. Das ist leise und irritiert ihn weniger.«

Während sie die Treppe hinuntereilte, telefonierte sie mit Tönsdorf. »Torsten ist zu dir unterwegs, braucht bis Herzogenforst aber wohl noch zwanzig Minuten und ein Streifenwagen ist wohl auch nicht schneller da.«

»Na prima«, sagte Susanne. »Thürmann *muss* reden. Tot wird er uns kaum weiterhelfen.« Sie war unten angekommen und ging vorsichtig um das Haus herum. Hinter einem hohen Strauch blieb sie stehen und betrachtete die Hausfassade. Im Parterre gab es eine große gepflasterte Terrasse. Darüber drei Balkone. »Ich geh rauf«, sagte sie. »Im Klettern war ich schon als Kind gut.«

»Mensch, mach keinen Scheiß! Ich schick dir die Feuerwehr mit 'ner Drehleiter. Warte so lange!«

»Ich bin durch Moellers harte Schule gegangen, vergiss das nicht. Da gehörte Fassadenkletterei zum Einmaleins.«

»Blödsinn! Warte, bis die Drehleiter da ist. Was ist, wenn er 'ne Waffe hat, und du hängst am Balkon?«

»Ich brauch seine Aussage und ich hol sie mir.« Susanne unterbrach die Verbindung. Auf der rechten Seite der Balkone gab es einen durchgehenden Windschutz, ein teilweise mit Holz verkleidetes Eisengestell, das bis zum dritten Balkon hinaufreichte und fast so gut wie eine Leiter war. Nun ja, fast. An diesem Eisengestell hangelte sie sich hoch. Ihr Atem beschleunigte sich, sie spürte ihren Puls, aber Arme und Beine fühlten sich beruhigend kräftig an. Gelegentlich zahlte es sich doch aus, dass sie mit Torsten freiwillig einmal im Monat auf dem Übungsgelände der Polizei all die Kunststückchen trainierte, die der Durchschnittsbeamte liebend gerne den Kollegen in den Fernsehkrimis überließ.

Die Fallhöhe reichte inzwischen für einen sauberen Genickbruch. Schwer atmend erklomm sie den dritten Balkon. Das Problem war nur, dass sie sich auf der Außenseite des Windschutzes befand. Sie musste einen Schritt um die Ecke machen, auf das Balkongeländer. Durch einen Spalt zwischen Metallrahmen und Holzverkleidung konnte sie die Balkontür sehen, die sich gleich neben dem Windschutz befand. Sie stand offen. Der Balkon war leer, das sah sie ebenfalls durch den Spalt, aber vom Büro selbst war kaum etwas zu erkennen. Sie spürte, wie die Kraft in ihren Händen nachließ. Sie musste auf den Balkon. Schnell. Sie schwang ihr rechtes Bein um die Kante des Windschutzes herum und stellte es auf das Geländer. Dann schob sie den Körper vorsichtig um die Ecke. In diesem Moment flog etwas Langes aus der Balkontür und blieb mit einem dumpf schnalzenden Geräusch in der Holzverschalung des Geländers stecken, vielleicht drei Zentimeter unter Susannes rechtem Fuß. Ein Speer mit bunten indianischen Symbolen auf dem hölzernen Schaft.

Thürmann stand neben seinem Schreibtisch und nahm gerade den nächsten Speer. »Verschwinden Sie!«, keuchte er. »Ich will niemanden sehen!«

»Eine Spur des Todes«, sagte Mario leise. Sie hatten die Autobahn verlassen. Vor ihnen kamen die Häuser Buchfelds in Sicht, eingebettet zwischen sanften Eifelhügeln. Mario hatte während der ganzen Fahrt kaum ein Wort gesprochen, fast nur mürrisch vor sich hin gestarrt. Der Koffer lag auf dem Rücksitz. »Wo führt sie nur hin, diese Spur?«

Es war nicht angenehm, Mario im Wagen zu haben. Seine so merkwürdig in ihm zusammengerollte Energie schien sehr stark mit Wut aufgeladen zu sein und Chris musste Acht geben, dass sie sich von dieser Gereiztheit nicht anstecken ließ. Was geschieht, wenn seine Energie sich plötzlich entlädt?, fragte sie sich. Sie vermutete, dass die unterdrückte Wut aus jenen ersten fünf Lebensjahren stammte, an die er sich nicht erinnern konnte oder wollte.

Und auch der Inhalt des Koffers beunruhigte Chris außerordentlich. Die geradezu magnetische Anziehungskraft des geheimnisvollen Kristallobjektes war so groß, dass sie während der Fahrt phasenweise mit aller Willensanstrengung gegen die Versuchung ankämpfen musste einfach auf dem Seitenstreifen zu stoppen, den Koffer aufzureißen, den Schädel in beide Hände zu nehmen und hineinzuschauen. Es war, als rufe er mit aller Macht nach ihr. Aber sie widerstand tapfer. Später, sagte sie sich. In der geschützten Umgebung meines Eifel-Reiches. Sie steuerte den Landy an Buchfeld vorbei auf die Landstraße, die hinauf in den Wald führte. Nach Hause.

Susanne wägte blitzschnell ihre Optionen ab. Sich zurückziehen, unverrichteter Dinge wieder an dem Windschutz hinunterklettern? Nein, sagte sie sich, er muss reden. Thürmann hielt den Speer abwehrend vorgestreckt in beiden Händen, nicht zum Werfen über die Schulter erhoben. Susanne seufzte und sprang vom Geländer hinunter auf den Balkon.

Thürmann machte zwei, drei Schritte auf sie zu, die Speerspitze drohend auf Susannes Brust gerichtet, war aber immer noch ungefähr drei Meter weit weg. Mit schneller, gut geübter Bewegung zog sie ihre Waffe aus dem Schulterhalfter und entsicherte sie. »Okay. Wenn Sie näher kommen, schieße ich Ihnen in den Arm oder ins Bein. Das tut verdammt weh. Töten werde ich Sie nicht. Das überlasse ich dem Jaguar.«

Er kam noch zwei Schritte näher. Er war bleich, unrasiert und in seinem Gesicht zuckten unkontrolliert die Muskeln. »Diese Speerspitzen sind enorm scharf«, sagte er heiser. »Sie gehen glatt durchs Fleisch und kommen auf der anderen Seite wieder heraus.«

Susanne nahm die Pistole in beide Hände. »Kugeln auch. Hören Sie, bis es dunkel wird, sind es noch ein paar Stunden. Ich wette, ich bin mindestens so verrückt wie Sie. Ich bin imstande und schieße Ihnen eine Kugel in die Hand oder den Unterarm und wenn Sie dann immer noch nicht reden wollen, verpasse ich Ihnen noch eine Kugel. Ich kann Sie auch foltern. Ich weiß genau, auf welche Stellen ich einschlagen muss, mit der Hand oder mit dem Pistolengriff. Es macht mich wahnsinnig, dass ich nicht weiß, was damals in Belize passiert ist. Was glauben Sie, warum ich diesen Job mache? Weil ich normal und harmlos bin? Ich weiß, dass es eine dreckige Geschichte ist, aber ich will sie hören. Und wenn Sie sie mir nicht erzählen, richte ich Sie so übel zu, dass für den Jaguar nicht mehr viel übrig bleibt, wenn ich mit Ihnen fertig bin.«

Endlich hatte sie den richtigen Ton getroffen. Bei Durchgeknallten kam es darauf an, die richtige Melodie zu finden, den Rhythmus des Irrsinns, der in ihnen tickte. Thürmann entspannte sich. Er grinste schief und warf den Speer seitwärts weg, wo er scheppernd auf dem Boden landete. Das war ziemlich lebensmüde. Ein nervenschwacherer Polizist hätte in diesem Moment vermutlich abgedrückt. Susanne erwiderte das Grinsen, sicherte ihre Waffe und steckte sie weg.

Auf seinem Schreibtisch standen eine leere und eine volle Whiskyflasche und ein Glas. »Trinken Sie ein Schlückchen mit mir?«, fragte er. »Das Zeug ist gut.«

»Mit Benzin löschen?« Susanne nickte. »Okay. Ich bin dabei.«

Sie betrat sein Arbeitszimmer, tauchte ein in die Dschungelhölle aus Göttermasken, Giftpfeilen und Zauberstatuen.

Er holte ein zweites Glas aus einer kleinen Zimmerbar, goss es voll bis zum Rand und reichte es ihr. »Setzen wir uns.«

Auf dem Stuhl vor Thürmanns Schreibtisch lag ein Stapel abgegriffener archäologischer Zeitschriften. Susanne räumte den Stuhl leer und setzte sich. Dann trank sie das Glas in kleinen Schlucken aus, wobei sie die Augen schloss und es einfach geschehen ließ, dass das Feuer ihr die Kehle verbrannte. Eigentlich machte sie sich nichts aus Hochprozentigem, aber in diesem Fall gehörte es zur Vorstellung dazu. Als sie die Augen wieder öffnete, hatte er sich ebenfalls gesetzt und beobachtete sie fasziniert. »Sie sind eindeutig verrückt«, sagte er, »in meiner Gegenwart so lange die Augen zuzumachen. Ich hätte Ihnen das Balam-Jagdmesser, das da auf dem Schreibtisch liegt, in die Kehle rammen können.«

Susanne spürte, dass damit das Eis zwischen ihnen endgültig gebrochen war. »Der Whisky ist gut. Erzählen Sie mir, was damals in Belize passiert ist. Felten behauptet in seinem ersten Testament, der Schädel sei ihm geschenkt worden. In einem Nachtrag hat er dann zugegeben ihn gestohlen zu haben.«

Thürmann hob die Flasche, Susanne hielt ihr Glas hin und er schenkte ihr erneut voll ein. Er füllte sein eigenes Glas und warf die leere Flasche in den Papierkorb. »Felten war immer schon ein verlogenes, gieriges Arschloch. Ich vermute, als Polizistin sind Sie mit dem Phänomen der Gier gut vertraut. Die meisten Verbrechen haben etwas mit Gier zu tun und wir waren alle verdammt gierig.«

»Sie wollten den Schädel?«

»Die Kristallschädel waren damals in einschlägigen Kreisen in Mode gekommen, nachdem die Labortests, die Ende der siebziger Jahre mit einem von ihnen durchgeführt worden waren, so erstaunliche Resultate erbracht hatten. Überhaupt war die ganze Mittelamerika-Archäologie von einer wilden Goldgräberstimmung geprägt. Immer mehr Maya-Texte wurden entschlüsselt, immer mehr Kunstgegenstände tauchten aus dem Dschungel auf, manche echt, manche genial gefälscht, und erzielten bei Auktionen enorme Preise. Wir wollten ein Stück von dem Kuchen: einen Schatz finden und auf diesem Weg so schnell wie möglich reich werden.«

Er trank einen Schluck Whisky. Das nervöse Zucken in seinem Gesicht hatte sich wieder beruhigt.

»Wer war wir?«, fragte Susanne.

»Felten, Bishop, die Eberhards und ich. Die Eberhards waren etwas älter als wir, aber nicht weniger gierig und skrupellos. Ein besonderes Geheimnis umgab die Balam-Menschen, ein kleines Indianervolk, das angeblich nomadisch den Dschungel von Yucatán, Guatemala und Belize durchstreifte. Wie es hieß, besaßen sie Kultgegenstände, die aus einer älteren Epoche stammen sollten als alle Maya-Funde. Und sie sollten die Hüter eines der singenden Kristallschädel sein. Da sagten wir uns, okay, die nehmen wir uns vor.

Wir machten einen alten englischen Archäologen ausfindig, der behauptete, er hätte vor Jahren für einige Monate bei den Balam-Menschen gelebt und sie hätten ihm den Kristallschädel gezeigt. Er besaß sogar ein Foto des Schädels. Er war naiv und gutgläubig, sodass wir ihn von unseren hehren Absichten überzeugen konnten. Daraufhin führte er uns zu einer Balam-Sippe, die nicht nomadisch lebte, sondern im Dschungel einen bestimmten uralten Tempel bewachte. Bei diesem Tempel handelte es sich um ein stark verfallenes, architektonisch aber höchst faszinierendes Bauwerk, das sich auffallend von den Maya-Ruinen unterschied.

Tatsächlich begrüßte Votan, der Chef der Sippe, den Engländer als alten Freund. Diese Balam waren finstere, kriegerisch wirkende, mit alten Gewehren und Pistolen bewaffnete Gesellen. Uns betrachteten sie mit unverhohlenem Misstrauen, als spürten sie, was wir im Schilde führten. Trotzdem überredete der Engländer Votan uns den Tempelschatz zu zeigen. Und dieser Schatz hatte es wirklich in sich! Da war der Schädel und außerdem viele andere faszinierende Kristallobjekte – Kristalle von unglaublicher Reinheit und Schönheit. Die Kunsthandwerker jener alten Kultur, als deren Erben sich die Balam-Leute betrachteten, müssen wahre Meister der Kristallbearbeitung gewesen sein. Und auch mit Metallen konnten sie außergewöhnlich gut umgehen ...«

Susanne spürte, wie der Whisky Hitze in ihrem Magen erzeugte, und dachte an das seltsame Kristallobjekt, das in Feltens Garten gehangen hatte.

»... Ich wette, das Objekt, von dem Sie mir erzählt haben, stammt von dort. Jedenfalls hatten wir tatsächlich unseren Schatz gefunden. Es stand für uns fest, dass wir die Sachen stehlen würden. Felten war völlig besessen von dem Schädel. Er redete von nichts anderem.« Thürmann schüttelte den Kopf. »Besessen von dem Schädel und von Tula.«

»Votans Tochter«, sagte Susanne. »In seinem Testament schreibt er, sie hätten sich ineinander verliebt und sie wäre mit ihm nach Belize City gegangen.«

Thürmann lachte rau. »So würde er wohl gerne der Nachwelt im Gedächtnis bleiben. Ich will Ihnen sagen, was mit Tula war: Er war verrückt nach ihr. Aber nicht nur nach ihr. Er war einer der schlimmsten Schürzenjäger, der mir je untergekommen ist. Konnte seine Finger nicht bei sich halten. Ich weiß nicht, ob sich das in späteren Jahren geändert hat. Aber damals war es so. Tula wollte aber nichts von ihm wissen. Das machte ihn rasend. Schließlich hat er sie nachts vergewaltigt. Ich war nicht dabei, aber er hat es uns selbst erzählt. Wahrscheinlich hätte Votan ihn deswegen getötet und uns andere mit, doch wir flohen in der Nacht. Den alten Engländer brauchten wir nun nicht mehr. Er ahnte, was wir vorhatten, und drohte damit, uns zu verraten.«

Susannes verzog angewidert das Gesicht. »Also haben Sie ihn beseitigt.«

Thürmann nickte. »Felten hat das besorgt. Hat ihm nachts, als er schlief, die Pistole an die Schläfe gehalten und abgedrückt. Wir haben ihn dann irgendwo im Dschungel verscharrt. Das war schon drüben in Guatemala, wohin wir gegangen waren, weil Eberhard dort Beziehungen hatte. Mithilfe dieser Beziehungen beschaffte er uns eine zehnköpfige Truppe brutaler Ex-Soldaten. Sie gehörten zu den gefürchteten Todesschwadronen, die in Guatemala unter dem damaligen Diktator Rios Montt tausende von indianischen Bauern ermordet haben. Es gab da noch ein paar Geldgeber im Hintergrund, mit denen wir aber nie persönlich zu tun hatten. Denen waren die Indianer, besonders die renitenten und kriegerischen Balam-Leute, bei der Erschließung des Dschungels im Weg.

Mit unserer kleinen Todesschwadron und auch selbst bis an die Zähne bewaffnet, kehrten wir über die grüne Grenze nach Belize zurück. Die Balam-Männer scharten sich um den Tempel, um ihn zu verteidigen. Es waren zufällig einige Mitglieder einer anderen Sippe bei ihnen zu Besuch, die ihnen halfen. Unseren automatischen Waffen hatten sie nichts entgegenzusetzen. Wir hielten drauf und die

Balam-Männer und ihre Besucher starben alle im Kugelhagel. Lediglich die Frauen und Kinder ließen wir in den Dschungel entkommen.«

»War Tula unter ihnen?«

»Felten hielt nach ihr Ausschau, aber wir entdeckten sie nicht. Vermutlich hatte sie sich einer anderen Sippe angeschlossen. Denkbar, dass sie nach der Vergewaltigung in ihrer eigenen Sippe als unrein galt. Ich weiß es nicht. Jedenfalls war sie nicht dort.«

»Und dann haben Sie den Tempel geplündert.«

Thürmann trank einen kräftigen Schluck Whisky. »Wir stiegen über die Leichen hinweg und stürzten uns wie Geier auf unsere Beute. Felten wollte nur den Schädel. Schon vor dem Überfall hatte er uns gedrängt ihm den Schädel zu überlassen. Als einzigen Anteil. Wir waren einverstanden, denn der Tempel war voll mit anderen Artefakten. Sollte er ruhig den Schädel haben, wenn wir dafür den ganzen Rest bekamen!«

»Was geschah dann weiter? Wenn der Tempel wirklich so kostbare Schätze enthielt, müssten Sie doch heute eigentlich alle steinreich sein.«

»Müssten wir das?« Thürmanns Lachen klang bitter. »Uns wurde schnell klar, dass an all diesen Kultgegenständen das Unglück klebte wie ein böser Fluch. Keiner von uns anderen bekam wirtschaftlich festen Boden unter die Füße. Das Geld, das wir mit dem Verkauf unserer Beute verdienten, zerrann uns zwischen den Fingern. Roger Bishop, die Eberhards und ich – wir sind unseres Lebens seither nicht mehr wirklich froh geworden.«

»Und Sie mussten zusehen, wie Felten eine glänzende Karriere machte.«

»Ungerecht war das! Aber ist das Schicksal jemals fair zu uns Sterblichen? An seinen Händen klebte das Blut genau wie an unseren und immerhin war er es doch gewesen, der den alten Engländer kaltblütig ermordet hatte, dem wir unseren Schatzfund verdankten. Doch dann schlüpfte er in den Deckmantel bürgerlicher Anständigkeit und erntete einen beruflichen Erfolg nach dem anderen. Mit Bishop und mir wollte er von da an nichts mehr zu tun haben, nur den Eberhards gelang es irgendwie, mit ihm befreundet zu bleiben.«

»Und Mario?«, fragte Susanne. »In seinem Testament behauptet Felten, ein etwas merkwürdiger Indianer mit Goldzähnen, der sich als Marios Onkel ausgab, habe den Jungen zu ihm gebracht.«

»Da sagt er ausnahmsweise mal die Wahrheit«, antwortete Thürmann. »Jedenfalls kenne ich die Geschichte so auch von den Eberhards. Dieser Indianer brachte den Jungen, Nachtauge, zu Felten und ließ ihn einfach dort.«

»Aber wieso hat Felten das akzeptiert? Im Testament begründete er es damit, er habe einen Leberfleck auf Marios Kehrseite wieder erkannt, und zwar von Fotos, die Tula ihm aus dem Dschungel geschickt habe.«

Thürmann winkte verächtlich ab. »Ich wette, das ist Teil des Lügengebäudes, mit dem er seinen Ruf für die Nachwelt zu retten versuchte. Warum hätte Tula ihrem Vergewaltiger und dem Mörder ihres Vaters Fotos schicken sollen? Nein. Für die Eberhards war es ein Rätsel, dass Felten den Jungen einfach als sein Fleisch und Blut akzeptierte – auch wenn er es nach außen natürlich vertuschte. Sie vermuteten, der Indianer habe ihm mit irgendetwas gedroht. Angesichts der rechtlich schwachen Situation der Urwaldindianer erscheint es mir aber höchst unwahrscheinlich, dass ein Indianer einem in Belize City einflussreichen Manager wie Felten ernsthaft Schwierigkeiten hätte machen können.« Er schüttelte mit einem schiefen Grinsen den Kopf. »Ich vermute, der Indianer hat Felten verhext.«

Hexerei und Magie, wohin man schaute. Susanne stöhnte. »Das werden wir wohl nicht mehr herausfinden«, sagte sie. »Okay, dann machen wir mal einen großen Sprung in die Gegenwart. Was hat Sie denn aus Belize schließlich nach Köln verschlagen, in Feltens Nähe? Oder ist das reiner Zufall?«

»Die Balam-Leute würden vermutlich sagen: Es gibt keine Zufälle. Ja, ich bin bewusst hierher gezogen. In die Nähe des Schädels. Er scheint das einzige Objekt aus diesem Schatz zu sein, das wirklich etwas taugt. Immerhin hat er Felten zu Macht und Reichtum verholfen.«

»Glauben Sie denn ernsthaft, dass Felten seinen Aufstieg allein dem Schädel verdankte? Hätte er es nicht auch ohne ihn geschafft?« Susanne sträubte sich innerlich gegen die Idee, dieses Ding aus Kristall könne tatsächlich magische Kräfte besitzen. Andererseits wusste sie, dass sie sich Feltens ungewöhnliche erotische Ausstrahlung nicht bloß eingebildet hatte. Und Chris, die doch sonst wirklich sicher und solide auf ihren stämmigen Beinen stand, war beim Anblick des Schädels sogar ohnmächtig geworden.

»Er hätte es niemals geschafft«, entgegnete Thürmann. »Sie haben keine Vergleichsmöglichkeiten, weil Sie den früheren Felten nie kennen gelernt haben. Nein, ohne den Schädel wäre er irgendwann in einem verlausten lateinamerikanischen Gefängnis gelandet und dort jämmerlich verreckt. Es steckt eine starke Magie in dem Schädel. Ich habe im Laufe meines Lebens zu viele verrückte Dinge gesehen, um an der Existenz des Übernatürlichen zu zweifeln.«

»Sie, Bishop und die Eberhards haben also zusammen dieses Hotelprojekt in Belize initiiert. Woher kam das nötige Geld?«

Thürmann zuckte die Achseln. »Bis jetzt haben wir ja erst einen kleinen Teil davon beisammen. In den letzten Jahren ist es mir gelungen, von dem allgemeinen Esoterik-Boom zu profitieren, doch dieses Geld hätte niemals zur Verwirklichung des Projekts gereicht und die Finanzmittel Bishops und der Eberhards waren ähnlich begrenzt. Ich hatte begonnen in der Esoterikszene um Investoren zu werben, aber das ließ sich bislang eher schleppend an. Was wir dringend brauchten, war eine Attraktion, ein Kultgegenstand, der esoterische Glückssucher aus der ganzen Welt veranlassen würde zu uns in den Dschungel zu pilgern ...«

Susanne nickte. »Was wäre da geeigneter, als Feltens Kristallschädel?«

»Und nicht nur der Schädel. Wir wollten außerdem Nachtauge zur Attraktion machen. Ein bisschen, wie man in Las Vegas in den Hotels Showgrößen auftreten lässt, Siegfried und Roy zum Beispiel.«

Susanne hob überrascht die Brauen. »Sie wollten Mario zu einer Art Guru aufbauen?«

»Warum nicht? Der letzte Überlebende eines uralten Indianervolkes, älter noch als die Maya, einer Kultur mit überlegenen kunsthandwerklichen und magischen Fähigkeiten und zugleich der spirituelle Hüter eines der außergewöhnlichsten Artefakte der Menschheit. Wäre das etwa keine sensationelle Attraktion?«

Susanne begann zu begreifen. »Wusste Mario denn schon von diesen Plänen?«

»Bis jetzt nicht. Bei seinem Besuch in München im vorigen Jahr hat Roger ihm nur allgemein von dem Hotelprojekt erzählt und ihm angeboten dort für uns zu arbeiten.«

»Aber Felten wäre damit doch wohl kaum einverstanden gewesen?«

»Natürlich nicht. Darum kam es uns ja sehr gelegen, dass er bei den Eberhards immer wieder von seinem Testament faselte, das er endlich einmal aufsetzen müsse. Natürlich haben sie ihm gut zugeredet! Er bekam, was den Jungen betraf, zunehmend sentimentale Anwandlungen, obwohl er ihn doch zuvor jahrelang in ein Kinderheim in Belize abgeschoben hatte. Jedenfalls bestärkten ihn die Eberhards darin, alles Mario zu vermachen, vor allem natürlich den Schädel. Als das Testament endlich unter Dach und Fach war, schmiedeten wir Pläne ...«

»… Felten zu ermorden«, fügte Susanne nicht sonderlich überrascht hinzu. »Also haben Sie die Drohbriefe geschickt.«

Thürmann nickte. »War doch gar keine schlechte Idee. Vielleicht hätte es funktioniert.«

»Mario hat zufällig einen der Briefe entdeckt«, sagte Susanne. »Er machte sich Sorgen um Feltens Sicherheit. Ich glaube, er hatte seinen so genannten Onkel sehr gern, auch wenn er natürlich tief verletzt war, als die vielen Lügen ans Licht kamen.«

»Erstaunlich eigentlich«, sagte Thürmann nachdenklich. »Dabei hatte einer wie Felten diese Zuneigung doch gar nicht verdient.«

Susannes Handy piepste. Es war Torsten. »Susanne! Alles klar bei dir? Wir stehen unten vor dem Haus. Drehleiter und Notarztwagen – alles da.«

»Keine Aufregung!«, sagte Susanne ruhig, wobei sie sich innerlich etwas schwer und langsam fühlte. Sie hatte ihr zweites Glas inzwischen geleert und der für sie ungewohnte Whisky machte sich bemerkbar. »Ich habe hier mit Herrn Thürmann eine nette kleine Plauderei.«

»Wir halten uns trotzdem bereit. Für alle Fälle.«

»Na gut. Aber nötig ist's wohl nicht.« Sie steckte ihr Handy wieder weg.

In Thürmanns Gesicht erschien das schiefe, etwas irrlichternde Grinsen. »Ich hoffe, hier stürmt nicht gleich eine schwer bewaffnete Einsatzhundertschaft herein. Mary Devananda ist etwas schreckhaft.«

»Keine Sorge.« Susanne winkte ab. »Felten hat übrigens kurz vor seinem Tod sein Testament noch einmal geändert. Er hatte offenbar Verdacht geschöpft, dass die Eberhards ihn hintergingen. Deshalb hat er ihnen die lebenslange Rente gestrichen.«

Thürmann hob die Brauen. »So? Davon wussten sie noch nichts. Aber es spielt jetzt ja ohnehin keine Rolle mehr. Vielleicht waren wir mit unserem Projekt zu unvorsichtig und er hat irgendwie zufällig entdeckt, dass die Eberhards mit Roger und mir unter einer Decke steckten.«

»Wie wollten Sie Felten denn aus dem Weg räumen?«, fragte Susanne und blies Zigarettenrauch in Richtung der Speere und finsteren Tanzmasken, deren verzerrte Grimassen den Tod willkommen zu heißen schienen.

»Mit einer Briefbombe. Natürlich wenn Mario sich gerade in München aufhielt, um den Jungen nicht zu gefährden, der doch schließlich unser wertvollstes Kapital war. Wir hofften, dass die Ermittlungen der Polizei sich dank der Drohbriefe ganz auf einen terroristischen Hintergrund konzentrieren würden. Wir wollten dann so schnell wie möglich unsere Zelte in Deutschland abbrechen und mit Mario und dem Schädel nach Belize gehen.«

»Doch dann durchkreuzte das Auftauchen des schwarzen Jaguars Ihre Pläne.«

Thürmann schaute hinüber zu der Götzenfigur mit dem zähnefletschenden Jaguarkopf. »Wir hatten die Rechnung ohne *Balam* gemacht. Und ohne sein Volk.«

»Die Jaguarmenschen. Was wissen Sie über die?«

Thürmanns Augen wurden schmal. Er leerte sein Whiskyglas. Als er es absetzte, sah Susanne, dass seine Hände wieder zu zittern begonnen hatten.

Und das nervöse Zucken schlich sich in sein Gesicht zurück.

»Zu viel«, sagte er leise. »Zu viel, um auf die Dunkelheit zu warten. Sind Sie mit meiner Geschichte zufrieden?«

Ein kleiner Ruck lief durch seinen Körper. Seine Haltung und sein Gesichtsausdruck wirkten, als habe er plötzlich einen Entschluss gefasst, aber Susanne vermochte diese Veränderung nicht recht zu deuten. Die zwei randvollen Gläser Whisky waren ihr merklich zu Kopf gestiegen. Mist, dachte sie, ich hätte das zweite Glas nicht austrinken sollen.

»Ich verstehe nicht«, sagte sie langsam, »warum die Balam-Leute sich erst jetzt für das rächen, was Sie ihnen damals angetan haben. Warum haben sie nicht Rache genommen, als Sie alle noch in Belize lebten? Das wäre doch viel einfacher gewesen.«

»Wenn ich über sie etwas gelernt habe, dann das: Ihr Handeln entzieht sich unseren Verstandesmaßstäben. Sie leben in ihrer eigenen Welt und ihrer eigenen Zeit. Am besten ist es, ihnen aus dem Weg zu gehen. Ihre Geheimnisse sind nicht für uns bestimmt. Wir machten damals den Fehler, in ihren Machtbereich einzudringen, und auch wenn wir das nicht ahnen konnten, unterschrieben wir damit unser Todesurteil. Aber ...« Er starrte an Susanne vorbei ins Leere. »Ich werde mich ihnen und ihrer verfluchten Magie nicht unterwerfen.«

Erst als er plötzlich aufsprang, dämmerte Susanne, wie er das meinte. Sein Stuhl stand näher am Balkon als ihrer. Er stürzte mit drei, vier langen Schritten nach draußen. Susannes vom Whisky verlangsamten Reflexe ließen sie zu spät bei ihm sein. Er schwang sich ohne jedes Zögern über das Geländer, als überspringe er einen niedrigen Gartenzaun. Sie hörte ihn schreien, sah ihn, als sie das Geländer erreichte, fallen, auf der Terrasse aufschlagen.

Das Leben wich nicht sofort aus seinem zerschmetterten Körper. Ein, zwei Sekunden herrschte Stille, dann schrie er wieder, von Schmerzen gepeinigt, bäumte sich auf, bis nach einem grässlichen Moment der Agonie alle Bewegung erstarb.

Torsten rannte über den Rasen, kniete neben ihm nieder, schüttelte den Kopf. Dann stand er auf und blickte ratlos von dem Toten zu Susanne hoch.

Susanne schloss die Augen und ihre Finger umklammerten mit aller Kraft das Balkongeländer – so fest, dass ihr der Schmerz bis in die Handgelenke schoss. Sie öffnete die Augen wieder, löste die Hände vom Geländer. Dann zündete sie sich mit verkrampften Fingern eine Zigarette an und blies Rauch hinauf in den verschwommenen Himmel.

8. KAPITEL

»Ich muss aber mit dem Schädel für eine Weile allein sein. Sonst kann ich nichts über ihn herausfinden.« Chris schob trotzig das Kinn vor.

Sie standen im Wohnzimmer des Jagdhauses. Jonas widerstrebte es sichtlich, Chris allein zu lassen, nachdem er erfahren hatte, was in Feltens Büro passiert war.

»Was ist, wenn du wieder ohnmächtig wirst?«, fragte er besorgt.

»Ich mach's hier im Wohnzimmer, auf dem Sofa. Da kann ja wohl nix passieren. Außerdem ist Mister Brown bei mir und passt auf. Beim letzten Mal hat er mich schließlich auch wachgeleckt.«

Jonas seufzte und zuckte die Achseln. »Du mit deinem Dickkopf! Na gut.« Er schaute Mario an, der unsicher an der Wohnzimmertür stand. »Magst du dich denn für eine Weile von deinem kostbaren Kultobjekt trennen?«

»Ich vertraue Chris«, sagte Mario. »Außerdem – welche andere Möglichkeit habe ich, mehr über den Schädel herauszufinden – und über mich?«

Sie waren vor einer guten halben Stunde angekommen, hatten mit Jonas in der Küche Tee getrunken und ihm von der Testamentseröffnung berichtet.

»Okay«, sagte Jonas. »Dann führe ich Mario in der Zeit ein bisschen herum. Wir können auch im Waldsee schwimmen gehen. Das Wasser ist schön warm, denn es hat den ganzen Tag die Sonne geschienen.«

»Ja, warum nicht?«, sagte Mario. Er zögerte einen Moment, starrte auf den Holzkoffer mit dem Schädel darin, den er in den Händen hielt. Dann gab er ihn Chris. »Ich bin sehr gespannt, was du herausfindest.«

Als sie endlich allein war, von Mister Brown abgesehen, schloss Chris die Fensterläden des Wohnzimmers, sodass nur noch wenig Tageslicht von draußen hereinrieselte. In dieser Dämmerung setzte sie sich aufs Sofa und stellte den Koffer neben sich hin.

Ihr Herz begann wieder zu klopfen. Sie erinnerte sich genau daran, was Silver Bear in dem sonderbaren Traum zu ihr gesagt hatte: Du wirst bald einen heiligen Gegenstand in deinen Händen halten, der vor langer Zeit geschaffen wurde. Er wird wie ein Katalysator für deine Erinnerungen sein. War der Kristallschädel dieser Gegenstand? Sie dachte an das starke körperliche Unbehagen, das sich bei ihr eingestellt hatte, als Marc Thürmann die Legende von den dreizehn Schädeln erzählt hatte.

Sie horchte in sich hinein. Abgesehen von einer gewissen nervösen Anspannung fühlte ihr Körper sich gut an. Sie zögerte. Was war, wenn der Kristall ihr Bilder zeigte, die ihr nicht gefielen? Sie dachte daran, wie bei der Trancereise in Marios Zimmer die Kristalle ihres Schamanen-Tunnels von Bildern aus einem fremden Bewusstsein überflutet worden waren. Ich will ich selbst sein, dachte Chris. Ich will kein Spielball für fremde Erinnerungen und Visionen sein. Warum muss ich Bilder sehen, die ich nicht sehen will? Und doch ... Sie fühlte, dass sie sich nicht weigern konnte.

Mit einem lauten Seufzer öffnete sie den Koffer und nahm den Schädel mit beiden Händen heraus. Diesmal geschah nichts. Jedenfalls kam es nicht zu Energieausbrüchen oder Ohnmachtsanfällen. Der große, unglaublich kunstfertig geschliffene Kristall lag kühl in ihren Händen. Als hielte sie ein Stück geronnenen Nebel zwischen den Fingern, sah sie ihn nur schemenhaft. Das durch die Fensterritzen dringende Sonnenlicht schien er aufzusaugen und tief in seinem Inneren in ein schwaches Glitzern zu verwandeln.

Es war tatsächlich die exakte Nachbildung eines menschlichen Schädels in natürlicher Größe. Chris konzentrierte sich auf die durchscheinend schimmernde Wölbung der Schädeldecke. Sie versuchte darin irgendwelche Bilder zu sehen, wie eine Wahrsagerin, die in ihre Kristallkugel schaut. Das probierte sie zum ersten Mal, denn es war nicht Bestandteil von Silver Bears Ausbildungsprogramm gewesen.

Sie sah nichts. Nur die schwachen Lichtreflexe der Sonnenstrahlen, die durch die Fensterritzen fielen. Keine Bilder. Sie spürte auch keine besonderen Energien, sodass sie sich fragte, warum sie beim ersten Anblick des Schädels ohnmächtig geworden war. Hatten ihr da etwa bloß ihre Nerven einen

Streich gespielt? Dabei konnte sie sich doch im Allgemeinen stets auf ihre körperliche Robustheit verlassen!

Sie starrte und starrte, doch alles, was sich ihr zeigen wollte, war ein klarer, wie ein Schädel geformter Kristall. Sonst nichts. Entspann dich, dachte sie. Wenn du etwas unbedingt willst, verkrampfst du dich und stehst dir damit selbst im Weg. Sie löste ihren Blick von dem Schädel, ließ ihn durchs abgedunkelte Zimmer schweifen und atmete einige Male tief und langsam in den Bauch, damit Körper und Geist sich lockern konnten.

Der Waldsee glänzte in der Abendsonne. Mario und Jonas setzten sich ans Ufer. »Es ist sehr friedlich hier«, sagte Mario.

Jonas nickte. Mario hatte doch keine Lust zum Schwimmen gehabt und so waren sie ohne Badesachen zum See gegangen. »Man kann hier sehr gut sitzen und nachdenken«, sagte Jonas.

»Glaubst du, dass Chris etwas herausfindet?«

Jonas lächelte aufmunternd. »Wenn nicht sie, wer dann? Ich habe großes Vertrauen in ihre schamanischen Fähigkeiten. Schließlich habe ich sie schon oft genug in Aktion erlebt.«

Mario tippte sich an die Schläfe. »Ich spüre, dass sich hier drin etwas verändert. Ich glaube, das hat mit Arnes Tod begonnen. Es scheint, dass die Erinnerung allmählich zurückkehrt.«

»Die Erinnerung an deine ersten fünf Lebensjahre?«, fragte Jonas interessiert.

»Es kommt mir so vor, als würde ich langsam aus

einem langen Schlaf aufwachen … Das haben mir schließlich auch diese seltsamen Leute zugerufen, die, denen du begegnet bist. Die Frau hat es gerufen, meine ich.« Er starrte nachdenklich hinaus auf den See.

Voller Unbehagen erinnerte sich Jonas an seine unheimliche Begegnung. Er hatte Mario seit dem Abend, an dem Felten gestorben war, nicht mehr gesehen und er glaubte bei ihm eine Veränderung zu spüren. Da war etwas Fremdes. Die jungenhafte, sympathisch-zurückhaltende Ausstrahlung schien verschwunden, was aber eine ganz natürliche Reaktion auf die überstandenen Schockerlebnisse sein mochte. Wie oft kam es schon vor, dass einem jungen Menschen innerhalb von zwei Tagen die bislang wichtigsten Bezugspersonen starben und obendrein unter solch entsetzlichen Umständen?

Eigentlich hielt Mario sich bewundernswert. Manch anderer wäre vermutlich völlig zusammengebrochen. Zumal ja nicht nur Felten und die Eberhards gestorben waren, sondern auch das Bild zerstört worden war, dass Mario sich zuvor von ihnen gemacht hatte. Er hatte die Lügen durchschaut, auf denen ihr Verhältnis zu ihm aufgebaut gewesen war.

»Ich habe letzte Nacht fast gar nicht geschlafen«, nahm Mario ihre Unterhaltung wieder auf, »aber in der kurzen Zeit, die ich dann doch wegdämmerte, hatte ich einen komischen Traum, der mir wie eine Erinnerung vorkam.«

»Träume sind oft sehr hilfreich.«

Marios Augen wurden schmal. »Aber sie können uns auch quälen. Ich habe vom Dschungel geträumt. Ich war allein. Und ich war traurig, dass meine Mutter nicht bei mir war. Dabei merkte ich erschrocken, dass ich mich noch nicht einmal an ihr Gesicht erinnern konnte, als ob sie nur ein Gespenst war, dass es gar nicht wirklich gegeben hat. Ich war allein. Ich kniete auf dem Boden. Hoch über mir in den Urwaldbäumen sangen die Vögel. Dann hörte ich eine leise Stimme. Sie flüsterte zischend Worte in einer Sprache, die ich wohl einmal beherrschte, später aber vergessen habe. Es war eine alte, raue Stimme. Ich fürchtete mich vor ihr. Erst da merkte ich, dass meine Augen verbunden waren. Und jemand hatte mir die Hände gefesselt. Die Fesseln schnitten in meine Handgelenke. Es tat sehr weh. Ich zitterte vor Angst und wünschte mir, dass diese unangenehme zischende Stimme endlich schwieg. Aber sie flüsterte immer weiter. Und die Worte drangen in mich ein wie Gift. Sie veränderten etwas in mir. Und dann kam plötzlich *Balam* ...«

Jonas schluckte. »Balam? Der Jaguar? Ein Jaguar kam und hat dich angegriffen?«

Mario schüttelte den Kopf. »Balam hat mich nicht von außen angegriffen. Er kam von innen.«

»Von innen? Das verstehe ich nicht.«

»Er kroch in mich hinein. Es tat sehr weh.« Mario wirkte plötzlich aufgeregt. Seine Lippen zitterten und er knetete nervös seine Finger. Er starrte Jonas an. »Verstehst du nicht? Balam ist in mir. Sie haben das gemacht. Das weiß ich jetzt. Und sie rufen mich zu sich.«

»Sie? Wer denn? Die Leute, die vor Feltens Haus waren?«

Mario nickte. »Ich bin anders als ihr. Ich bin einer von ihnen.«

Jonas versuchte das Gespräch wieder in rationalere Bahnen zu lenken. Die Angst, die er bei der Begegnung mit den Balam-Leuten empfunden hatte, kehrte zurück, und das passte ihm überhaupt nicht. »Das wissen wir aber doch längst. Du bist zur Hälfte Indianer. Deine Mutter war eine Balam-Indianerin. Aber dein Vater war ein Weißer. Du bist in München zur Schule gegangen. Du magst Literatur. Camus, zum Beispiel.«

Mario rieb sich mit beiden Händen die Stirn. »Das … war nur Tünche. Oberfläche. Es zerbröselt alles. Ich werde nie mehr Bücher lesen. Ich bin anders.«

»Aber warum soll ein Indianer keine Bücher lesen? Chris' Lehrer, Silver Bear, war auch Indianer. Und trotzdem war er ein sehr belesener Mann.«

»Keine *normalen* Indianer«, erwiderte Mario mit zitternder Stimme. »Sie sind anders … sie sind … *Wächter*.«

»Die Balam-Leute? Und was bewachen sie?«

Doch Mario antwortete nicht. Er sprang plötzlich auf. »Nachtauge«, murmelte er. »Ich sehe mit den Augen des Jaguar. Mein Blick durchdringt die Dunkelheit.« Dann verzerrte sich sein Gesicht und er stöhnte: »Ich habe sie getötet. Ich habe Sempold getötet und Krupka und Onkel Arne und die Eberhards!«

»Langsam«, sagte Jonas. »Beruhige dich. Arne Felten kannst du gar nicht getötet haben. Chris war bei dir, als es passierte. Du hast in deinem Zimmer auf dem Bett gelegen. Und wie hättest du in der Nacht so schnell nach München und wieder zurück kommen sollen?«

»Balam hat es getan. Balam kennt keine Zeit. Balam ist nicht wie ihr. Ich bin er und er ist ich. Balam fordert Blut. Sein Rachedurst ist noch nicht gestillt.«

Jetzt stand auch Jonas auf. Mario war bleich geworden, Panik flackerte in seinen Augen. »Komm mir besser nicht zu nahe! Ich bin nicht wie du oder Chris. Ich bin auch ein ... Wächter. Balam ist in mir.«

»Hör mal, deine Nerven sind etwas überdreht. Ist ja auch kein Wunder nach allem, was passiert ist. Wir gehen jetzt zum Haus zurück und dann koche ich uns als Erstes einen guten Tee, wie wär's?« Jonas versuchte das Flackern in Marios Blick richtig einzuschätzen. Mario war neunzehn, ein schlanker, nicht sehr großer junger Mann. Unter normalen Umständen hätte Jonas keine Bedenken gehabt ihn ruhig stellen zu können, falls das nötig werden sollte. Aber er musste vorsichtig sein. Als Polizist bekam man es immer wieder einmal mit Leuten zu tun, die psychotisch wurden. In diesem Zustand konnten manche von ihnen erstaunliche körperliche Kräfte entwickeln.

Mario hob abwehrend die Hände. »Komm mir nicht zu nahe!«, wiederholte er. Sein Gesicht veränderte sich. Es verzerrte sich auf eine abstoßende Weise, sodass Jonas unwillkürlich einen Schritt zurückwich. Und dann stieß Mario einen Laut aus, den Jonas noch nie gehört hatte, eine Mischung aus

Zischen und Fauchen, die Jonas traf wie ein eisiger Windhauch. Mario rannte davon, in einer geduckten und vorgebeugten Haltung, die an ein fliehendes Tier erinnerte.

Jonas musste an den schrecklichen Moment denken, als der Indianer mit den Goldzähnen ihn an der Stirn berührt hatte und er auf dem Rasen zusammengebrochen war. *Sie sind anders.* Nur mühsam löste er sich aus dem Schock, der frostigen Starre, die der grässliche Laut ausgelöst hatte. Dennoch rief er: »Warte, Mario! Komm zurück!«

Doch Mario war schon zwischen den Bäumen verschwunden. Jonas lief ihm nach, suchte ihn im Wald, hinter dessen Zweigen die Abendsonne schimmerte und flirrende Reflexe auf den Boden zeichnete. Er rief und suchte vergeblich, halb von Sorge um Mario erfüllt und halb in Furcht, der Junge könnte plötzlich hinter einem Baum vorspringen und ihn anfallen wie ein wildes Tier.

Chris wollte aufgeben und den Schädel in seinen Koffer zurücklegen. Silver Bears Ansicht, dass magische Objekte nicht viel taugten, schien sich zu bestätigen. Plötzlich sagte eine leise Stimme in ihr: Sprich mit ihm. Die Magie, die in ihm wohnt, ist ein lebendiges Wesen. Sprich mit ihm.

»Na gut«, seufzte Chris. »Hast du eine Botschaft für mich, Schädel? Etwas, das ich wissen sollte?«

Doch es trat keine Veränderung ein. Draußen verschwand die Sonne offenbar allmählich hinter den Bäumen. Das Dämmerlicht im Zimmer wurde schwächer. Einem plötzlichen Impuls folgend, schaltete Chris die kleine Lampe auf dem Couchtisch ein, die sie gern mochte, weil sie einen warmen, gelben Lichtschein erzeugte, fast wie eine Kerze.

Als sie sich den Schädel wieder vornahm, faszinierte es sie, wie er sich durch dieses freundliche Licht veränderte. Ein sanftes Leuchten und Schimmern erfüllte ihn nun. »Aha«, sagte sie leise. »Du möchtest mir also doch was mitteilen?«

Plötzlich wurde der Schädel schwarz. Es kam so unerwartet, dass Chris erschrocken aufstöhnte. Er füllte sich mit einer tiefen Schwärze, als hätte jemand Tinte hineingegossen. Ihr Schreck schien sich auf Mister Brown zu übertragen, der leise winselte, dann aber wieder verstummte. Die Dunkelheit in dem Schädel war real und greifbar. Chris' Herz fing heftig zu klopfen an.

Dann schälte sich ein Objekt aus der Schwärze heraus – eine kleine blaue Kugel, die im Inneren des Kristalls schwebte wie eine Glasmurmel. »Aber …«, flüsterte Chris erstaunt. Was da in dem Schädel schwamm, war die Erde, winzig, aber doch klar erkennbar – die Erde vom Weltraum aus gesehen.

Und Chris spürte, wie sie angezogen wurde. Das Bild in dem Schädel schien sie aufzusaugen und die äußere Umgebung des Zimmers mit dem Sofa, der Lampe und dem Hund verschwand.

Sie begriff nicht sofort, wo sie sich befand. Vor ihr im Samtschwarz des Alls schwebte die Erde. Sie sah das Blau der Ozeane, weiße Wolkenwirbel und die Braun- und Grüntöne der Landmassen. Die Erde kam langsam näher.

Erst jetzt wurde Chris klar, dass sie saß. In einer Art Sessel. Die Umgebung war ganz fest und sinnlich spürbar. Ein … Raumschiff? Sie streckte die Hand aus und berührte Glas oder ein anderes durchsichtiges Material, das sich warm anfühlte und Vakuum und Weltraumkälte aussperrte. Seltsamerweise herrschte völlige Stille. Das Summen von Maschinen oder andere technische Geräusche, die man an Bord eines Raumschiffes vielleicht erwartet hätte, waren nicht zu vernehmen. Chris sah, dass die Haut ihrer Hand dunkler war als gewohnt. Und doch war es nicht die Farbe, die sie von dunkelhäutigen Menschen auf der Erde kannte, sondern eine Art Kupferton. Sie sah auch kleine, rötlich entzündete Male auf dieser Hand. Und sie spürte, dass ihre Haut am ganzen Körper juckte und dass ihre Glieder schmerzten. Eine Hitze brannte in ihr, von der sie wusste, dass sie davon verzehrt werden würde.

Jetzt bemerkte sie, dass sie nicht allein war in diesem kleinen, seitlich von dunklen Wänden und vorne von einem riesigen, gewölbten Fenster begrenzten Raum, bei dem es sich wohl um die Pilotenkanzel eines Sternenschiffes handelte. Ein Mann stand neben ihr und starrte dem sich langsam nähernden blauen Juwel entgegen.

Er drehte den Kopf und hatte Jonas' Gesicht. Oder ein Gesicht, das Jonas' Zügen verblüffend ähnlich sah, wenn auch seine Haut den gleichen dunklen Kupferton aufwies wie Chris' Hand. Er sagte etwas in einer Sprache, die Chris fremd und doch seltsam vertraut in den Ohren klang wie eine alte, lange vergessene Melodie.

»Wie geht es dir, Carim?«

Als sie antwortete, spürte Chris, dass ihr Hals rau und entzündet war und das Sprechen ihr Mühe bereitete. »Ich denke, ich werde noch lange genug leben, um den Boden des Planeten der Zuflucht zu betreten, niederzuknien und diese fremde Erde zu küssen.«

Sie sah, wie die Augen des Mannes sich mit Tränen füllten. »Du weißt, ich würde alles dafür opfern, dich zu heilen, Carim.« Er streckte die Hand aus und berührte zärtlich Chris', Carims, Wange.

»Für die Strahlenkrankheit gibt es keine Heilung, Torn«, hörte sich Chris sagen und jedes Wort schmerzte in ihrer wunden Kehle.

»Du hast es tatsächlich geschafft, uns zum Planeten der Zuflucht zu bringen, so, wie es uns verheißen wurde«, sagte der Mann, den sie Torn nannte. Er lächelte und Chris erkannte Jonas' Lächeln. »Du hast die neue Technik gemeistert, die dieses Sternenschiff vorantreibt. Du bist die beste Pilotin, die je das All durchfuhr.«

»Es ist keine Technik, Torn«, entgegnete Carim mühsam. »Das weißt du doch. Vergiss das alte Denken. Sei dir immer bewusst, welches Leid das alte Denken über die Völker der Galaxie gebracht hat. Dieses Schiff ist anders als alle Schiffe, die wir früher gebaut haben. Es ist lebendig. Es erzeugt keine zerspaltende, das Gewebe der Materie zerstörende Energie. Und der große Kristall in seinem Herzen verbindet es mit dem lebendigen Organismus unserer Galaxie.« Sie musste husten. Der Schmerz brannte hinter ihren Rippen wie Feuer.

Erst jetzt fiel Chris auf, dass es auf der Kommandobrücke des Schiffes keinerlei Armaturen und Kontrollinstrumente gab. Carims rechte Hand – oder war es ihre eigene? – ruhte auf einer runden Kristallkugel, die in einem warmen, gelben Licht leuchtete. Carim wusste, dass dieser kleine Kristall mit dem großen Kristall im Bauch des Schiffes verbunden war. Die Kristalle waren lebendige Wesen, so, wie die ganze Galaxie lebendig war. Die Energie, die das Schiff antrieb und die Sterne und Planeten bewegte, war die Liebe. Wer dieses Schiff steuern wollte, musste die Energie der Liebe verstanden und gemeistert haben. Es war das erste seiner Art. Carim selbst hatte es zusammen mit ihrem verstorbenen Vater entworfen und gebaut.

»Warum sind wir so lange blind gewesen?«, fragte Torn traurig. »Warum mussten Milliarden Menschen sterben und so viele Planeten zerstört werden, ehe wir bereit waren unsere Herzen für dieses Wissen zu öffnen?« Der ganze Schmerz seiner Generation, der Generation der wenigen Überlebenden, spiegelte sich in seinem Gesicht wider. Er wandte sich ab, um Carim zu schonen.

»Ich weiß es nicht«, sagte Carim leise. »Die Landung auf dem Planeten der Zuflucht steht nun kurz bevor. Geh hinunter und sage den anderen Bescheid. Sie sollen sich vorbereiten. Ich werde meine ganze verbleibende Kraft benötigen, um euch heil hinunterzubringen.«

Er nickte, küsste sie zärtlich auf ihre von den entzündeten Malen der Krankheit entstellte Wange und verließ die Kanzel.

Inzwischen füllte der Planet der Zuflucht fast das ganze Fenster aus. Carim schloss einen Moment die Augen, um sich von ihrem Herzen zu dem richtigen Landeplatz führen zu lassen. Heilige Galaxie, betete sie, lass mich dir lange genug dienen, um dieses Schiff sicher zu landen. Lass meine Kräfte nicht zu früh schwinden.

Carim hatte erfahren, dass es auf dem Planeten der Zuflucht bereits andere Siedler gab. Wenige, zum Glück. Es war unbekannt, von welchen Planeten sie stammten und ob sie dem Weg der Liebe folgten. Carim hoffte es inständig für ihr Volk. Sie hatte gehört, dass diese Siedler auf dem Kontinent gelandet waren, der zu einem großen Teil in der südlichen Hemisphäre lag und nördlich des Äquators von einem lang gezogenen Meer begrenzt wurde. Afrika, dachte Chris. Darum steuerte Carim den auf der anderen Seite des Planeten liegenden Doppelkontinent an, und zwar dessen obere Hälfte, die bis weit hinauf in die Polarregion der nördlichen Hemisphäre reichte, weit von jener anderen Landmasse entfernt. Chris wurde klar, dass es sich um einen Teil der heutigen Vereinigten Staaten handelte. Das Gebiet der großen Ebenen und der Rocky Mountains.

Das Schiff tauchte in die Lufthülle des Planeten ein. Ein feiner, vom großen Kraftkristall ausgehender energetischer Schirm schützte den Rumpf vor der Reibungshitze. Die Weltraumnacht machte silbrigen Wolkenschleiern Platz, die vom Bug des Schiffes zerteilt und verwirbelt wurden. Dann sah Carim mit fiebrig brennenden Augen tief unten einen großen Ozean mit weißen Schaumkronen auf hohen Wellen und die Linie einer Küste.

Beim Anblick all dieses herrlichen Wassers fühlte sie sich innerlich schrecklich ausgetrocknet von dem quälenden Fieber und sehnte sich danach, ein einziges Mal in diesem Meer schwimmen oder wenigstens ihre Füße hineintauchen zu können, ehe sie starb.

Die Küste wurde rasch größer. Carim konnte immer mehr Einzelheiten des Festlandes erkennen. Es gab große Wälder, dazwischen weite Prärien. Es gab Seen und Flüsse. Große Tierherden durchzogen die Prärien. In der Ferne schimmerten schneebedeckte Berggipfel. Der Planet der Zuflucht war schön. Wunderschön.

Das Schiff darf nicht zu tief sinken, dachte sie. Sie spürte, wie schwach sie bereits war und kämpfte einen Moment gegen die in ihr hochsteigende Panik an. Nicht jetzt versagen, so kurz vor dem Ziel.

Doch die Liebe in ihrem Herzen war stark. Sie spürte die Gebete der Menschen im Rumpf des Schiffes, deren Überleben ganz allein von Carim abhing. Die Liebe verband Carim und ihr Schiff mit dem galaktischen Zentrum, um das alle Welten kreisten.

Allein mit ihrer Imagination und sanften Willenskraft, die sie auf den Steuerkristall übertrug, gelang es ihr, das Schiff abzufangen. Sie brachte es in eine horizontale Lage und fand einen geeigneten Landeplatz am Rand des Graslandes, wo die dichten Wälder nicht weit entfernt waren und klares Süßwasser von den Schneebergen herabströmte. Hier konnte ihr Volk leben.

Eine Herde großer, dunkelbrauner Tiere mit gebogenen Hörnern flüchtete, als Carims Schiff über dem Grasland heranschwebte und dann sanft aufsetzte. »Danke«, hauchte Carim mit letzter Kraft und sank bewusstlos im Pilotensitz zusammen.

Als sie mühsam ihre entzündeten Augen öffnete, ruhte ihr Körper auf einem Lager am Rand des Graslandes, im Schatten hoher Bäume. Torn saß bei ihr und hielt ihre Hand. Carim drehte ihren Kopf, in dem der Fieberschmerz brannte wie tausend Nadelstiche, und schaute hinaus in die Weite der Prärie, auf ein wogendes Meer aus hohem Gras. Dann atmete sie den von der anderen Seite heranwehenden Duft des Waldes ein. Die Luft war gut. Sauber und frisch. Doch in Carims von der Krankheit verzehrten Lungen gab es dafür kaum noch Raum.

Sie hörte Vogelstimmen. Auch auf dem Planeten der Zuflucht gab es demnach Vögel und ihr Gesang erinnerte Carim an ihre für immer verlorene Heimat. Sie lächelte Torn an. Die Lieder der Vögel würden ihr Volk also in dieser neuen Welt begleiten. Das war gut.

»Nun konnte ich die neue Erde doch nicht mehr küssen«, flüsterte sie.

»Ich habe es für dich getan«, sagte Torn.

Dann sah sie, dass die anderen gekommen waren, um Abschied zu nehmen. Hundertdreiundzwanzig Männer, Frauen und Kinder, viele weinend, viele ebenfalls von Krankheit gezeichnet. Kartam trat vor, der Wächter der Kristalle des Wissens. Bestürzt erkannte Chris in Carims sterbendem Körper, dass Kartams Gesicht, auch wenn seine Haut ebenso kupferfarben wie die Carims war, unverkennbar die Züge Arne Feltens trug.

»Du hast uns sicher hierher gebracht, Meisterin der Schiffe«, sagte Kartam. »Wir werden dein Andenken immer in Ehren halten.«

Carim sah das berechnende Glitzern in Kartams Augen. Sie hatte es immer für einen schweren Fehler gehalten, ausgerechnet ihm die Dreizehn Kristalle anzuvertrauen. Er war noch viel zu sehr dem alten Denken verhaftet. Auch wenn er seine Rolle raffiniert spielte, hatte er Carim doch nie zu täuschen vermocht. Der alte spaltende, ausbeutende Geist wirkte noch in ihm und Carims Tod kam ihm gerade recht. Oh, wenn ich doch noch bleiben könnte, um Torn und den anderen beizustehen, dachte sie verzweifelt. Torn allein kann sich gegen Kartam nicht behaupten. Er ist viel zu weich und gutmütig. Ich bin sicher, Kartam wird die Macht der Kristalle missbrauchen und Unheil anrichten.

Kartam trug den großen, den Dreizehnten Kristall, der die Summe der Weisheit aller zwölf Planeten enthielt. Die ebenmäßige, klare Kugel war so groß, dass Kartams Hände sie kaum zu umfassen vermochten. Er hielt sie ganz dicht über Carim. Sie hob mühsam ihre dünne Hand und segnete den Kristall. »Möge das heilige Wissen allen, die mit den Dreizehn Kristallen in Berührung kommen, Frieden und Liebe bringen.« Sie war überrascht, dass sie die Worte so klar herausgebracht hatte, doch jetzt musste sie husten und Blut quoll ihr aus dem Mund, das Torn behutsam abwischte. Er legte ihr ein kühles, feuchtes Tuch auf die Stirn.

Kartam verneigte sich tief und zog sich zurück. Auch die anderen gingen. Wie es sich geziemte, ließen sie Torn und Carim allein, damit die beiden Liebenden in den letzten Minuten ungestört waren.

Torn legte seinen Kopf an Carims Brust und weinte. »Verlass mich nicht«, bat er. »Du weißt, die Schönheit deiner Seele bedeutet mir mehr als alle Sterne und Planeten.«

Wie ein Blatt im Wind schwebte Carims Hand noch einmal hoch und strich durch Torns Haar. Carim lächelte, dann ging sie für immer. Da war ein langer Tunnel, durch den sie schwebte und am Ende des Tunnels leuchtete ein Licht. Es erinnerte Carim an den freundlichen Schein ihrer Heimatsonne, unter deren wärmenden Strahlen sie als Kind gespielt hatte, am Strand eines Meeres, das es nicht mehr gab, auf einem Planeten, der wie elf andere Welten in der Großen Katastrophe für alle Zeiten vernichtet worden war. Auf dieses Licht trieb Carim zu und ihr Geist fand Frieden.

Chris liefen Tränen über das Gesicht. Sie legte den Kristall in ihren Schoß und wischte sie rasch weg. Es hatte praktisch keinen Übergang gegeben. Eine Sekunde zuvor war sie noch Carim gewesen, die dem freundlichen Licht entgegentrieb, und nun saß sie wieder auf dem Sofa. Der Kristallschädel war so klar, als hätte sie niemals irgendein Bild darin gesehen, nur der gelbe Lichtschein der kleinen Lampe schimmerte weich durch ihn hindurch. Chris merkte, dass Mister Brown aufs Sofa gesprungen war und seinen dicken Kopf an ihre Seite schmiegte. Wieder einmal war sie froh diesen Medizinhund zu haben. Seine Energie tat ihr einfach gut.

Sie legte den Kristallschädel in den Koffer zurück und stand auf. Langsam ging sie zum Fenster und öffnete die Läden. Draußen war inzwischen die Sonne untergegangen und die Abenddämmerung senkte sich auf die Lichtung. Chris reckte und streckte sich. Sie fühlte sich erhitzt und ausgetrocknet, als hätte sich Carims Fieber auf sie übertragen. Sie ging in die Küche und trank ein großes Glas Wasser. Mister Brown war ihr gefolgt und schaute sie hechelnd an. Sie füllte seine Schale mit Wasser, das er gierig wegschlabberte. »Hast dich wohl auch angesteckt?«, sagte sie.

Silver Bear hatte von den Reisenden zwischen den Welten gesprochen und davon, dass dieser fremde Himmel mit den wandernden Leuchtobjekten – Sternenschiffen? –, den sie manchmal im Traum sah, ein Fenster in die Vergangenheit sei. Hatte er darauf angespielt, als er gesagt hatte: »Die Zukunft liegt hinter uns.«? Hatte er Chris deshalb einen Abendstern genannt? All diese Geschichten von Weltraumschlachten und galaktischen Imperien in den Sciencefiction-Romanen und -Filmen – handelte es sich dabei also nicht um phantasievoll ausgemalte Zukunftsvisionen, sondern tatsächlich um Erinnerungen an eine ferne, tragische Vergangenheit, wie Marc Thürmann behauptet hatte?

Sie seufzte. Bin ich tatsächlich diese Carim gewesen?, wunderte sie sich. Und war Jonas Torn, in einer früheren Inkarnation? Oder sind Carims Erinnerungen in dem Kristall gespeichert und ich habe mich nur zufällig in sie eingeklinkt und mich schlichtweg geirrt, was die Ähnlichkeit von Torn und Jonas und Kartam und Felten betrifft? Fragen über Fragen. Jedenfalls gab es erstaunliche Übereinstimmungen mit der Legende von den dreizehn heiligen Schädeln, die ihnen Thürmann erzählt hatte.

Und Chris spürte eine tiefe innere Gewissheit, dass das, was sie durch Carims Augen gesehen hatte, wirklich geschehen war. Diese Bilder, die Sinneseindrücke Carims, waren keine Ausgeburten der Phantasie gewesen, das fühlte Chris mit jeder Faser ihres Seins. Und noch etwas erschien ihr bemerkenswert: In der Legende, wie Thürmann sie erzählt hatte, war davon die Rede gewesen, dass dreizehn Kristallschädel zur Erde gebracht worden seien. Bei dem großen Kristall, der von Carim vor ihrem Tod gesegnet worden war, hatte es sich aber eindeutig nicht um einen Schädel gehandelt, sondern um eine glatte, makellos gearbeitete Kugel. Hatten erst spätere Kunsthandwerker auf der Erde aus diesen Kristallkugeln Schädel herausgeschliffen? Und wenn ja, warum?

Eines stand jedenfalls fest: Sie empfand tiefe Hochachtung und Zuneigung für die fremde Raumfahrerin, die im Nebel einer fernen Vergangenheit allein mit der Kraft der Liebe ihr Schiff zur Erde gesteuert hatte.

Chris rieb sich die Schläfen. Sie merkte, wie ihr der Kopf schwirrte. Sie zwang sich dazu, sich wieder bewusst auf die Gegenwart und ihre unmittelbare Umgebung zu konzentrieren.

In diesem Moment piepste das Telefon.

Susanne meldete sich.

»Hi!«, sagte Chris, froh, eine vertraute Stimme zu hören. »Wie geht's?«

»Thürmann ist tot. Hat sich vom Balkon gestürzt.« Susannes Stimme klang belegt.

»Mist.«

»Hab Scheiße gebaut«, fuhr Susanne fort und Chris hörte ihrer Stimme deutlich an, dass sie wieder einmal dabei war, sich selbst fertig zu machen. »Ich habe mit ihm Whisky getrunken, weil ich dachte, dass ihn das gesprächiger macht. Zwei volle Gläser. Zu viel. Dann ist er plötzlich aufgesprungen und auf den Balkon gerannt. Ich hab zu langsam reagiert wegen des Scheißalkohols. Wäre ich nüchtern gewesen, hätte ich ihn bestimmt noch festhalten können. Hab ihn ... nur noch fallen sehen. Ihn schreien hören. Der Schrei ist immer noch da. Ich höre ihn, wenn ich die Augen zumache. Ich habe den Fernseher eingeschaltet, aber es hilft nicht.«

Wenn ich jetzt bei ihr wäre, würde ich sie in den Arm nehmen, ihre harten, verspannten Schultern massieren, bis sie weinen kann, dachte Chris. »Du bist in deiner Wohnung?«

»Ja.«

»Ist jemand bei dir?«

»Nee. Torsten hat's angeboten, aber ich dumme Kuh meine ja immer, ich müsste mit allem allein fertig werden.«

Chris hatte plötzlich einen rettenden Einfall, etwas, das Susanne bestimmt helfen würde. »Denk an das Lied.«

»Das Lied?«

»Ich habe es für dich gesungen. Es ist jetzt deins.«

»Du meinst … es ist noch da?«

»Ja«, sagte Chris. »Koch dir einen Tee und leg dich dann ins Bett. Das Lied ist noch dort in deinem Schlafzimmer. Du kannst dich darauf einstimmen, es hören. Es wird dir helfen den Schrei loszuwerden und dich wieder fest in der Gegenwart zu verankern.«

»Klingt … verrückt. Aber okay, ich versuch's.«

Chris fand, dass Susannes Stimme schon etwas besser klang.

»Danke«, sagte Susanne leise. »Es ist gut, dass es … dass es dich gibt. Da ist noch was, das ich dir sagen wollte: Nehmt euch vor Roger Bishop in Acht, Marios amerikanischem Freund. Thürmann hat zugegeben, dass er und Bishop Felten ermorden wollten. Mit einer Briefbombe.«

»Dann haben sie die Drohbriefe geschickt, von denen du mir erzählt hast?«

»Genau. Bishop ist jetzt als Einziger übrig. Zum Glück weiß er nicht, dass sich Mario bei euch aufhält. Gut möglich, dass er versucht den Schädel an sich zu bringen. Nach allem, was Thürmann mir über die Ereignisse in Belize erzählt hat, dürfte dieser Bishop ein brutaler Bursche sein. Vermutlich ist er jetzt ziemlich in Panik und dann sind solche Typen immer gefährlich.«

Chris versprach sich vorzusehen. »Ich knuddel dich ganz fest durchs Telefon. Leg dich jetzt hin und lausch auf dein Lied, okay?« Davon, dass sie ihre Adresse bei Hedwig hinterlassen hatte, sagte sie Susanne wohlweislich nichts. Susanne war imstande, trotz ihrer nervlichen Verfassung noch hinaus in die Eifel zu fahren, bloß weil sie sich Sorgen um Chris und Jonas machte. Dass dieser Bishop sich bei Hedwig möglicherweise die Adresse beschafft hatte, war allerdings keine sehr beruhigende Vorstellung.

Als sie das Telefon weglegte, bemerkte sie plötzlich, dass Mario in der Tür stand.

»Hallo«, sagte er leise. Er hielt den Kopf gesenkt und wich Chris' Blick aus.

»Hallo. Wo ist Jonas?«

»Kann ich ein Glas Wasser haben?«

Chris schaltete das Licht in der inzwischen sehr dämmrigen Küche ein und sah, dass er erhitzt wirkte, mit roten Wangen und Schweißperlen auf der Stirn, als sei er schnell gerannt.

Sie füllte ein Glas mit Leitungswasser – ihr Wasser hier draußen war wunderbar – und reichte es ihm.

Er trank es mit gierigen Zügen leer. Dann sagte er: »Wir haben am See gesessen. Jonas hat mir viele Fragen gestellt. Irgendwann ging mir das auf die Nerven. Da bin ich wütend geworden und einfach weggerannt. Der Wald hier bei euch ist groß und dicht. War gar nicht einfach euer Haus wieder zu finden.«

»Na«, sagte Chris, »und der arme Jonas läuft jetzt wahrscheinlich noch draußen herum und sucht dich.«

Mario rieb sich die Stirn. »Ich habe ziemliche Kopfschmerzen und bin total fertig. Ist es okay, wenn ich mich ein bisschen im Wohnzimmer aufs Sofa lege?«

Chris nickte. »Ich bereite inzwischen mal das Abendessen vor.«

Als Mario ins Wohnzimmer verschwunden war, ging sie nach draußen und hielt nach Jonas Ausschau. Sie wurde das Gefühl nicht los, dass irgendetwas Grundlegendes nicht in Ordnung war, ohne recht zu wissen, was. Mister Brown schaute sie an. »Such mal Jonas«, sagte Chris. »Bring ihn heim, zum Essen.«

Mister Brown blickte durchaus interessiert, rührte sich aber nicht vom Fleck. »Hm«, überlegte Chris laut, »wie sag ich's meinem Hunde?« Die Visualisierungsmethode kam ihr in den Sinn. Die funktionierte manchmal. Chris ließ ein möglichst lebendiges Bild von Jonas vor ihrem inneren Auge entstehen und schuf ein kleines geistiges Filmchen, in dem Mister Brown Jonas im Wald aufspürte und pünktlich zum Abendessen nach Hause brachte.

Der Hund bellte und lief los, drückte sich einen Moment am Waldrand herum und verschwand dann zwischen den Bäumen. Na also. Chris ging zurück in die Küche.

Jonas befand sich auf dem Rückweg zum Haus, ohne eine Spur von Mario entdeckt zu haben. Er hatte es plötzlich sehr eilig, denn die Vorstellung, dass Mario vielleicht vor ihm zum Haus zurückgekehrt sein könnte, gefiel ihm gar nicht. Chris wusste nicht, was sich am See abgespielt hatte, und Marios bizarres Verhalten erschien Jonas höchst beunruhigend.

Nun, immerhin war der Hund ja bei Chris. Aber würde das gutmütige Zotteltier sie auch wirklich verteidigen, wenn der Junge irgendwie ausrastete?

Vor ihm in der Abenddämmerung tauchten zwischen den Bäumen schon die Lichtung und das Haus auf, als Jonas plötzlich hinter sich ein Geräusch hörte. Er drehte den Kopf, sah aus den Augenwinkeln einen Mann mit erhobener Pistole zum Schlag ausholen, konnte aber nicht mehr ausweichen. Der Pistolengriff traf ihn am Hinterkopf und er ging stöhnend zu Boden.

Er spürte den kalten, harten Druck einer Pistolenmündung im Genick. »Keine Bewegung!« Der Druck verschwand, aber jetzt drehte der Angreifer ihm den Arm um, bis Jonas glaubte, sein Schultergelenk müsse zerspringen. Er schrie auf. »Shut up!« Ein weiterer Schlag ins Genick.

Jetzt wurden Jonas' Handgelenke gefesselt. Dann seine Füße. Hilflos musste er zusehen, wie der Mann aus einem Taschentuch einen Knebel formte und ihn Jonas brutal in den Mund stopfte. »Verhalt dich ruhig, dann passiert dir nichts«, sagte der Mann mit unüberhörbar amerikanischem Akzent. »Ich will nur den Schädel und den Jungen.«

Er ließ Jonas liegen und ging auf das Haus zu.

Jonas fluchte innerlich. Verzweifelt blickte er umher und suchte nach einem Ausweg. Beten, dachte er. Ich bin zwar nicht sehr religiös, aber manchmal hilft's ja. Das letzte Licht schimmerte durch die Bäume. Etwas glitzerte. Glasscherben. Normalerweise wurde Jonas fuchsteufelswild, wenn er Leute dabei erwischte, dass sie im Wald Müll zurückließen, aber jetzt hätte er den Betreffenden am liebsten geküsst. Er rollte sich herum und rutschte über den Boden, bis er eine der Scherben zu fassen bekam. Dann begann er vorsichtig zu schaben, bestrebt, nur die Kordel aufzuschlitzen und nicht seine eigene Haut. Immerhin war der Angreifer beim Anlegen der Fesseln ziemlich eilig und nachlässig vorgegangen. Es würde nicht allzu lange dauern, sich zu befreien.

Chris hatte gerade den Küchentisch für ein spätes Abendessen gedeckt, als sie jemanden durch die fast immer offene Vordertür ins Haus kommen hörte. »Jonas? Wo bleibst du denn?«

Den Mann, der dann plötzlich im Türrahmen stand, hatte sie noch nie gesehen. Ein bulliger Körper und ein rundes Gesicht mit kleinen, unruhig hin und her huschenden Augen. »Entschuldigen Sie die Störung«, sagte er mit amerikanischem Akzent. »Ich bin ein guter Freund Marios und muss ihn dringend sprechen.« Sein Blick huschte hinüber zum Wohnzimmer, dessen Tür ebenfalls offen stand und wo neben dem Sofa immer noch die kleine Lampe brannte. Auf dem Sofa lag Mario und schlief.

»Ah, da ist er ja.« Der Mann öffnete seine Lederjacke und zog eine Pistole aus dem Hosenbund. »Keinen Ärger machen und schön mit ins Zimmer kommen. Los!« Er fuchtelte mit der Pistole herum. Jetzt sah Chris, wie nervös der Fremde war. Auf seiner kahlen Stirn glänzte der Schweiß und seine Hände zitterten.

Chris musste vor ihm her ins Wohnzimmer gehen. Sie konnte nur vermuten, dass es sich bei dem Kerl um Roger Bishop handelte. Aber was hatte er vor? Den Schädel zu stehlen?

Er beugte sich über Mario und schüttelte ihn ziemlich grob an der Schulter. »Los! Aufwachen! Dein Freund Roger ist hier. Ich muss dringend was mit dir besprechen.«

Doch Mario wachte nicht auf. Er murmelte irgendetwas Unverständliches und schlief weiter. Das fand Chris sonderbar. So, wie Bishop ihn geschüttelt hatte, hätte er auf jeden Fall aufwachen müssen!

Bishop starrte sie wütend an. »Was ist mit ihm? Wieso schläft er so fest?« Er richtete seine Pistole auf Chris. »Los! Rede!«

Chris schwankte zwischen Wut und Angst hin und her. »Ich weiß es nicht«, erwiderte sie. Du meine Güte, war der Kerl fertig!

»Shit!«, schrie Bishop. »Wake up, boy!« Er schüttelte Mario wieder. Erfolglos. Was war mit dem Jungen? War er krank?, fragte sich Chris besorgt.

»Du darfst nicht schlafen, Mario!« Jetzt klang Bishops Stimme fast flehend. »Du darfst nicht träumen! Sonst ...« Plötzlich richtete er die Pistole auf Marios Kopf.

Im nächsten Augenblick stürzte etwas Großes, Braunes, in eindrucksvoller Lautstärke Knurrendes ins Wohnzimmer und verbiss sich in Bishops Oberschenkel. Mister Brown!

Bishop schrie erschrocken auf und ließ seine Waffe fallen. Mit einer Behändigkeit, die sie selbst überraschte, sprang Chris vor und schnappte sich die

Pistole, nahm sie in beide Hände und richtete sie auf Bishop. »Glauben Sie bloß nicht, dass ich damit nicht umgehen kann!«, sagte sie so laut und tapfer wie möglich. »Ich lebe mit einem Polizisten zusammen und meine beste Freundin ist auch Polizistin, die haben's mir beigebracht!« Und dann fügte sie noch hinzu: »Außerdem bin ich Jägerin!«

Aber Bishop war vollauf damit beschäftigt, den Medizinhund abzuwehren, der sein Bein losgelassen hatte, nun jedoch knurrend und zähnefletschend nach seinen Händen schnappte.

»Okay, Mister Brown!«, sagte Chris. »Aus!«

Tatsächlich hörte der Hund auf nach Bishop zu schnappen, blieb aber weiterhin knurrend vor ihm stehen.

»Sie erzählen mir jetzt, was Sie hier wollen, und zwar schnell! Sonst sage ich dem Hund, dass er Hackfleisch aus Ihnen machen soll!« Ich halte mich gar nicht schlecht, dachte Chris, fragte sich allerdings mit wachsender Besorgnis, wo denn wohl Jonas blieb, den sie momentan SEHR gut hätte gebrauchen können.

»Ich wollte ihn abholen«, sagte Bishop mit zitternder Stimme. »Ihn und den Schädel. Ich nehme an, Sie wissen von unseren Mittelamerikaplänen? Das Hotel? Ich möchte retten, was noch zu retten ist. Ich bin überzeugt, auch der Junge ist in Gefahr. Glauben Sie mir, das Beste ist, wenn Sie mich mit Mario gehen lassen. Jetzt gleich.«

»Umbringen will er ihn!«

Jonas! Endlich! Er stand in der Tür, sah etwas ramponiert aus und rieb sich die Handgelenke.

Bishop schüttelte den Kopf. »Aber wo denken Sie hin? Ich bin sein Freund.«

»Schau ihn dir an«, sagte Jonas mit einem grimmigen Funkeln in den Augen. »Er zittert vor Angst. Aber nicht nur, weil du die Pistole auf ihn richtest. Er war vorhin schon so nervös, dass er mich nur sehr unvollkommen verschnürt hat. Und ich weiß auch, warum! *Balam*, nicht wahr?«

Bei diesem Wort zuckte Bishop heftig zusammen und wurde blass. »Wir müssen ihn aufwecken, bitte! Wir müssen Mario aufwecken. Er darf nicht träumen!«

»Balams Rache ist noch nicht beendet. Zwei fehlen noch – Thürmann und Sie, Marios netter amerikanischer Freund.« Jonas strahlte eine wunderbare, überlegene Ruhe aus. Chris atmete auf, zielte aber weiterhin auf Bishops Brust.

»Thürmann ist tot«, sagte sie. »Hat sich vom Balkon gestürzt. Susanne hat es mir am Telefon berichtet.«

Jonas nickte. »Ich verstehe. Na, vielleicht hat er ja vorher noch sein Gewissen erleichtert und ausgepackt. Jedenfalls müssen Sie alle zusammen damals im Dschungel eine Riesenschweinerei begangen haben und dafür nehmen die Balam-Leute jetzt Rache.«

Bishops Augen weiteten sich. »Die Balam-Leute sind hier? Oh, mein Gott. Ich dachte, es wäre nur der Junge ...«

»Ich glaube, der Junge ist ihr Werkzeug«, sagte Jonas langsam. »Er hat mir erzählt, dass der Jaguar in ihm ist. Sie werden irgendein bizarres magisches

Ritual an ihm vollzogen haben, so verrückt mir das auch erscheint.«

Chris schüttelte den Kopf. »Aber das kann nicht sein, Jonas. Er war doch bei mir im Zimmer, hat auf dem Bett gelegen, als Felten starb.«

Zitternd vor Angst starrte Bishop auf den schlafenden jungen Mann. »Sie sind … *Wächter*. Sie können Dinge tun, die kein normaler Mensch tun kann. Hätte ich damals schon ihre wahre Natur gekannt, hätte ich niemals beim Raub des Schatzes mitgemacht. Irgendwie hatten wir gehofft, sie hätten uns vergessen, hätten kein Interesse mehr, sich zu rächen, nach so vielen Jahren. Ich ahnte ja nicht, dass Mario … dass der Jaguar in ihm ist … darauf bin ich erst gekommen, als die beiden Raffineriearbeiter starben und dann auch noch Felten. Schließlich wissen wir nicht, was sie mit Mario angestellt haben während seiner ersten fünf Lebensjahre dort im Dschungel. Oh Gott, es ist dunkel draußen! Bestimmt träumt er bereits. Und es gibt keinen Ort, an dem ich sicher bin!« Sein Blick huschte flackernd zwischen Chris und Jonas hin und her. Seine Knie zitterten.

»Zuerst einmal werde ich Ihnen jetzt Handschellen anlegen«, entschied Jonas. »Chris und Mister Brown, haltet ihn weiter in Schach. Ich gehe sie eben holen.«

Er verschwand, dann hörte Chris seine Schritte draußen auf dem Kies. Er bewahrte immer ein Paar Handschellen im Handschuhfach seines Wagens auf.

Bishop starrte Chris an. »Töten Sie ihn«, sagte er

plötzlich flehend. »Erschießen Sie Mario, ehe es zu spät ist. Der Jaguar kommt schon ... ich kann es spüren. Ich bin sicher, der Spuk ist erst vorbei, wenn der Junge tot ist.«

Chris schüttelte den Kopf. »Sie sind ja völlig durchgeknallt.«

Mister Brown jaulte plötzlich laut auf, zog den Schwanz ein und versteckte sich hinter Chris. Mario warf sich auf dem Sofa hin und her und murmelte fremde, unverständliche Worte.

Bishop starrte mit Schreck geweiteten Augen auf eine Stelle hinter dem Sofa. Langsam wich er zur gegenüberliegenden Wand zurück.

Zunächst sah Chris dort nur einen großen konturlosen Schatten, einen schwarzen Nebel, der aus dem Nichts hereinzuwehen schien und sich immer mehr verdichtete. Dann wurden die Konturen eines stattlichen Tierkörpers erkennbar. Ein großer Katzenkopf, schwarzes, schimmerndes Fell. Lautes Fauchen erfüllte plötzlich den Raum und ging Chris durch Mark und Bein.

Einen Moment stand die Raubkatze reglos da, dann setzte sie sich langsam in Bewegung, schlich leicht geduckt auf Bishop zu, der mit dem Rücken zum Fenster stand und vor Angst wimmerte. Chris kämpfte gegen die Panik an, die ihr wie eine Faust in den Magen fuhr. Der schwarze Jaguar fauchte wieder und seine gelben Augen fixierten Bishop. Er duckte sich zum Sprung.

Plötzlich packte Chris eine heftige Wut, die stärker als ihre Angst war. Ich bin hier die Hüterin, dachte sie, das Haus und das Land, auf dem es gebaut ist, stehen unter meinem schamanischen Schutz. Dies ist ein Ort des Friedens. Kein Mensch wird hier getötet. Du kannst mit ihm sprechen, sagte sie sich, er ist ein magisches Wesen wie die Krafttiere aus der Geisterwelt. »BALAM!«, rief sie mit der lautesten und machtvollsten Stimme, die sie angesichts der beängstigenden Lage zustande brachte. »Ich bin die Hüterin dieses Reiches. Du bist hier nicht willkommen! Verschwinde! Geh zurück in den Dschungel, wo du hingehörst. Du wirst hier nicht töten!« Chris spürte, wie mit jedem Wort ihre Kraft wuchs. Die Bärin erwachte in ihr und sie hatte das Gefühl, körperlich zu wachsen wie eine Bärin, die sich kampfbereit auf die Hinterbeine stellt. Auch Mister Brown schien seinen Mut wieder zu finden. Er knurrte plötzlich so laut und tief, wie Chris es bei ihm noch nie gehört hatte. »Dieser Mann mag schlimme Verbrechen begangen haben, für die er eine gerechte Strafe verdient. Aber du wirst ihn nicht töten. Ich verbiete es dir!«, sagte Chris.

Der Jaguar schaute sie an. Seine gelben Augen schienen von innen zu leuchten. Er fauchte grollend und Chris spürte seine Macht wie einen eisigen, tödlichen Hauch. Er war ein Wesen des Todes und sie erkannte jetzt ganz klar, dass er mit einem echten, materiellen Jaguar aus Fleisch und Blut, diesem wunderschönen Tier, nichts gemein hatte. Bilder des Todes tauchten vor Chris' innerem Auge auf. Sie sah Menschen, die in angstvoller Düsternis lebten und im Namen rachsüchtiger Götzen schreckliche Kriege führten. Sie sah, wie Gefangene in grausamen Opferritualen hingerichtet wurden, um mit ihrem Blut diese kalten, unbarmherzigen Götter zu besänftigen.

»Verschwinde!«, rief Chris wieder. »Du bist hier nicht willkommen!«

Jonas war zurückgekehrt, stand an der Tür und starrte entsetzt auf den Jaguar, der sich von Bishop abgewandt hatte und geduckt auf Chris zupirschte. Mister Brown knurrte jetzt noch lauter. Er war ungefähr so groß wie der Jaguar, aber konnte er gegen ein magisches, dämonisches Wesen etwas ausrichten?

Plötzlich spürte Chris, dass die Kraft der Bärin stärker war als jene dunkle Bosheit, die der Jaguar ausstrahlte. »Verschwinde!«, sagte sie noch einmal. Gleichzeitig sandte sie ganz bewusst eine helle, heiße Energie aus und stellte sich vor, wie diese Energie den Jaguar einhüllte und ihn seiner Macht beraubte.

Er löste sich auf. Für einen Augenblick flimmerte er wie eine Fata Morgana im Wüstensand, dann verschwand er so spurlos, wie er gekommen war.

»Heilige Scheiße!«, ächzte Jonas. »Es ist doch immer wieder gut, eine Schamanin im Haus zu haben.«

Chris wischte sich den Schweiß von der Stirn. Ihre Knie zitterten und sie musste sich einen Moment schwer atmend gegen die Wand lehnen. Mister Brown wedelte mit dem Schwanz und rieb seinen Kopf an ihrem Bein. »Ja, zuweilen sind wir ganz nützlich«, sagte sie und versuchte zu lächeln, aber ihre Mundwinkel zitterten.

Mario öffnete plötzlich die Augen und setzte sich

auf. Er starrte Chris wütend an. »Du … du hast mir wehgetan!«, sagte er. »Du hast dem Jaguar Schmerz zugefügt. Der Mann da verdient den Tod. Du hast die Rache des Jaguars verhindert. Damit hast du dich mitschuldig gemacht.«

»Jetzt halt aber die Luft an!«, entgegnete Chris heftig. »In meinem Haus wird niemand getötet, egal, was er ausgefressen haben mag. Und mit diesem verdammten Killer-Jaguar will ich nichts zu schaffen haben.«

»Aber allein deshalb bin ich hier«, sagte Mario. »Ich bin Nachtauge. Ich bringe den Tod. Blut für Blut.« Seine Stimme klang kalt, sein Gesicht war eine starre gefühllose Maske. »Du darfst dich dem Gesetz der Rache nicht in den Weg stellen, sonst wirst du vernichtet. Ich weiß jetzt, wer ich bin. Ich habe meine wahre Bestimmung erkannt. Meine Erinnerung ist zurückgehrt. Ich bin ein Wächter.«

»Aber was zum Teufel ist ein Wächter?«, fragte Jonas entnervt. »Du bist also einer von den Balam-Leuten. Gut. Aber WAS seid ihr, verdammt noch mal?«

»Das hat euch nicht zu interessieren.« Mario sagte es kühl und arrogant. Er schwang die Beine vom Sofa und setzte sich. »Ich werde meine Rache vollenden und Bishop mitnehmen. JETZT!«

Chris hatte die Pistole völlig vergessen. Ihre rechte Hand, die sie hielt, war schlaff herabgesunken. Unvermittelt machte Bishop einen Satz auf sie zu, entriss ihr die Waffe, richtete sie auf Mario und schoss, leerte das ganze Magazin.

Entsetzt sah Chris die Kugeln in Marios Brust

einschlagen. Stöhnend sank er aufs Sofa zurück und starb. Seine Augen starrten tot zur Decke.

Bishop zog blitzschnell ein neues Magazin aus der Tasche und lud durch. »Okay«, sagte er. »Jetzt ist der Spuk endlich vorbei.« Er zeigte mit der Waffe auf den Koffer. »Da ist der Schädel drin, nehme ich an?«

Chris nickte. Bishop nahm den Koffer und zielte mit der Pistole auf Chris. »Gegen euch beide habe ich nichts. Du hast mir sogar das Leben gerettet. Wenn ihr mich abhauen lasst, passiert euch nichts.«

»Okay«, sagte Jonas, gab die Tür frei, kam ins Zimmer und stellte sich neben Chris, auf die Bishop immer noch die Waffe richtete. »Verschwinden Sie.«

Mit dem Koffer in der einen und der Waffe in der anderen Hand humpelte Bishop rückwärts aus dem Wohnzimmer. Sein rechtes Hosenbein war blutgetränkt von Mister Browns kräftigem Biss.

Jonas ging zum Fenster und öffnete es. »Der kommt nicht weit«, sagte er.

Chris stellte sich neben ihn und er legte ihr den Arm um die Schulter. »Du meinst … die Balam-Leute?«

Jonas nickte grimmig. »Sollte mich wundern, wenn sie ihn einfach ziehen lassen.«

Im matten Schein der kleinen Laterne, die vorn neben dem Kiesweg am Telegrafenmast hing, konnte Chris sehen, wie Bishop auf einen etwas abseits bei den Bäumen parkenden Wagen zusteuerte.

Plötzlich stellten sich ihm zwei Gestalten in den Weg. Ungläubig sah Chris sie genauso gespenstisch aus dem Nichts auftauchten wie zuvor den schwarzen Jaguar. »Was … wollt ihr von mir?«, stammelte Bishop.

Es handelte sich um eine dicke, gebeugte alte Frau und einen großen Mann, der die kräftige Statur eines Kriegers hatte. Sie trugen indianisch wirkende Umhänge oder Mäntel. Sie sagten kein Wort, ließen Bishop aber nicht durch.

»Ihr wollt den Schädel, stimmt's? Okay, ich gebe ihn euch. Ich … brauche ihn nicht unbedingt. Hier.« Er hielt ihnen den Koffer hin. »Aber dann lasst ihr mich gehen, ja?«

Sie rührten sich nicht. »Ich wollte das damals nicht. Felten und Thürmann tragen die ganze Schuld. Wenn ich geahnt hätte, was sie vorhatten, hätte ich auf keinen Fall mitgemacht. Ich wollte mich niemals mit euch anlegen. Das müsst ihr mir glauben!«

Die Luft um Bishop und die beiden Fremden herum begann zu flimmern. Fasziniert und entsetzt zugleich beobachtete Chris, wie sich eine Art Blase bildete, die Bishop, die alte Frau und den Krieger einhüllte. Diese gespenstisch leuchtende Blase schien wie ein Fenster in den Dschungel zu sein. Chris glaubte darin schemenhaft riesige Urwaldbäume und dämonische Tiergestalten zu sehen – einen Jaguar, eine riesige Schlange. Vogelstimmen und das Gekreische von Affen drangen an ihr Ohr.

»Nein! Nehmt mich nicht mit! Bitte!«, flehte Bishop. Das magische Fenster schloss sich um die beiden Fremden und um Bishop und den Koffer mit dem Schädel. Nichts blieb von ihnen übrig. Sie verschwanden einfach von der Bildfläche, als hätten sie nie existiert.

»Wahnsinn!«, stieß Jonas hervor. Er hatte immer noch den Arm um Chris gelegt. Sie standen dicht aneinander geschmiegt und Chris konnte spüren, dass Jonas am ganzen Körper zitterte. Aber ihr selbst ging es nicht besser.

Dann fing Mister Brown laut zu knurren an. Chris und Jonas wirbelten herum. Da standen zwei ungebetene Besucher mitten im Wohnzimmer. Eine große junge Frau mit einem schönen indianischen Gesicht und langen, glänzend schwarzen Haaren und ein breitschultriger, gedrungener Mann, der gleichfalls indianisch aussah. Beide trugen sie rote Stirnbänder, auf denen in der Mitte ein runder, klarer Bergkristall prangte.

Der Mann grinste Chris und Jonas an und entblößte dabei funkelnde Goldzähne. »Good evening, my friends«, sagte er in brüchigem Englisch und schlug seinen roten, mit indianischen Mustern bestickten Mantel zurück. In seinem breiten Gürtel steckten ein langes Messer. Und einer dieser altertümlichen Trommelrevolver, wie Chris sie aus den Western kannte, die sie sich manchmal nur so zum Spaß mit Susanne im Fernsehen anschaute, wenn sie in Köln zu Besuch war. Der Mann spuckte aus. Angewidert sah Chris seine gelbliche Spucke auf den Teppich fallen. Doch sie kam dort nicht an. Kurz bevor sie den Boden erreichte, verschwand sie einfach. Ein Schauer überlief Chris.

»Ich bin gekommen, um Nachtauge zu holen, meinen Sohn«, sagte die junge Frau langsam auf Deutsch, mit fremdem Akzent. Ihre Stimme klang kalt, klirrend wie Eis.

Jonas war kreidebleich geworden. Chris sagte: »Dann … dann bist du … Tula?« Das war unmöglich. Chris schätzte die junge Frau auf höchstens Mitte zwanzig.

»Ja, ich bin Tula.«

»Aber … du bist doch viel zu jung, nur ein paar Jahre älter als er …«

»Wir leben nicht in eurer Zeit.«

»Und warum hast du dich in all den Jahren nicht um deinen Sohn gekümmert?«, fragte Chris, der das Herz bis zum Hals schlug.

»Ich hatte andere Aufgaben, über die ich euch keine Rechenschaft schulde.« Ihr ganzes Benehmen strahlte eine frostige Arroganz aus, die Chris auf die Palme gebracht hätte, wäre das alles nicht so unheimlich gewesen. *Wächter …* was um alles in der Welt waren diese Balam-Menschen?

»Und Votan und seine Sippe? War denn Votan nicht dein Vater?«

»Votan war ein ganz normaler Indianer. Ein Mensch wie ihr. Er und seine Sippe haben uns gedient. Sie haben ihre Gebete für uns verrichtet und uns Körper geschenkt, wenn das erforderlich war.«

Ihnen Körper geschenkt? Chris schluckte. »Seid ihr denn jetzt zufrieden?«, fragte sie. »Eure Rache ist doch nun beendet. Alle, die damals an dem Überfall auf Votans Sippe beteiligt waren, sind tot.«

»Zufrieden? In solchen Begriffen denken wir nicht. Wer sich in unseren Machtbereich begibt, muss unseren Gesetzen folgen.«

»Und warum mussten die beiden unbeteiligten Leute in der Raffinerie sterben?«, fragte Chris.

»Auch damals bei dem Angriff auf den Tempel sind Unbeteiligte getötet worden, die bei Votan zu Besuch waren. Das wurde jetzt ausgeglichen. So ist unser Gesetz. Das Schicksal einzelner Menschen ist uns gleichgültig.«

Widerlich, dachte Chris. Ihre Angst wich allmählich einer großen Wut über die Arroganz und fühlbare Grausamkeit dieser geheimnisvollen Wächter. »Und der Kristallschädel?«, fragte sie. »Was hat es mit ihm auf sich?«

»Ihr weißen Menschen seid viel zu neugierig«, sagte Tula verächtlich. »Ihr lasst die Toten nicht in ihren Gräbern schlafen. Ihr grabt unter dem Schutt der Jahrhunderte verborgene Schätze aus, die ihr besser ruhen lassen solltet. Wir haben nichts mit euresgleichen zu schaffen und der Kristallschädel geht euch nichts an. Kümmert euch um eure eigenen Angelegenheiten!« Die letzten Worte klangen drohend.

Tulas Begleiter grinste wieder und spuckte aus, schleimige Tropfen, die im Nichts verschwanden. »It's not your business, see, my friends?«

»Aber ich habe in einer Vision gesehen, dass die Dreizehn Heiligen Kristalle aus dem Weltraum auf die Erde gebracht wurden. Von ... einer Raumfahrerin namens Carim, vor langer Zeit.«

»Ich weiß nichts von einer Carim und der Weltraum interessiert uns nicht. Und wie will jemand wie du die Herkunft der heiligen Kristalle begreifen, wenn du noch nicht einmal deine eigene Herkunft kennst?« Tula lachte spöttisch und das widerliche goldzähnige Grinsen ihres Begleiters konnte Chris einfach nicht mehr ertragen. Sie waren in Chris' Territorium eingedrungen, aber das würde sie nicht länger dulden.

Chris bat die Bärin um Hilfe und sagte: »Ich kenne *eure* Herkunft nicht und ich glaube, ich will sie auch gar nicht kennen. Ich habe es schon eurem Balam gesagt: Ihr seid bei uns nicht willkommen. Ihr seid hier eingedrungen und stört unseren Frieden. Ich bin die Hüterin dieses Landes und ich sage euch: Verschwindet! Sofort!«

Tula starrte Chris mit kalt funkelnden Augen an. »Ich kann dich und deinen Mann töten wie zwei lästige Mücken, die man sich von der Haut wischt.«

Eine angespannte Stille entstand. Chris wusste, dass sie Tulas Blick standhalten musste, dass ihre schamanische Kraft herausgefordert wurde und sie jetzt auf keinen Fall klein beigeben durfte. Sie stellte sich vor, wie die Bärenkraft sie durchströmte. Und plötzlich baute sich Mister Brown schützend vor Chris und Jonas auf und knurrte Tula und ihren Begleiter so laut und böse an, dass Chris ihn kaum wieder erkannte.

Tula senkte den Blick. »Wir werden euren Frieden nicht länger stören«, sagte sie. »Wir holen uns nur, was zu uns gehört.«

Sie zog einen kleinen, unangenehm bläulich leuchtenden Kristall aus der Tasche und strich damit über Marios, Nachtauges, Brust. Verblüfft sah Chris, wie die Einschusswunden verschwanden, als hätte es sie nie gegeben. Mario regte sich, murmelte etwas wie in einem Fiebertraum, öffnete die Augen aber nicht. Tula gab ihrem Begleiter einen Wink, der sich Mario daraufhin über die Schulter legte. Tula fuhr mit dem Kristall über das Blut, das aus Marios Wunden auf das Ledersofa gesickert war. Auch die Blutflecken verschwanden ohne jede Spur. Dann marschierten die Fremden einfach wort- und grußlos zur Tür hinaus.

Chris und Jonas starrten aus dem Fenster und beobachteten, wie sie langsam davongingen, Mario schlaff über der Schulter des Mannes baumelnd. Sie verschwanden aus dem Lichtschein der Laterne und die Dunkelheit verschluckte sie.

Jonas, dessen Gesicht wieder etwas Farbe bekommen hatte, drückte Chris an sich. »Mein Gott, bin ich froh, dass sie endlich weg sind«, stöhnte er. »Du bist sehr tapfer gewesen, mein Bärchen!«

Chris fühlte sich ziemlich erschöpft und wackelig. »Ich glaube, ich muss mich mal hinsetzen«, sagte sie.

Sie schauten beide zum Sofa hinüber und zögerten. Wie oft hatten sie es sich schon darauf gemütlich gemacht. Aber jetzt, nach dem, was geschehen war …

Mister Brown schaute zu Chris und Jonas hoch, lief zum Sofa und schnüffelte prüfend daran. Er knurrte noch einmal leise, offenbar in Erinnerung an die ungebetenen Gäste, doch dann wuffte er, wedelte mit dem Schwanz und – schwupp! – lag er auf dem Sofa, wobei er neben sich noch genug Platz für Chris und Jonas ließ. Er schaute sie auffordernd an.

Chris musste unwillkürlich lachen. »Alles okay, glaub ich«, sagte sie und Jonas meinte: »Allmählich beginne ich zu begreifen, wozu ein Medizinhund so alles gut ist!«

Noch lange saßen sie dort auf dem alten Ledersofa. Irgendwann fing Jonas an zu reden, über Quantenphysik und nichtlokale Felder und naturwissenschaftliche Paradoxa und Chris wusste, dass das seine Art war, den Schrecken über ihre Begegnung mit dem Unerklärlichen zu verarbeiten. So hörte sie einfach still zu, wie die Sätze aus ihm heraussprudelten, und hielt dabei seine Hand, froh, seine Nähe und Wärme zu spüren. Und sie kraulte Mister Brown den Kopf. Der war eingeschlafen, zufrieden, die beiden Menschen verteidigt zu haben, die zu beschützen er sich als Aufgabe gewählt hatte. Ab und zu wuffte und seufzte er leise in einem jener Träume, wie sie nur Medizinhunde träumen.

9. KAPITEL

Weder Jonas mit seinem Hang zur Philosophie noch Susanne mit ihrem scharfen kriminalistischen Verstand gelang es, vernünftige Antworten auf die vielen Rätsel der Jaguar-Morde zu finden. Chris philosophierte viel mit Jonas und telefonierte viel mit Susanne, doch irgendwann gab sie auf. Warum hatten die Balam-Leute erst nach so vielen Jahren Rache genommen? War es so gewesen, dass Nachtauge erst heranwachsen, der Jaguar in ihm gewissermaßen heranreifen musste? Und wieso hatten die Balam-Leute ihre unheimlichen Kräfte erst jetzt eingesetzt, da es ihnen doch eigentlich ein Leichtes hätte sein müssen, seinerzeit den Diebstahl des Schädels und das Massaker an Votans Sippe überhaupt zu verhindern? Hatte es irgendeine besondere Affinität zwischen Felten und dem Schädel gegeben, die es ihm ermöglicht hatte, ihn in seinen Besitz zu bringen und über so lange Zeit zu behalten? Chris musste dabei an die sonderbare Ähnlichkeit zwischen Felten und jenem mysteriösen Außerirdischen namens Kartam denken, dem Carim zutiefst misstraut hatte. Rätsel über Rätsel ...

Immerhin war Chris ein bisschen stolz darauf, wie sie sich als Schamanin gegenüber dem Jaguar und der arroganten Tula behauptet und ihr Reich verteidigt hatte – ohne darüber aber Mister Browns tapferen Einsatz zu vergessen. Und allmählich schuf der Alltag eine wohltuende Distanz zu den unheimlichen Ereignissen. Bald würden die beiden Luchse kommen, ein Ereignis, dem Chris mit Spannung entgegenfieberte. Das waren keine unheimlichen dämonischen Raubkatzen, sondern ganz natürliche aus Fleisch und Blut. Wunderschöne Tiere. Chris freute sich darauf, sie dabei zu beobachten, wie sie Günters Wald durchstreiften. Hier wurde einmal wieder Chris' Fachwissen als diplomierter Zoologin gefordert, die sie ja schließlich auch immer noch war. Die Wissenschaftlerin in ihr war gespannt, wie dieses Auswilderungsexperiment gelingen würde. Luchse in der Eifel!

Ungefähr zwei Wochen nach der Konfrontation mit den Balam-Leuten saß Chris an einem sommerwarmen, sonnigen Nachmittag auf dem Hochsitz, den Jonas ihr im vorigen Jahr als Geschenk zu ihrem dreißigsten Geburtstag gebaut hatte. Immer wieder einmal kam es vor, dass sie an Carim denken musste. Der Nachthimmel hatte auch früher schon eine große Faszination auf Chris ausgeübt. Aber jetzt blickte sie an klaren Abenden auf neue Weise zu den Sternen empor. Hatte es tatsächlich einmal eine Zeit gegeben, in der dort draußen auf anderen Planeten, in fernen Sonnensystemen, Menschen gelebt hatten? Menschen mit kupferfarbener Haut, aber ansonsten wie Chris selbst, mit den gleichen Hoffnungen und Ängsten, Menschen, die lieben konnten und sterben mussten? Oder durchfuhren auf fremden Welten geborene Menschen gar auch in der heutigen Zeit mit Sternenschiffen das All?

Ich wüsste es so gern, dachte Chris, ich wüsste so gern, ob Carim wirklich gelebt hat und das alles nicht bloß Phantasie war. Es hat sich so real angefühlt und ich spüre so eine tiefe Verbundenheit mit ihr. Vielleicht sollte ich Silver Bear um Rat fragen, was von alledem zu halten ist. Sie entspannte sich und schloss die Augen. Sie versuchte sich auf den fremden Himmel einzustimmen, den sie manchmal im Traum gesehen hatte, auf die fremden Sternbilder und leuchtenden Raumschiffe. War das vielleicht der Himmel von Carims Heimat, unter dem sie gelebt hatte, ehe sie zu ihrer großen Reise aufbrach und an der schrecklichen Krankheit sterben musste?

Für einen kurzen Moment glaubte Chris eine Verbindung zu Carims Seele zu spüren, glaubte mit Carims Augen zu diesem Himmel aufzublicken – mit den Augen einer jüngeren, gesunden Carim, die von tiefem Schmerz erfüllt war, weil sie wusste, dass der Planet ihrer Kindheit dem Untergang geweiht war und sie ihn niemals wieder sehen würde.

Dann veränderte sich die Szenerie und Chris erblickte ein kleines, freundliches Lagerfeuer, das irgendwo im dunklen Nirgendwo schwebte. Da saß ein alter Mann, in eine Indianerdecke gehüllt. Er schaute sie an und lächelte.

»Ich bin es nicht wirklich«, sagte Silver Bear. »Dies ist nur eine kleine Geisterbotschaft, die ich für dich hinterlassen habe. Suche nicht nach mir. Ich bin endgültig auf große Fahrt gegangen. Es gibt noch viel für mich zu sehen und zu entdecken. Wir werden uns wieder sehen, jedoch erst, wenn du selbst die irdische Ebene verlässt. Aber das wird noch ein Weilchen dauern, denn dein Körper ist stark und gesund und dir wird ein langes, erfülltes Leben beschieden sein. Ich kann dich nichts mehr lehren, meine Lieblingsschülerin. Du bist jetzt reif deinen eigenen Weg als Schamanin zu gehen. Lebe wohl.« Er lächelte, dann fuhr von irgendwoher ein Wind in das Feuer und löschte es aus. Und von der Gestalt, die davor gesessen hatte, blieb nur die Indianerdecke, die leer in sich zusammenfiel.

»Leb wohl«, sagte Chris, »und danke für alles.«

Sie würde also von Silver Bear in diesem Leben keine Antworten mehr erhalten. Er war endgültig gegangen. Sie fühlte einen leisen Schmerz, aber auch ein Gefühl der Freiheit. Dann war ihre Ausbildungszeit bei ihm nun also endgültig abgeschlossen. Ab jetzt musste sie ihre eigenen Antworten finden und sich ihre eigenen Wege suchen. Das Rätsel um Carim und die Vergangenheit der Menschheit musste sie ohne Silver Bear lösen. Wenn es sich denn lösen ließ.

Sie öffnete die Augen. Vor ihr auf dem Geländer des Hochsitzes saß ein Grünspecht. Sie betrachtete fasziniert das kräftige Grün seines Gefieders und die leuchtend rote Haube auf seinem Kopf. Er breitete die Flügel aus und flog davon. Sie ließ den Blick über die Eifelhügel schweifen, die im Licht der Nachmittagssonne schimmerten. Tief atmete sie die würzige Luft des Waldes ein. Als Carim mit ihrem Raumschiff vor langer Zeit über die Erde hinweggeflogen war, hatte sie, ergriffen vom Anblick der Meere, Berge und Wälder, gedacht, dass der Planet der Zuflucht wunderschön sei. Manches von dieser Schönheit war inzwischen wohl unwiederbringlich verloren, aber Chris fand, dass immer noch eine Menge übrig war, das zu bewahren sich lohnte!

War das, was mit Carims Zivilisation geschehen war, nicht auch eine Warnung an die heutige Menschheit? Das zerspaltende, ausbeutende Denken, wie Carim es Torn gegenüber genannt hatte – war die Menschheit heute auf der Erde nicht dabei, wieder diesen Irrweg zu beschreiten? Chris dachte dabei nicht nur an die Atomenergie, sondern auch an die Nutzung der fossilen Brennstoffe. Im Grunde war die heutige Technik brutal, laut und giftig. Energie wurde erzeugt, indem man der Erde Rohstoffe entriss und diese dann verbrannte oder aufspaltete, wobei Unmengen giftiger Abfallprodukte entstanden.

Chris war von Carims Sternenschiff fasziniert, das sich so leise und mühelos fortbewegt hatte, allein durch geistige Konzentration und Liebe gesteuert. Gab es heute irgendwo im Weltall Menschen oder andere Wesen, die diese Kristallenergie nutzten, um damit Raumschiffe und anderes anzutreiben? Dass es in diesem Universum, das doch letztlich aus Energie bestand, Energieknappheit geben sollte, war Chris immer schon unverständlich erschienen. Ganz offensichtlich machte die Menschheit gegenwärtig bei der Energiegewinnung etwas Grundsätzliches falsch.

Vielleicht müssen wir erst wie Carim erkennen,

dass die ganze Milchstraße und alles in dieser Galaxie tatsächlich verbunden und lebendig ist, überlegte Chris. Vielleicht können wir dann auch die Energie der Liebe anzapfen und Kristalle zum Leben erwecken. Sie malte sich aus, wie es sein würde, wenn Autos, Flugzeuge und Schiffe nicht mehr von stinkenden Verbrennungsmotoren angetrieben würden, sondern wie Carims Sternenschiff lautlos von leuchtenden Kristallen, die ihre Energie unmittelbar aus dem Universum bezogen. Dann würde man in den Städten wieder frei durchatmen können! Dann würden die Menschen keine Löcher mehr in den Leib der Erde bohren müssen, um Öl aus ihren Eingeweiden zu pumpen. Es müsste keine schwarz verseuchten Strände und ölverklebten Seevögel mehr geben und keine atomaren Wiederaufbereitungsanlagen wie in La Hague und Sellafield, die das Meer mit ihren Abwässern radioaktiv vergifteten.

Vielleicht kann ich ja mithelfen diese neue Energie zu entdecken, dachte Chris. Vielleicht sind Carims Erinnerungen daran, wie dieses Raumschiff gebaut und die Kristalle hergestellt wurden, irgendwo in meiner Seele gespeichert. Ich muss sie nur finden. Oder aber sie sind in den Dreizehn Kristallen gespeichert. Dann müssen wir eben danach suchen, ganz egal, was diese engstirnigen, superarroganten Wächter davon halten! Beim Gedanken an Tula und den Grinser mit den Goldzähnen verfinsterte sich ihr Gesicht. Ach was, dachte sie, heute ist so ein schöner Tag, da will ich von den Balam-Leuten nichts wissen!

Plötzlich bekam sie Lust Jonas zu sehen und ein bisschen mit ihm zu schmusen. Sie blickte auf und dann nach unten und da stand er am Fuß der Leiter und grinste, seinen kleinen Rucksack auf dem Rücken. »Wollte mal sehen, ob du nicht wieder irgendeine schamanische Dummheit machst.«

Chris erwiderte das Grinsen. »Meisterschamaninnen machen keine Dummheiten. Jedenfalls nicht an ihren guten Tagen.«

Wie schön, dass das mit der Synchronizität zwischen uns immer besser klappt, dachte sie. Wenn ich Lust auf ihn habe, hat er auch Lust auf mich!

Jonas erklomm die Leiter und setzte sich neben Chris. Er reichte ihr den Rucksack und sie spähte neugierig hinein. »Oh! Apfel-Mango-Saft, Nirwana-Schokolade und … Mispeln!« Sie gab Jonas einen Kuss. »Ab und zu seid ihr Männer echt zu gebrauchen.«

»Blödsinn! Wir sind weit mehr als das, nämlich vollkommen unentbehrlich. Die Mispeln sind allerdings nicht aus dem Bioladen. Sie lagen beim Supermarkt in Buchfeld in der Auslage und da konnte ich einfach nicht widerstehen.«

Chris knuffte ihn in die Seite. »Gegen eine ökologische Sünde dann und wann ist nichts einzuwenden – vor allem, wenn sie gut schmeckt! Trotzdem fange ich mit der Schokolade an.«

Jonas nahm sich eine Mispel, Chris schob sich einen ersten Nirwana-Riegel in den Mund und ließ ihn auf der Zunge zergehen. Ihre Lieblingsschokolade war herrlich gefüllt und bestand nur aus guten Zutaten. Sie hielt Jonas die Tafel hin.

»Lass mal. Ich halte mich an die Mispeln.«

»Hab ich dir eigentlich erzählt, dass am Donnerstag Susannes Kripoabteilung ihren Betriebsausflug hierher zu uns macht?«, fragte Chris mit vollem Mund.

Jonas hob erstaunt die Brauen. »Nein, hast du nicht.«

»Oh! Wo hab ich nur immer meinen Kopf? Mist, tut mir Leid.«

»Hatte dich ohnehin noch fragen wollen, was Tönsdorf eigentlich wollte, als er letztens um deinen Rückruf bat.«

Chris lächelte wissend. »Susanne verkuppeln will er.«

»Aha?«

»Er findet, Susanne und Antweiler würden gut zusammenpassen. Der Betriebsausflug soll so ablaufen, dass sich morgens Torsten krankmeldet. Dann sind sie schon mal nur noch zu dritt. Wenn sie dann zum Begrüßungskaffee bei uns in der Küche sitzen, schmeißt Tönsdorf versehentlich eine Tasse herunter. Dann bückt er sich unglücklich und tut so, als hätte er einen Hexenschuss. Natürlich muss ich dann erste Hilfe leisten, ihm eine Energiebehandlung und eine längere Massage geben.« Chris holte kurz Luft. »Du bist ja den ganzen Tag über in Buchfeld in der Polizeiwache. Also muss Susanne dann wohl oder übel Antweiler allein ein bisschen herumführen. Was hältst du davon?«

Jonas wiegte bedächtig den Kopf. »Ist etwas plump eingefädelt, scheint mir. Könnte aber funktionieren ...«

»Und wie findest du Antweiler als Lebensabschnittsbegleiter für Susanne? Sie braucht wirklich dringend einen Netten zum Knuddeln, sonst wird sie mir noch depressiv!«

Jonas nickte anerkennend. »Das ist ein toller Typ. Hab ihn ja noch kurz kennen gelernt, ehe ich von der Kölner Mordkommission wegging. Und Susanne hat nun wirklich einen verdient, der's wert ist.« Er dachte einen Moment nach, dann fügte er hinzu: »Außerdem hat Antweiler noch einen wesentlichen Vorzug: Mit ihm lässt es sich bestimmt vortrefflich philosophieren. Wenn Susanne ihn dann an den Wochenenden mitbringt, kann ich mit ihm angeln gehen.«

Mit Jonas' Wohlwollen war also zu rechnen. Chris widmete sich zufrieden ihrer Schokolade. Manche Leute waren in der Lage, nur ein paar Stücke zu essen und die angebrochene Tafel dann wieder wegzulegen. Solcherlei Enthaltsamkeit fand Chris etwas mühsam. Als sie das letzte Nirwana-Stück in den Mund geschoben hatte, knüllte sie die leere Packung zusammen und stopfte sie in den Rucksack. Sie trank etwas Saft und aß dann zum Nachtisch eine Mispel.

Eine Weile saßen sie schweigend nebeneinander. Chris beschäftigte etwas. Schließlich schob sie die Unterlippe vor, zögerte einen Moment und fragte: »Du, Jonas?«

»Ja?«

»Findest du mich eigentlich fett … ich meine – *extrem* fett?«

Er drehte den Kopf und zeigte ihr sein Schalkgesicht, das sie besonders gern mochte. »Was passiert, wenn ich Ja sage?«

»Dann schmeiß ich dich vom Hochsitz!«

»Also antworte ich wohl lieber mit dem berühmten Zitat, das Asterix immer benutzt« – Jonas war bekennender Asterix-Fan und hatte sämtliche Hefte im Bücherschrank stehen –, »wenn Obelix ihm diese Frage stellt: Aber nein, du bist nur ein klein wenig untersetzt.«

Chris seufzte erleichtert. »Ein klein wenig untersetzt? Damit kann ich leben. Außerdem mag ich Obelix. Er isst genauso gern Wildschwein wie ich.«

»Nein, im Ernst: Für mich bist du die schönste Frau der Welt.«

»Ach, das sagst du doch nur, um mir eine Freude zu machen. Es gibt viel schönere Frauen als mich – und vor allem schlankere.«

Anstelle einer Antwort küsste Jonas sie auf jene Stelle neben dem Ohr, wo sie's besonders gern hatte, weil es da immer so schön sinnlich kitzelte, und dann auch noch auf andere Stellen.

»Hey!«, kicherte sie. »Nicht hier oben! Wir werden hinunterkullern und uns sämtliche Knochen brechen.«

»Quatsch! Dieser Hochsitz ist sicher und hat ein hohes Geländer. Ich muss es wissen, schließlich habe ich ihn selbst gebaut.« Nach einem weiteren Kuss fügte er hinzu: »Außerdem sind Liebende unverwundbar.«

Danach war jedes weitere Wort überflüssig. Es wurde sehr schön für die beiden, dort oben zwischen Himmel und Erde. Der Tag war gut.

DANKSAGUNG

Ich danke meinen Eltern und meinen Freunden für liebevolle Ermutigung, geduldiges Zuhören und manchen guten Rat.

Ich danke meiner Lektorin Eva Riekert, die trotz höchst knapper Zeit eine ausgezeichnete Arbeit leistete. (Es ist ein Kreuz mit des Autors Unpünktlichkeit, aber er gelobt hiermit Besserung!) Ich danke dem Team des Weitbrecht Verlages.

Und ich danke jener überaus erstaunlichen Kraft, die Menschen, Jaguare und Wildschweine wachsen lässt. Ihr für mich schönster indianischer Name lautet: Das Große Geheimnis.

Linz am Rhein,
6. Mai – 21. Juni 2001